Die Heilerin von Steinwald

Die Autorin

Ines Thorn wurde 1964 in Leipzig geboren. Nach einer Lehre als Buchhändlerin studierte sie Germanistik, Slawistik und Kulturphilosophie und arbeitet heute als freie Autorin. Die Romane *Die Pelzhändlerin* und *Die Silberschmiedin* entstammen ihrer kreativen Feder. Bei Weltbild erschien bereits die Familiensaga um das Handelshaus Geisenheimer mit den vier Bänden *Die Kaufmannstochter*, *Die Tochter des Buchdruckers*, *Die Kaufherrin* und *Die Geliebte des Kaufherrn*.

Ines Thorn

Die Heilerin von Steinwald

Roman

Weltbild

Besuchen Sie uns im Internet:
www.weltbild.de

Copyright der Originalausgabe © 2012 by Weltbild GmbH & Co. KG,
Werner-von-Siemens-Str. 1, 86159 Augsburg
Projektleitung: usb bücherbüro, Friedberg/Bay
Redaktion: Bettina Spangler, München
Umschlaggestaltung: Nele Schütz Design, München
Umschlagmotiv: Nele Schütz Design, München
Satz: Datagroup Int. SRL, Timisoara
Druck und Bindung: GGP Media GmbH, Pößneck
Printed in the EU
ISBN 978-3-95973-141-6

2019   2018   2017   2016
Die letzte Jahreszahl gibt die aktuelle Ausgabe an.

Prolog

Herbst, Anno Domini 1480

Heulend verbiss sich der Wind im Geäst der mächtigen Eichen. Das Licht der Fackel reichte nur wenige Schritte weit. In ihrem flackernden Schein sah es aus, als rückten die Stämme einer Schlachtenreihe gleich über unebenes Gelände vor. Eine Bö hüllte den Mann, der dem Fackelträger folgte, in beißenden Rauch. Er fluchte unterdrückt und klopfte einen Funken aus, der sich in seinem Umhang verfangen hatte.

Ganz in der Nähe krachte es, als risse ein Baum seine eigenen Wurzeln aus dem Waldboden. Ängstlich wandte sich der Knecht zu seinem Herrn um. Aber der hochgewachsene Mann winkte ihm nur stumm zu. Weiter, immer weiter, noch tiefer in den Wald hinein. Längst war der schmale Weg zu einem Trampelpfad geworden, der zwischen dem mächtigen Wurzelwerk fast zu verschwinden drohte.

Was war das? Dieses lang gezogene Heulen, so klang doch kein Wind! Gewiss nicht. Hatte der Bannwart nicht gestern erst gemeldet, dass er Wolfslosung gefunden hatte? Da müssen wir wohl los, hatte der gemurmelt und dann doch den Kopf geschüttelt.

»Hat sich was«, hatte er erwidert. »Morgen ist Sonntag. Da wird es nichts mit der Jagd. Am Tag des Herrn, da will ich gar nicht hören, was der Kaplan sagen würde.«

Und nun war er doch unterwegs, am heiligen Sonntag mitten im Wald, und das ohne den Bannwart, dessen Pflicht es war, im Forst nach dem Rechten zu sehen. Ohne Jagdknechte und Treiber hatte er sich aufgemacht, ohne Hunde, ohne Spieße, Schnäpper, Armbrust, Hirschfänger, Lappenbänder oder Netze. Nur er, der Knabe und eine Fackel. Und das Geheimnis. Aber sonst? Gewiss, sein Schwert hatte er gegürtet, aber er war doch von Stand, und ohne ein Zeichen seines Adelsprivilegs ging er nur selten aus dem Haus. Ach was, Stand, dachte er. Da ist nichts Edles daran, zu was ich in den Wald gegangen bin. Aber was soll ich denn sonst tun? Ich bin ein Mann. Auch am Sonntag. Auch in der Nacht. Nun gut, heute Morgen war ich zur Messe in der Burgkapelle. Aber da schien auch noch die Sonne. Jetzt ist es dunkel. Im Wald und in meinem Herzen. Es ist kein guter Gang, auf dem ich hier bin.

Wieder krachte es, diesmal direkt vor ihnen. Prasselnd schlugen Kastanien auf dem Weg auf, hüpften ein paarmal und rollten noch ein Stück weiter. Der Knabe schrie auf und rieb sich den Kopf. Eine der stachligen Kugeln hatte ihn an der Stirn getroffen.

»Der Herbst ist ein mutwilliger Gesell«, beschied ihn sein Herr. »Er verschenkt die Fülle, aber was er gibt, das gibt er mit Macht.«

Der Junge verzog das Gesicht. »Es tut aber weh«, jammerte er.

»Nun komm schon, Hannes.« Der Mann in dem dunklen Umhang versetzte ihm einen Klaps auf die Schulter. »Die paar Kastanien werden dich schon nicht umbringen.« Im Schein der Fackel sah der Junge seinen Herrn lächeln.

»Weißt du was, mein Bester«, sagte der, »ab jetzt wird gezählt. Für jede Kastanie, die du auf diesem Gang abbekommst, schenke ich dir einen halben Pfennig. Ach ja, die eben, die zählt mit. Aber nun weiter, hörst du?«

Schon lächelte der Junge wieder. Ein ganzer halber Pfennig? Wenn das so war, dann sollte der Wind nur weiter heulen und ordentlich Kastanien schicken.

Entschlossen reckte er die Fackel empor und stapfte auf seinen klobigen Holzpantinen weiter durch den Wald. Endlich hatten sie die Lichtung erreicht.

»Hier, Herr?«, fragte Hannes. Im Flackerschein der Fackel sah er ein Nicken.

Das war leichter, als ich erwartet hatte, dachte der Mann. Aber was mache ich nur nachher mit ihm? Was ist, wenn er nicht den Mund hält? Mit ein paar Pfennigen ist auf Dauer kein Mund zu stopfen. Wenn er reden will, wird er es tun. Und was mache ich dann?

Nachdenklich rieb der Mann seinen Schwertknauf. Er ist noch ein Knabe. Wenn ihm ein Bart auf der Lippe sitzt, hat er wahrscheinlich wieder beim Melken von der Milch genascht. Er ist ein Kind, hat noch nicht einmal angefangen zu ahnen, wie es in der Welt zugeht. Aber es hilft wohl nichts. Am besten, ich komme allein zurück. Mich wird niemand fragen, wo der Junge abgeblieben ist. Niemand hat gesehen, dass ich ihn mitgenommen habe. Keiner weiß, wohin ich gegangen bin, oder ahnt überhaupt, warum ich die Dunkelheit gewählt habe. Ich will es ja nicht tun. Aber es muss nun einmal sein. Es führt kein Weg daran vorbei. Ich muss es tun. Und je länger ich warte, desto schwerer wird es mir fallen.

Der Mann seufzte. Dann holte er unter seinem Umhang ein Körbchen hervor und legte es zwischen die Baumwurzeln. Mit einem leisen Klirren zog er sein Schwert.

»Komm her, Hannes.«

Raschelnd trieb der Wind das Herbstlaub umher. Aber da war noch ein anderes Geräusch. Der Mann hielt die Nase in den Wind und schnupperte. Ein strenger Geruch lag in der Luft. Hastig griff er nach dem Jungen und zog ihn hinter einen der mächtigen Stämme am Rand der Lichtung.

»Was ist denn, Herr?«, fragte der Knecht kläglich, aber ein leise gezischtes »Still jetzt, Junge!« ließ ihn verstummen.

Durch die dahineilenden Wolkenfetzen warf der Mond sein kaltes Licht. Der Mann spähte auf die Lichtung. Dort stand ein mächtiger Hirsch.

»Verdammt«, murmelte der Herr. »Natürlich. Am Sonntag, da lässt er sich blicken. Der weiß auch ganz genau, wann ich ihn nicht jagen kann. Aber warte nur, mein Lieber. Warte nur.«

Hannes hielt den Atem an. Die Schwertklinge glitzerte im Licht der Fackel. Endlich ließ der Herr ihn los. Der Knabe sah ihn lächeln.

»Schau ihn dir nur gut an, mein Junge. Er strotzt vor Kraft, ist ein einziger, starker Muskel. Vor ihm und seinem Geweih fürchtet sich sogar der Wolf. Aber bald ist Herbstjagd. Wenn er dann noch in der Gegend ist, dann gnade ihm Gott. Dann geht es ihm ans Leben.«

Hannes biss sich auf die Unterlippe. Mit weit aufgerissenen Augen starrte er zu dem mächtigen Hirschen, der ihn nun ebenfalls erspäht zu haben schien. Sah der nicht genau zu dem Baum herüber, hinter dem sie sich verbargen? Hannes drückte sich dichter an den Stamm. Der Wind hatte für einen Moment nachgelassen. Das Zischen und Knacken, mit der die Fackel brannte, schien überlaut in der plötzlichen Stille. Der Hirsch hob den Kopf und witterte. Dann öffnete er sein Maul. Tief und laut klang der Ruf durch den Wald. Wie Nebel breitete die Atemluft sich um den mächtigen Kopf des Tieres aus. Hannes lauschte. War da nicht wieder dieses lang gezogene Heulen? Weit drinnen im Wald, aber doch gut zu hören? Der Hirsch röhrte ein zweites Mal.

Aus dem Augenwinkel sah Hannes, wie sein Herr den Kopf am Baumstamm vorbeireckte. Wieder hörte er ihn lachen.

»Tatsächlich, es ist der Alte. Der Vierundzwanzigender, der, dem wir schon seit Jahren hinterherjagen. Nun steht er hier vor mir, und ich kann gar nichts machen. Aber vielleicht ist es auch besser so. Genieße diese Nacht, mein Alter. Vielleicht sehen wir uns bald wieder. Du weißt schon, bei der Herbstjagd.«

Noch einmal lachte der Mann leise. Ich habe Mord im Herzen und erkläre einem Hirschen, dass er in Gefahr ist. Ob der Knabe mich für wunderlich hält? Aber was kümmert mich das. Es ist eine Nacht wie keine andere. Wie gemacht wäre sie für die Jagd. Nur leider ist Sonntag, und der ist reserviert für Bekenntnisse und Geständnisse. Wenigstens an diesem Tag darf sich ein Christenmensch nicht versündigen. Zumindest sollte er versuchen, anständig zu bleiben. Auch wenn der Teufel niemals schläft. Schon gar nicht am Sonntag. Und wenn er zuschlägt, wenn es eben doch passiert? Es kann niemand sagen, dass ich das alles gewollt habe. Niemand kann das. Wozu gibt es denn den Ablass-händler? Der wird mehr verlangen als ein paar Pfennige, das ist gewiss. Ach was. Wenn ich das tue, wofür ich heute Abend die Burg verlassen habe, dann kann mir kein Ablass helfen, und sei er vom Papst höchstpersönlich nicht nur mit eigener Hand unterschrieben, sondern gänzlich von ihm verfasst. Da besteht keine Hoffnung auf Rettung. Ist nicht schon allein die Absicht so gut wie die Tat? Nein. Ist sie nicht. Nicht ganz. Selbst für Judas gab es einen Moment, da er hätte sagen können, ach nein, ich habe mich geirrt, ver-zeiht, ich meinte einen anderen, und der, den ich euch aus-liefern wollte, der ist heute nicht hier. Selbst Judas hätte sich anders entscheiden können, im letzten Augenblick. Oder Petrus, noch während der Hahn krähte.

Auf der Lichtung schnaubte der Hirsch und ließ ein drit-tes Mal seinen lang gezogenen Ruf durch den Wald schal-len. Dann war Getrappel zu hören.

»Der weiß ganz gewiss, dass ihm nichts geschehen kann heute Nacht. Aber fühle dich ja nicht zu sicher, mein Freund.«

Der Mann griff nach der Fackel und trat auf die Lich-tung. Dort stand der Hirsch, umgeben von seinem Rudel. Hannes biss sich wieder auf die Lippe. Wie gerne hätte er weggeschaut, aber er konnte die Augen nicht abwenden. Heilige Muttergottes, dachte er, heiliger Johannes, heiliger Eustachius, heiliger Hubertus. Steht ihm bei. Ihm und mir. Alle vierzehn Nothelfer, besonders du, heiliger Judas Thaddäus. Du bist der Fürsprech in den Fällen, die ganz ohne Hoffnung sind. Bitte für uns. Ich flehe dich an. Dich und alle Heiligen. Und die Jungfrau Maria.

Keine zwanzig Meter mehr trennten Mann und Rudel voneinander. Wieder röhrte der Hirsch. Mit dem Vorderlauf hieb er tief in die Grasnarbe. Das mächtige Geweih senkte sich, ein tiefes Schnauben ertönte. Der Herr blieb stehen.

»Geh weg«, hörte Hannes ihn sagen. »Weit weg. Ich weiß, du bist hier zu Hause. Aber wenn wir dir bei der Herbstjagd begegnen, dann ist es aus mit dir. Dann hilft dir nicht dein Geweih, nicht dein Mut und auch nicht dein Schnauben. Wer beschützt dann die Deinen? Geh, solange noch Zeit ist.«

Dann wurde es wieder still. Selbst der Wind schien den Atem anzuhalten. Einzig das Prasseln der Fackel war noch zu hören. Hannes tastete nach der geweihten Bildnismedaille, die er an einer Lederschnur unter dem Wams trug. Seine Patin hatte sie ihm geschenkt, ein Mitbringsel von einer Wallfahrt nach Maria Gnaden. »Die soll dich beschützen«, hatte die Patin gesagt. »Vor der Sünde. Und dem Gottseibeiuns.« Im letzten Winter war sie gestorben, die Patin. Aber immer, wenn er das Bildnis in die Hand nahm, war es Hannes, als sei sie noch bei ihm und sorgte sich um sein Seelenheil.

»Herr, schenke ihr die ewige Ruhe«, murmelte er, so leise er nur konnte. »Und steh uns bei«, setzte er nach. Dann spähte er wieder auf die Lichtung.

Dort standen sich Hirsch und Herr immer noch gegenüber. Von weit her war wieder das lang gezogene Heulen zu hören. Der Hirsch hob den Kopf mit dem prächtigen Geweih. Dann warf er sich herum und sprengte davon. Mit weiten Sprüngen folgte ihm das Rudel. Einzig der Herr stand noch auf der Lichtung. Dann wandte auch der sich um und kehrte zu dem Baum zurück, hinter dem Hannes wartete.

Mit einem Seufzen lehnte sich der Herr gegen den Stamm. Lange betrachtete er das Körbchen, das zwischen den Wurzeln verborgen stand.

»Ich kann es nicht«, sagte er endlich. Er reichte Hannes die Fackel und stand mit hängenden Schultern da. Nichts war mehr zu sehen von dem ritterlichen Mut, mit dem er auf die Lichtung getreten war. Jetzt stand da nicht mehr der Herr, sondern ein blasser junger Mann, der in seinem dunklen Umhang zu frösteln schien. »Ich bringe es nicht fertig«, sagte er mit einem Seufzen. »Ich kann dieses Kind nicht umbringen. Nicht in dieser Nacht. Und auch sonst nicht.«

Heilige Muttergottes, dachte Hannes, danke. Er fasste sich ein Herz. Zögernd sagte er: »Es wäre auch nicht recht. Kein Mann sollte die Frucht seiner eigenen Lenden umbringen müssen.« Er verstummte. Bin ich zu weit gegangen?, fragte er sich. Er ist schließlich der Herr. Wieder griff er nach dem Medaillon. Doch der Herr nickte nur und starrte weiter auf das Körbchen.

»Ja. Es ist die Frucht meiner Lenden. Niemals will ich mir sagen müssen, dass ein Hirsch für die Seinen besser Sorge trägt, als ich es getan habe.«

Ein gedämpftes Quäken war zu hören. Mit der Fußspitze tippte der Herr an den Henkel und wiegte das Körbchen hin und her, bis das leise Geräusch verstummte. Er lächelte versonnen und schüttelte den Kopf. Endlich schob er sein Schwert in die Scheide.

»Und nun? Heimbringen kann ich das Kind nicht. Wenn es nur nach mir ginge, sofort würde ich es tun. Aber so?«

Hannes umklammerte das Medaillon und schwieg.

Endlos lange standen sie da, schien es ihm. Nichts regte sich im Wald. Es ist, als ob alles den Atem anhält, dachte der Mann. Doch dann war es vorbei mit der Ruhe. Von Neuem kam Wind auf. Schon krachte es wieder in den Bäumen, und dann rauschte der Regen. Wie eine Wand fiel das Wasser. Die Fackel zischte, ihre Flamme wurde kleiner und kleiner. Dann erlosch sie ganz. Mit einem Schlag war es stockfinster. Kein Mondlicht drang durch die Wolken. Hannes und sein Herr pressten sich an den Baumstamm, aber gegen die schweren Tropfen bot das Geäst nur wenig Schutz.

Schnell barg der Herr das Körbchen unter seinem Umhang.

»Das hat uns gerade noch gefehlt«, sagte er und lachte. »Was machen wir jetzt?«

Hannes wusste keine Antwort.

»Solch heftige Regengüsse dauern ja meistens nicht allzu lange«, sagte der Herr. »Mit etwas Glück wird uns bald der Mond den Weg erhellen.«

»Aber welchen?«, fragte Hannes mit klappernden Zähnen. »Wisst Ihr, wo wir sind?«

»Im Wald.« Der Herr lachte erneut. »Spaß beiseite. So ungefähr weiß ich es schon. Wir sind ja immer schön auf dem Weg geblieben. Diese Lichtung ist so groß, das muss die sein, auf der wir bei der Herbstjagd immer das Lager aufschlagen. Also sind wir mittendrin im Wald.«

»Und was machen wir jetzt, Herr?«

»Wenn ich das wüsste.« Hannes vernahm ein Seufzen.

»Wir könnten den Morgen abwarten. Aber da sollten wir wieder daheim sein, wenn wir nicht allzu viel erklären wollen. Nicht dass man noch nach uns sucht.«

Wieder schwieg der Herr, und Hannes lauschte dem Rauschen des Regens, das allmählich leiser wurde. Endlich ging der Guss in ein leichtes Nieseln über.

»Das kann dauern. Damit wird das erst einmal wohl nichts mit dem Mondschein«, sagte der Herr schließlich. »Wir müssen den Weg so finden. Und ich weiß auch, welchen wir nehmen werden. Komm, Hannes.«

»Aber ich sehe doch nichts.«

»Glaub mir, ich auch nicht. Wir sind eben im Wald, da ist es nun einmal finster. Wenn wir langsam gehen, wird es uns hoffentlich gelingen, hinter der Lichtung den Weg wiederzufinden und auch auf ihm zu bleiben.«

Hannes würde noch lange an diese kalte Herbstnacht zurückdenken. Der Herr hatte mit der einen Hand das Körbchen unter seinem Umhang gehalten und mit der anderen den Gürtel des Knechts gepackt. »Nun geh voran«, hatte er gesagt, und Hannes war losgestolpert durch die Dunkelheit. Ein paarmal war er gegen einen Baum geprallt, in einem Matschloch hätte er beinahe eine seiner Holzpantinen verloren, aber der Herr war unerbittlich gewesen. »Weiter«, hatte er befohlen, und Hannes war nichts anderes übrig geblieben, als zu gehorchen.

Natürlich hatte er Angst gehabt und sich mehr und mehr gefürchtet. War da nicht dieses ferne Heulen gewesen, das inzwischen längst nicht mehr so klang, als wäre es wirklich weit entfernt? Hannes hatte sich erst wieder beruhigen können, als er sein Medaillon an der Schnur hervorgezogen und es in den Mund gesteckt hatte.

»Weiter«, hatte der Herr gesagt, und Hannes war mit weit ausgestreckten Armen durch die Dunkelheit gestolpert. So hatte er rechtzeitig stehen bleiben können, wenn plötzlich ein Baum dort aufragte, wo gerade noch der Weg gewesen war. Die heilige Muttergottes schien ihn wirklich geleitet zu haben in dieser Nacht, denn mit einem Mal war es Hannes gewesen, als sängen die Engel ganz in der Nähe.

»Na also«, sagte der Herr. »Da wären wir doch.«

Es war nicht der Gesang der Engel, den Hannes vernommen hatte, sondern das Frühgebet der Nonnen von St. Annabrunn.

Vor der Klosterpforte hatte der Herr das Körbchen nicht abstellen wollen. »Dazu ist es wahrlich zu kalt und zu nass.«

So waren sie also zur Kirchentür geschlichen. Der Herr hatte die Hand auf die Klinke gelegt und Hannes bedeutet, dass er seine Holzpantinen ausziehen sollte. »Wir wollen leise sein«, hatte er gemurmelt und so vorsichtig, wie es nur ging, die schwere Holzpforte geöffnet. Ohne viel Federlesens hatte er Hannes durch die Tür in den Vorraum der Kirche geschoben und diese dann leise hinter ihnen geschlossen.

Hannes war zunächst geblendet gewesen vom Schein der wenigen Kerzen, die den Altar und den Hochchor in Dämmerlicht tauchten, aber schon bald hatten sich seine Augen an den schwachen Glanz gewöhnt.

Während er noch die Fingerspitzen in das Weihwasserbecken am Eingang tauchte, sah er seinen Herrn zu der Kapelle an der Seite gehen. Vor dem neuen Gnadenbild von

Anna selbdritt lagen Kerzen bereit für die Gläubigen, die ein besonderes Anliegen hatten. Der Herr winkte Hannes zu sich.

»Also«, hörte der ihn wispern. »Wir machen das so. Wir lassen das Körbchen bei den frommen Schwestern. Dann sehen wir zu, dass wir verschwinden, bevor man uns entdeckt. Und schau nur.« Hannes sah seinen Herrn nach einer schlichten Laterne greifen, in der eine dicke Stumpenkerze ihr mildes Licht verbreitete.

»Perfekt. Die geht im Regen nicht aus.«

»Aber ...« Er staunte über seinen eigenen Mut. »Die ist doch da, um die anderen Kerzen ...« Der Herr lächelte, und schon wusste Hannes nicht weiter.

»Ich glaube nicht, dass außer uns vor Sonnenaufgang noch jemand ein Licht benötigt. Keine Bange. Ich werde die Kirche nicht bestehlen.«

Der Herr kramte in seinem Beutel, und schon lag eine blanke Münze auf der Kirchenbank vor dem Seitenaltar.

»Wenn ich die in den Opferstock werfe, dann macht das Lärm. Und schon wissen die frommen Schwestern, dass jemand in der Kirche ist. Noch sind sie ja alle beim Gebet im Chorraum.«

Der Herr deutete auf das Gitter, das die Klausur der Nonnen von dem Rest der Kirche abtrennte.

»Aber wir müssen ihnen natürlich einen Grund geben, dass sie hierherkommen. Sonst finden sie das Kind noch eine Weile nicht. Na, hast du eine Idee, Hannes?« Der Herr lächelte.

Der Blick des Knaben irrte von dem Gnadenbild zu der Laterne, weiter zum Chorraum, in dem die Nonnen gerade ein neues Lied angestimmt hatten, und wieder zurück zu dem Kerzenstapel.

»Wenn Ihr noch mehr zahlen wolltet ...«, begann er zögernd.

»Ja? Wem denn? Und was dann?«

Hannes zuckte mit den Schultern. »Ihr wollt Euch sicher nicht versündigen hier im Hause Gottes und etwas stehlen. Wenn Ihr also den Ständer hier vor dem Gnadenbild mit Opferkerzen füllt und die anzündet, das Licht müsste man selbst vom Hochaltar aus noch sehen.«

Der Herr hatte anerkennend genickt.

»Guter Junge«, hatte er gewispert. »So machen wir das. Dann aber flugs davon.«

Schon war jeder einzelne Dorn mit einer Kerze bestückt. Die beiden letzten zog der Herr doch wieder ab.

»Damit geht es schneller«, sagte er. »Aber lass mich erst Abschied nehmen.«

Er hatte das Körbchen hochgenommen und das Tuch darüber zurückgeschlagen. Hannes lugte hinein und sah in zwei große Augen, die zurückzustarren schienen. Der Herr hatte mit seinem Zeigefinger leicht über die kleine Nase gestrichen. Dann hatte er einen Ring hervorgezogen und ihn in die kleine Hand gelegt, die sich ihm entgegenreckte. Schon schlossen sich die Finger darum.

»Jetzt aber los«, hörte Hannes ihn sagen, und er griff nach der Kerze, die der Herr an dem Stumpen in der Laterne entzündet hatte. Schon bald war das Gnadenbild in ein mildes Licht getaucht. Immer heller wurde es in der Seitenkapelle. Bis endlich alle Kerzen brannten. Der Herr griff nach der Münze auf der Kirchenbank, warf sie mit einer zweiten in den Opferstock. Das Klimpern schien Hannes überlaut. Schon stand der Herr vor der Kirchentür und winkte ihm. Aber der Knabe wandte sich noch einmal zu dem Körbchen um. Mit flinken Fingern steckte auch er etwas unter das Tuch. Dann lief er zum Ausgang.

Der Herr ließ diesmal keine Vorsicht walten. Krachend fiel die Tür hinter ihnen ins Schloss. Hannes konnte gerade noch in seine Holzpantinen steigen, da eilte der Herr bereits davon. Hastig folgte ihm der Knabe, der das schwankende Licht in der Laterne nicht aus den Augen ließ. Der Gesang der Nonnen drang hinter ihm durch die Nacht. Heilige Muttergottes, dachte er, jetzt und in der Stunde unseres Todes.

TEIL I

1

»Heilige Muttergottes! Mädchen, was machst du nur für Sachen!« Schwester Apollonia schüttelte den Kopf. Vor ihr stand die kleine Flora und strahlte. Stolz reckte sie der Nonne einen Amselnestling entgegen, der kläglich piepte.

»Das habe ich gefunden«, verkündete das Mädchen. »Oben, im Kirschbaum, da ist ein Nest. Da sind noch mehr davon, willst du auch eins?«

»So, so.« Die Nonne schüttelte den Kopf. »Oben im Kirschbaum. Hattest du mir nicht erst letzthin etwas versprochen, was das Klettern auf Bäume betrifft?«

Verlegen scharrte Flora mit dem Fuß. Der Kies auf dem Weg knirschte unter ihren nackten Sohlen. »Das habe ich vergessen, Mamapolloni. Tut mir leid«, murmelte sie.

»Und deine Schuhe, hast du die auch vergessen, meine Kleine?« Gegen ihren Willen musste Schwester Apollonia lächeln. Es war wirklich nicht einfach, mit Flora zu schimpfen, wie sie so ganz zerknirscht vor ihr stand. Aber es ging auch nicht an, dass ein Mündel des ehrwürdigen Zisterzienserinnenklosters von Annabrunn sich betrug wie eine Bauernmagd. Nein, dachte die Nonne. Ein Bauernkind hat mehr Verstand, als einen Nestling zu pflücken.

»Also gut, Flora. Gib mir das Vögelchen. Und du suchst deine Schuhe. Wenn dich die ehrwürdige Mutter so sieht, gibt es nur wieder Ärger.«

Geknickt machte sich Flora auf die Suche. Der Nestling in Apollonias Hand regte sich.

»Ich hab sie, ich hab sie!« Schon war Flora wieder zurück und schwenkte fröhlich ihre Filzpantinen.

»Dann solltest du sie auch anziehen, meinst du nicht?«

Flora zog eine Schnute.

»Ich weiß, es ist schöner, die runden Kiesel unter den blanken Sohlen zu spüren. Doch wir wissen beide, dass die ehrwürdige Mutter es nicht gerne sieht. Vor allen Dingen nimm die Rockzipfel aus dem Bund. Ein Mädchen zeigt seine Beine nun einmal nicht.«

»Aber das ist doch so viel praktischer! Wie oft habe ich mir schon das Kleid zerrissen, wenn ich beim Laufen irgendwo hängen geblieben bin.«

Schwester Apollonia lächelte.

»Wer sich beizeiten aufmacht, hat es nicht nötig zu eilen. Daran solltest du dich bisweilen erinnern.«

Wieder regte sich der Nestling in ihrer Hand. Er piepte zum Steinerweichen.

»Was hat er denn?«, fragte Flora. »Ist ihm langweilig? Ich hatte ihm versprochen, ihm den Rest vom Garten zu zeigen und den Fischteich.«

»Flora, Flora.« Schwester Apollonia schüttelte den Kopf. »Da hast du nicht recht getan. Ein Vogel, der einmal aus dem Nest heraus ist, kann nicht zurück. Seine Geschwister erkennen ihn nicht mehr und stoßen ihn hinaus. Und die Eltern mögen es gar nicht, wenn sie Menschenhand an ihrer Brut riechen. Weißt du, was jetzt passieren wird? Der Kleine muss elendiglich zugrunde gehen.«

Floras grüne Augen wurden feucht. »Das habe ich nicht gewollt«, wisperte sie. »Ich wollte ihm nur eine Freude machen. Ach, gute Apollonia, was machen wir denn jetzt?«

Sieben Jahre ist sie alt, dachte die Nonne, sieben Jahre. Wie erkläre ich ihr, die elternlos im Kloster aufwächst, dass man kein Junges seiner Mutter wegnimmt?

»Weißt du denn, was so ein Amselkind zum Leben braucht?«

Das Mädchen runzelte die Stirn. »Würmer«, sagte die Kleine schließlich. »Das fressen Amseln. Ich weiß, wo es besonders schöne gibt. Hinten, bei den Gemüsebeeten.«

»Genau. Die wollten wir ja sowieso jäten, nicht wahr?«

»Ich fliege schon!«, verkündete Flora und lief zum Küchengarten. Ihre weit ausgebreiteten Arme flatterten, die dunklen Zöpfe sprangen und hüpften.

Lächelnd sah ihr die Nonne nach. Du bist wie ein wilder Falke, dachte sie, einer, der aus seinem Nest gefallen ist, bevor er flügge war, und der in unserem Hühnerhof gelandet ist. Da haben wir viel Arbeit vor uns. Aber einen Falken zu ziehen, ist eine edle Beschäftigung. Apollonia seufzte unwillkürlich. Doch schon riss sie das Amselküken mit lautem Piepen aus ihren Gedanken.

»Nun gib schon Ruhe«, ermahnte sie den Vogel. »Du bekommst ja gleich etwas.« Nur gut, dachte sie, dass Flora eine Amsel aus dem Nest geholt hat. Die sind zäh. Mit etwas Glück bringen wir das Vögelchen schon durch. Und wenn nicht? Auch dann hat die Kleine etwas gelernt. Hoffentlich. Sie ist noch ein Kind. Am besten lernt ein Kind natürlich von seinesgleichen. Aber andere Kinder gibt es eben nicht in einem Kloster. Und das ist auch gut so. Unseren Alltag bestimmen Gebet und Arbeit. Kinder sollen laufen und nicht schreiten müssen, sie sollen sich müde spielen dürfen und nicht mitten in der Nacht zum Gebet aufstehen.

»So in Gedanken, Schwester?« Apollonia sah auf. Vor ihr stand Crescentia. »Was hast du denn da?«

Vorsichtig spreizte Apollonia die Finger.

»Ach, ein Nestling. Der wird wohl bald zugrunde gehen. Willst du ihm nicht besser gleich den Hals umdrehen? Oder soll ich das machen?«

Scheinheilig, dachte Apollonia, das bist du. Deine Eltern sind Bauern gewesen, und du durftest nur ins Kloster, weil dir die Jungfrau Maria erschienen ist. Zweimal. Es lässt dir keine Ruhe, dass ich von Stand bin wie alle anderen hier. Immer musst du mir zeigen, dass du vor mir da warst und ich nicht für den Klosteralltag taugen kann in deinen Augen. Aber ich werde es dir schon noch zeigen. Selbst wenn es weitere zehn Jahre dauert.

»Ach, danke. Das kann ich auch selbst. Aber ich glaube, den Kleinen hier, den bekommen wir schon durch.«

Crescentia lächelte. »Darin bist du ja eine Meisterin, nicht wahr? Unser Findelkind gedeiht auch prächtig.«

Das nimmst du mir besonders übel, dachte Apollonia. Das erträgst du nicht, dass Flora in meiner Obhut steht.

»Ja, Flora hat sich gemacht. Sie ist mir schon jetzt eine große Hilfe im Garten.«

»Wenn sie nicht gerade wieder im Baum hockt und über die Klostermauer lugt, nicht wahr? Ich habe es doch gesehen.«

Dir bleibt auch nichts verborgen, wenn es dir nützen kann, dachte Apollonia. Und du drehst es dir zurecht, bis es einer anderen schadet. Das wissen wir doch alle.

»Ja, das mit den Bäumen, das muss ich ihr noch austreiben. Das gebe ich zu.« Apollonia zuckte mit den Schultern.

»Sie ist eben noch ein richtiges Kind. Aber ich glaube, ich muss mich jetzt um diesen kleinen Piepmatz hier kümmern. Das klingt ja wirklich herzzerreißend.« Vorsichtig tippte die Nonne mit dem Zeigefinger gegen den weit aufgerissenen Schnabel.

»Hier, Schwester!« Flora drängte sich zwischen die beiden Nonnen und reckte die Faust. »Hier habe ich Futter.«

»Siehst du nicht, dass wir uns unterhalten?«, fuhr Crescentia sie an. »Hast du denn gar keine Manieren?«

Flora ließ die Hand sinken. »Aber, ich ... ich wollte doch nur, ich habe ...«, stammelte sie.

»Ich, ich, ich. Nein, Kind, du kannst nicht immer im Mittelpunkt stehen.«

Sie genießt es regelrecht, die Kleine zurechtzuweisen, dachte Apollonia. Ganz besonders, wenn sie mir dabei eins auswischen kann. Auch wenn sie recht hat, darum geht es ihr doch überhaupt nicht. Und ich stehe da.

»Also gut. Ich habe noch zu tun«, verkündete Crescentia. »Wenn ihr zwei die Zeit des Herrn vergeuden wollt mit Kindereien, bitte.« Mit wehendem Rock machte sie kehrt und ging in Richtung des Gebäudes, in dem die ehrwürdige Mutter ihre Wohnung hatte.

»Puh«, sagte Flora. »Die ist aber schlecht gelaunt.«

Apollonia schüttelte den Kopf. »Nein, meine Kleine. Das ist es nicht, was ich von dir hören will. Du warst nicht gerade höflich ihr gegenüber. Habe ich dich das vielleicht so gelehrt?«

»Nein«, murmelte Flora kleinlaut. »Es tut mir leid. Ehrlich. Aber schau, was ich gefunden habe, das musste ich dir doch gleich zeigen!« Sie öffnete die Faust. Die Handfläche bedeckte ein grünes Blatt, auf dem sich ein dicker Regenwurm ringelte. »Das wird unserem Vögelchen ganz bestimmt schmecken.«

»Der ist ja fast so groß wie der Nestling selbst!«, staunte Apollonia. »Aber du lenkst ab, meine Kleine.«

Flora nickte. »Ich werde mich bei ihr entschuldigen. Versprochen. Und wenn sie mir dann eine lange Predigt hält, wie sich ein Mädchen zu betragen hat, werde ich still sein. Ich nicke, wenn sie sagt, was für ein Glück ich habe, dass ich hier leben darf. Und dass ich das gar nicht zu schätzen weiß. Und wenn ich so weitermache, werde ich zu einer Schande für das Kloster. Ach, nein, die bin ich ja schon.«

Apollonia unterdrückte ein Lächeln. Ich glaube, wenn ich einmal richtig böse bin mit dir, dachte sie, schicke ich dich zu ihr zum Ausschimpfen. Immerhin merkst du dir, was sie sagt. »Du sollst dich nicht lustig machen über Schwester Crescentia«, brachte sie schließlich hervor.

»Aber es ist doch wahr«, beklagte sich Flora. »Wenn es nach ihr ginge, dürfte ich gar nichts. Ich glaube, sie hätte es am liebsten, wenn ich überhaupt nicht auf der Welt wäre oder wenigstens weit weg von Annabrunn. Aber wo soll ich denn sonst hin?«

Apollonia drückte das Mädchen an sich. »Das glaube ich nicht. Sie meint es gut, da bin ich mir sicher.«

Bitte, Herr, flehte sie im Stillen, bitte, rechne mir diese Lüge dereinst nicht an.

»Und wo sie recht hat, hat sie recht. Du weißt ganz genau, wie es mit dem Klettern ist. Und sonst auch. Versuch wenigstens, dich daran zu halten. Abgemacht?«

Flora nickte.

»Dann ist es gut. Für dieses Mal. Und nun wollen wir für das Vögelchen sorgen. Wie soll deiner Meinung nach so ein kleiner Piepmatz so einen großen Wurm schlucken?«

»Wenn er so schreit, dann hat er doch bestimmt richtig Hunger. Dann geht das schon. Habe ich gedacht. Können wir ihn vielleicht klein schneiden, den Wurm?«

»Das klingt mir ganz nach einer guten Idee«, befand Apollonia. »Aber erst müssen wir uns überlegen, wo wir den Schreihals unterbringen. Komm mit, in die Kräuterstube.«

Hier war Apollonias Reich. Auch wenn sie es bescheiden eine Stube nannte, in dem kleinen Haus an der Klostermauer befand sich eine komplette Apotheke. Von den Deckenbalken hingen bündelweise Heilkräuter zum Trocknen, dickbauchige Gläser und Kruken mit sorgfältig beschrifteten Etiketten standen in langen Reihen nebeneinander. Aus einem Eckregal zog die Nonne eine kleine Spanschachtel.

»Die nimmst du jetzt mit in den Stall und füllst sie mit Heu, Flora. Etwa so hoch, ja?«

»Das wird aber ein schönes Nestchen! Viel ordentlicher als das im Baum.« Schon sprang die Kleine davon. Währenddessen holte Apollonia ein Schneidebrett und ein Messer hervor. Dann griff sie nach einer Pinzette.

»Wozu brauchst du die denn?« Flora stand mit der Heuschachtel im Türrahmen.

»Wart nur ab, meine Kleine. Du wirst schon sehen, dass es gar nicht so einfach ist, einen Nestling aufzupäppeln.«

Prüfend drückte Apollonia das Heu zusammen. »Das hast du schon recht gut gemacht. Nun wollen wir einmal sehen, ob das neue Nest auch angenommen wird.« Behutsam setzte sie das Amselküken in die Schachtel. Wieder begann der Vogel mit weit aufgerissenem Schnabel zu piepen.

»Na, das passt also. Und nun zur Fütterung. Was meinst du, Flora, wie groß sollte denn so ein Happen sein?«

Apollonia hielt das Messer über den Regenwurm, der sich auf dem Schneidebrett ringelte.

»Das ist schon ein bisschen ungerecht.« Flora zog die Stirn kraus. »Der Regenwurm hat uns doch eigentlich nichts getan. Und du hast immer gesagt, die sind wichtig für den Garten.«

»Stimmt, meine Kleine. Jetzt musst du dich aber entscheiden. Wurm oder Vogel? Beide zusammen können nur im himmlischen Paradiese gemeinsam leben. Hier auf Erden frisst der Vogel den Wurm. Bis ihn dereinst die Würmer selbst holen.«

Ich bin hart, dachte Apollonia. Kein Kind sollte solch eine Entscheidung treffen müssen. Aber sie hat nun einmal den Vogel aus seinem Nest geholt. Sie muss begreifen, dass alles, was sie tut, Folgen hat.

Flora blickte mit großen Augen vom Regenwurm zum Vogel zum Schneidebrett und ins Schachtelnest.

»Vogel«, sagte sie schließlich. »Und weißt du noch? Als wir das Beet umgegraben haben? Da hatte ich doch mit dem Spaten einen Regenwurm erwischt. Zack, und durch war er. Und beide Enden haben sich bewegt. Richtig zugewinkt haben die mir. Schneid ihn in der Mitte durch. Den einen Teil bekommt Piepsi, und den anderen bringe ich zurück ins Beet.«

Flora, du überraschst mich immer wieder, dachte Apollonia. »Gut«, sagte sie, »so machen wir das. Aber dir ist schon klar, dass dein Vögelchen mit einem halben Wurm nicht lange zufrieden ist, nicht wahr?«

Flora sah hingerissen in die Spanschachtel und nickte.

»Also, lass dir etwas einfallen für den Küchenplan, meine Kleine. In spätestens zwei Stunden brauchen wir wieder Futter. Aber jetzt gibt es erst einmal Regenwurm auf Zisterzienserinnenart.«

Mit der Pinzette drückte Apollonia die schnabelgerecht zerteilte Wurmhälfte tief in die weit aufgerissene Kehle. Tatsächlich, der Vogel schluckte und schluckte.

»Nicht wahr, Piepsi, das schmeckt dir! Lecker, so ein frischer Wurm!«

Ob sie aus Erfahrung spricht? Ich glaube, da hake ich besser nicht nach. Apollonia lächelte.

»Piepsi?«, fragte sie. »So soll der Vogel heißen?«

»Schön, nicht? Ich finde, der passt richtig gut.«

»Für eine Weile durchaus«, gab Apollonia zu. »Aber was machen wir, wenn das Vögelchen einst schwarze Federn bekommt? Ein Amselmann lobt den Herrn schon am frühen Morgen mit seinem Gesang. Der muss sich doch schämen, wenn er Piepsi gerufen wird.«

Flora sah nachdenklich drein. »Hm«, machte sie schließlich. »Ich heiße doch eigentlich auch Florianna Ursula. Aber alle sagen Flora zu mir. Wie wäre es damit? Jetzt ist er Piepsi. Und später ist später.«

»Na, da hast du ja Zeit, dir einen Namen auszudenken.«

»Genau.« Flora lachte. »So habe ich mir das gedacht. Und nun gehe ich Fliegen fangen. Für Piepsis Abendessen.« Sie griff nach der Wurmhälfte, die sich immer noch auf dem Brett ringelte, und wollte aus der Tür huschen.

29

»Warte, Flora«, hielt Apollonia sie zurück. »Erst denken, dann handeln. Worin willst du denn die Fliegen aufbewahren? Die kannst du nicht in der Hand halten wie einen Wurm.« Sie reichte dem Mädchen ein leeres Glas, das mit einem Korkdeckel verschlossen war. »Nimm das hier mit.«

Flora strahlte. »Das ist gut. Mal schauen, wie viele Fliegen ich darin unterbringe. Vielleicht hundert oder noch mehr. Piepsi wird ganz schnell wachsen. Bestimmt.«

Lächelnd blickte Apollonia ihr hinterher, bevor sie das Messer und das Schneidebrett abwischte. Auch die Pinzette reinigte sie sorgfältig. Dann sah sie wieder nach der Amsel. Piepsi hatte es sich in seinem Heunest bequem gemacht. Vorsichtig zog die Nonne ein paar Halme über den Vogelkörper, bis nur noch der Schnabel zu sehen war.

Flora wird sich noch wundern, wie oft so ein kleiner Vogel Hunger hat, dachte sie bei sich.

Durch die geöffnete Tür waren Schritte auf dem Kiesweg zu hören. Dann fiel ein Schatten in die Kräuterstube.

»Apollonia?«, fragte eine Stimme, deren Heiserkeit die Kräuter auch nach Wochen nicht hatten lindern können.

»Ja, Maria Benedicta? Komm nur herein.«

»Meine alten Augen haben dich nicht gleich erkannt. Es ist ja doch etwas dunkel, wenn man aus der Sonne hier hereinschaut. Die ehrwürdige Mutter verlangt nach dir.«

Während Apollonia der alten Nonne folgte, fragte sie sich, ob Crescentia wieder einmal über Flora geklagt hatte. Aber ihre Sorgen waren unbegründet, wie sich bald zeigte.

Die Äbtissin von Annabrunn hatte einen Brief erhalten aus einem Schwesterkloster jenseits der Alpen. Dort wurde gerade gebaut, und auch der Garten sollte erneuert werden.

Nun trug man die Bitte vor, ob das Kloster Annabrunn nicht den Nonnen dort eine Abschrift der Gedanken der Hildegard von Bingen zu diesem Thema zukommen lassen könnte.

»Ich habe die ehrwürdige Mutter vor vielen Jahren in Rom kennengelernt, als mein Vater mit der ganzen Familie wegen einer Erbschaft dorthin gefahren war. Er hat mich wohl gut verheiraten wollen.« Die Äbtissin lächelte versonnen. »Aber dann hat ihn aus heiterem Himmel der Schlag getroffen. Er ist in der heiligen Stadt geblieben. Und ich entschied mich, mein Leben dem Herrn zu weihen. Das hätte ihn doch sehr überrascht, wenn er das noch erlebt hätte. Jedenfalls begegnete ich dort Ricarda. Nun sind wir beide Äbtissinnen.«

Aber deshalb war Apollonia nicht gerufen worden. »Sie hat ihrem Brief eine Skizze beigelegt, wie der Garten jetzt aussieht. Ich dachte, die könnte dich interessieren.«

Glück gehabt, dachte Apollonia. Diesmal muss ich Flora nicht verteidigen, dafür, dass sie sich benimmt wie das Kind, das sie ist. Oder mich rechtfertigen, weil ich das zulasse. Sie beugte sich über den Plan. Sorgfältig angelegte Wege, durch Hecken abgetrennte Beete. Ein Rosenhag, wie schön, dachte sie. Was sind wohl diese kleinen Kreise an jeder Weggabelung? Die Schrift ist ja winzig. Zitronenbäume, aha, in Töpfen. Ob die bei uns auch bestehen könnten?

»Bevor ich es vergesse.« Die Stimme der ehrwürdigen Mutter riss Apollonia aus ihrer Betrachtung. »Wie steht es eigentlich mit Florianna Ursula? Sie wächst, blüht und gedeiht, nicht wahr?«

Apollonia nickte. Sag erst einmal nichts, ermahnte sie sich. Warte besser vorerst ab, worauf sie hinauswill.

»Ich erinnere mich. Als ich so alt war wie sie, wollte ich auch immer auf Bäume klettern. Aber das war schon damals nicht gerne gesehen. Ich glaube auch nicht, dass das eine Fertigkeit ist, die ihr im Leben weiterhilft. Weder hier noch in der weiten Welt. Wobei ich es gerne sähe, wenn ihr der Herr die Gnade einer Berufung erweist und sie bei uns bleibt.«

Gedankenverloren ließ die Äbtissin ihren Rosenkranz durch die Finger gleiten. Apollonia wartete.

»Sie ist nun sieben Jahre alt. Es wird Zeit, dass wir über ihre Zukunft sprechen, nicht wahr, meine Tochter?«

Apollonia nickte.

»Einige der Schwestern hätten sich gerne um die Kleine gekümmert, die uns der Herr so überraschend schenkte. Aber ich war der Ansicht, dass sie bei dir gut aufgehoben wäre. Und du hast mein Vertrauen nicht enttäuscht. Du hast kein Stundengebet verpasst wegen ihr, sondern sie einfach in eine warme Decke gepackt und mitgenommen. Ohne dass du je selbst Mutter warst, hast du genau gewusst, was ein Kind braucht, wann es Aufmerksamkeit will und wann ein kühler Saft genug ist. Florianna Ursula ist ein fröhliches Kind. Mir scheint, sie ist sogar glücklich hier bei uns. Da will ich es ihr gönnen, wenn sie den einen oder anderen Baum unbedingt erklimmen zu müssen glaubt.«

Die beiden Frauen lächelten einander zu.

»Wenn ich zurückdenke an jene Nacht!«, sagte die ehrwürdige Mutter schließlich. »Erst dieser Krach mitten im Stundengebet, als sei das Tor zur Hölle aufgeschlagen. Und als wir uns zitternd umschauen, sieht es aus, als ob die Gnadenkapelle lichterloh in Flammen steht. Habe ich einen Schreck bekommen! Aber zum Glück waren es ja doch nur die Opferkerzen. Die waren sogar alle bezahlt.«

Die Äbtissin schenkte sich aus einem bauchigen Krug ein. »Dein Kräutertee ist hervorragend«, sagte sie. »Aber zurück zu Flora. Kein Brand, keine Hölle. Aber ein Kind. Erst ein paar Stunden alt. Doch das weißt du ja alles, meine Tochter.«

Apollonia nickte. Wie gut kannte sie die Gewohnheit der ehrwürdigen Mutter, sichere Tatsachen zusammenzufassen, wenn es daran ging, die Zukunft zu planen!

»Am Fest der heiligen Ursula hat der Herr uns Flora gebracht. Aber ein Findelkind, bei dem man so gar nichts weiß, das kann gar nicht genügend Schutzpatrone haben.«

Florianna Ursula, so war das Mädchen ins Taufregister eingetragen worden, denn Ursula war die Heilige des Tages. Der Name Florianna ehrte die Mutter Mariens ebenso wie den heiligen Florian, den Schutzpatron gegen die Feuersbrunst. Die ehrwürdige Mutter konnte durchaus geistreich sein, wenn sie es darauf anlegte.

»Und das ist nun alles schon sieben Jahre her«, fuhr die Äbtissin fort. »Manche meinen, dass du die Kleine zu sehr verwöhnst. Dass ihr euch zu nahe seid und dass ihr übereinander sogar ein wenig den Herrgott vergesst.«

Apollonia wollte aufbegehren, aber die ehrwürdige Mutter hielt sie mit einer beschwichtigenden Geste davon ab.

»Sorge dich nicht. Es ist alles gut. Vorausgesetzt, du gewöhnst der Kleinen die Nesträuberei schnell wieder ab.« Sie lachte und trank einen großen Schluck Kräutertee.

»Gut. Das wäre also geklärt. Aber nicht geklärt ist, was aus der Kleinen werden soll. Jeder Mensch auf der Welt hat eine Aufgabe, vor die ihn der Herr gestellt hat. Und es ist nun an uns, herauszufinden, was er mit Flora will.«

Apollonia holte tief Luft. Darüber hatte sie schon so oft nachgedacht. Was sollte nur aus dem Mädchen werden? Dass Flora kein Bauernkind war, vermuteten sie zwar alle, aber ihre Herkunft blieb dennoch im Dunkeln.

»Wir können sie ja schlecht auf die Straße schicken und sagen, geh deiner Wege«, begann sie zögernd.

»Das sehe ich auch so, meine Tochter. Aber was ist, wenn der Herr sie nicht zur Nonne bestimmt hat? Wir schreiben immerhin das Jahr des Herrn 1487. Auch wenn viele meinen, dass jetzt doch sicher bald der Herr wiederkommen wird und dass spätestens zum neuen Jahrhundert das Reich Gottes anbrechen muss. Das wurde schon so oft geglaubt. Und ich wünsche es mir mit reinem Herzen. Aber was ist, wenn der Bräutigam eben doch noch auf sich warten lässt? Ich will keine von den törichten Jungfrauen sein, die vor lauter ›jetzt muss er aber gleich da sein‹ das Öl in ihrer Lampe ausgehen lassen. Seid bereit, so lautet meine Devise, aber nicht nur für eines. Der Herr wird uns schon sagen, wann es an der Zeit ist, darauf vertraue ich.«

Apollonia machte sich nicht viele Gedanken um die Jahrhundertwende. Als Klostergärtnerin war sie es gewohnt, in Jahreszeiten zu denken. Aber eine ehrwürdige Mutter muss wohl die größeren Zusammenhänge betrachten, sagte sie sich. Mir bleibt nur abzuwarten, bis sie erklärt, worauf sie hinauswill.

»Natürlich wäre es schön, wenn Flora hier bei uns ihre

Zukunft finden könnte. Aber wie gesagt, wir schreiben das Jahr 1487. Wir leben doch nicht mehr in den finsteren Zeiten. Heute muss keine mehr Nonne werden, bloß weil ihr sonst nichts bleibt. Jedenfalls nicht, solange ich diesem Kloster vorstehe.«

Apollonia verspürte einen alten Schmerz in sich. Aber hier ging es ja nicht um sie.

»Also, was können wir unserer Kleinen geben, wenn nicht ein Ordensgewand? Was meinst du, meine Tochter?«

Apollonia hatte sich diese Frage schon oft gestellt. »Schwester Maria Johanna«, begann sie, »die hat doch damals das Körbchen untersucht und gesagt, dass das keine hiesige Arbeit sein könne, mit solch einem Muster. Das Tuch, in das man die Kleine gehüllt hatte, war von allerfeinstem Leinen. Das Kind ist von Stand, da bin ich sicher. Nur eben nicht ganz standesgemäß, sonst wäre es ja wohl nicht nötig gewesen, so ein hübsches Ding auszusetzen.« Apollonia zögerte. Eine Handbewegung der Äbtissin bedeutete ihr schließlich fortzufahren.

»Ich glaube, es wäre das Beste, wenn wir ihr beibringen würden, was ein Fräulein wissen sollte. Aber natürlich nicht so, dass sie nicht mehr mit ihrer Hände Arbeit ihr Brot verdienen kann. Wenn wir sie zur Magd erziehen und ihre Eltern kommen doch noch, dann haben wir nicht recht getan. Aber wenn sie sich als Fräulein fühlt und es kommt niemand, dann ist sie noch übler daran.«

Die ehrwürdige Mutter nickte.

»So ist es, meine Tochter. Es wäre tatsächlich am einfachsten, wenn sie eine Berufung verspürte. Aber darauf will ich mich nicht verlassen. Bringen wir ihr also Lesen und Schreiben bei. Ein bisschen Musizieren vielleicht auch. Sie hat ja eine schöne Stimme. Zeigt sie mittlerweile Geschick beim Sticken und Nähen?«

»Nicht übermäßig. Sie ist ja noch ein Kind. Das Stillsitzen in der Nähstube oder gar beim Sticken von Messgewändern, das ist ihre Sache wahrhaftig nicht. Aber sie zeigt viel Eifer im Garten. Ich glaube, sie hat einen grünen Daumen. Ihre Gemüsereihen mögen vielleicht nicht eben schnurgerade sein, aber alles wächst und gedeiht aufs Vortrefflichste. Und auch in der Kräuterstube ist sie mir eine große Hilfe.«

»Dann bleibt es dabei. Flora wird deine Gehilfin und erlernt so die Kunst, mit Kräutern zu heilen.«

Apollonia nickte nachdenklich. »Einer Kräuterkundigen, die im Kloster erzogen wurde, der wirft man nicht so schnell vor, dass sie mit dem Bösen im Bunde ist. Wenn sie also eines Tages vielleicht doch hinaus in die Welt muss, hat sie etwas, von dem sie anständig leben kann. Einer solchen Frau sieht man auch nach, wenn sie gebildet spricht und denkt.«

Die ehrwürdige Mutter lächelte sanft. »Unsere Kleine redet wirklich nicht, als wäre sie erst sieben Jahre alt. Da müssen wir aufpassen, dass sie nicht ein altkluges Fräulein wird, dem keiner mehr gerne zuhört. Es mag daran liegen, dass sie immer nur mit Erwachsenen spricht.« Wieder nahm die Äbtissin einen Schluck Tee. »Wirklich erfrischend. Wie wäre es denn damit? Wenn dich die Bauern rufen, weil die Kuh nicht kalben will oder sie sonst deinen Rat brauchen, dann nimmst du Flora von jetzt an mit. Auf diese Weise lernt sie die Welt da draußen etwas kennen.

Und sie begegnet anderen Kindern, wenn die sich wie Kinder betragen und nicht in der Messe still sitzen müssen.«

Sie ist wirklich weise, dachte Apollonia. So sieht Flora etwas von der Welt, ohne dass sie in ihr leben muss. Wenn sie uns, was der Himmel verhüten möge, doch einmal verlässt, geht sie nicht völlig ins Ungewisse.

»Darüber wollen wir natürlich nicht vergessen, was wir uns für ihre Erziehung vorgenommen haben. Du, meine Tochter, weißt ja, worauf es ankommt, was ein Mädchen von Stand wissen muss. Lass sie ein tugendhaftes Leben führen. Glaube, Hoffnung und Liebe, da habe ich keinen Zweifel. Doch da sind ja auch noch die anderen vier Tugenden. Klugheit, gut, die ist nicht erlernbar. Die Kleine lässt immerhin hoffen. Tapferkeit, die braucht sie hier hoffentlich nicht. Gerechtigkeit, die soll ihr hier widerfahren. Aber da wäre noch die Temperantia.«

Jetzt kommt es, dachte Apollonia. Ich wusste es, ohne Strafrede komme ich nicht davon. Ergeben senkte sie den Kopf.

»Genau. Die Temperantia. Oder Zucht und Maß auf gut Deutsch. Flora ist jetzt sieben Jahre alt. Es ist an der Zeit, dass du sie in die Zucht nimmst. Crescentia meint ja, eine tüchtige Tracht Prügel würde dem Kind das Bäumeklettern schon austreiben. Aber ich denke, dabei würde so manche Rute entzweibrechen. Ich halte einfach nichts davon. Selbst wenn es in der Bibel heißt, wer sein Kind liebt, züchtigt es. Flora ist unser Mündel, sie wurde uns anvertraut. Aber unser Kind, das ist sie nicht. Und das wollen wir auch nicht vergessen, nicht wahr, meine Tochter?«

Worauf will sie jetzt wohl hinaus?, grübelte Apollonia. Ich habe Flora von Herzen lieb, wie eine Tochter. Aber ich weiß doch, dass sie nicht mein Kind ist.

»Hier im Kloster wollen wir die Liebe zu Gott über alles stellen. Ich weiß, dass du wegen Flora keine einzige Pflicht versäumt hast. So wird es auch bleiben. Das Kind darf sich durchaus geliebt fühlen, aber der Mittelpunkt deines Lebens, der muss ein anderer sein. Denk immer an den Herrn, ihm hast du dein Dasein geweiht.«

Apollonia wollte aufbegehren und sich rechtfertigen. Aber schon fuhr die Äbtissin fort.

»Es geht dabei gar nicht so sehr um Flora. Oder um dich. Oder darum, dass ihr bisweilen wie Mutter und Kind wirkt. Ich weiß doch, dass sie dich mitunter ihre Mamapolloni nennt. Warum auch nicht, es stimmt ja doch irgendwie. Aber es geht um den Frieden hier im Kloster. Den haben wir, solange wir die Welt und ihre Zwistigkeiten nicht in unsere Mauern lassen. Ich will nicht, dass wir hier in St. Annabrunn streiten. Hoffahrt und Bevorzugung sollen hier genauso wenig Platz haben wie Neid und Missgunst.«

Wieder trank die ehrwürdige Mutter von ihrem Tee. »Wirklich, ganz ausgezeichnet. Die Kunst, aus verschiedensten Pflanzen ein harmonisches Ganzes zu machen, die beherrschst du vorzüglich. Meine Aufgabe ist ähnlich. Temperamente, Begabungen und Schwächen, alles muss ich zu einem erträglichen Miteinander verbinden. Wenn ich eine bevorzuge, fühlt sich eine andere zurückgesetzt. Damit muss ich leben. So sind die Spielregeln. Im Mittelpunkt steht keine Einzelne von uns. Auch nicht Flora. Im Mittelpunkt steht der Herr. Alles Weitere ergibt sich daraus. Und sei es, dass Flora fürderhin deine Schülerin sein darf. Du wirst sie erziehen, wie wir es besprochen haben. Sie soll im Kloster leben können wie auch in der Stadt. Sie soll uns bei Hofe keine Schande machen und doch auch mit einem braven Bauern glücklich werden können. Vor allem aber soll sie glücklich sein. Keine leichte Aufgabe, das gebe ich zu. Aber wenn es dir gelingt, wird auch der Frieden hier im Kloster zu bewahren sein. Haben wir uns verstanden?«

2

»Muss das denn sein?« Missmutig wandte sich Flora von dem kleinen Fenster ab, vor dem die Flocken tanzten. »Ich hatte mich so darauf gefreut, endlich säen zu können. Und es hatte doch sogar schon etwas getaut. Aber jetzt schneit es schon wieder.«

Apollonia unterdrückte ein Lächeln. Wie gut kannte sie diese Ungeduld! Das Warten auf den Frühling schien auch ihr jedes Jahr länger zu dauern. Aber so war es nun einmal, hier in diesem entlegenen Winkel Nordhessens. Oft fiel der erste Schnee schon Anfang Oktober und blieb dann in den geschützten Winkeln bis weit in den März hinein liegen. Oder es kamen ein paar Tage Scheinfrühling mit kräftigem Sonnenschein, der die Dächer von ihrer Last erlöste und die Menschen leichtsinnig machte. Mit viel zu dünner Kleidung gingen sie umher, ließen sich von einem unerwarteten Schneesturm überraschen, der Erfrierungen, einen hartnäckigen Husten oder gar Schlimmeres mit sich brachte.

»Am Wetter kannst du nichts ändern, Flora. Aber an deiner Laune. Komm her, ich zeige dir etwas.«

Neugierig setzte sich das Mädchen zu Apollonia an den Arbeitstisch in der Kräuterstube. Mit großen Augen sah sie auf das dicke Buch.

»Das ist aber schön!«, seufzte sie. Bewundernd fuhr Flora mit dem Finger die in das Leder gepunzte Blume auf der Vorderseite des Einbandes nach. »*Herbarii Hortus Apolloniae. Soli Deo Gloria, MCDLXXXIX*«, las sie den Titel vor. »*Soli Deo Gloria*, das kenne ich. Einzig zur Ehre Gottes. Und die Jahreszahl, das ist 1489, M steht für Tausend. Deinen Namen kann ich auch lesen. Aber was bedeutet der Rest? Das ist auch Lateinisch, richtig?«

»Genau, Flora. *Hortus* ist der Garten. Das Buch heißt also Apollonias Kräutergarten. Aber wenn es nur zur Ehre Gottes ist, warum steht dann da mein Name? Das ist mir gar nicht recht.«

Flora kicherte. »Ich weiß, wem das auch nicht recht sein wird. Und ganz sicher hat sie es schon vor uns gesehen.«

»Nein.« Apollonias Stimme klang streng. »Sag es nicht. Sprich ihren Namen nicht aus, wenn du nichts Gutes zu sagen hast. Schweig einfach. Es ziemt sich nicht, schlecht über jemanden zu reden.«

»Aber sie tut es doch auch!« Flora machte ein empörtes Gesicht.

»Na und? Dann ist es ihre Sünde und nicht deine. Sprich es nicht aus. Und denk etwas anderes. Wir müssen auch für die Sünden geradestehen, die wir nur in Gedanken begehen, einstmals, am Tag des Jüngsten Gerichts.«

Nachdenklich fuhr Flora mit dem Zeigefinger den Schmuckrand des Einbandes entlang. »Ja, das ist wahr. Aber das Gute soll doch auch nicht verschwiegen werden. Hat der Pater Coelestin nicht erst letzte Woche darüber gepredigt, als er das Hochamt mit uns gefeiert hat? Der Name der Bösen vergeht, hat er gesagt, aber der Name der Gerechten bleibt in Ewigkeit.«

Apollonia schüttelte den Kopf. »Flora, also wirklich. Die Gerechten, das sind die Großen im Glauben. Da geht es nicht um ein paar Blumen.«

»Ist es das, was da drin ist? Deine Pflanzenbilder?«

»Ja, genau. Die Schwester Bibliothekarin hat sie als Buch gebunden. Du weißt doch noch, wie sie kurz nach Neujahr um einen Kräutersaft für ihren Husten bat. Während du ihn abgefüllt hast, hat sie den Stapel Zeichnungen gesehen. Gut, dass sie so erkältet war, da konnte sie mich nicht ausschimpfen.«

»Aber versucht hat sie es.« Flora lachte. »Sie hat gesagt, dass Bescheidenheit irgendwann aufhört, eine Tugend zu sein. Und dass du dein Licht nicht immer unter den Scheffel stellen sollst.«

Apollonia schüttelte den Kopf. »Kind, Kind, Kind. Wie oft habe ich dir schon gesagt, dass es dich nichts angeht, was Erwachsene miteinander bereden. Schon gar nicht sollst du es nachplappern.«

Floras Strahlen erlosch. Mit großen Augen sah sie ihre Ziehmutter an. »Aber«, stammelte sie, »aber Schwester Maria Assunta hatte doch recht. Es war wirklich kein guter Ort, wo die Blätter lagen. Wie leicht hätten die Zeichnungen nass werden können. Schon wären sie verdorben gewesen. Oder Herr Mattutinus hätte uns eines seiner Geschenke daraufgesetzt.«

Piepsi war tatsächlich zu einem prächtigen Amselmann gediehen, der längst sein eigenes Nest im Birnbaum bei dem Fischteich hatte. Zuerst hatte Flora ihn Bruder Mattutinus nennen wollen, weil der Vogel mit seinem Gesang schon in den frühen Morgenstunden den Herrn lobte, aber als er dann eine Frau Amsel fand, versetzte ihn das Mädchen kurzerhand in den Laienstand. Die Nesträuberei hatte Flora längst aufgegeben. Zumindest hoffte Apollonia das. Hin und wieder ließ sie sich noch im Baumgeäst erwischen, aber sie hatte meist einen sehr guten Grund. Die letzten Früchte, die an einer selbst mit der Leiter unzugänglichen Stelle hingen, ein vom Sturm abgeknickter Ast, der nicht unvermittelt aus dem Baum fallen und vielleicht gar die ehrwürdige Mutter treffen sollte, der Möglichkeiten gab es viele. Flora fand sie alle. Da konnte selbst Crescentia nicht gut schelten, wenn es darum ging, die Äbtissin vor Gefahren zu bewahren. Apollonia lächelte gedankenverloren, während Flora weiterplapperte.

»Das mit der Blume vorne, das ist geschickt. Da weiß man doch gleich, was drin ist. Selbst wenn eine kein Latein kann oder etwa nicht lesen gelernt hat. Wenn du sagst, hol mal das dicke Buch mit der schönen Blume drauf, dann bringt sie dir das richtige. Obwohl, ich bin ja da. Und ich kann lesen. Darf ich?«

Apollonia nickte lächelnd, und Flora schlug das Buch auf.

»Puh«, machte sie. »Das riecht aber sonderbar.«

»Das ist der Buchbindeleim. Das vergeht schon noch.«

»Aber schade ist es schon. Deine Bilder sind so schön, ich glaube, ich kann die Blumen fast riechen. Dann hole ich tief Luft, und was ist? Ich rieche Leim. Schade, dass man die Blumen nur malen kann und nicht ihren Duft einfangen.«

Du hast Ideen, mein Kind, dachte Apollonia. Wo du die nur immer hernimmst?

»Vielleicht könnte man kleine Säckchen mit einbinden, da ist dann der Samen drin oder die Essenz oder sonst etwas. Dann hat man alles beieinander.«

Apollonia schüttelte den Kopf. »Meinst du nicht, dass

dies ein bisschen unpraktisch wäre? Spätestens beim Blättern?«

»Na, dann eben nicht im Buch, sondern alles zusammen verpackt, in einer Spezereienkiste vielleicht.«

Flora konnte recht hartnäckig sein, wenn sich einmal eine Idee in ihrem Kopf festgesetzt hatte. Aber diesmal war sie zu gefangen von den leuchtenden Farben und den vielen sorgfältig gezeichneten Details.

»Das Buch war eine wahrlich gute Idee«, befand sie endlich. »So kommen die Bilder richtig gut zur Geltung. Es ist wirklich, als ob meine Augen durch einen Garten gingen.«

Floras Blick huschte wieder zum Fenster. »Es hat endlich aufgehört zu schneien. Aber der Frühling ist wohl noch weit. In diesem Buch erfrieren uns die Blumen wenigstens nicht. Sie sind alle da. Ich erkenne sie, alle.«

»Bist du dir da so sicher?« Apollonia lächelte.

»Nun gut«, gab Flora zu. »So weit bin ich doch noch nicht. Aber ich glaube, der Herrgott bringt jedes Jahr neue Blumen hervor. Und wenn wir ein bisschen nachhelfen, wie bei den Obstbäumen, werden es noch mehr. Nur müssen wir dann ja auch warten, bis Frau Sunna den Schnee endlich verschwinden lässt.«

»Na, na, na!« Apollonia hob mahnend den Zeigefinger. »Frau Sunna? Lass das mal nicht den Pater Coelestin hören.«

Irrte sie sich, oder hatte Flora gerade gemurmelt, nicht nötig, das verrät ihm schon die Crescentia? Apollonia war zuweilen dankbar dafür, dass der Herr ihr Gehör allmählich schwächer werden ließ.

Flora deutete aufgeregt auf eine Blume mit weißem Blütenkelch an einem schmalen Stängel. »Die will ich jetzt bald sehen. Märzenbecher. Es wird wirklich allerhöchste Zeit.«

Wieder ließ sie ihre Finger über den dicken Ledereinband gleiten. »Das hat die Schwester Bibliothekarin wahrhaft gut gemacht. All deine Pflanzenbilder in einem Buch zusammengebunden. Da sieht man erst so richtig, wie schön du das alles gemalt hast.«

Es klopfte, und schon stand Martha, eine der Mägde des Klosters, in der Kräuterstube. Sorgfältig schloss sie die Tür wieder hinter sich. »Wohlig warm habt ihr es hier.« Sie schob das große Tuch, das sie über den Kopf gelegt hatte, auf die Schultern. »Schwester Walburgis schickt mich. Ich soll fragen, ob mir Flora helfen kann. Jetzt wo es aufgehört hat zu schneien, wollen wir die Wege ein bisschen frei machen.«

Flora sah Apollonia erwartungsvoll an.

»Bist du fertig mit dem, was ich dir aufgetragen hatte?« Apollonias Augen funkelten. Sie wusste doch selbst, wie viel Zeit über das Betrachten des Buchs vergangen war. Aber es schadete nichts, der Magd zu zeigen, dass in der Kräuterstube strenge Disziplin herrschte. Flora verstand sofort.

»Ja, Schwester Apollonia. Die Gläser sind alle gespült, die Deckel der Größe nach geordnet, und die Kräuterbündel hängen auch alle, wie sie sollen. Darf ich?«

»Nun gut.« Apollonia hob mahnend den Finger. »Aber denk daran, der Schnee gehört auf die Schaufel und nicht in die Kapuze einer der anderen, hörst du?«

Flora griff nach ihrem Umhang und ging lachend mit der Magd davon.

Das wird ihr guttun, dachte Apollonia. Ein Kind braucht Bewegung und frische Luft. Sie griff nach dem Buch. Natürlich ist es schön, dass mein Name darauf steht. Ich leugne es nicht. Aber ich weiß genau, wer da wieder missgünstig sein wird, auch wenn ich ihren Namen nicht ausspreche. Sie leidet eben darunter, dass sie so gar kein Talent zum Zeichnen hat. Das Rechnen, das liegt ihr viel mehr, aber es genügt ihr einfach nicht, die Bücher zu führen. Sie sehnt sich nach Schönheit und weiß diesen Wunsch nicht einmal zu benennen. Sie ist neidisch, da beißt die Maus keinen Faden ab. Apollonia seufzte. Bin ich froh, dass sie nur selten in die Kräuterstube kommt, da stelle ich das Buch eben in einen Winkel, und es ist gut. Obwohl ich selbst zugeben muss, dass mir die Abbildungen wirklich wunderbar gelungen sind.

Ja, dachte Apollonia, das Zeichnen und Malen, das habe ich nicht erst hier in Annabrunn gelernt. Aber es ist mir hier sehr viel nützlicher als in der Welt draußen, wo es nur ein Zeitvertreib war, der die langen, leeren Stunden mit Tante Hannele so füllen konnte, wie es sich für ein Mädchen aus gutem Hause ziemte. Wer da eigentlich auf wen aufgepasst hat, war wohl nie so richtig klar. Die gute Tante war doch ein bisschen wunderlich. Aber was sie alles wusste über Kräuter! Gut, dass sie von Stand war, eine alte Bauersfrau, die Heiltränke mischt, hätte man wohl sicher schärfer ins Auge genommen als die Großtante des reichen Patriziers, den der Bürgermeister von Kassel um Rat fragt. Ach, gute Tante Hannele. Dir hat es nichts ausgemacht, als Friedrich immer ans Fenster klopfte. Du hast nichts verraten. Aber irgendjemand hat uns eben doch belauscht. Eines Tages kam mein Friedel nicht mehr, und es hieß, er werde nun endlich das Fräulein von der Tann heiraten, es sei auch die äußerste

Zeit. Danach war nie wieder die Rede von ihm. Wie gerne hätte ich noch einmal mit ihm gesprochen. Vielleicht hätte ich sogar verstanden, warum er so an mir gehandelt hat. Aber noch nicht einmal ein Brief kam. Dabei war doch der lose Stein in der Mauer unser Geheimversteck gewesen, in das wir all das legten, was kein anderes Auge sehen sollte. Ach, Friedel, das war nicht schön von dir an mir getan.

Apollonia gab sich einen Ruck. Hatte sie nicht die Welt hinter sich lassen wollen, als sie ins Kloster eingetreten war? Wenn das für die Welt galt, dann hatte das auch für Friedrich zu gelten, selbst wenn der ihr einst mehr als die Welt gewesen war. Vorbei war vorbei. Wer weiß, dachte sie, vielleicht wäre ich mit meinem Soldaten auch nicht glücklich geworden. Immer in Angst und Sorge, die Gefahr, Verletzungen, die im Feld nicht richtig versorgt werden, keine Sicherheit, dass nicht doch irgendwo wieder gestritten wird und mein Friedel mittendrin? Bald dreizehn Jahre ist es her, dass ich nach Annabrunn kam, hergeschickt von einem zornigen Vater, der mich für anderes vorgesehen hatte, verabschiedet von einer seltsam gefassten Mutter, die mir einmal im Jahr zu Ostern einen Brief schreibt, der über Belangloses nicht hinausgeht. Es ist gut, wie es ist.

Apollonias Blick schweifte durch die Kräuterstube, streifte den Arbeitstisch, das Regal mit den Gerätschaften, die dicht gereihten Gläser, Kruken und Schachteln, alles sorgfältig beschriftet. Es ist wahr, dachte sie. Ich liebe die Pflanzen, sie sind gewiss ein Gottesgeschenk. Auch wenn ich meinen Frieden immer noch nicht gefunden habe, meine Berufung ist klar. Und sie ist hier.

Entschlossen rückte sie ein paar Schachteln beiseite und

stellte das Buch in die Ecke des Regals. Sollte ich vielleicht noch ein Buch beginnen? Es genügt ja nicht, die Kräuter und die Blumen zu erkennen, zu wissen, für was sie gut sind und wogegen sie helfen. Man muss auch wissen, wie sie anzuwenden sind. Oder wäre das eine Aufgabe für Flora? So lernt sie die Rezepte, und ganz nebenbei wird sich auch ihre Handschrift verbessern. Aber lassen wir es doch erst einmal Frühling werden.

Tatsächlich folgten ein paar sonnige Tage. Das Rezeptbuch erwähnte Apollonia vorerst nicht, denn Flora half eifrig mit, die Wege auf dem Klostergelände wieder begehbar zu machen. Obwohl das Räumen der Schneemassen harte Arbeit war, blieb das Mädchen fröhlich. Apollonia zog es vor, nicht nachzufragen, warum Schwester Crescentia gelegentlich mit saurem Gesicht und einem kreisrunden Schneefleck auf dem Rücken ihrer Ordenstracht zum Stundengebet kam. Während Flora draußen arbeitete, machte Apollonia die Kräuterstube bereit für das Kommende. Wenn der Frühling erst einmal mit aller Macht einsetzte, musste Platz sein. Kritisch prüfte sie die Vorräte, schärfte die Messer, sortierte die anderen Gerätschaften. Frühling, das bedeutete Nachwuchs nicht nur bei den Pflanzen. Schon bald würde der erste Bauer sie um Hilfe bitten, wenn das Kalb nicht kommen wollte oder die Hühner das Eierlegen verlernt zu haben schienen. Dann musste alles in Ordnung und in greifbarer Nähe sein. Apollonia liebte diese Zeit der Vorbereitung. Sie war auch froh, wenn sie einmal ein paar Stunden für sich selbst hatte. Floras immer wacher Geist dachte sich Fragen um Fragen aus, spann Ideen oder Pläne und ließ ihrer Ziehmutter oft genug keine Muße für eigene Gedanken. Immer wieder gab es etwas, das sie aus ihrer Konzentration riss. Auf dem Hof waren aufgeregte Stimmen zu hören. Schon wieder, dachte sie und seufzte. Das Kloster, ein Ort der Stille, dachte sie, na, von wegen, danke bestens. Dafür hätte ich wohl in einen Schweigeorden gehen müssen.

Mit Schwung wurde die Tür zur Kräuterstube aufgerissen. Martha stand im Türrahmen. »Schwester Apollonia«, brachte die Magd schwer atmend hervor, »Schwester, es ist etwas passiert. Mit Flora, kommt, kommt schnell!«

Apollonia fühlte einen Stich im Herzen, aber sie zwang sich zur Ruhe.

»Moment, Mädchen. Hol tief Luft. Und nun sag mir, was geschehen ist.«

Marthas Wangen glühten. »Wir haben den Schnee geräumt. Rings um die Kirche. Flora und ich. Die anderen waren auf der anderen Seite. Wir wollten sehen, wer schneller von der Tür bis zum Hochchor kommt. Es war ein Wettkampf.«

Das interessiert mich alles nicht, dachte Apollonia. Aber wenn ich sie jetzt unterbreche, dann wird sie erst recht nicht weiterwissen.

»Und wir lagen gut, Flora schafft ja wie eine Große. Die ist wirklich ein braves Mädchen. Wie die die Schippe geschwungen hat! Und wir wollten gewinnen. Da haben wir nur den Schnee gesehen und was wir noch schaffen wollten. Auf einmal hat es gekracht. Dann war Flora weg. Und alle unsere Arbeit war zunichte. Alles voll Schnee, als hätten wir keinen Finger krumm gemacht. Aber Flora, die ist weg.«

Ein Schneebrett, dachte Apollonia. Vom Kirchendach.

Da war sicher Eis darunter. Herrgott, lass kein Eis dabei gewesen sein, ich flehe dich an. Verschone unsere Flora. Hastig griff sie nach der Tasche, die sie für derlei Unfälle bereithielt, und warf sich ihren Umhang über. Dann schob sie Martha zur Tür hinaus. »Los, Mädchen. Zeig mir, wo es geschehen ist.«

Der Pfad vor der Kirche war tatsächlich gut geräumt. »Rechts oder links, Martha?« Die Magd deutete mit zitternden Fingern nach rechts. Hinter der Seitenkapelle gruben ein paar Mägde aufgeregt im Schnee herum. Das musste die Stelle sein.

»Hier!«, schrie eine aufgeregt und winkte. »Hier, ich habe ihren Fuß!«

Apollonia eilte hin, Martha folgte ihr keuchend. Dann stand sie mit hängenden Armen neben dem Schneehaufen, aus dem eine graue Filzpantine mit dicker Strohsohle ragte.

»Steh nicht dumm herum, Mädchen!«, fuhr Apollonia sie an. »Du siehst doch, wo sie ist, also los, hilf graben.« Sie selbst packte den Fuß. Nicht daran ziehen, ermahnte sie sich, wer weiß, ob nicht etwas gebrochen ist. Mit bloßen Händen fegte sie den Schnee zur Seite. Lieber Herr Jesus, lass uns sie heil und gesund finden. Oder wenigstens am Leben. Den Rest schaffen wir dann schon, mit Deiner Hilfe.

Mit vereinten Kräften hatten Apollonia und die Mägde Flora bald aus dem Schnee ausgegraben. Die lag nur mit geschlossenen Augen da. Schnee verkrustete ihre Lider, die Wangen waren blass. Aber eine Wunde war nicht zu sehen, und es schien auch nichts gebrochen zu sein. Danke, schickte Apollonia ein Stoßgebet zum Himmel, danke, Herr.

»Flora?«, fragte sie leise. »Flora, mach doch die Augen auf. Hörst du mich denn nicht?«

Nichts regte sich. Nur Martha schniefte leise.

»Flora, meine Kleine. Es ist alles in Ordnung. Ich bin hier. Es ist alles gut.«

Das Mädchen rührte sich nicht. Hastig kramte Apollonia eine Feder aus ihrer Tasche und hielt sie vor die blasse Nase des Kindes. Der haardünne Flaum bewegte sich kaum. Ging da ein Wind, oder atmete Flora? Apollonia vermochte es nicht zu sagen.

»Holt ein Brett«, befahl sie zwei Mägden. »Wir wollen sie ins Warme tragen. Und ihr anderen, steht nicht so dumm herum, betet.«

Hinter ihr entfernten sich Schritte. Eine der Mägde begann den Rosenkranz zu beten, und die anderen fielen in das Gebet ein. Apollonia beugte sich wieder hinunter. Mit geübten Fingern öffnete sie Floras Mund. Kein Schnee. Ein gutes Zeichen, glaubte sie und hoffte. Auch die Nase schien frei. Aber warum atmete das Mädchen nicht? Entschlossen kniff sie Floras Nasenflügel zusammen und legte ihren Mund auf die blassen Lippen. Tief blies sie ihren warmen Atem in die kleinen Lungen. Wieder und wieder. Endlich spürte sie, wie sich der Körper unter ihr regte. Flora hustete.

»Gelobt sei Jesus Christus!«, seufzte Apollonia.

»In Ewigkeit, amen«, antwortete ihr die Stimme der ehrwürdigen Mutter.

Flora schaute mit großen Augen auf. »Was ist denn geschehen?«, fragte sie mit brüchiger Stimme und wurde gleich wieder von einem Hustenanfall geschüttelt.

Apollonia lachte erleichtert auf.

Bei der Äbtissin standen die beiden Mägde, die das Brett geholt hatten.

»Die zwei hier machten so ein Geschrei, dass ich dachte, ich schaue besser selbst einmal nach dem Rechten«, sagte die Äbtissin. »Nun, Kind, wie ist es? Ist es gemütlich so im Schnee, oder kannst du aufstehen?«

Das ist noch zu früh, wollte Apollonia aufbegehren. Aber dann sah sie das Lächeln der ehrwürdigen Mutter. Sie hat recht, dachte sie. Je weniger wir Flora merken lassen, dass wir eine Heidenangst um sie haben, desto besser ist es.

Flora richtete sich auf. »Hm«, machte sie. »Eben war ich doch noch beim Schneeschippen. Jetzt sitze ich hier und weiß gar nicht, wer gewonnen hat.«

Entschlossen stand sie auf und versuchte, sich den Schnee abzuklopfen.

Also ist wohl wirklich nichts gebrochen, dachte Apollonia. Das ist ein guter Anfang. »Ein Schneebrett hat sich gelöst«, sagte sie. »Und du warst ihm wohl im Weg.«

»Ein Schneebrett, so, so.« Die Äbtissin klang erstaunt. »Das hört man aber doch, besonders, wenn es von einem hohen Kirchendach kommt. Da hat dich niemand gewarnt? Ihr arbeitet doch immer zu zweit, warum meinst du denn, dass das so ist?«

»Bitte, ehrwürdige Mutter, bestraft nicht die Martha. Wir haben mit der Bärbe und der Liesel um die Wette geräumt. Ihr habt doch einmal gesagt, dass es für Euch das Schönste ist, nach der Messe durch Gottes Natur zu gehen. Da wollten wir, dass Ihr nicht mehr warten müsst, bis es endlich Frühling ist. Wenigstens einmal um die Kirche herum, das wollten wir Euch gönnen.«

Die Äbtissin schüttelte nachsichtig den Kopf.

»Aber Kind! Das ist ja sehr lieb gemeint. Nur soll so etwas ja nicht unter Lebensgefahr geschehen.«

»Es sah aber gar nicht gefährlich aus. Wir räumen den Schnee doch schon seit Tagen, und nie ist etwas passiert. Jetzt haben wir eben einmal um die Wette schaufeln wollen. Und Schwester Crescentia hat gesagt, dass so ein Wettstreit dem Herrn wohlgefällig sei, wenn es darum geht, den Menschen den Weg in sein Haus zu erleichtern.«

Irrte sich Apollonia, oder waren die Augen der Äbtissin bei der Erwähnung dieses Namens tatsächlich etwas schmaler geworden? Gespannt beobachtete sie die Reaktion.

»Die Schwester hat euch gesagt, dass ihr um die Kirche herum den Schnee schaufeln solltet?«

»Das nicht. Sie hat gesagt, dass der Platz an der Treppe so eng ist. Wenn wir mit den Wegen zur Küche und den Ställen und so weiter fertig sind, hat sie gesagt, und es noch hell ist, dann wäre es schön, wenn da mehr als zwei Fußbreit Weg wären und man nicht immer mit der Ordenstracht durch den rechts und links aufgetürmten Schnee fegen würde.« Flora hustete wieder. »Es war auch ihre Idee, das mit dem Wettstreit. Sie hat gesagt, zwei nach links, zwei rechts, schaut doch einmal, wie weit ihr kommt, wer mehr schafft. Und weil links die Kapelle der heiligen Barbara ist, wollte Bärbe eben links. Und die Annenkapelle ist rechts, das war dann natürlich meine Seite. So hat sich das ergeben. Ja, und dann ist es eben passiert. Wer hat denn nun gewonnen? Niemand, nehme ich an. Wir sind ja nicht ganz herum. Oder? Können wir jetzt weitermachen?«

53

Die Äbtissin schüttelte den Kopf. »Ich will nicht, dass ihr euer Leben riskiert für etwas mehr Platz auf dem Weg. Bärbe, Liesel und Martha, ihr werdet sicher in der Küche gebraucht. Da könnt ihr euch aufwärmen und den Schreck bereden. Du Flora, ab mit dir in die Kräuterstube. Raus aus den kalten Sachen, setz dich vors Feuer und trink warmen Tee. Ich bin zwar nur die Äbtissin und nicht die Kräuterkundige, aber so viel weiß ich schon, dass du einen Schutzengel gehabt hast.«

Sie wandte sich zu den anderen Mägden. »Ihr seht ja, dass es hier nichts mehr zu tun gibt. Wenn Bärbe, Flora, Liesel und Martha hier Schnee räumen sollten und ihr nicht, dann ist es schön, dass ihr zu Hilfe geeilt seid, als es den Unfall gab. Aber was ist mit dem, was ihr dafür im Stich gelassen habt? Nun?«

Schon war sie mit Flora und deren Ziehmutter allein.

»So, meine Tochter. Ich möchte mit dir sprechen. Aber nicht hier draußen im Schnee. Komm zu mir, sobald du Flora versorgt hast.«

3

Was die ehrwürdige Mutter und Apollonia miteinander zu besprechen hatten, erfuhr Flora nie. Es schien ihr auch nicht weiter aufzufallen, dass sie nur noch wenig in den Klosteralltag eingebunden wurde. An den Stundengebeten nahm sie weiterhin wie selbstverständlich teil. Auch in der Nacht stand sie dafür auf, sie gehörten eben zu ihrem Leben. Aber das fand zunehmend außerhalb der Klostermauern statt. Fast täglich begleitete Flora ihre Ziehmutter, wenn diese Wald, Feld und Flur durchstreifte auf der Suche nach Heilkräutern, den ersten Nüssen und den letzten Waldbeeren. Schon bald kannte sie sich mit den verschiedensten Anwendungen aus, und selbst wenn sie den jungen Bärlauch noch vor der Blüte sammelte, verwechselte sie ihn nie mit den so ähnlichen, aber ungleich giftigeren Herbstzeitlosen, den Maiglöckchen oder dem Aronstab. Sie trocknete Kräuter, braute Sude, mischte Salben und Tees. Auch Umschläge, Wickel und Senfpflaster vertraute Apollonia ihr mit der Zeit an.

Gerne half das Mädchen auch im Klosterstall aus, wo ein paar Kühe, zwei alte Esel, eine Handvoll Ziegen und eine Schar von Hühnern untergebracht waren.

»Ich habe sie wirklich gerne um mich«, vertraute Schwester Walburgis Apollonia an. »Sie ist immer guter Dinge. Und die Tiere spüren es, dass Flora ein guter Mensch ist. Sie sind viel ruhiger, wenn unser kleiner Wirbelwind bei ihnen ist, als wenn eine der Mägde beim Melken hilft.«

So gingen die Jahre ins Land. Die Erfahrung, die Flora im Stall sammelte, war mehr als einmal nützlich, wenn wieder ein Bauer um Hilfe aus Annabrunn bat. Auf solchen Gängen trug sie Apollonias Tasche.

Allerdings hatte die ehrwürdige Mutter eine Bedingung gestellt. »Es geht nicht an«, hatte sie beschlossen, »dass unser Mündel wie eine Magd herumläuft. Sie ist nun einmal keine, da wollen wir auch nicht bei aller Welt den Eindruck erwecken, wir hielten sie wie eine.«

»Aber in Nonnentracht kann sie auch nicht gut herumlaufen«, hatte Apollonia zu bedenken gegeben, und die Äbtissin hatte genickt.

»Solange sie ein Kind war, war es einfacher. Wer achtet schon darauf, was so ein junges Ding trägt? Aber unsere Flora wächst heran. Es kommt der Tag, dass jemand sie genauer ins Auge nimmt. Was dann?«

Schließlich war ein Mittelweg gefunden worden. Flora trug nun schlichte graue Gewänder. Eine Verwechslung mit den Nonnen in ihrem hellen Ordenshabit und dem schwarzen Schleier war somit ausgeschlossen. Von den Mägden in ihren verschiedenfarbigen Ober- und Unterkleidern hob sie sich ebenfalls ab. In der Stadt hätte man sie für eine Bürgerstochter gehalten, vielleicht mit etwas altmodischen Eltern, aber sicherlich aus gutem Haus.

»Das ist das Wichtigste.« Die ehrwürdige Mutter hatte gelächelt. »Wir wissen ja immer noch nicht, was aus ihr werden wird. Dabei ist Flora schon fast zwölf Jahre alt. Nun gut. Warten wir es ab, wie der Herr es richten wird. In der Zwischenzeit sorgen wir dafür, dass sie wie das anständige Mädchen aussieht, das sie ist.«

Es war auf dem Rückweg von einem der Bauernhöfe, die ihre Felder zwischen der Stadt und dem Wald hatten, an dessen Rand sich Annabrunns Kirche in den Himmel reckte, als Flora eines Tages selbst die Sprache auf sich brachte.

»Ich habe geglaubt, wir schaffen es nicht«, begann sie. »So verdreht, wie das Kälbchen im Leib seiner Mutter lag.« Sie lachte. »Nur zwei Hufe ragten heraus, und es ging nicht vorwärts und nicht rückwärts. Der Bauer war so überrascht, als du ihn um einen Kälberstrick gebeten hast.«

»Ja, was hätte ich denn sonst machen sollen?«, gab Apollonia zurück. »Da mussten wir doch etwas tun.«

»Schon. Aber eine Schlinge um die Hufe, und ihn dann ziehen lassen, während du mit dem Arm in der Kuh das Kälbchen gedreht hast, das konnte er einfach nicht fassen.«

»So etwas kommt aber auch nur selten vor. Normal ist das nicht. Er hat uns wirklich im allerletzten Moment gerufen.«

»Vielleicht hatte er Angst, dass wir das Kälbchen als Bezahlung gleich mitnehmen?« Flora lachte. »Er hat ja sonst nur mit dem Viehhändler zu tun. Und der ist nicht bereit, für einen Gotteslohn etwas zu tun.«

»Nun ja, du hast den Hof doch gesehen. Die Kuh ist ihre einzige. Sie haben auch sonst nicht viel. Da ist die ehrwürdige Mutter eisern. Den Armen helfen wir ohne Bezahlung. Der Herr, unser Gott, wird schon zur Stelle sein, wenn wir einmal Hilfe brauchen. Und der Bauer kommt bestimmt auch.«

»Besonders weil du hernach auch noch nach seiner Frau geschaut hast. Den Arzt hätte er auch zahlen müssen, und der

57

wäre für ein Vergeltsgott sicher nicht aus der Stadt bis zu ihnen gekommen. Dabei ging es der Frau schlechter als der Kuh.«

»Sie hatte vor Wochen eine schwere Geburt, die sie allein durchstehen musste, weil der Mann für seinen Pachtherrn Frondienste leistete. Sonst war niemand da, den sie zu uns hätte schicken können. Lass uns dem Herrn dankbar sein, dass nun alle wohlauf sind. Mutter und Sohn, Kuh und Kalb.« Schon griff Apollonia nach dem Rosenkranz, der von ihrem Gürtel hing, aber sie spürte, dass ihrer Flora etwas auf dem Herzen lag.

»Etwas bedrückt dich, nicht wahr? Komm, sag schon, hier in Gottes freier Natur kannst du es ruhig aussprechen.«

Flora bückte sich nach einem seltsam geformten Ast, der auf dem Weg lag.

»Ich wollte dich schon lange etwas fragen«, setzte sie schließlich an. »Es ist so. Wie das Kälbchen aus der Kuh kam, da war ich ja dabei. Und wie es in sie hineinkam, das weiß ich auch. Das hast du mir ja erklärt. Und dass es bei uns Menschen ähnlich ist, das ...« Sie stockte.

Apollonia lächelte nachsichtig. Auch in einem Kloster sprach man bisweilen über diese Dinge, und beileibe nicht nur die Novizinnen.

»Also«, brach es schließlich aus Flora hervor. »Was nötig ist, dass ein Kälbchen oder ein Menschlein entsteht, das weiß ich. Aber die Kuh hat sich sofort um ihr Kalb gekümmert, als es da war. Sie wollte es lecken, hat es beschnuppert und wurde erst ruhig, als es auf seinen dünnen Beinchen stehen und Milch von ihr trinken konnte. Die Bäuerin war so froh über ihren Sohn, dass sie ganz vergessen hatte, wie schlecht es ihr eigentlich ging.« Wieder verstummte Flora.

Ach, mein Mädchen, dachte Apollonia. Ich ahne, worauf du hinauswillst. Aber da kann ich dir nun beim besten Willen nicht helfen.

Schließlich platzte Flora doch mit ihrem Schmerz heraus. »Die Kuh liebt ihr Kalb. Sie wurde unruhig, als sie von ihm getrennt war. Die Bäuerin hat dich ganz scharf beobachtet, als du ihren Sohn untersucht hast. Das habe ich doch genau gesehen. Alle Mütter lieben ihre Kinder. Aber warum bin ich dann nicht bei meiner? Was hat sich Gott bloß dabei gedacht?«

Ich weiß es doch auch nicht, wollte Apollonia rufen, aber sie hielt die Lippen so lange aufeinandergepresst, bis sie sicher sein konnte, dass ihr dieser Satz nicht doch noch entschlüpfen würde.

»Manchmal ist es eben nicht so, wie es sein soll«, begann sie zögernd. »Manchmal bekommt eine Mutter ein Kind, ohne dass sie Hilfe hat. Oder das Kalb liegt falsch. Da hat der Herr nichts mit zu tun. Daran glaube ich fest. Daran, und auch, dass der Herr schon aufpasst. Denn manchmal geht eben doch alles gut. Das ist der Segen, um den wir beten, nicht darum, dass alles immer gleich ist.«

Flora runzelte die Stirn. »Aber der Pater Coelestin, der sagt doch, dass nichts auf der Erde geschieht, was der Herr nicht will.«

»Da hat er wohl auch recht. Der Herr ist allmächtig. Aber Allmacht heißt nicht, dass er alles macht. Er hilft uns dafür in der allergrößten Not. Wenn wir nur tüchtig an ihn glauben und auch ohne Sorgen das Beten nicht vergessen. Aber für das Unglück in der Welt, da sind meistens die Menschen verantwortlich.« Apollonia hob abwehrend die Hand.

»Nein, ich glaube nicht, dass eine Hexe oder ein böser Blick dafür gesorgt hat, dass das Kälbchen sich und seine Mutter in Gefahr brachte. Das ist dummes Geschwätz, auf das ich nichts gebe. Manchmal ist die Welt einfach so, wie sie ist. Sie ist zwar Schöpfung Gottes, aber das heißt nicht, dass sie ohne Fehl ist wie er selbst. Es ist unsere Aufgabe in der Welt, die Falten zu glätten. Das und das Gebet. Mehr braucht es nicht, dass eines Tages das Reich Gottes anbricht.«

Flora nickte nachdenklich. Schweigend ging sie an der Seite ihrer Ziehmutter weiter.

»Und doch«, sagte sie endlich. »Und doch wüsste ich gerne, was er sich dabei gedacht hat.«

Apollonia lachte. »Vielleicht sollten wir eher fragen, was sich der gedacht hat, der dich zu uns brachte. Dass er dir nur Gutes wollte, da bin ich mir sicher. Haben wir nicht in den Sagen und Märchen immer wieder gehört, dass Kinder einfach ausgesetzt wurden, um jämmerlich umzukommen?«

»Stimmt«, gab Flora zu. »Im Kloster habe ich es ja gut. Du bist meine Ziehmutter. Die Schwestern sind meine Tanten. Aber manchmal denke ich, dass es doch schön wäre, richtige Eltern zu haben.«

Sie schluckte, und Apollonia hörte, dass sie den Tränen nahe war.

»Du hast richtige Eltern. Du lebst nur eben nicht bei ihnen. Alles andere ist ein Rätsel, das wir nicht lösen können, auch wenn wir noch so viel darüber grübeln.«

Ich weiß doch auch nicht, wie ich dich trösten soll, dachte sie. Aber wenn das Trösten nicht geht, dann hilft es vielleicht, anderen Gedanken nachzugehen.

»Dass du jemandem nicht ganz gleichgültig warst, da bin

ich mir sicher. Kamst du nicht mit einer dicken, runden Kastanie in deiner kleinen Hand zu uns? Irgendwer muss sie dir doch geschenkt haben. Du wolltest sie lange nicht loslassen, daran erinnere ich mich noch. Aber sonst weiß ich auch nichts. Und wenn wir nun einmal in der Vergangenheit nicht weiterkommen, dann lass uns doch über die Zukunft reden. Wo siehst du dich in, sagen wir einmal, fünf Jahren? Oder in zehn?«

Flora lachte. »Darüber habe ich noch nicht nachgedacht. Die Zeit vergeht irgendwie, ohne dass ich es bemerke. Gut, die Jahreszeiten und wie sie sich abwechseln, das erlebe ich schon. Heute kann ich sagen, was in zwei Monaten reif sein wird, wann wir mit der Nussernte beginnen und wann es Zeit wird, die Rosenstöcke abzudecken. Aber fünf Jahre oder gar zehn? So weit kann ich nicht denken.«

»Aber du musst dir doch irgendetwas ausmalen?« Apollonia war verblüfft. So in den Tag hinein sollte ihre Flora also leben? Das konnte sie nicht glauben. Und so war es auch nicht.

»Ich male mir schon aus, was werden könnte. Aber das eine Mal sehe ich mich in Ordenstracht und als deine Gehilfin. Dann wieder denke ich, was wäre, wenn auf einmal meine Eltern vor der Klosterpforte stehen und sagen würden, wir haben uns besonnen, gebt uns unser kleines Mädchen wieder, und sie erkennen mich nicht, weil ich so gewachsen bin und ganz verändert.« Flora schwang den Ast ein paarmal und warf ihn dann in das Gebüsch am Wegrand.

»Ach, es ist doch gleich. Wenn sie nicht kommen? Wenn ich nicht Nonne werde? Wenn ich nicht weiß, wie weiter? Nicht, nicht, nicht. Aber ich bin nicht nichts.«

Nein, das bist du gewiss nicht, dachte Apollonia. So denkt auch keine Magd und kein Bauernmädchen. Du bist unser Falke, der nur für eine Zeit in unserem Hühnerhof Unterschlupf gefunden hat.

»Am schönsten wäre es natürlich, wenn ich weiterhin mit Blumen und Pflanzen zu tun haben könnte«, sagte Flora unvermittelt. »Da ist es mir gleich, ob als Nonne oder als Gehilfin. Ich packe ja gerne zu im Stall, und ich liebe es, wenn die Ziegen mir den Sommerschweiß vom Arm lecken oder die Kuh sich ganz ruhig hinstellt, wenn ich sie melken will. Aber ich glaube, mit den Kräutern kann ich mehr Gutes tun als mit der Mistgabel.«

Als die ehrwürdige Mutter sie wieder einmal zu sich rufen ließ, erinnerte Apollonia sich an dieses Gespräch.

»Also gut«, beschied die Äbtissin. »Lassen wir sie bei den Blumen. Ich muss sagen, seit sie es übernommen hat, die Kirche und das Refektorium zu schmücken, ist es viel schöner bei uns.«

»Der Herr hat ihr einen grünen Daumen geschenkt«, antwortete Apollonia. »Alles wächst, blüht und gedeiht unter ihren Händen. Und was sie dann daraus macht! Selbst die gewöhnlichsten Wiesenblumen bindet sie zu prachtvollen Sträußen, die unsere Altäre zieren wie sämtliche Schätze Salomonis.«

»Das hat der Sekretär des Bischofs bei seiner letzten Visitation auch gesagt«, stimmte ihr die Äbtissin zu. »Ich glaube, er war sogar ein bisschen neidisch. Als er dann das Veilchenzuckerzeug entdeckte, das Flora gekocht hatte, war es endgültig um ihn geschehen. Ich bin sicher, er wird im Herbst wiederkommen, um nach dem Rechten zu sehen. Unseren Walnusslikör wird er sich nicht entgehen lassen.«

Apollonia strahlte. »Ja, das muss ich zugeben. Ich dachte, ich könnte ihn schon gut zubereiten, aber was Flora an Feinheiten herausholt, das grenzt schon an ...« Erschrocken hielt sie inne.

»Ein Wunder«, sagte die ehrwürdige Mutter. »Ein Wunder, das war es doch sicher, was du sagen wolltest, nicht wahr, meine Tochter?« Sie lächelte milde. »Ich verstehe gut, was du meinst. Ich muss schon sagen, es ist selten, dass eine Lehrmeisterin so neidlos anerkennt, wenn ihre Schülerin ein größeres Talent besitzt als sie selbst. Und du bist wahrlich kein kleines Licht, was die Kräuter und derlei betrifft.«

So war es denn beschlossene Sache. Flora wurde mehr und mehr zu Apollonias rechter Hand. Im Frühjahr setzte sie Krokusse und Märzenbecher in große Töpfe, die den Kreuzgang schmückten. Sobald das Wetter die Veilchen hervorlockte, sammelte sie eifrig die violetten Blüten. Im Juli waren es Lindenblüten und Melisse, im August roter Klee, und im September setzte sie gemeinsam mit Apollonia den Walnusslikör an. Tagelang lief sie mit dunkel gefärbten Händen herum, wenn sie den Holunder erntete, ihn trocknete oder zu Latwerg einkochte. Als der Herbst die Nächte unangenehm kalt machte und die Wiesen mit dem ersten Raureif überzog, fertigte sie aus Hagebutten und Kastanien leuchtende Kränze, und nach dem ersten Frost streifte sie, ungeachtet der Kälte, stundenlang am Feldrain entlang, um die kostbaren Schlehen zu suchen, aus denen sie mit Apollonia Fruchtmus bereitete. In langen Reihen hingen die Apfelringe und Birnenschnitze zum Trocknen in der Kräuterstube.

»Der Himmel hängt voller Äpfel«, pflegte Apollonia zu sagen. »Und es ist gut, dass wir sie hier trocknen. Die Küchenschwester hat genug damit zu tun, uns alle zu füttern.«

Aber auch wenn sich Flora alle Mühe gab, bisweilen schien ihr grüner Daumen Rheuma zu haben. Dann fehlte den Sträußen auf dem Altar plötzlich das Wasser, Blumen waren geknickt und zerzaust, oder die zum Trocknen aufgehängten Kräutersträuße wurden von einer seltsamen Fäulnis befallen. Doch Flora suchte nicht lange nach der Ursache. Sie tat das Ihre, um den angerichteten Schaden wiedergutzumachen, und beklagte sich nie. Nur einmal vertraute sie sich Apollonia an.

»Ich verstehe es nicht«, sagte sie. »Das kommt doch nicht einfach von selbst. Irgendeine treibt ihren Schabernack mit mir. Ich könnte das nicht, mutwillig etwas so Schönes beschädigen. Ich liebe die Pflanzen, Punktum. Ich bin mir sicher, wer die Blumen zerstört, zerstört einen Teil seiner selbst.«

Obwohl sie sonst mit niemandem über ihre Liebe zu den Blumen sprach, rief die ehrwürdige Mutter Flora kurz vor deren vierzehnten Namenstag zu sich.

»Es ist mir zu Ohren gekommen, dass du dich über Gebühr um die Pflanzen kümmerst. Gut, du verpasst kein Stundengebet, auch wenn du manchmal etwas unpünktlich bist. Aber es scheint, als ob dich die Blumen auf dem Altar mehr beschäftigten als der, dem sie lediglich zum Schmuck gereichen sollen.«

Flora schaute verblüfft drein, aber schon fuhr die Äbtissin fort. »Kann es sein, dass du dem Herrn einen Teil der Liebe, die du Ihm schuldest, vorenthältst und sie stattdessen den Blumen schenkst? Denk einmal gut nach, meine Tochter.«

Verlegen kaute Flora auf ihrer Unterlippe herum. Doch dann kam ihr der rettende Gedanke.

»Ehrwürdige Mutter, das kann nicht sein. Indem ich Seine Schöpfung ehre und achte, ehre und achte ich den Herrn. Wenn ich das Meine dazu tue, dass Sein Werk durch meine schwachen Hände noch schöner erscheint, dann kann das doch nicht Unrecht sein? Wer die Blumen nicht liebt, liebt auch die Schöpfung nicht. Wer alles, was wächst, liebt, der kann doch gar nicht anders, als den, der es wachsen und gedeihen lässt, noch mehr zu lieben.«

Die Äbtissin lächelte. »Wohl gesprochen, meine Tochter. Halte daran fest, und die Anfechtungen werden dich nicht bezwingen können. Dich nicht und deinen Glauben auch nicht.«

Dann kam die ehrwürdige Mutter zur Sache. »Ich bin gebeten worden, die St.-Anna-Kirche in der Stadt zum Erntedankfest so zu schmücken, wie unsere Kirche immer geschmückt ist. Irgendjemand muss wohl geplaudert haben, was für ein Augenschmaus die Frommen hier in Annabrunn zur Messe erwartet. Wie ist es, meine Tochter, kannst du das übernehmen und Ehre für das Kloster einlegen?«

Warte nur, Apollonia, dachte Flora. Du wirst Augen machen, wenn ich dir das erzähle. Mit glühenden Wangen nickte sie. »Ja, ehrwürdige Mutter. St. Anna soll geschmückt sein, als würde im himmlischen Jerusalem selbst Erntedank gefeiert«, versprach sie. Ihre Gedanken rasten. Hagebutten, die auf jeden Fall. Also hellrot. Und dann dunkle Kastanien. Das matte Gold der Ähren. Dies alles auf einem Bett von Herbstlaub in allen Farben. Aber was nehmen wir als Tüpfelchen auf dem i? Rot, Gelb, Braun, das sind die Farben des Herbstes. Wir verabschieden uns vom Grün. Moos vielleicht? Nein, zu dunkel. Obwohl es die Feuchtigkeit gut hält, da schrumpeln die Kastanien nicht so schnell. Also doch Moos. Aber das kann es ja nicht allein sein. Genau. Flaschenkürbisse. Die sind grün. Und ihre lange Form ist eine gute Verbindung zwischen den schlanken Ähren und den runden Früchten. So mache ich das. Flora öffnete die Augen und sah in das amüsierte Gesicht der ehrwürdigen Mutter.

»Ich sehe, du hast schon Ideen. Dann will ich dich auch nicht weiter aufhalten. Gottes Segen mit dir, meine Tochter!«

Flora wusste kaum, wie sie wieder in die Kräuterstube gekommen war. Apollonia hütete sich, die Begeisterung ihrer Ziehtochter dadurch zu dämpfen, dass die Äbtissin sie bereits eingeweiht hatte. Geduldig hörte sie Flora zu, die ihr in allen Einzelheiten schilderte, wie sie die Kirche schmücken wollte.

Pünktlich zur Messe am Erntedanksonntag war St. Anna in Wolfhagen bis auf den letzten Platz gefüllt. Die ehrwürdige Mutter hatte Flora, Apollonia und Crescentia mit zum Hochamt in die Stadt genommen. Geduldig nahm sie die Gratulation der Honoratioren entgegen.

Crescentia hatte Flora vorher gewarnt. »Dir ist klar, dass du nur aus Freundlichkeit mitdarfst, nicht wahr? Es ziemt sich nicht, dass du vor der Welt gelobt wirst.«

Flora nickte. Auch Apollonia hatte darüber gesprochen, nur mit freundlicheren Worten. Aber Flora stand der Sinn ohnehin nicht nach Ruhm. Ihr genügte es zu sehen, wie schön die Kirche geschmückt war. Ihre von den Ranken zerkratzten Arme verbarg sie wie die Fingerspitzen, die der Bindedraht zerstochen hatte, sorgfältig in ihren Ärmeln. Sie lächelte zart, als ein beleibter Stadtrat seine Begeisterung nicht anders in Worte fassen konnte, als zu stammeln: »So schön, ehrwürdige Mutter, so schön. Ich habe gar nicht mehr gewusst, wie schön Gottes Schöpfung auch im Herbst ist.«

Apollonia sah genau, dass Flora sich nicht brüstete. Aber sie sah auch den scheelen Blick, den Crescentia nicht hinter ihren hängenden Lidern zu verbergen vermochte.

»Kopf hoch, Schwester«, murmelte sie. »Wenn ich die Städter richtig kenne, werden sie mehr wollen. Haben sie nicht schöne Häuser, die sie gerne noch prächtiger geschmückt hätten? Und wenn sie den Blumenschmuck nicht zur größeren Ehre Gottes wollen, sondern für den eigenen Ruf, dann werden sie dafür bezahlen, was ihnen der wert ist.«

»Meinst du?«, wisperte Crescentia. »Das wäre ja dann ein leichter Gewinn für das Kloster.«

Vor allen Dingen, weil wir Flora nicht bezahlen, dachte Apollonia.

Aber sie hütete sich, den Gedanken weiterzuspinnen. Ich will nicht Zwietracht säen ausgerechnet zu Erntedank, nicht wenn Crescentia endlich einmal zufrieden ist.

***

Es kam, wie Apollonia es vorausgesagt hatte. Selbst hier in Wolfhagen im kühlen Nordhessen war die neue Mode aus Italien angekommen. Jeder, der etwas auf sich hielt, wollte nun auch aus dem vernachlässigten Küchengarten hinter dem Haus eine blühende Oase der Ruhe und des Ergötzens machen. Auch bei den Fensterbeeten sollte ein neuer Geist herrschen. Wir sind doch keine Bauern, lautete nun die Devise. Stangenbohnen, Kohl, Zwiebeln, Karotten, alles gut und schön. Aber das wächst auch weiter hinten, gut versteckt hinter den Hecken, Büschen und hohen Sträuchern. Wie stehe ich denn da, wenn ich mir keinen Garten nach italienischer Manier leisten kann? Einen, in dem ein stattlicher Pfau herumstolziert? Nein, den besser nicht. Der schreit zu laut. Aber sonst soll es nun wirklich nach dem neusten Geschmack sein. Wenn ich die ehrwürdige Mutter frage, dann schickt sie mir vielleicht eines ihrer Nönnchen. Wenn der Händedruck genügend vergoldet ist, kommt vielleicht sogar das Mündel mit den grünen Daumen, mochte so manche Handwerkersfrau, Zunftmeistergattin oder Patrizierin gedacht haben.

Schon bald gehörte es zum guten Ton, Flora als Aufseherin der Gartenarbeit zu berufen. Und das Kloster ließ sich alles gut bezahlen, vom Entwurf der Anlage über die Pflanzung bis hin zum Erhalt. Jetzt begleitete Flora nicht mehr Apollonia zu den Bauern, nun war die Ziehmutter ihre Begleiterin und Gehilfin, wenn sie beim Stadtrat Bölker oder beim Herrn von Walkersheim pflanzte, jätete und schnitt.

Und wieder war es Crescentia, die etwas zu bedenken gab.

»Es tut mir in der Seele weh«, vertraute sie mit weinerlicher Stimme der ehrwürdigen Mutter an. »Aber ich kann nicht länger schweigen. Das Kloster hat einen schönen Gewinn. Doch was ist weltliches Gut, wenn eine Seele in Gefahr ist? Oder gar zwei.«

Sie hielt inne. Mit einem Handzeichen bedeutete ihr die Äbtissin, ihre Sache weiter vorzubringen.

»Nun gut. Flora hat noch nicht das ewige Gelübde abgelegt. Sie ist unser Mündel und keine Nonne. Hier in Annabrunn, da gibt es für sie nicht viele Anfechtungen, möchte ich meinen. Aber in der Stadt ist das etwas anderes. In der Stadt sieht sie Männer, sieht ihre Augen, sieht ihre gierigen Münder, ihr packenden Hände. Sie wird ihre Wollust, die sie bis jetzt auf die Pflanzen ausgerichtet hat, nicht unterdrücken können und uns allen Schande bereiten.«

Crescentia sah die ehrwürdige Mutter lauernd an. Die schenkte sich ungerührt einen Becher Kräutertee ein. »Fahre fort, meine Tochter«, sagte sie endlich.

»Und es wäre nicht nur Floras Schande, sondern unser aller. Wie ist es denn mit Schwester Apollonia? Sie kommt aus der Stadt. Sie weiß um die Gefahren und liefert sich ihnen trotzdem bereitwillig aus, geht mit strahlenden Augen durch die Straßen, beschaut die Häuser, sieht in die Geschäfte, scherzt mit den Handwerkern, die vor den Werkstätten sitzen. Das kann doch nicht rechtens sein.«

Crescentia schüttelte sich. »Wenn ich nur daran denke, bekomme ich schon eine Gänsehaut. Ihr wisst doch, weshalb Apollonia zu uns kam. Und nun das.«

Sie wittert Gefahren, wo keine sind, dachte die Äbtissin. Aber vielleicht steckt trotzdem ein Körnchen Wahrheit in dem, was sie sagt. Aufgeben will ich diese zusätzliche Einnahme nicht. Wir Zisterzienserinnen lassen uns keine Lehen und Frondienste schenken. Was wir haben, erarbeiten wir uns selbst. Da ist uns dieser Verdienst aus der Stadt willkommen. Aber die Anfechtungen? Und unser Ruf? Den kann man nicht mit Gold aufwiegen. Oder einfach für Geld wiederherstellen lassen. Ich muss eine Lösung finden. Und ich glaube, ich habe sie schon.

»Ich verstehe deine Sorgen, meine Tochter. Und was du sagst, gibt mir zu denken. Du klingst nicht so, als ob die Versuchungen jenseits der Klostermauern eine große Verlockung für dich wären. Also wirst du in Zukunft unsere Flora begleiten, wenn sie in die Stadt geht. Dein wachsames Auge wird sie schützen. Ich mache dich dafür verantwortlich, dass ihr nichts widerfährt. Sei es von den Männern oder von anderen Gefahren. Eine Dachlawine wird sich in deiner Obhut ja sicher nicht wiederholen.«

Genüsslich trank die ehrwürdige Mutter ihren Tee aus. Über den Rand des Bechers hinweg sah sie in das verblüffte Gesicht Crescentias.

4

»Ihr müsst verstehen, Schwester.« Schultheiß Niederegger wischte sich den Schweiß von der Stirn. »Ich bin gewiss kein schöner Mann. Aber ich bin weit gereist, ich kenne mich aus, ich habe zu allem etwas Wichtiges beizutragen. Meine Familie spielt in dieser Stadt seit Generationen eine gewichtige Rolle. Da genügt es nicht, einfach nur ein neues Gärtchen anzulegen. Ich brauche etwas ganz Besonderes, etwas, das niemand sonst hat.« Er lehnte sich schwer atmend im Sessel zurück.

Crescentia nickte, und Flora unterdrückte ein Lächeln. Sie wollen alle immer etwas Besonderes, dachte sie, etwas, das niemand sonst hat. Und je dicker und hässlicher sie sind, desto schöner soll ihr Garten sein. Das kenne ich doch schon. Aber ich werde mich hüten, jetzt etwas zu sagen. Das ist Crescentias Teil. Sie führt die Verhandlungen. Je schöner der Garten werden soll, desto höher wird der Preis.

Einstweilen saßen sie im Amtszimmer des Schultheißen. Ein mächtiger Schreibtisch beherrschte den Raum, daneben stand ein Aktenschrank mit einem eindrucksvollen Schloss. Wenigstens sind die Stühle bequem, dachte Flora. Aber der Sessel hinter dem Tisch, der sieht noch viel bequemer aus. Was für einen Garten will so ein Mann wohl haben? Und warum sagt er nicht einfach, was er möchte? Er will sich nicht blamieren, das ist es. Glaube ich. Beim Zunftmeister der Zuckerbäcker war es doch auch so. Der hat immer betont, dass er den Garten nur wegen seiner

Frau verändern will. Ihm persönlich sei das einerlei. Und dann sprudelten doch die Ideen, dass Crescentia und ich kaum nachkamen mit dem Notieren. Aber der Schultheiß ist anders. Der will gleich Eindruck schinden. Natürlich nicht so, dass nachher niemand mehr etwas mit ihm zu tun haben will. Es ist ein schmaler Grat, das weiß er genau. Was für einen Garten bieten wir ihm also an?

Endlich entließ Justus Niederegger die beiden Abgesandten des Klosters zur Besichtigung des Gartens.

»Geht nur allein«, sagte er. »Ich kann Euch da doch nicht helfen, wenn es darum geht, was wo wie gedeihen könnte. Schaut Euch alles in Ruhe an, macht Euch Gedanken. Dann sprechen wir weiter. Ich warte einstweilen hier auf Euch.«

An diesem Punkt kamen sie bei jedem neuen Auftrag an. Crescentia durchschritt mit Flora den Garten, nickte, machte »hmm, hmm« und rechnete im Kopf Floras Ideen in klingende Münze um, während der Schultheiß auf den Ausgang der Besichtigung wartete.

Hinten im Garten, wo die Köchin die letzten Reihen Stangenbohnen und Zwiebeln vor dem Ausgegrabenwerden zu retten hoffte, machten die beiden Frauen halt.

»Nun, was sagst du, Flora? Wirst du wieder einen Garten zaubern, wie ihn niemand sonst hat?« Crescentia verzog ein wenig spöttisch die Lippen. »Alle wollen ja den schönsten Garten. Den allerschönsten. Wird es dir auch diesmal gelingen? Du weißt, der Schultheiß kennt sich aus.« Sie blies die Wangen auf und sah für einen Moment aus wie der neue Auftraggeber. Flora kicherte, und auch Crescentia lächelte vergnügt.

»Hat nicht die ehrwürdige Mutter wieder einen Brief aus Rom erhalten?«, fragte Flora. Dumme Frage, schalt sie sich gleich. Das wissen wir doch beide. Seit wir damals diese Abschrift vom *Liber simplicis medicinae* der Hildegardis aus Bingen über die Alpen geschickt haben, erfährt die ehrwürdige Mutter immer die neuesten Moden im italienischen Gartenbau. »Das Neuste sind anscheinend Treppen und verschieden hohe Terrassen. Aber die kosten natürlich. Und die muss der Baumeister aus der Stadt errichten. Wenn es um Maurerarbeiten geht, will die Zunft sicher nicht zusehen müssen.«

»Unmöglich«, beschied Crescentia sie sofort. »Der Schultheiß, so reich er auch sein mag, ein Goldesel ist er nicht. Der soll sein Geld schön bei uns lassen und nicht noch den Baumeister finanzieren. Aber das ist kein Problem. Das schaffe ich schon, ihm die Treppen auszureden. Was fällt dir noch ein?«

Flora sah sich um. »Es sind schöne alte Bäume da. Besonders hier hinten, die schirmen den Küchengarten ab. Um die wäre es jammerschade. Aber davor, zum Haus hin. Kannst du dir da einen Duftgarten vorstellen? So etwas hat noch niemand in der Stadt. Das geht auch ganz ohne Treppen.«

Crescentia sog prüfend die Luft ein. »Ein Duftgarten? Das wäre sogar eine gehörige Verbesserung. Die Gerberei fünf Straßen weiter, die riecht man ja bis hierher. Aber was ist, wenn alles verblüht ist, wie sieht er denn dann aus, der Garten?«

»Ach, das lässt sich lenken. Verschiedene Rosensorten, damit wäre vom Frühsommer bis in den Herbst schon das meiste abgedeckt. Dazu Veilchen und Lavendel. Da muss der Wind schon sehr ungünstig stehen, bis die Gerberei wieder durchkommt. Und im Winter geht der Schultheiß sicher nicht in den Garten.«

Justus Niederegger hatte sich in der Zwischenzeit eine neue Karaffe Holunderwein bringen lassen. Genüsslich trank er, während er aus seinen kleinen Augen die beiden Frauen beobachtete, wie sie durch seinen Garten gingen. Endlich kamen sie zurück ins Haus.

»Nun, was meint Ihr? Könnt Ihr mir einen Garten verschaffen, wie ihn niemand hat?«

Crescentia lächelte. »Aber selbstverständlich, Schultheiß. Nur wollen wir zunächst doch hören, was Ihr selbst für Ideen habt. Nicht dass es nachher heißt, so und so soll es werden, und es ist schon alles gesetzt und gerichtet. Doppelte Arbeit kostet mindestens doppelt.«

Der dicke Patrizier lachte. »Ihr seid mir die Richtige. Das gefällt mir, dass Ihr auch daran denkt, eine Arbeit nicht zwei-, dreimal machen zu wollen.« Wieder schenkte er sich Wein ein, und er vergaß auch nicht, die beiden anderen Gläser auf dem Tisch zu füllen.

»Als ich unlängst in Rom war, sprach alle Welt vom päpstlichen Belvedere«, begann er. »Der ist mit den vatikanischen Gärten verbunden worden, durch prächtige Treppen und elegante Terrassen. So etwas wollte, nein, *musste* dann natürlich gleich jeder haben. In Rom und auch anderswo.«

Flora hielt den Atem an. Gut, dass wir darüber gesprochen haben, dachte sie. Das wäre ein ziemliches Fettnäpfchen geworden, wenn wir das nicht gewusst hätten. Aber Crescentia lachte nur.

»Ach ja, die päpstlichen Treppen. Dabei sind die ja nur gebaut worden, weil das Belvedere auf einer anderen Ebene liegt als die vatikanischen Gärten. Sei es, wie es sei. Treppen. Alle wollen sie. Aber was alle wollen, ist bald Allgemeingut und gewöhnlich«, sagte sie. »Wollt Ihr wirklich, was alle wollen?«

»Guter Einwand.« Der Schultheiß rekelte sich in seinem Sessel. »Aber wenn es nun einmal Mode ist?«

»Trotzdem«, beharrte Crescentia. »Oder gerade deswegen. Was glaubt Ihr denn, bald hat sich das mit den Treppen auch hier herumgesprochen. Dann seid Ihr vielleicht der Erste, der sie hatte, aber jede neue Anlage wird die Eure übertrumpfen wollen. Nein, übertrumpfen *müssen*. Und wenn ich ganz ehrlich bin«, und damit senkte Crescentia die Stimme zu einem Wispern, »in aller Offenheit, Schultheiß, damit eine Treppe wirkt, muss auch der Platz für sie da sein.«

Justus Niederegger wollte schon empört auffahren. Immerhin war sein Garten nun wirklich nicht klein zu nennen, aber Crescentia hob beschwichtigend die Hand. »Versteht mich nicht falsch. Ich meine nicht den Platz hier. Euer Garten ist schön groß. Aber was seht Ihr, wenn Ihr Euch umschaut? Das Haus des Nachbarn zur Linken. Das Haus des Nachbarn zur Rechten. Hinten, zwischen den Bäumen, blitzt da nicht wieder eine Mauer durch? Nein, ein römischer Garten, der tut so, als gäbe es keine Nachbarn, als wäre er ganz allein das einzig bewohnbare Fleckchen Erde und sonst keine Menschenseele da auf Gottes ganzer weiter Welt. Aber seid Ihr es nicht Eurem Amt schuldig, dass Ihr Eure Nachbarn nicht ausschließt? Was soll die Stadt von

75

einem Schultheißen denken, der sich abkapselt von den anderen Honoratioren?«

Flora konnte nur noch staunen. Das war eine Seite, die Crescentia nur selten zum Vorschein kommen ließ, die kluge Rhetorikerin, die für alles sprechen konnte und gegen jedes. Auch der Schultheiß schien beeindruckt. Aber Crescentia ließ ihm keine Ruhe.

»Und dann wäre da noch etwas anderes.« Sie hob das Glas. »Ihr seid ein Mann von Kultur, der die angenehmen Dinge des Lebens zu schätzen weiß. Wollt Ihr wirklich mit jedem Gast immer wieder aufs Neue Treppen steigen? Oder wollt Ihr Euch nicht viel lieber auf ebenen Pfaden ergehen?«

Justus Niederegger lachte. »Erwischt«, meinte er. »Treppen sind vielleicht beeindruckend, aber ein Gastgeber, der nach Luft schnappt, ist es sicher nicht. Also, lasst hören, was ist Euer Plan? Und lasst es einen guten sein!«

»Nun denn, Schultheiß.« Crescentia stellte das Glas ab. »Seid Ihr eigentlich gerne in Eurem Garten? Wenn der Wind weht und Grüße von der Gerberei mitbringt? Doch sicher nicht.«

Er hängt wie gebannt an ihren Lippen, dachte Flora. Sie spricht kein unziemliches Wort, macht keine Geste, die man missdeuten könnte. Aber ich denke, so sieht Verführung aus. Tatsächlich. Nun schüttelt der Schultheiß sogar den Kopf, in genau dem gleichen Rhythmus wie Crescentia. Flora riss sich zusammen. Jetzt bloß nicht lachen, dachte sie. Das verzeiht mir die Schwester doch ganz bestimmt nie, wenn ich ihre Taktik zerstöre, indem ich einfach so herausplatze.

»Dachte ich es mir doch.« Crescentia beugte sich leicht vor.

Gleich kommt es, sagte sich Flora. Ganz egal, was sie jetzt sagt, es wird ihm gefallen. Und so war es auch.

»Ein Duftgarten ist unser Vorschlag.«

Justus Niederegger schob anerkennend die Unterlippe vor. »Also mit Blumen, die alle duften, als hätten sie ihre Wurzeln im Paradies. Richtig?«

Crescentia nickte. »Ja, so ungefähr.«

Der Schultheiß kratzte sich an seinem bartlosen Kinn. Was da wohl so knistern mag, dachte Flora. Wenn ich mich kratze, höre ich das nicht. Komisch. Reiß dich zusammen, ermahnte sie sich. Es geht immerhin um den neuen Auftrag.

Justus Niederegger nickte bedächtig. »Ein Duftgarten also. So etwas hat niemand in der Stadt. Dabei wäre der oft bitter nötig. Nicht nur wegen der Gerberei. So etwas könnte man wirklich brauchen. Jedenfalls deutlich besser als Treppen dort, wo es keine Höhenunterschiede gibt.«

»Ich sehe, wir verstehen uns«, sagte Crescentia. »Eurer Frau werden die Rosen gefallen. Sie kann sich wie ein Edelfräulein auf einer Ritterburg fühlen, die den Rosenhag als lauschiges Plätzchen entdeckt hat. Und aus den Blütenblättern kann sie Rosenwasser machen. Das ins Weihnachtsgebäck untergemengt, und ihr glaubt, ihr nascht vom himmlischen Ambrosia.«

Mit einem weiteren Auftrag in der Tasche kehrten die beiden nach Annabrunn zurück. Am nächsten Morgen wollte Flora mit Apollonias Hilfe eine Skizze des neuen Gartenplans anfertigen. Doch zuvor berichtete sie ihrer Ziehmutter von den Verhandlungen.

77

»Ich hätte es selbst nicht geglaubt, dass so ein großer, schwerer Mann sich auf einmal für den Duft von Blumen begeistern könnte«, sagte sie. »Aber Schwester Crescentia hätte wohl auch einen Dauerschnupfenpatienten davon überzeugt.«

Apollonia lächelte. »Vielleicht hat er gedacht, was stark und gut riecht, hat bestimmt auch Heilkräfte. Das ist ein weit verbreiteter Glaube, dass Pflanzen, die stark duften, größere Heilwirkung haben als solche, die man nur schwach oder gar nicht riecht. Aber die Idee, die war deine, nicht die von Crescentia. Das wollen wir doch nicht vergessen, mein Kind.« Sie griff nach einem Notizzettel. »Und nun erzähl. Was für einen Eindruck hat er auf dich gemacht? Wo hat er euch empfangen?«

»Im Arbeitszimmer, da waren wir.«

»Und wie sah das aus?«

Flora schloss die Augen und erinnerte sich. Ein mächtiger Tisch, dahinter ein Sessel. Zwei Stühle davor. Bilder an der Wand, die wie um eine Mittelachse herum arrangiert waren.

»Er liebt die Symmetrie. Aber er ist nicht ihr Diener.« Sie beschrieb den Raum und den Schultheißen. Apollonia machte sich fleißig Notizen.

»So«, sagte sie endlich. »Er ist ein Mann, der sich nicht gerne übermäßig bewegt, der aber auch nicht faul ist. Wie du ihn beschreibst, wird ihn die Podagra bisweilen quälen. Hast du irgendwo Gichtknoten gesehen, an den Händen oder den Ohren?«

Flora verneinte.

»Also ein milderer Fall. Einstweilen. Das mit der Symmetrie ist interessant. Wie wäre es, wenn du die Beete entlang einer Mittelachse anlegtest? Dann kann er sich immer noch mit den Augen an seinem Garten erfreuen, wenn ihm die Gicht zu schaffen macht. Podraga-Patienten müssen viel öfter mit Schmerzen sitzen, als ihnen das lieb ist.«

Flora dachte nach. Eine Mittelachse, das wäre eine Idee. Und noch eine, quer. Die wäre das gerade Gegenstück zu der Rundung der Baumreihe.

Apollonia war begeistert. Gemeinsam machten sie sich daran, den Entwurf zu zeichnen.

Schultheiß Niederegger gefiel die Skizze mit dem Gartenplan ganz ausgezeichnet. »Ich habe mich ja dann doch noch ein bisschen mit der Gartentheorie beschäftigt«, sagte er bei der nächsten Besprechung. »Ein richtiger Garten, der den Regeln entspricht, hat drei Bereiche, oder gar vier, wenn es sich um einen Klostergarten handelt. Aber wer in meinem Haus weiß schon über Heilpflanzen Bescheid? Der Stadtarzt wohnt doch gleich nebenan, was brauche ich da noch Heilkräuter? Also, drei Abteilungen, wie der Plan sie zeigt. Das Herzstück bleibt der Baumgarten, der den Blick zum niederen Gemüsegarten höchst anmutig verstellt. Hier vorne zum Haus hin dann der Blumengarten. Ihr seht, mir könnt Ihr nichts vormachen, ich kenne mich aus.«

Er beugte sich tief über die Skizze. »Aber das habt Ihr anscheinend auch nicht vor. Der Plan sieht gut aus. Auch die Anlage der Wege gefällt mir außerordentlich. Ich mag es ja, wenn etwas symmetrisch scheint und es dann doch nicht wirklich ist. Was zwischen den Wegen wächst, das ist ja unterschiedlich, wenn ich Euren Plan richtig deute. Allerdings eben nicht vermischt. Das behaltet Ihr doch bei, wie wir es gewohnt sind, ein Beet, eine Blumenart.

Also nicht Lilie neben Rose und davor ein paar Veilchen, stimmt's?«

Crescentia und Flora nickten. So war es auch im Klostergarten. Jede Pflanze hatte ihren eigenen Bereich. So war die Ordnung, wie sie Hildegardis beschrieben hatte und wie sie schon seit Jahrhunderten in den Klöstern gepflegt wurde. Im Wildwuchs war es sonst schwer, Gottes Plan zu entdecken.

»Also abwechselnd und versetzt Lilien und Rosen. Das ist hübsch. Ich rieche es fast schon. Und was ist mit den Veilchen, die Ihr mir versprochen hattet? Ach so, die wachsen in Töpfen die Wege entlang, weil sie nur so kurz blühen. Das ist geschickt, sonst sieht man zehn Monate nichts oder gar noch länger. Was geschieht denn eigentlich mit den Töpfen, solange die Veilchen nicht blühen?«

»Die könntet Ihr in einem Gartenhäuschen aufbewahren, hier hinter den Bäumen. Da ist noch Platz neben dem Küchengarten.« Crescentia tupfte mit dem Zeigefinger auf ein schlankes Rechteck am Rand des Plans. »Wenn Ihr es direkt hier in die Ecke der Gartenmauer baut, habt Ihr schon zwei Wände.«

Justus Niederegger lachte. »Schwester, wenn Ihr keine fromme Frau wäret, ich wäre geneigt zu glauben, dass Ihr mich über den Tisch ziehen wollt. Wer mir so deutlich macht, wo ich etwas sparen kann, der holt sich das Geld klammheimlich selbst aus meinem Beutel, habe ich gelernt.«

Crescentia wurde rot und schnappte nach Luft.

»Ach, das war doch nur ein Spaß, ehrwürdige Schwester. Nichts für ungut«, lenkte der Schultheiß ein und wandte sich wieder der Skizze zu.

»Wo waren wir denn eigentlich stehengeblieben? Ach ja, bei der Symmetrie, die vorhanden ist und doch wieder nicht. Immerhin gibt es gleich zwei Spiegelachsen. Einmal längs und einmal quer, die hat auch noch niemand hier in der Gegend. Grundsätzlich also ist hier vorne alles ganz symmetrisch. Dahinter dann geht es über in den Baumgarten, der wie ein kleiner Wald wirkt, mit einem großen und einem kleinen Rundweg durch die Bäume. Das habt Ihr sehr harmonisch verbunden. Sagt mir nur noch, was diese Kringel hier und hier bedeuten sollen.« Sein dicker Finger tippte auf die Wegkreuzungen.

»Das ist eine Spezialität aus Annabrunn«, antwortete Crescentia. »Zitronenbäumchen. Die findet Ihr sonst nur im Süden. Wenn es kalt wird, müsst Ihr sie ins Haus holen. Aber den Sommer über können sie Euren Garten schmücken. Die Hochstämmchen stellt Ihr dann jeweils auf die Wegkreuzungen. Die lenken das Auge, ohne den Blick zu verstellen.«

»Ausgezeichnet«, lobte der Schultheiß. »So lasse ich mir das gefallen. Die dicken grünen Linien rund um die Beete, das ist Buxus, richtig?«

Crescentia nickte. »Den haben schon die Römer zum Begrenzen von Beeten verwendet, als sie sich die wilde germanische Provinz unterwarfen.«

»Na, die hatten auch Sklaven«, erwiderte Justus Niederegger. »Bux hat ja die verteufelte Eigenschaft, recht üppig zu wachsen. Da muss man hinterher sein mit der Heckenschere.«

Crescentia lächelte begütigend. »Aber ein Mann in Eurer Stellung, der macht das doch nicht selbst. Habt Ihr denn keinen Gärtner, dem Ihr vertraut?«

Der Schultheiß seufzte. »Was der alte aus meinem Garten gemacht hat, das habt Ihr doch gesehen. Der ist nicht geschaffen für eine Anlage nach dem neusten Vorbild. Bis ich einen gefunden habe, der sich darauf versteht, das kann dauern.«

»Ach was.« Crescentia war sich ihrer Sache sehr sicher. »Gartenbau ist doch keine höhere Mathematik. Auch wenn es zu rechnen gilt, weil die Anlage ausgewogen sein soll, der goldene Schnitt und so weiter, Ihr versteht?«

Ob Justus Niederegger wirklich verstand oder er sich nur keine Blöße geben wollte, war Flora nicht recht klar. Jedenfalls nickte der Schultheiß.

»Nun also. Die ersten beiden Nachschnitte, die macht ohnehin unsere Flora. Das ist im Preis inbegriffen. Und sie kann durchaus jemanden von Euren Dienstboten anlernen, wie der Buxus behandelt sein will. Das ist kein Problem.«

Das war es auch tatsächlich nicht. Crescentia schien weiterhin guter Dinge. Aber dann öffnete sich die Tür, und ein schlanker Jüngling trat in die Stube.

»Ach, Georg«, sagte Justus Niederegger, »du kommst mir gerade recht.« Mit sichtlichem Stolz stellte er seinen Sohn vor. »Er hat gerade die Lateinschule beendet. Nun überlege ich, auf welche Universität ich ihn schicken werde. Aber der Lümmel will wohl gar nicht studieren. Viel lieber würde er mit mir ein Geschäft anfangen.« Er lachte. »Das fehlte noch, dass ein Niederegger sich mit schnöden Handelsgeschäften abgibt, vielleicht gar im Laden mit der Elle steht und der Dienstmagd das Tuch abmisst, das die Herrschaft bestellt hat. Nein, mein Junge, wenn du etwas werden willst, dann fang oben an. Und von da aus klettere weiter hoch.«

Crescentia sieht verwirrt aus, dachte Flora. Das hätte ich nicht gedacht, dass sie sich so eine Blöße gibt. Aber jeder weiß doch, dass Justus Niederegger ein nicht ganz standesgemäßer Verwandter der Wettiner ist. Sollte sie etwa ein einziges Mal nicht auf den Klatsch geachtet haben? Die adlige Verwandtschaft, die achtet schon darauf, dass der Schultheiß nicht allzu bürgerlich auftritt. Sie lächelte. Aber es ist schon hübsch anzusehen, wie der junge Niederegger rot wird, dachte sie.

»Also, Georg, wo du schon einmal da bist. Schau dir doch an, was aus unserem Garten wird.«

Der Sohn des Hauses trat vor den Schreibtisch seines Vaters und besah den Plan. »Schön«, sagte er endlich, aber ohne große Begeisterung. »Ihr verzichtet auf diese neuartigen Treppen?«

»Genau, mein Junge. Warum sollten wir wollen, was alle wollen?« Justus Niederegger zwinkerte Crescentia zu, die sich allmählich wieder fing.

»Verstehe«, meinte Georg. »Und wenn man Bewegung will, die bekommt man auf ebener Erde ebenso gut wie auf einer Treppe, nicht wahr?« Er lächelte sanft und strich sich über den zarten, blonden Flaum, der ihm zwischen Mund und Nase spross.

»Die Mutter lässt übrigens fragen, ob die ehrwürdigen Schwestern zum Essen bleiben möchten?«

Justus Niederegger wirkte fast verlegen. »Da habe ich doch über all dem Planen tatsächlich meine Manieren vergessen. Wie ist es, bleibt Ihr?«

Aber Crescentia lehnte dankend ab. Sie hatte es auf einmal sehr eilig, aus dem Haus zu kommen. Schon stand sie mit Flora auf der Gasse und schritt so weit aus, wie es die Würde ihres Habits nur zuließ.

»Das fehlte noch«, bemerkte sie, als sie schon fast am Stadttor waren. »Es fängt damit an, dass sie dich zu Tisch bitten. Hast du nicht gesehen, betrachten sie dich als Mitglied der erweiterten Familie und nicht mehr als Geschäftspartner, der pünktlich zu bezahlen ist.« Mit raschen Schritten ging sie die Straße entlang. »Nein, nicht mit uns.«

Flora verstand das Argument sehr gut. Aber ganz im Geheimen war sie sich nicht sicher, ob es nicht vielleicht doch einen anderen Grund für den überstürzten Aufbruch geben konnte. Liegt es wohl daran, dass sie sich ein wenig schämt?, fragte sie sich. Crescentia aß zwar gerne und auch gerne gut, nur ihre Tischmanieren verrieten immer noch das ehemalige Bauernkind. Aber das kann es doch nicht sein, sagte sich Flora. Das wäre ja dumm. Niemand sollte sich schämen für seine Herkunft. Schon gar nicht, wenn man sie selbst kennt. Wenn es ihr so viel ausmacht, warum hat sie dann nicht einfach bessere Manieren erlernt? Sie braucht doch nur der ehrwürdigen Mutter zuzuschauen. Oder Apollonia. Oder sogar mir. Ach, der ganze Tisch im Refektorium war voll besetzt mit guten Beispielen.

Ich weiß, dass ich mich nicht schämen müsste, wenn mich der Schultheiß zu Tisch bäte. Ob ich dann vielleicht ein paar Worte mit seinem Sohn wechseln könnte? Der scheint nett zu sein. Man kann ihm wohl auch nichts vormachen. Das mit den Treppen hat er jedenfalls gleich durchschaut. So richtig begeistert schien er nicht von den Plänen.

Vielleicht interessiert er sich einfach nicht für Gärten. Das wäre zu schade.

»Was denkst du?«, riss Crescentia sie aus ihrem Grübeln.

»Ach, nichts Besonderes.« Das war nicht einmal gelogen. Was sollte schon so Außergewöhnliches daran sein, wenn sich jemand nicht für Gartenbaukunst interessierte?

»Dann lass uns den Rosenkranz beten. Das ist besser, als mit nutzlosen Gedankenspielereien die Zeit zu vertändeln.« Schon begann Crescentia. »Ehre sei dem Vater ...«

Automatisch stimmte Flora mit ein. Aber ihre Gedanken brauchten etwas Zeit, bis sie sich auf das Gebet konzentrierten. Viel zu sehr beschäftigte sie die Frage, ob so ein Hauch von einem Flaum auf der Oberlippe sich genauso anfühlte wie Haare auf dem Kopf oder vielleicht doch weicher. Crescentia kann ich ja wohl kaum fragen, sagte sich Flora. Das bringt mir mehr als nur ein paar Rosenkränze zur Strafe ein. Vielleicht ist der junge Niederegger ja beim nächsten Besuch wieder da. Aber das kann ich ihn unmöglich fragen. Das wäre zu peinlich. Glaube ich. Halblaut murmelte Flora die vertrauten Gebete und dachte dabei an Dinge, von denen sie nichts wusste.

5

Seufzend wischte sich Flora den Schweiß von der Stirn. Wenn das so weitergeht mit dem Wetter, dachte sie, ist der Staub das Einzige, was dieser Sommer hier im Garten wachsen lässt. Prüfend zerrieb sie eine Erdkrume. »Knochentrocken«, sagte Flora zu Crescentia. »Dabei habe ich heute Morgen alles gegossen.«

Die Schwester saß im Schatten eines Kirschbaums. »Vielleicht solltest du beim nächsten Gartenplan ein paar Bewässerungsgräben vorsehen oder gleich Kanäle, auf denen sich mit dem Kahn fahren lässt.« Crescentia lachte. »Aber ich glaube nicht, dass irgendwer in der Stadt so viel Platz hat wie der Schultheiß.«

»Es müsste schon ein Anwesen an einem Bach sein oder eins mit einer starken Quelle.« Flora sah den Plan schon vor sich. »An der einen Seite die Quelle, vielleicht mit einem Wasserspiel. Das wäre es. Der Schultheiß hat zwar einen eigenen Brunnen, aber der reicht niemals für Kanäle.«

»Du nun wieder.« Crescentia schüttelte den Kopf. »Das war ein Scherz. Bloß keine Kanäle. Wer die Bauleute für das Wasserspiel zahlen muss, hat kein Geld mehr für Annabrunn. Halt bloß reinen Mund, wenn es um den nächsten Auftrag geht, ich rate dir wohl.«

Flora lachte nur. »Es war doch nur so ein Gedanke. Und auf den hast du mich gebracht.«

Crescentia verzog unmutig das Gesicht. Sie zog es vor, zu schweigen und weiter in ihren Notizen zu blättern. Jedes einzelne Pflänzchen war dort aufgezeichnet, die Zitronenbäumchen wie auch der Buxus. Alles, was Annabrunn bisher geliefert hatte, sei es auf dem Markt erstanden, bei Bauern in der Umgebung oder selbst im Klostergarten gezogen und von Apollonia und Flora für die Verbringung nach Wolfhagen in kleine Töpfe gesetzt. Es war immer gut, wenn sich die Forderung mit genügend Zahlen untermauern ließ. Bisher hatten noch alle für ihren neuen Garten bezahlt, aber wer wusste schon, ob das so weitergehen würde? Während Flora vor dem Beet kniete und pflanzte, murmelte Crescentia »wehret den Anfängen!« und vertiefte sich dann wieder in ihre Zahlen.

Natürlich war es im Grunde unsinnig gewesen, jetzt schon die Töpfe mit den Zitronenbäumchen mitzunehmen und hier aufzustellen. Der Duftgarten würde erst im nächsten Jahr mit der ersten Blüte wirklich wirken. Und wenn in der Zwischenzeit eines der kostbaren Gewächse einging? Aber die ehrwürdige Mutter hatte schon recht, als sie riet, die Bäumchen jetzt bereits zu zeigen. Es kommt ja doch immer wieder jemand beim Schultheiß vorbei. Wenn der Besuch wichtig genug ist, zeigt ihm der Hausherr, wie die Arbeiten voranschreiten. Wenn Flora dann die Zitronen hervorholt, natürlich nur, um zu sehen, ob die Buxus-Reihen genau ausgerichtet sind, ist der nächste Abnehmer gefunden. Auch wenn das natürlich die Listen durcheinanderbringt.

Vom Kiesweg her klangen Schritte. Etwas klirrte. Crescentia sah auf. Georg Niederegger kam mit einem Servierbrett in der Hand durch den Garten.

»Hier, Schwester«, sagte er. »Die Mutter meint, Ihr arbeitet seit Stunden in dieser Hitze. Eine Erfrischung wird Euch guttun.«

Kaum hatte die Nonne nach dem Steingutbecher gegriffen, drehte sich der junge Mann zu Flora um. »Und der andere, der ist für Euer Mündel«, sagte er noch und ging schon zu dem Beet, in das Flora gerade Rosenbüsche setzte.

Crescentia sah ihm mit schmalen Augen nach. Der hat uns gerade noch gefehlt, dachte sie. Ein junger Hahn auf dem Hof, der will sich doch beweisen. Wie besser als vor Apollonias Küken? Na, warte, Jungchen, ich bin auch noch da. Und ich habe bessere Augen als jeder Hühnerhabicht.

Dankbar trank Flora den Becher leer. »Ich liebe Holundersaft«, sagte sie. Georg starrte fasziniert auf ihre Lippen, auf denen der dunkle Trank seine Spuren hinterlassen hatte.

»Den ... den macht die Mutter«, stammelte er schließlich. »Der Vater zieht Holunderwein vor. Aber ich dachte, hier draußen in der Sonne, da wäre das nicht so das Rechte.«

Crescentia sah es genau, Georgs Wangen glühten. Auch Flora schien längst nicht mehr so blass wie noch am Morgen. Energisch schob die Nonne ihre Notizen zusammen und stand auf. Wehret den Anfängen, dachte sie.

»Ja, also«, sagte Georg, »das wollte ich schon längst sagen. Der Garten, der wird wirklich schön. Aber Ihr steckt ja auch viel Arbeit hinein. Unter Euren Händen gedeiht anscheinend alles. Das hätte ich nicht geglaubt, dass Zitronen hier in Wolfhagen wachsen könnten. Wirklich nicht.«

Flora lächelte. »Das geht schon«, antwortete sie. »Man muss nur wissen, was man tut. Und wann. Alles hat seine Zeit.«

»Genau«, sagte Crescentia. War der Junge gerade wirklich zusammengezuckt? Ob er wohl nicht nur Augen, sondern auch Ohren ausschließlich für die junge Gartenkünstlerin hatte? »Alles hat seine Zeit. Wie weit bist du, Kind?«, fuhr Crescentia barsch fort. Sie wusste sehr wohl, dass Flora es hasste, so behandelt zu werden. Das Mädchen biss sich auf die Lippen. Langsam reichte sie den Becher an Georg zurück. Crescentia schien es, als ob sich die beiden Hände ungebührlich lange berührten. Na warte, dachte sie. Wir haben einen langen Heimweg vor uns.

»Hört Ihr nicht die Glocken?«, fragte sie. Tatsächlich, von der nahen St.-Anna-Kirche läutete das Angelus.

»*Angelus Domini nuntiavit Mariae*«, begann Crescentia, »*et concepit de Spiritu Sancto.*« Der Engel des Herrn brachte Maria die Botschaft, und sie empfing durch den Heiligen Geist. Flora und Georg stimmten in das folgende Ave Maria ein. Dreimal erklang dieses »Gegrüßet seist du, Maria«, bis Crescentia das Gebet mit der Oration und einem letzten Amen beschloss.

»Und nun pack deine Sachen zusammen, Flora!«, sagte sie. »Es wird Zeit für uns.«

Sie sah dem jungen Niederegger nur zu gut an, dass der nach einem Grund suchte, die Begegnung in die Länge zu ziehen. Solche wie dich kenne ich doch, Bürschchen, dachte die Nonne. Aber da musst du früher aufstehen. Für den Preis eines Bechers Holdersaft kriegst du von mir jedenfalls gar nichts.

»Ja, dann«, murmelte Georg. »Dann will ich Euch wohl nicht aufhalten. Denke ich. Bis morgen dann.«

Dich muss ich im Auge behalten, dachte Crescentia. Flora ist mir anvertraut. An mir kommst du jedenfalls nicht

89

vorbei. Ungeduldig wartete sie, bis ihr Schützling den Spaten, die Harke und die anderen Gerätschaften gereinigt und in dem kleinen Anbau beim Küchengarten versorgt hatte. Der Sohn des Hauses schloss hinter ihnen die schmale Pforte in der Gartenmauer.

»Für die müssen wir uns auch etwas überlegen«, brach Flora schließlich das Schweigen.

»Der Schultheiß will doch sicher, dass die Leute seinen Garten bewundern. Wenn da ein geschmiedetes Pförtlein den Blick in sein neues Paradies freigibt, das wird ihm bestimmt gefallen.«

Crescentia schüttelte unwillig den Kopf.

»Du denkst wirklich nur an den Garten und kein bisschen an Annabrunn, nicht wahr?« Unwillkürlich schritt sie forscher aus, und Flora musste sich sputen, ihr zu folgen.

»Haben wir einen Kunstschmied im Kloster?«, fuhr Crescentia fort. »Nein, den haben wir nicht. Keinen Schmied, keinen Schlosser, niemanden, der sich darauf versteht, aus Eisen Blumen wachsen zu lassen. Wenn du dem Schultheißen also ein solches Pförtlein vorschlägst, was meinst du, was dann passiert?«

Flora zuckte mit den Schultern. »Das kann doch nicht unser Problem sein. Zuerst muss der Garten fertig werden. Wofür der Schultheiß anschließend sein Geld ausgibt, das geht uns in Annabrunn doch nichts an.«

Crescentia schnaubte höhnisch. »Du bist wirklich ein Grünschnabel. Wenn wir es richtig anfangen, wird der Schultheiß gar nicht mehr aufhören, für den Garten zu zahlen. Aber das bedeutet eben, dass du ihm keinen Floh ins Ohr setzt mit Ideen, die wir nicht verwirklichen können.

Behalt das im Gedächtnis: keine zusätzlichen Arbeiten, die von den Zünften erledigt werden müssten. Wir arbeiten für Annabrunn. Für den Herrn und damit auch für uns.«

Wir, das ist gut, dachte Flora. Wer hat denn den ganzen Tag auf den Knien gelegen und gepflanzt? Aber das frage ich wohl besser nicht. Crescentia hält mir sonst wieder nur einen Vortrag, was sich für ein Findelkind ziemt und was nicht. Da denke ich doch lieber an den Schultheißsohn. Der war nett. Den Saft hätte genauso gut die Magd bringen können. Vielleicht hätte er noch gerne ein bisschen geplaudert, wer weiß? »Für Annabrunn«, sagte sie endlich. »Und für die größere Ehre Gottes natürlich.«

Crescentia warf ihr einen misstrauischen Blick zu. »Dein Ton gefällt mir nicht, mein Kind. Willst du etwa Spott mit dem Herrgott treiben?«

Flora beeilte sich mit der Versicherung, dass es ihr ernst war. »Die Natur offenbart doch die Schöpfung, so wie Gott sie erdacht hat. Wenn wir mit jedem Garten neu zeigen können, wie herrlich es im Paradies gewesen sein muss, wenn wir auch nur den geringsten Abglanz davon bewahren, dann dienen wir Gottes Ehre so gut wie durch das Gebet. Meine ich. Ist dir noch nie aufgefallen, dass die Leute, wenn sie etwas wirklich Schönes sehen, ergriffen sind, als hätten sie etwas Heiliges vor sich?«

Crescentia unterdrückte ein Schaudern. Hatte Pater Coelestin nicht erst letzthin über den Hochmut gepredigt und dass sich ein Menschenkind nicht einbilden solle, auf Erden viel zu bewirken? »Es ist eitel«, hatte er gesagt, »eitel und müßig, darauf zu beharren, dass das eigene Vorbild die Menschen bessert. Nur der Glaube macht den Menschen gut. Ein gutes Beispiel hilft ihm vielleicht auf dem Weg, aber gehen, auf den Herrn zu, das muss er schon allein. Und er muss es wollen. Der himmlische Verdienst ist nicht mit ein paar guten Taten errungen. Er will immer neu verdient sein. Lauert nicht das Böse überall, um uns einen Strich durch die Rechnung zu machen?«

»Der Sohn des Hauses ist jedenfalls schon sehr zufrieden mit unserer Arbeit«, sagte Flora. »Der wird seinem Vater sicher berichten, wenn der von seiner Fahrt nach Kassel zurückkehrt.«

»So?«, machte Crescentia. »Der scheint dich ja beeindruckt zu haben, der junge Niederegger. Aber denke daran, der Vater bezahlt. Und der hat seine eigenen Pläne. Nicht nur für den Garten.«

Was sie damit wohl meint?, dachte Flora. Ich frage besser nicht nach. Es wird schon nichts Angenehmes sein. Da denke ich doch lieber an den Georg. Es war wirklich nett von ihm, uns die Erfrischung zu bringen. Er wird sicher auch einmal Einfluss haben wie sein Vater. Er hat einen Blick für das Detail, dem entgeht so schnell nichts. Das haben wir ja gemerkt.

»Was träumst du denn schon wieder?«, mahnte die Nonne. »Du bist so in Gedanken versunken. Dabei habe ich dich bereits dreimal etwas gefragt.«

»Ach, verzeih mir, Crescentia. Ich dachte gerade daran, wie wichtig es ist, dass jede Einzelheit stimmt. Die Natur wächst und wächst. Wenn da die gute Ordnung erkennbar sein soll, dann darf es kein Wildwuchs werden.« Ob sie mir das wohl glauben will? Flora lächelte leise. Eigentlich stimmt es ja schon. Ich dachte ja an die Einzelheiten. Ein bisschen.

»So, so«, brummte Crescentia. »Dann lass uns dafür beten, dass auch ein Segen auf der Arbeit ruht.« Sie griff nach dem Rosenkranz. Flora fischte in dem kleinen Beutel, der an dem Gürtel ihres grauen Gewandes hing. Endlich hatte auch sie die Gebetsperlen in der Hand. »Ehre sei dem Vater«, stimmte Crescentia an. Unwillkürlich passte sie ihre Schritte dem Rhythmus des Gebets an.

Flora staunte nur. Warum hat sie es heute nur so eilig?, dachte sie. Aber da sah sie schon die Kirchturmspitze von Annabrunn aufragen. Vielleicht weiß ja Apollonia, welcher Wurm wieder einmal an Crescentia nagt.

Ihre Ziehmutter war allerdings weder im Klostergarten noch in der Kräuterstube zu finden. Flora machte sich einstweilen daran, ein wenig Ordnung zu schaffen. Bevor die Gartenaufträge so zahlreich wurden, war es ihre Aufgabe gewesen, alles an seinen richtigen Platz zu stellen. Wer hätte es auch sonst tun sollen? Apollonia wurde oft zur ehrwürdigen Mutter gerufen, wenn sie etwas mit ihr besprechen wollte. Dann blieben die Dinge eben liegen. Von den Mägden konnte keine lesen, wie hätten diese also die richtigen Tiegel, Töpfe, Gläser und Schachteln finden und richtig einordnen sollen? Bisher war keine andere Nonne zu Apollonias Gehilfin bestellt worden.

Erst kurz vor dem Schlafengehen sah Flora Apollonia wieder. Die kam mit Schwester Maria Barbara den Kreuzgang entlang. Beide machten einen beunruhigten Eindruck. Mit sorgenvollen Blicken musterten sie Flora.

Aber auch nachdem die alte Nonne weitergehumpelt war, wollte Apollonia nicht sagen, was sie bedrückte. »Erzähl du erst einmal. Wie war es denn heute beim Schultheißen? Lässt er sich immer noch alles erklären und hält dich so von der Arbeit ab?«

Flora lachte. »Nein, er war gar nicht da. Er musste nach Kassel, hat mir die Küchenmagd erzählt.«

Apollonia setzte sich auf eine der Steinbänke, die den Kreuzgang säumten.

»Das glaube ich nicht, dass er euch unbeaufsichtigt gelassen hat. Der ist doch einer, der jeden Tag die Blumentöpfe zählt, damit er sicher sein kann, dass er nicht übervorteilt wird.«

»Das stimmt schon. Aber er war eben nicht da. Dafür hat sein Sohn nach uns geschaut und uns sogar Holdersaft gebracht.«

»Sein Sohn. So, so.«

Flora wusste Apollonias Miene nicht zu deuten. »Ja, das hat er«, fuhr sie fort. »Und er hat auch Fragen gestellt, er wird seinem Vater sicher berichten müssen.«

»Und sonst war nichts?«

Ihre Stimme klingt eigentlich wie immer, dachte Flora. Aber was ist es nur, das sie so beschäftigt? Was will sie denn von mir hören?

»Was soll gewesen sein?«, fragte sie endlich zurück. »Heiß war es. Während ich gepflanzt und gewässert habe, hat Crescentia sich um die Abrechnung und den Planfortschritt gekümmert. Wie immer.«

»Und der junge Niederegger?«

»Was weiß denn ich? Er hat uns am Morgen begrüßt, hat sich angesehen, was wir mitgebracht haben, und dann war er verschwunden, bis er zum Schluss den Saft gebracht hat. Was sollte er denn auch sonst im Garten, das fehlte noch, dass er nach dem Spaten gegriffen hätte. Das würde Crescentia

auch verhindern. Sie sagt doch immer, denk daran, Kind« –
Floras Stimme nahm wie von selbst den etwas weinerlichen
Ton der Nonne an – »bedenke, nur was wir selbst tun, können wir auch in Rechnung stellen.« Flora lachte, aber als sie
Apollonias Miene sah, wurde sie rasch wieder ernst. »Was
ist denn eigentlich los?«, fragte sie. »Habe ich irgendetwas
angestellt?«

»Nein, das glaube ich nicht«, lautete Apollonias Antwort.

»Und wenn etwas gewesen wäre, hätte mir Crescentia
doch auf dem Heimweg sicher eine Predigt gehalten«, versuchte Flora zu scherzen.

Apollonia griff nach der Hand ihrer Ziehtochter. »Hör
mir gut zu, Flora. Was ich jetzt sage, ist sehr wichtig. Für
dich, für uns hier in Annabrunn. Aber besonders für dich.«

Flora sah sie erwartungsvoll an.

»Also«, begann ihre Ziehmutter, »der Niederegger-Sohn
war nur ganz kurz im Garten.«

»Ja«, antwortete Flora. »Soweit ich das weiß. Ich war
doch den ganzen Tag beim Pflanzen und habe mich nicht
viel umgeschaut. Und wenn schon. Es ist das Haus seines
Vaters, da kann er doch sein, wo er will, nicht wahr?«

Apollonia lächelte sanft.

»Er schon. Aber was ist mir dir? Dir ist schon bewusst,
dass du eine heikle Aufgabe hast, nicht wahr? Crescentia ist
durch ihre Ordenstracht geschützt. Aber du? Du bist ein
junges Mädchen, ein Mündel von Annabrunn, das die Welt
nicht kennt. Und da gibt es schnell Gerede, wenn du und
ein junger Mann ...«

Flora lachte hell auf. »Das ist doch zu komisch. Ich habe
doch nichts mit Georg zu schaffen!«

»Aber so gut seid ihr euch schon, dass du einfach so seinen Vornamen nennst.«

Flora sah erschrocken zu Boden. »Das ... das ist mir so herausgerutscht«, stammelte sie.

»Das glaube ich dir gerne, meine Tochter«, beruhigte sie Apollonia und fuhr dann doch fort: »Aber um herauszurutschen, muss es ja vorher erst einmal hineingekommen sein. Bitte antworte mir ganz ehrlich.« Sie holte tief Luft und sah Flora aufmerksam an, ehe sie weitersprach: »Ist da etwas, irgendetwas zwischen dir und dem jungen Niederegger?«

Flora lachte. »Er hat uns Saft gebracht, Apollonia. Saft. Einmal. Ein einziges Mal.«

Apollonia schüttelte sacht den Kopf. »Keine Ausflüchte. Jetzt gilt nur die Wahrheit, meine Tochter.«

»Nein«, sagte Flora entschlossen, »nein, da ist nichts. Obwohl«, sie zögerte.

»Ja?«

»Es wäre schon schön«, fuhr das Mädchen fort. »Ich denke mir manchmal, ich habe es doch wirklich gut hier in Annabrunn. Aber manchmal, da denke ich dann eben doch, es wäre vielleicht auch schön, in der Stadt zu wohnen, eine Familie zu haben. Wenn ich in der Nacht aufstehen müsste, dann weil ein Kind nach mir ruft. Ein Kind, nicht die Glocke zum Stundengebet. Das stelle ich mir manchmal vor. Aber das hat doch nichts mit dem Sohn vom Schultheißen zu tun.« Sie lachte. »Gut, er ist ein hübscher junger Mann. Ich bin sicher, er kann sich seine Braut auswählen unter den Töchtern der wichtigsten Familien der Stadt. Ich bin ein Niemand. Das Mündel von Annabrunn. Er ist freundlich zu mir. Aber das ist er auch zu Crescentia. Da ist wirklich nichts.« Flora schüttelte den Kopf. »Ganz bestimmt nicht. Auch wenn es schön wäre, in der Stadt zu wohnen. Vielleicht die Frau eines einflussreichen Mannes zu sein, ein großes Haus zu führen und jemand zu sein, zu dem man aufschaut. Und nicht nur das graue Mäuschen aus Annabrunn.«

Sie starrte auf ihr Gewand. Dort, wo sie im Beet gekniet hatte, war ein dunkler Fleck zu sehen. Energisch rieb sie daran herum.

»Nun lass das doch, Flora«, ermahnte sie schließlich ihre Ziehmutter. »Du weißt doch, dass du es so nur noch schlimmer machst. Bürste das Kleid einfach aus, bevor du schlafen gehst, und hänge es ordentlich auf. Dann wird morgen nichts mehr zu sehen sein.«

Sie stand auf. »Komm, wir gehen noch schnell in die Kräuterstube. Deine Hände sind rau von der Gartenarbeit. Da habe ich etwas für dich.«

Flora folgte ihr. Meine Hände sind wirklich nicht die einer einflussreichen Städterin, dachte sie. Ich arbeite eben, von früh bis spät. Da ist es kein Wunder, dass man mir das auch ansieht. Aber Georg scheint es nicht gestört zu haben.

Während sie sich die Hände salbte, sah sich Apollonia in der Kräuterstube um. »Du hast aufgeräumt, das sehe ich doch«, sagte sie. »Das ist gut so. Ich komme in letzter Zeit kaum mit der Arbeit nach. Ich bin ja nun auch nicht mehr die Jüngste. Aber die Arbeit einer Frau ist ja erst dann getan, wenn sie auf der Bahre liegt.«

Verblüfft hielt Flora inne.

»Ja, da schaust du. Aber auch als Städterin würde es dir nicht anders ergehen. Wie würdest du dort denn leben? Als

Gärtnerin hättest du sicher dein Auskommen. Aber jeder in der Stadt würde ein genaues Auge auf dich haben. Wenn du glaubst, der Habichtblick von Crescentia sei schon schlimm, dann stell dir einmal vor, wie viel Misstrauen dir in einer Stadt entgegengebracht wird. Hier kennen wir dich. Wir wissen dich zu nehmen, dich, deinen Frohmut und deine Freundlichkeit.« Apollonia schob ein paar Tiegel tiefer hinein in das Arzneischränkchen. »Aber stell dir einmal vor, jemand, der dich nicht kennt, sieht, wie du ganz freundlich und ohne dir etwas dabei zu denken mit dem jungen Niederegger sprichst.«

Flora wollte schon auffahren, doch Apollonia hob beschwichtigend die Hand. »Ich sage ja, ganz freundlich und ohne Hintergedanken. Aber die Leute können nur in ihren eigenen Kopf hineinschauen. Dort ist es oftmals erschreckend dunkel. Sie sehen, was sie sehen wollen. Und das ist was? Eine junge Frau, die freundlich ist zu Männern. Was meinst du, wie schnell du einen Ruf hast, der deinem Beruf schaden wird?«

Energisch schloss die Nonne die Tür zu den Arzneien. »Und du hast es eben selbst gesagt. Der junge Niederegger kann jede haben. Das wird dir in der Stadt ganz schnell umgedreht, und dann heißt es, dich kann jeder haben.«

Verwundert schüttelte Flora den Kopf. Das konnte doch nicht sein! So etwas sprach doch gegen jede Vernunft.

»Glaube mir, meine Tochter. Ich habe in einer Stadt gewohnt, die weitaus größer ist als Wolfhagen. Aber wenn es darauf ankommt, ist jede Stadt ein Dorf. Eine Frau ohne Schutz, die hat es nirgendwo leicht. Das Kleid, das dich zur grauen Maus macht, das ist gleichzeitig auch ein Schutzpanzer. Jeder sieht, dass da das Mündel von Annabrunn kommt. Nun stell dir einmal vor, dem wäre nicht so.«

»Aber«, meinte Flora kläglich, »die ehrwürdige Mutter hat doch gesagt, vielleicht könnte ich ja auch heiraten.«

»Ja, das hat sie gesagt«, bestätigte Apollonia. »Doch glaube mir, das ist so einfach nicht mit dem Heiraten. Und selbst wenn, das Misstrauen der anderen hört doch nicht auf, wenn du vor dem Altar gestanden hast. Dann musst du erst recht darauf achten, keinen Anstoß zu erregen. Deine Ehre ist die deines Mannes. Wenn du ihm Schande machst oder wenn es nur so aussieht, als ob dem so wäre ...«

Flora hob abwehrend die Hände. »Es war doch nur Saft!«, rief sie empört. »Saft. Weil es so heiß war. Und Crescentia hat auch davon getrunken.«

Apollonia nahm ihre Ziehtochter in den Arm. »Natürlich war es nicht mehr als das. Aber es ist wirklich an der Zeit, dass wir dieses Gespräch führen. Du weißt, hier in Annabrunn sind wir vor Zwietracht nicht gefeit. Aber verglichen mit dem Leben einer Frau in der Gesellschaft ist es hier das Paradies. Stundengebet in der Nacht hin oder her.«

Flora verschränkte bockig die Arme. »Das weiß ich doch auch. Wir sind oft genug zu einer schwierigen Geburt gerufen worden, wo der Mann hilflos und besoffen in der Küche saß, während seine Frau im Kindbett vor Schmerzen schrie. Evas Los ist seit der Vertreibung aus dem Paradies bestimmt. Aber trotzdem denke ich eben manchmal, wie es wäre in der Stadt. Mit einer Familie. Und vielleicht hin und wieder einem Besuch bei dir.«

»Daran ist nichts falsch«, gab Apollonia zu. »Aber du kannst mir glauben, du bist hier im Kloster so nahe am

Paradies, wie es dir in der Stadt kaum gelingen kann.« Sie seufzte.

»Ach, was soll's. Genießen wir den Abend. Und schlafen mit ruhigem Gewissen umso besser.«

Flora lachte. »Ich träume manchmal schon vom Stadtleben«, gab sie zu. »Gut, in der Johannisnacht habe ich meinen Zukünftigen wieder nicht gesehen. Aber das schickt sich auch sicher nicht, hinter Klostermauern von so etwas zu träumen.«

»Solange es beim Träumen bleibt, wird die ehrwürdige Mutter nichts sagen, nehme ich an.« Nun lachte auch Apollonia. Sie hob die Hand, um das Fenster der Kräuterstube zu schließen. Irrte sie sich, oder waren das vielleicht doch Schritte, die sich da hastig über den Kiesweg entfernten? Apollonia zuckte mit den Schultern. Es schien nichts gewesen zu sein, das Hilfe aus der Kräuterstube benötigte. Ihr Blick schweifte durch den Raum. Alles war an seinem Platz. »Komm, meine Tochter«, sagte sie. »Morgen ist auch noch ein Tag.«

6

Am nächsten Morgen machte sich Flora mit einem Korb neuer Setzlinge am Arm in aller Frühe nach Wolfhagen auf. Wieder ließ Crescentia ihren Rosenkranz den Rhythmus der Schritte vorgeben.

Am Stadttor standen zwei Wanderhuren, die in ihren bunten Kleidern wie Blumen aussahen. Die Torwächter hatten sie aufgehalten.

Einer von ihnen lehnte gerade seine Hellebarde an die Mauer und griff der jüngeren der beiden Frauen ins Mieder. Crescentia zog Flora hastig weiter.

Das Mündel von Annabrunn sah die Stadt heute mit anderen Augen. Wo sie auch Frauen erblickte, am Brunnen, in den Gassen, durch die Fenster der Häuser, alle hatten sie etwas zu tun. Da saß keine müßig auf der Bank und trank schon vor dem Mittag das erste Bier. Selbst die alte Frau, die auf einem Stuhl vor der Küche saß, hielt noch eine Schüssel auf dem Schoß und knackte die Erbsen aus der Schote. Neben ihr hockte ein Mädchen, das den grünen Kugeln hinterhersprang, wenn eine nicht gleich in die Schüssel wollte.

Beim Schultheißen war es nicht anders. Frau Niederegger stand im Küchengarten und besprach sich mit der Köchin. Die Hausherrin nickte den Abgesandten des Klosters kurz zu, bevor sie sich wieder dem Speiseplan widmete.

»Siehst du«, sagte Crescentia, »auf der Gasse glauben sie, dass die Frau des Schultheißen ein angenehmes Leben hat.

Vielleicht stimmt es sogar. Aber auch sie muss dafür arbeiten, wenn auch anders als wir.«

Was sie nur hat, dachte Flora. Sie tut gerade so, als wollte ich mir nichts, dir nichts den Nächsten heiraten, der mir über den Weg läuft. Aber sie hat recht. Unser Tagesablauf im Kloster ist genau geregelt. Alles hat seine Zeit. Sogar die Erholung. Ob die Schultheißin ihrem Mann sagen könnte, Bester, gerne erfülle ich dir deinen Wunsch nach Wein. Aber jetzt ist Recreatio. Hol dir den Trunk nach dem nächsten Stundengebet ab. Flora kicherte.

»Was lachst du?«, fragte Crescentia misstrauisch.

»Ach, nichts«, antwortete Flora. »Ich dachte gerade, wie gut wir es doch haben in Annabrunn.«

Zunächst schien es, als ob sich Crescentia wieder den Zahlen widmen wollte, aber dann ergriff sie doch die zweite Gießkanne, just als der Sohn des Hauses am Brunnen auftauchte. »Lasst nur«, wehrte sie sein Hilfsangebot ab. »Wir schaffen das schon.«

»Wenn Ihr meint.« Er klingt ein bisschen enttäuscht, dachte Flora. Er könnte durchaus helfen, der volle Eimer wiegt schwer. Aber schon ging Georg pfeifend davon.

»Ich habe gehört, sein Vater will ihn nach Italien schicken«, sagte Crescentia. »Das gehört wohl dazu bei den Herren, dass sie eine Bildungsreise machen, bevor sie in der Heimat zur Ruhe kommen.«

»Und die Töchter?«, fragte Flora. »Was machen die?«

Crescentia rollte mit den Augen. »Also, wirklich«, befand sie. »Das geht ja wohl nicht an, dass eine Tochter aus gutem Haus einfach so durch die Lande spaziert. Nein, eine anständige Frau gehört ins Haus. Oder ins Kloster.«

Flora hütete sich zu fragen, ob nur die unanständigen Frauen reisen durften. Sie hatte keine Lust auf einen Vortrag über Anstand und Sitte. Schweigend schleppten die beiden die schweren Kannen durch den Garten. Als alles gewässert war, setzten sie sich für einen Moment nieder.

»Der wird wirklich schön«, gab Crescentia zu. »Ich frage mich nur, wie viele Gärten noch das Annabrunner Siegel brauchen. Auf die Gunst der Welt angewiesen zu sein, ist für ein Kloster ohnehin nicht recht. Zum Glück haben wir die Paramentenstickerei. Messgewänder, Altartücher und Fahnen, die braucht man immer. Einen Garten legt man sich eben doch nicht zur Ehre Gottes an. So schön die Natur sein mag, hier in der Stadt ist und bleibt das alles eitler Tand.«

Flora schwieg. Sie soll mir diesen Morgen nicht schlecht reden, nahm sie sich vor. Ich würde schon gerne in der Stadt leben, den Menschen Blumen züchten und die Gärten verschönern, vielleicht gar ihnen so ein Gefühl geben für die Größe und Pracht der Schöpfung. Aber wie soll das gehen? Apollonia hat recht. Wer als Frau ganz allein ein Geschäft führt, braucht gute Fürsprecher. Wie schnell gilt eine als Dirne und wird von den Torwachen belästigt!

Während sich Flora Gedanken um die Zukunft machte, war diese auch in Annabrunn ein Thema.

»Der Graf zu den Höhen hat geschrieben«, begann die ehrwürdige Mutter. »Du weißt schon, Apollonia, das ist der, dem wir unsere Jagdrechte verpachtet haben.«

Floras Ziehmutter nickte.

»Und nun schreibt er, dass das Kloster doch so schön nahe am Wald liegt. Da wäre es praktisch, wenn wir ein paar Jagdknechte und die Hunde bei uns unterbringen könnten.«

Die ehrwürdige Mutter deutete auf den Brief. »Es klingt ja absolut vernünftig, was er wünscht. Aber ich kann mir nicht helfen, da ist doch ein Haken an der Sache.«

»Und ich soll ihn finden, richtig?« Apollonia lächelte.

»Ich weiß, du bist nicht ganz aus freien Stücken zu uns gekommen. Ein hoher Herr hatte ein Auge auf dich geworfen, und es mangelte ihm nicht an Absichten. Nur war er bereits verlobt, was er tunlichst vermied, dir gegenüber zu erwähnen.«

Abwehrend hob die Äbtissin die Hand. »Ich weiß, dich trifft keine Schuld. Deine Familie wollte schlicht Ärger vermeiden. So haben sie dich denn eben dem höchsten Herrn anverlobt. Nach deinem Herzen fragte niemand. Aber ich glaube, inzwischen bist du ja ganz glücklich hier.«

Apollonia nickte.

»Wer weiß, was geworden wäre. Und hier bist du mir längst eine große Hilfe. Die Ränke der Welt werden mir wohl immer ein Rätsel bleiben. Aber du? Du hast genug erlebt, du weißt, wie es zugeht jenseits der Mauern unserer Klausur. Was meinst du, was steckt hinter diesem Brief?«

Die ehrwürdige Mutter reichte das Schreiben über den Tisch. Apollonia überflog die Zeilen. Nachdenklich sah sie ihre Äbtissin an. Das Gesicht unter der Haube zeigte nur wenige Falten. Sie ist jung geblieben, dachte sie, jung und unberührt von den Ränken draußen und drinnen.

»Auf den ersten Blick?«, begann sie zögernd.

»Ja, genau«, antwortete die Äbtissin. »Auf den ersten Blick. Aber ich bin mir sicher, da ist etwas, auf das ich meinen Finger nicht legen kann.«

Wieder las Apollonia. »Etwas fehlt«, sagte sie endlich. »Er schreibt nicht, was er für diesen Dienst zahlen will. Aber er ist nicht unser Lehnsherr. Wäre er es, könnte er es wohl einfach verlangen. Davon hört man ja, dass manche Herren ihre Bauern auf die Jagdhunde aufpassen lassen. Die müssen sie füttern, ganz gleich, ob sie selber Hunger leiden. Aber der Graf zu den Höhen hat die Jagdrechte nur gepachtet. Es ist unser Wald. Unser Recht.« Noch einmal überflog Apollonia die Zeilen.

»Es könnte sein, dass es ihm gar nicht um seine Hunde oder die Jagdknechte geht. Es könnte sein, dass er unter der Hand ein Recht entstehen lassen will. Wenn wir ihm zusagen, kann er in ein paar Jahren sagen, dass nur Lehensleute die Hunde versorgen. Dass wir folgerichtig die Jagd an ihn abgetreten haben. Ob das überhaupt seine Absicht ist, weiß ich nicht. Aber so ist schon manchem das Jagdrecht abhandengekommen. Einer tat, wie er wollte, und seine Söhne pochten dann auf das Gewohnheitsrecht.«

Die Äbtissin nickte. »So etwas habe ich vermutet. Obwohl der Graf zu den Höhen ein ehrlicher Mann ist. Aber unser Forst ist ein zu guter Fang. Der könnte ihn verlocken.«

»Man weiß es einfach nicht«, stimmte ihr Apollonia zu. »Und auf den bloßen Verdacht hin, es sich mit dem Grafen zu verderben, wäre auch nicht recht.«

»Du sagst es, meine Tochter. Es ist eine schwierige Entscheidung. Zum Glück ist der Bote gleich weitergeritten, nachdem ihm die Küche eine Erfrischung gereicht hat. Ich habe also etwas Zeit mit meiner Antwort. Aber antworten muss ich wohl. Nur wie?«

Apollonia lächelte. »Ihr könntet ihm natürlich auch mitteilen, dass es sich einfach nicht schickt.«

»Wie meinst du das?«

»Nun, wir sind ein Frauenkloster. Dass wir Jäger bei uns aufnehmen, das wäre doch mehr als ungewöhnlich. Gewiss, sie könnten bei den Knechten wohnen, die draußen vor den Klostermauern ihre Unterkunft haben. Aber die sind alt genug, dass sie nicht im Verdacht stehen. Jagdknechte hingegen sind jung. Das könntet Ihr anführen. Und steht nicht etwas über die Jagd beim heiligen Augustinus geschrieben? Ist er nicht ganz entschieden dagegen, dass der Klerus jagt? In der Bibel ist von keinem einzigen frommen Jäger die Rede. Haben sich nicht auch gleich mehrere Konzile mit der Frage beschäftigt, warum der Klerus nicht jagen soll?« Apollonia lachte.

»Ja, genau so könnt Ihr es machen. Sagt ihm, dass die Kirchengesetze die Jagd für den Klerus verbieten. Und dass das der Grund sei, warum Ihr überhaupt erst die Rechte verpachtet habt. Ihr würdet eine gute Figur abgeben, hoch zu Ross, mit einem Falken auf der Hand, ganz nebenbei.«

Die Äbtissin lachte. »Führ mich nicht in Versuchung, meine Tochter, führ mich ja nicht in Versuchung! Aber du hast recht. Die Jagd ist dem geistlichen Stand verboten. Weil das nun einmal so ist, können wir natürlich auch keine Jagdknechte aufnehmen oder Hunde. So gerne wir es täten. Wir bedauern. Ich muss noch nicht einmal fragen, was er denn zu zahlen gedacht hätte. Das fehlte noch, kläffende Hunde, die das Stundengebet stören!«

Behaglich lehnte sich die Äbtissin zurück. »Es heißt zwar, dass die Kinder dieser Welt geschickter im Umgang mit ihresgleichen sind als die Kinder des Lichts, aber ich muss schon sagen, meine Tochter, du bist eine Zierde für Annabrunn.«

Oh, oh, dachte Apollonia. Wenn sie so anfängt, kommt immer etwas nach. Und so war es auch.

»Auch Flora könnte eine Zierde für uns sein. Sie ist es schon, gewiss. Aber ich denke oft darüber nach«, sagte die Äbtissin leise, »wie es wohl wäre, wenn jemand käme und nach dem Kind fragte. Ich glaube, es fiele mir schwer, es wieder herzugeben.«

»Mir auch«, brach es aus Apollonia heraus. »Sie ist mir ans Herz gewachsen.«

»Flora ist ein Segen für Annabrunn. Aber sie ist auch eine Last.«

Die ehrwürdige Mutter ließ nachdenklich die Perlen ihres Rosenkranzes durch die Finger gleiten.

»Das Mädchen kann ja nichts dafür. Aber ich hätte nie gedacht, dass wegen dieses Findelkinds eine meiner Töchter zur Diebin werden würde.«

Apollonia stand der Mund offen. Eine Diebin im Kloster?

»Ganz recht, meine Tochter. Als wir damals das Körbchen in der Annenkapelle entdeckten, fanden wir nicht nur das Kind darin. Unter dem Tuch steckte noch etwas.«

»Die Kastanie«, sagte Apollonia. »Aber das wissen wir doch alle, dass sie oben auf dem Rahmen des Gnadenbilds liegt, dort, wo keine Kirchenmaus sie erreichen kann. Dort trocknet sie seit Jahren und wartet auf den Tag, an dem Flora ihr Erbe antreten soll.«

»Ganz recht. Die Kastanie. Von der wissen alle meine Töchter. Aber als ich das Tuch aufschlug, lag da auch ein

Ring in dem Körbchen. Ein Siegelring, mit einem Wappen, eingeschnitten in einen Edelstein. Ich habe in meiner Überraschung nicht weiter darauf geachtet. Das Wappen habe ich jedenfalls nicht erkannt. Aber am nächsten Morgen, als ich mir das Körbchen und das Tuch näher ansah, war der Ring verschwunden.«

Denkt sie etwa, ich hätte ihn? Apollonia spürte ihr Herz klopfen. Ich wusste doch gar nichts davon. Angstvoll starrte sie die Äbtissin an.

»Du schaust mich an, als wollte ich dich fressen. Glaubst du etwa, ich hätte dich in Verdacht, meine Tochter? Du kannst es doch gar nicht gewesen sein. Bist du nicht sofort in deine Kräuterstube, eine Salbe zu holen, um den Nabel zu versorgen? Nein, Apollonia, du warst es nicht, die den Ring genommen hat. Meinst du, ich hätte dir sonst unser Gottesgeschenk anvertraut, wenn du bei weltlichem Tand schwach geworden wärst?«

Apollonia lächelte verhalten.

»Ich habe von dem Ring wirklich nichts gewusst«, sagte sie leise. »Und er ist in all der Zeit nicht wieder aufgetaucht?«

»Nein, meine Tochter, das ist er nicht. Was also soll ich tun, wenn jemand kommt und sagt, er wolle seine Tochter holen? Der Beweis ist fort. Auf Treu und Glauben will ich mich wirklich nicht verlassen. Nicht, wenn solch ein Ring sogar in einem Kloster die Sünde auf den Plan ruft.«

»Aber ...«, stammelte Apollonia, »aber er muss doch irgendwo sein. Und wenn er nun der Beweis wäre, dass Flora wirklich von Stand ist?«

»Dann würde das auch nicht viel nützen, meinst du nicht? Wenn ein Kind im Kloster abgegeben wird, ohne dass sich die Eltern zu erkennen geben, kann das doch nur einen Grund haben. Flora ist nicht standesgemäß. Mit oder ohne Ring. Das Beste wäre sicher, wenn Gott in seiner Gnade ihr eine Berufung zukommen ließe. Darum bete ich jeden Tag. Auch du wärest gut beraten, wenn du ihr wünschtest, dass sie hier im Kloster bleiben wird.«

Apollonia wusste nicht, was sie antworten sollte. Gewiss, sie wünschte Flora nur das Beste im Leben. Aber wirklich sicher war sie nicht, dass dieses Beste tatsächlich hinter den dicken Mauern von Annabrunn zu finden war. Für sie selbst war das Kloster zu einer Zuflucht geworden, auch wenn sie im Grunde keine Wahl gehabt hatte. Die Familie hatte sie abgeschoben, als ihre Verliebtheit zu offenkundig geworden war. Mir ist es gleich, hatte ihr Vater gesagt, ob ich die Mitgift irgendeinem Herrn gebe oder der Kirche. Mir machst du jedenfalls keine Schande, damit das klar ist. Als sich erwies, dass der junge Mann, der ihr so heißblütig die Liebe geschworen hatte, keinen seiner heiligen Eide zu halten gedachte, war ihr das abgeschiedene Klosterleben als nicht das schlechteste Leben erschienen. Im Klostergarten, zwischen den Kräutern und den Rezepten der alten Apothekenschwester, hatte sie ein stilles Glück gefunden. Aber ob das Flora genügen würde? Sie hatte ihre Zweifel.

»Also gut, meine Tochter«, unterbrach die Äbtissin Apollonias Gedankengang. »Es ist, wie es ist. Du hast Flora so erzogen, wie ich es dir aufgetragen hatte. Sie ist eine junge Dame ohne Standesdünkel. Eine, die weiß, was sich ziemt, und die arbeiten kann. Sie soll Annabrunn auch weiterhin keine Schande machen, ganz gleich, wohin ihr Lebensweg sich wendet. Danke für deinen Rat wegen der Jagdknechte.«

Apollonia hatte die Angelegenheit schon fast vergessen.

»Ja, verglichen mit Flora scheint dir das nicht so wichtig, nicht wahr? Da siehst du, was ich meine, wenn ich dir immer wieder davon spreche, dass das Kind nicht dein Lebensmittelpunkt sein darf. Wer weiß, vielleicht sitzt du eines Tages an meinem Platz? Und dann ist alles wichtig, jede Einzelheit. Sogar der Staub auf dem Gnadenbild und wer dafür verantwortlich ist, dass er nicht überhandnimmt. Auf der anderen Seite ist nichts wichtig. Es ist alles eitel, sagt der Prediger. Alles ist weltlicher Tand. Nur der Herrgott ist von Bedeutung. Und natürlich, dass alle meine Töchter ein Dach über dem Kopf haben, genug zu essen und ein warmes Bett, aus dem sie mitten in der Nacht für das Stundengebet aufstehen. Wir sehen uns in der Kirche.«

Apollonia erhob sich. Sie wusste, wann sie entlassen war.

»Gelobt sei Jesus Christus.«

»In Ewigkeit, amen«, begleitete sie die Antwort durch die Tür hinaus.

Auf dem Gang wartete Schwester Maria Barbara. »Das hat aber lange gedauert«, meinte die. »Ging es wieder einmal um Flora?«

Apollonia lachte. »Keine Sorge, unser Blumenkind wird nicht zurechtgestutzt. Diesmal nicht.« Die beiden Nonnen begaben sich zur Kräuterstube. »So, wo waren wir stehengeblieben?«

Die junge Nonne arbeitete nun schon eine Weile in der Kräuterstube mit, da die Gartenaufträge Flora immer wieder nach Wolfhagen verpflichteten. Maria Barbara war von rascher Auffassungsgabe. Hin und wieder ist sie ein bisschen schludrig, dachte Apollonia, aber das wird sich legen.

Und ihr muss ich das Bäumeklettern auch nicht abgewöhnen.

»Was machen wir denn heute?«, fragte Maria Barbara. »Geht es wieder hinaus in den Wald?«

Apollonia überlegte. Ob sie wohl bereit ist, das Destillieren zu erlernen? Dabei ist Sorgfalt das oberste Gebot. Vielleicht sollten wir doch erst das unechte Rosenwasser fertigstellen.

Als Flora und Crescentia an diesem Abend aus der Stadt zurückkehrten, duftete die Kräuterstube wie ein Rosenhag. Die junge Gärtnerin spürte einen kleinen Stich im Herzen, als sie sah, wie stolz Maria Barbara auf das von ihr Geleistete war. Aber will ich nicht ohnehin viel lieber in der Stadt leben? Flora grübelte. Apollonia braucht eine Gehilfin. Sie riss sich zusammen und gratulierte der jungen Nonne. »Das duftet wirklich paradiesisch«, befand sie. »Das hast du gut gemacht.« Ihr Blick glitt die Flaschen entlang.

»Es hat auch richtig Spaß gemacht. Zuerst haben wir die Blütenblätter zwei Tage eingeweicht, in destilliertem Wasser. Heute habe ich sie ausgepresst, um alle Stoffe herauszubekommen, und dann das Wasser abgesiebt. Zum Schluss setzte ich Alkohol hinzu.«

Rosenwasser machen, das konnte ich schon mit sieben, dachte Flora. Aber irgendwo muss ja jede einmal anfangen. »Es duftet ganz außerordentlich«, sagte sie. »Das muss ich schon sagen.«

»Schade nur, dass der Geruch so schnell verfliegt«, ließ sich Crescentia vernehmen. »So ist es eben hienieden. Nichts ist von Dauer.«

Sie kann ihr nicht die Freude gönnen, etwas Schönes geschaffen zu haben, dachte Flora und lächelte Maria Barbara aufmunternd zu. »Der Alkohol sorgt schon dafür, dass das Ganze etwas haltbarer wird, nicht wahr?«

»Genau.« Die junge Nonne ließ sich nicht so leicht betrüben. »Und morgen machen wir weiter. Es steht schon alles bereit.«

Sie wies mit der Hand zum Arbeitstisch, der tatsächlich so aussah, als könnte dort unverzüglich weitergearbeitet werden. »Schwester Apollonia hat zwar gemeint, sie sei es gewohnt, dass am Abend alles verstaut und aufgeräumt ist, aber ich denke, so können wir gleich mit der Arbeit beginnen, ohne erst alles zusammensuchen zu müssen. Und sie will es einmal so versuchen, hat sie gesagt.«

Sie ist begeistert von ihrer Aufgabe, dachte Flora. Das ist gut so. Mit der Gartenarbeit in der Stadt bin ich mehr als ausgelastet. Der Weg von Annabrunn nach Wolfhagen dauert etliche Rosenkränze. Zurück ist es auch nicht kürzer.

Sie ging bald schlafen. So einen Garten von Grund auf neu gestalten, das ist Knochenarbeit, dachte Flora noch und schlief schon halb. Doch mitten in der Nacht schreckte sie hoch. Die Glocke läutete schrill und gellend. Das war kein Ruf zum Gebet, mit Sicherheit nicht. Hier herrschte höchste Not! Und was hatte dieses Licht zu bedeuten, dessen Schein durch das kleine Fenster hoch oben in der Wand drang? Rasch schlüpfte Flora wieder in ihr Kleid. Schon stand sie auf dem Klosterhof. Mehr und mehr Nonnen kamen dazu und starrten auf die Kräuterstube, die in hellen Flammen stand. Flora hörte das Murmeln von Gebeten. Darüber eine ruhige Stimme. »Dreiundfünfzig, vier, fünf, sechsundfünfzig. Gott sei gepriesen, es fehlt keine.«

Ein lautes Klirren übertönte sie. Wieder und wieder krachte es. Flora sah sich suchend um. Wo steckte nur Apollonia? Ach, dort, direkt neben der ehrwürdigen Mutter steht sie. Die Äbtissin hält sie am Arm. Will sie sich etwa in die Flammenhölle wagen? Wieder klirrte es. Eine der Mägde begann zu kreischen. »Oh, mein Gott, oh, mein Gott, wir sind alle verloren!«

Schon war Crescentia bei ihr und gab ihr eine tüchtige Ohrfeige. »Reiß dich gefälligst zusammen«, herrschte sie die Küchenhilfe an. Die Schreie verstummten, doch weiterhin zersprangen in der Flammenglut die Glasflaschen der Kräuterstube.

Die ehrwürdige Mutter klatschte in die Hände. »Haltet keine Maulaffen feil, meine Töchter. Rasch, holt Eimer, bildet eine Kette zum Brunnen. Dann rettet, was zu retten ist!«

Viel war das nicht, wie die Morgendämmerung nur allzu deutlich zeigte. Dass das Gebäude einmal überdacht gewesen war, davon kündeten nur noch wenige zerborstene und rußgeschwärzte Balken. »Das werden wir ganz neu bauen müssen«, murmelte Apollonia und wandte sich dem Garten zu. Hier sah es nicht besser aus. Die meisten der so sorgfältig angelegten Beete waren zertrampelt.

»Das wird ein schmaler Winter«, meldete sie der Äbtissin, die vor der Ruine der Kräuterkammer wartete. »Da ist wirklich nicht mehr viel zu holen.«

»Dann werden wir eben dazukaufen müssen«, antwortete die ehrwürdige Mutter. »Zum Glück ist der Garten beim

Schultheißen ja bald fertig, noch vor der Ernte. Danken wir dem Herrn, dass er keine von uns zu sich gerufen hat in dieser Nacht. Danken wir der Weisheit unserer Vorgängerinnen. Sie haben die Kräuterstube direkt an die Außenmauer gebaut und ein wenig zur Seite hin. Ich mag gar nicht daran denken, was geschehen wäre, wenn das Feuer auf die anderen Gebäude übergesprungen wäre!«

»Und wie oft habe ich unfreundliche Gedanken gehabt, wenn ich im Winter durch den Schnee musste, um einen Kräutersud zu holen.« Apollonia lächelte wehmütig. »Das Häuschen lässt sich wieder erbauen, die Arzneien wieder mischen, die Kräuter wieder sammeln. Aber schade ist es doch darum. Ich kann mir nicht erklären, was passiert ist. Wir hatten alles sorgfältig aufgeräumt. Ich habe doch selbst noch nach dem Nachtlicht geschaut.«

»Das Nachtlicht?« Schwester Crescentia war zu den beiden Frauen getreten.

»Ja, die Talglampe neben der Tür. Die brennt doch immer, denn wenn es einen Notfall gibt, darf keine Zeit verschwendet werden. Da können wir doch nicht lange nach dem Feuerstein suchen.«

Die ehrwürdige Mutter wirkte nachdenklich. »Ich glaube nicht, dass das Nachtlicht Schuld hat. Schaut her, da hängt es noch am Pfosten.« Vorsichtig ging sie weiter in die Brandruine hinein. »Nichts mehr übrig«, befand sie endlich. »Was immer dieses Feuer verursacht hat, es hat ganze Arbeit geleistet.«

»Was es verursacht hat?«, fragte Crescentia. »Oder lautet die Frage nicht vielmehr, wer es getan hat?«

Apollonia spürte, wie ihr das Blut in den Adern stockte.

»Was willst du damit andeuten?«, fragte sie leise. »Unglücke geschehen nun einmal. Nicht immer ist jemand schuld.«

»Nicht immer«, knirschte Crescentia. »Aber manchmal schon. Fragen wir uns doch einmal, wer ein Interesse daran haben könnte, dass hier nichts mehr ist.«

Ratlos sah Apollonia zur Äbtissin.

Die schaute genauso verwundert drein. »Erkläre dich, meine Tochter«, forderte sie endlich.

Crescentia holte tief Luft. »Es ist nicht meine Art, haltlose Verdächtigungen zu äußern. Aber ...« Sie verstummte.

»Wenn sie haltlos sind, ist das auch ganz richtig so«, sagte die ehrwürdige Mutter milde. »Aber auch nur dann.«

Nervös bleckte Crescentia die Zähne. Apollonia schien es wie ein Wolfslächeln. Aber nicht sie wurde nun angeklagt.

»Es kann nur Flora gewesen sein«, verkündete Crescentia. »Sie will hier nicht länger sein. Sie würde lieber in der Stadt ihren Lüsten nachgehen und es Gärtnern nennen. Sie war es. Flora. Und keine andere.«

Apollonia zog die Luft ein. »Du hast sie immer gehasst«, begann sie, aber eine Geste der Äbtissin ließ sie verstummen.

»Das ist eine schwere Anschuldigung«, mahnte die ehrwürdige Mutter. »Du glaubst, dass unser Mündel seine Arbeitsstätte zerstört hat, damit wir sie ziehen lassen?«

Crescentia nickte.

»Das ist doch ausgemachter Blödsinn«, platzte es aus Apollonia heraus.

»Bitte, meine Tochter. Das wird sich weisen. Nun ist es an Crescentia zu sprechen. Sei versichert, dass ich auch dich anhören werde.«

Crescentias Augen blitzten im Triumph. »Sie wird natürlich alles abstreiten. Das gottlose Kind wäre imstande, einen Meineid zu leisten. Sie ist falsch, von Grund auf. Daran ist niemand schuld. Dass ihre Niedertracht erst jetzt ans Licht kommt, das haben wir nur Apollonia zu verdanken, die ihr Bestes getan hat, um aus einem schlechten Samen eine gute Frucht zu ziehen.«

Du falsche Schlange, dachte Apollonia. Aber all ihre Einwände, die sich die ehrwürdige Mutter wie versprochen anhörte, nutzten nichts. Es stand Wort gegen Meinung, Hass gegen Liebe. Flora, die mehrfach befragt wurde, beteuerte ihre Unschuld und versicherte, tief und fest geschlafen zu haben nach der anstrengenden Arbeit im Garten. Aber sie spürte, wie sich die Nonnen von ihr zurückzogen und Crescentia immer mehr von ihnen um sich scharte, wenn sie gegen Flora wetterte. Endlich meldete sich die jüngste Novizin zu Wort. Elisabeth war erst wenige Wochen im Kloster und hatte noch Mühe, in der unvertrauten Umgebung durchzuschlafen. »Ich musste mitten in der Nacht auf den Abort«, entschuldigte sie sich. »Es ging einfach nicht mehr. Und als ich zurückkehrte, habe ich einen Schatten gesehen, der zur Apotheke glitt. Zuerst habe ich mir nichts dabei gedacht. Aber jetzt?« Zweifelnd sah sie mit großen Augen die Äbtissin an.

Die lächelte begütigend. »Wie sah er denn aus, der Schatten?«, fragte sie. »Denk ruhig nach, meine Tochter. Erst dann beschreibe genau, was du gesehen hast. Nicht, was du glaubst, gesehen zu haben. Du verstehst den Unterschied?«

Elisabeth nickte. »Ich habe eigentlich nur diese Bewegung wahrgenommen. Draußen war es ja dunkel, aber ich hatte eine Laterne mit.«

Ganz im Dunkeln ging keine der Klosterschwestern gern auf den Abort. Und genau für solche Fälle hing die kleine Laterne neben der Tür zum Treppenhaus.

»Irgendwie hatte ich das Gefühl, ich würde beobachtet. Da habe ich gemacht, dass ich schnell ins Haus kam. Die Küchentür war die nächste. Also bin ich dort hinein. Dann habe ich mich doch noch einmal umgedreht. Der Mond war gerade hinter einer Wolke hervorgekommen. Es war just hell genug, den Schatten zu sehen, wie er die Mauer entlangglitt.«

»Gut. Und weiter? Wie sah er aus?«

Elisabeth dachte angestrengt nach. »Nicht wie eine von uns«, sagte sie schließlich. »Die Ordenstracht, die gibt uns allen doch einen ähnlichen Umriss, mit dem Schleier. Da war kein Schleier, da bin ich sicher.«

Alles sah auf Flora, die ihre Haare unter einer Haube verborgen trug.

»Aber ich ... ich habe geschlafen. Wirklich«, stammelte sie.

Doch es half alles nichts. Noch am selben Abend verkündete die ehrwürdige Mutter der Klostergemeinschaft ihr Urteil.

»Ich lasse dich ungern ziehen, mein Kind«, sagte sie. »Aber wir haben nur dein Wort. Und auf ein Gottesurteil will ich es nicht ankommen lassen.«

Flora begann zu weinen. »Wo soll ich denn hin? Ich habe doch nur Annabrunn.«

»Das hättest du dir früher überlegen müssen.« Crescentias Stimme troff nur so vor Hohn.

»Ich muss doch sehr bitten.« Die Nonne zuckte unter

117

den scharfen Worten der Äbtissin zusammen. »Wir alle wissen, meine Tochter, dass keine Liebe zwischen euch beiden ist. Aber wenn du dich nicht in christlicher Caritas betragen kannst, dann will ich gar nichts mehr von dir hören. Du wirst ab sofort in Demut schweigen, Crescentia. Beten, das darfst du. Ich nehme an, dass der rechte Ort für dich dazu die Kniebank vor der Annenkapelle ist. Bleib dort, bis ich dir anderes gebiete.«

Mit gesenktem Kopf verließ Crescentia das Refektorium. Aber auch mit Flora zeigte die ehrwürdige Mutter kein Erbarmen. Noch am selben Abend musste sie ihre Sachen zusammenpacken. Nach dem Frühgebet würden sich die Pforten Annabrunns für immer hinter ihr verschließen.

»Ich weiß, dass mein Verdikt hart ist«, sagte die Äbtissin zu Flora, nachdem sie das Mädchen in ihre Räumlichkeiten gerufen hatte. »Aber ich muss für den Frieden im Kloster ein Opfer bringen.«

Flora schluchzte nur.

»Nun, nun, meine Tochter. Glaube nicht, dass ich dich ins Ungewisse und ins Verderben stoße. Noch heute schreibe ich einen Brief an den Grafen zu den Höhen. Dem empfehle ich dich. Er wird eine Stelle für dich finden. Wohl als Magd, nehme ich an, aber so kommst du wenigstens über den Winter. Versprichst du mir, dorthin zu gehen?«

Das Mädchen nickte.

»Dann ist es gut. Nun putz dir die Nase.« Die ehrwürdige Mutter lächelte. »Damit du siehst, dass ich dir vertraue, schläfst du heute Nacht hier bei mir. Und glaube mir, das ist mit Sicherheit bequemer als die Kniebank vor dem Gnadenbild.«

7

Sie lächelt, dachte Flora. Meine Mamapolloni lächelt, und ich sehe genau, dass sie viel lieber weinen möchte. So wie ich. Aber wenn sie stark sein kann, dann will ich das auch. Für sie. Sie soll glauben, dass ich eine Zukunft habe, weit weg von Annabrunn, und sie soll sich keine Sorgen machen. Nicht um mich.

Auch Flora versuchte ein Lächeln, aber sie spürte, dass es ihr nicht so recht gelingen wollte.

»Ich habe etwas für dich«, sagte Apollonia und legte ein in Leder gebundenes Buch in Floras Hand. Klein war es, aber dick. »Hier. Das solltest du an deinem Namenstag bekommen, aber es ist zum Glück früher fertig geworden. Nimm es nur, es ist für dich.«

Gespannt blätterte Flora. Auf den eng beschriebenen Seiten standen Rezepte für Arzneien, Gerichte, die dem Körper helfen sollten, wieder zu Kräften zu kommen, Würztränke und vieles mehr.

»Ich hatte mir gedacht, wenn du eines Tages vielleicht doch heiratest, dann brauchst du Rezepte. Da du keine Mutter hast, die dir das Kochen hätte beibringen können.« Apollonia hielt für einen Augenblick inne. »Jedenfalls, es ist für dich«, fuhr sie endlich fort.

Flora schluckte. Sie hatte viel gelernt als Apollonias Gehilfin, aber dieses Buch enthielt anscheinend alle die Geheimnisse, die ihre Ziehmutter ihr über die Jahre enthüllt hatte. Wie leicht geriet doch etwas in Vergessenheit, wenn man sich erinnern wollte! Dieses Buch war nicht mit Gold aufzuwiegen. Aber ich besitze ohnehin keines, dachte Flora. Ich hätte mir so etwas nie leisten können.

»Danke«, sagte sie. »Vielen Dank. Das werde ich immer in Ehren halten.« Behutsam strich sie über den Ledereinband.

»Hinten sind noch Seiten frei. Vielleicht findest du ja neue Arzneien, andere Gewürze, fremde Kräutlein, Mixturen, die besser auf die Körpersäfte abgestimmt sind. Möge es dir nützen«, sagte Apollonia leise.

Sprachlos legte Flora das Buch in die Mitte ihres Umschlagtuchs und begann, ihr Bündel neu zu schnüren. Nicht weinen, ermahnte sie sich. Nicht weinen. Dafür ist später Zeit. Und anderswo. Aber nicht jetzt und hier.

»Viel ist es ja nicht gerade, was du mitnimmst aus Annabrunn.« Apollonia schüttelte den Kopf. »Ein Rosenkranz, ein Kleid zum Wechseln, Strümpfe, ein Umschlagtuch. So kann ich dich nun wirklich nicht hinauslassen in die Welt. Auch wenn ich dich nicht geboren habe, für mich bist und bleibst du mein Kind, die beste Tochter, die ich je hätte haben können auf dieser Welt.«

Die Nonne kramte in der Truhe, die in ihrer Klosterzelle neben dem schmalen Bett stand. »Hier«, sagte sie schließlich. »Den wirst du gewiss brauchen können.«

Flora machte große Augen. »Aber der ... nein. Das kann ich nicht annehmen! Das ist doch deiner.«

»Und jetzt ist es eben der Deine.« Apollonia drückte ihrer Ziehtochter einen Elfenbeinkamm mit schön geschnitzten Zierblumen als Schmuck in die Hand. »Du wirst ihn brauchen. Ich kenne dich doch. Du bist mein Wildfang. Wenn du nicht über kurz oder lang ein Vogelnest auf dem Kopf haben willst statt ordentlicher Haare, wirst du ihn wohl benutzen müssen. Nimm ihn jeden Abend zur Hand. Und dann denk dabei ein bisschen an mich, ja?«

Flora begann nun doch zu weinen. »Das kann ich nicht annehmen. Den hast du doch von ...«

»Das ist Vergangenheit, meine Tochter. Längst. Wer braucht in einem Kloster schon einen Elfenbeinkamm? Er ist eine Erinnerung, gewiss. Aber jetzt habe ich anderes, an das ich mich erinnern will. Weißt du noch, wie du immer auf die Bäume gestiegen bist? Oder wie du mir das Amselküken gebracht hast? Was habe ich mich gesorgt, dass der kleine Vogel deine Hilfsbereitschaft übersteht. Aber dann wurde doch ein stolzer Sänger aus ihm, der schon am frühen Morgen sein Lied von der Schöpfung anstimmte. Siehst du? Das sind die Erinnerungen, die ich haben werde und an denen ich mich erfreue. Um mich an dich zu erinnern, brauche ich keinen Kamm. Es genügt doch, wenn früh am Morgen die Amseln singen. Nun putz dir die Nase. Das ist ja furchtbar anzusehen.«

Flora musste unter Tränen lachen. »Nicht einmal anmutig trauern kann ich. So ist das eben mit mir.«

»Du sollst nicht trauern. Ich werde es auch nicht tun. Ich danke dem Herrn, dass er dich zu uns geschickt hat, damals. Nun lässt er dich eben weiterziehen. Eines Tages wäre es ja ohnehin geschehen. Wenn du bis jetzt keine Berufung verspürt hast, dann ist das Klosterleben nichts für dich. Ach, wer weiß, vielleicht machst du ja dein Glück da draußen in der Welt?«

Apollonia schloss ihre Ziehtochter ein letztes Mal in die

Arme. »Weine nicht«, flüsterte sie. »Zeig der Welt ein frohes Gesicht.« Sie löste sich von Flora. »Der Herrgott liebt die Schwachen und nimmt sich ihrer an. Aber die Welt verachtet sie, weil sie mit ihnen spielen kann, wie es ihr gefällt. Sei stark. Für Annabrunn. Für mich. Und für dich selbst. Nun geh. Die ehrwürdige Mutter hat dir sicher noch einiges zu sagen.«

Schweren Herzens machte sich Flora auf zu den Wohnräumen der Äbtissin. Es waren nicht viele, die ihr auf dem Weg begegneten. Aber sie alle wünschten ihr Glück. Die alte Maria Anna steckte ihr einen Schal zu, den sie mit ihren vom Rheuma gekrümmten Fingern selbst gestrickt hatte.

»Der soll dich wärmen«, sagte sie. »Bis der Winter kommt, habe ich einen neuen gemacht. Bestimmt. Nimm ihn nur. Ich glaube nicht, dass du es warst, die das Feuer gelegt hat.« Hastig sah sich die alte Frau um. »Nein, du kannst es nicht gewesen sein. Du warst unser Sonnenschein, unser Herzengel. Du bist kein Feuerteufel.« Sie drückte Flora an sich und eilte dann zur Werkstatt, in der sie die Novizinnen in der Kunst des Paramentenstickens unterrichtete.

Auch Schwester Katharina, die der Küche vorstand, hatte ein Geschenk. »Viel ist es ja nicht, was ich dir geben kann. Aber du hast mir immer so fröhlich geholfen, wenn es etwas zu tun gab. Auch wenn du eigentlich Apollonias Gehilfin warst, du hast immer gesehen, wenn es Arbeit gab, und hast angepackt, ohne dass du dich lange hast bitten lassen.«

In Floras Bündel landeten ein frisch gebackenes Brot, ein kleiner Käselaib, zwei Würste. »Und hier. Nur für dich.« In der Spanschachtel lag mit Honig glasiertes Gebäck. »Die magst du doch so gerne.«

»Zimmetsterne«, flüsterte Flora, die genau wusste, wie rar und damit teuer das Gewürz aus dem fernen Indien war. »Das hättest du nicht tun sollen.«

»Vielleicht nicht. Sicher nicht«, lächelte die Köchin. »Aber ich habe es getan. Nun muss ich wieder in die Küche. Mach es gut, Kind. Vergiss uns nicht.«

»Niemals«, schwor Flora.

Abschied um Abschied näherte sie sich der Äbtissinnenwohnung. Walburgis hatte sogar das Melken unterbrochen, um Flora noch einmal in die Arme schließen zu können.

Vor der Tür wartete Maria Barbara. »Ich muss mit dir hinein zu ihr«, sagte sie und klopfte.

Die ehrwürdige Mutter saß an ihrem Schreibtisch und blickte ihnen entgegen.

»Gelobt sei Jesus Christus«, grüßten die beiden Mädchen.

»In Ewigkeit, amen«, kam die Antwort. Die Äbtissin sah Floras Begleiterin an. »Dich habe ich hier nicht erwartet, meine Tochter.«

Maria Barbara sah verlegen zu Boden. Dann gab sie sich einen Ruck. »Ich musste kommen, ehrwürdige Mutter.«

»So? Willst du um Gnade bitten für Flora? Da bist du nicht die Erste. Aber der Entschluss steht fest.«

Die junge Nonne trat einen Schritt vor. »Ich muss etwas gestehen«, sagte sie. »Das Feuer. Es kann gut sein, dass ich Schuld habe.«

Flora stockte der Atem. Gespannt sah sie zur Äbtissin. Die hatte die Augen geschlossen und sagte nur: »Fahre fort, meine Tochter.«

»Schwester Apollonia hat doch jeden Abend stets die Gerätschaften fortgeräumt. Ich dachte, wenn wir stattdessen alles aufbauen, sodass wir am nächsten Morgen gleich anfangen können, wäre das vielleicht ein guter Weg.«

»Beides hat etwas für sich«, gab die Äbtissin zu. Flora lauschte gespannt.

»Das hat Schwester Apollonia auch gesagt. Sie meinte, wenn wir erst am Morgen alles zusammensuchen, dann sammeln wir uns ganz wie von selbst und sind auf unsere Arbeit konzentriert, sobald wir beginnen. Aber sie wollte es auch einmal versuchen, wie es mit meinem Vorschlag wird. Und weil wir mit dem Rosenwasser weitermachen wollten, habe ich die Flasche mit dem Alkohol auf den Tisch gestellt.«

Maria Barbara begann zu weinen. »Ich weiß es nicht, ehrwürdige Mutter, ich weiß es wirklich nicht. Ich kann mich einfach nicht daran erinnern, ob der Stöpsel richtig auf der Flasche saß oder nicht. Ich weiß, dass ich ihn in der Hand hatte, aber ob ich ihn wirklich in den Flaschenhals gedrückt habe, ich weiß es nicht. Und das quält mich. Was, wenn die Flasche nicht richtig verschlossen war? Wenn der Alkohol entwichen ist? Wenn das lange genug geschieht, dann genügt ein kleines Fünkchen Licht ...«

Maria Barbara verstummte und versuchte, die Fassung zu bewahren. Ihre Augen sind nass, dachte Flora, sie beißt sich auf die Lippen, sie atmet schnell und ganz flach. Sie hat wirklich Angst, dass sie schuld gewesen ist an dem Feuer. Aber sie will nicht, dass eine andere für sie büßen muss.

Die ehrwürdige Mutter blickte zu dem Kruzifix an der Wand. Dann lächelte sie sanft. »Danke, meine Tochter«, sagte sie. »Ich weiß, dass das nicht einfach für dich war.

Aber die Wahrheit wird euch frei machen, so heißt es doch. Auch wenn du selbst nicht weißt, ob in Wahrheit du das Feuer verursacht hast oder eine andere.«

Die Äbtissin faltete die Hände. »Es ist gut, dass du gekommen bist. So kann ich dir die Sorge nehmen, wenn auch nicht den Kummer.« Sie wandte sich Flora zu. »Hast du gewusst, was sie sagen wollte, meine Tochter?«

Flora schüttelte den Kopf.

»Glaube mir, Flora, es ist schön, dass Maria Barbara gestanden hat. Aber es ändert leider nichts.«

Erschrocken schnappte Maria Barbara nach Luft.

»Ja, es stimmt. Ihr habt alles aufgebaut, und du hast vergessen, den Stöpsel zu kontrollieren. Aber Schwester Apollonia hat es nicht vergessen. Ich habe gestern noch lange mit ihr gesprochen. Sie hat mir geschworen, dass die Flasche fest verschlossen war. An dir hat es nicht gelegen. Und das hätte ich dir auch sagen können, selbst wenn Schwester Apollonia vergessen hätte, alles noch einmal zu prüfen. Ich habe mit eigenen Augen die Glasscherben gesehen. Der Stöpsel steckte im Hals. Durch die Hitze ist etwas Glas geschmolzen und hat die Flasche mit dem Verschluss untrennbar miteinander verbunden. Deine Ehrlichkeit rühmt dich. Aber sie ändert nichts. Und nun geh, meine Tochter.«

Maria Barbara weinte nun bitterlich. Tränenblind stolperte sie davon.

Die ehrwürdige Mutter wandte sich dem Mündel von Annabrunn zu. »So, meine Tochter. Setz dich.«

Flora gehorchte. Auch sie kämpfte mit den Tränen.

»Nun, nun. Was nicht zu ändern ist, das lehrt uns der Herr, mit Gleichmut zu tragen.«

Die Äbtissin lächelte und deutete auf das Bündel, das Flora an der Tür abgelegt hatte.

»Und wie mir scheint, hast du ohnehin genug zu tragen.«

Die Äbtissin zögerte. »Es muss sein«, sagte sie endlich. »Meine Tochter, als du zu uns kamst, war es eine dunkle und stürmische Nacht. Aber wie schnell bist du unser aller Sonnenschein geworden! Ich hoffe sehr, dass es nun nicht zu lange dunkel wird in Annabrunn. Ich kann dich nicht bleiben lassen. Aber du gehst mit meinen besten Wünschen. Doch nicht nur mit ihnen.«

Die ehrwürdige Mutter schob einen Brief über den Tisch. »Hier ist der Brief an den Grafen zu den Höhen. Er wird dir helfen, da bin ich sicher.«

Wieder zögerte die Nonne, und Flora wartete gespannt. So kenne ich sie gar nicht, dachte sie. Sie hat etwas auf dem Herzen und weiß nicht, wie sie es loswerden kann. Es ist eine Last, das spüre ich.

Aus einer Schublade holte die ehrwürdige Mutter eine verschrumpelte Kastanie.

»Es ist nun schon fast sechzehn Jahre her. Aber mir scheint es wie gestern, dass wir dich in der Annenkapelle vor dem Gnadenbild fanden. Was ich dir nun erzählen muss, fällt mir schwer. Doch du sollst mit der Wahrheit gehen.«

Flora rutschte unruhig auf ihrem Stuhl hin und her. Die Kastanie kannte sie wohl. All die Jahre hatte sie auf dem Rahmen des Gnadenbildes gelegen.

»Was es mit der Kastanie auf sich hat, weißt du ja, meine Tochter. Das ist sozusagen deine Mitgift, die ich dir nun zurückgebe.«

Eine verschrumpelte Mitgift, dachte Flora. Schöner Schatz für eine, die nicht zur Braut Christi wird.

»Sie hat all die Jahre auf dem Rahmen des Gnadenbildes gelegen«, begann sie. »Ich glaube, dort sollte auch weiterhin ihr Platz sein. Dass ich gerettet und in Annabrunn aufgenommen wurde, das verliert ja nicht seinen Wert dadurch, dass ich nun gehen muss, obwohl ich mir keiner Schuld bewusst bin. Wenn es also möglich ist, wäre ich froh, die Kastanie wieder an ihrem alten Ort zu wissen. Ich bin reinen Herzens wie ein Kind. Ich bin ja noch ein halbes Kind. Ich kann nur ein kindliches Geschenk machen. Die Kastanie ist mein Dank. An Annabrunn und an die Heiligen, die mich beschützt haben.« Sie schwieg.

Auch die ehrwürdige Mutter sagte lange nichts.

Es ist ein gutes Schweigen, dachte Flora. Es fühlt sich einfach richtig an.

So schien es auch die Äbtissin zu sehen. Endlich holte die ehrwürdige Mutter tief Luft.

»Nun also«, sprach sie. »Ohne langes Drumherumreden. Die Kastanie war nicht das Einzige, das du mit ins Kloster brachtest, meine Tochter. Als wir dich fanden, hieltest du einen Ring in deiner kleinen Hand.«

»Einen Ring?« Flora hörte zum ersten Mal davon, und das sagte sie auch ganz offen. »Wie viele Male hat mir Schwester Apollonia von der Nacht erzählt, als ich ins Kloster kam! Sie hat das Krachen beschrieben, mit dem die Kirchentür zuschlug, von dem Flammenmeer gesprochen, das nur aus Opferkerzen bestand, den Schreck beschrieben und die Freude. Aber von einem Ring hat sie nie ein Wort gesagt. In all den Jahren nicht.«

127

»Sie hat es auch lange nicht gewusst, dass außer dir und der Kastanie noch etwas in dem Körbchen lag. Schwester Apollonia war sofort in die Kräuterstube geeilt, um die Tasche mit den Arzneien zu holen. Wir wussten ja nicht, ob du gesund warst. Und dein Nabel musste auch versorgt werden.«

Die ehrwürdige Mutter schüttelte sanft den Kopf. »Himmel, was für eine Nacht das war, damals!«

Die Äbtissin zögerte. Wieder blickte sie zum Kruzifix auf. Endlich aber fuhr sie fort.

»Das Geheimnis deiner Geburt ist nicht das einzige Rätsel, das ich in all den Jahren nicht habe lösen können. Noch in der ersten Nacht ist dieser Ring verschwunden. Ich hätte ihn dir gerne zurückgegeben, jetzt, wo du Annabrunn verlässt. Doch ich kann es nicht. Er ist nie wieder aufgetaucht. Keine der Schwestern hat mir je gestanden, ihn an sich genommen zu haben. Wir stehen allesamt in deiner Schuld. Wir können dir dein Eigentum nicht wiedergeben.«

Flora starrte die Nonne an. Ein Ring? Und der war verschwunden? Sie wusste nicht, was sie mit diesem Wissen anfangen sollte. Die ehrwürdige Mutter war ihr auch keine Hilfe.

»Gut, meine Tochter. Verzeih mir, dass ich es dir erst jetzt sage. Ich hatte immer gehofft, dass du eines Tages die Berufung hören würdest, und dann wäre der Ring eben deine Mitgift für das Kloster geworden. Aber nun?«

Sie schüttelte den Kopf.

»Ich kann dir dein Eigentum nicht zurückgeben. Ich weiß, dass der Ring kostbar war. Aber was soll ich dir an seiner statt überreichen?«

Flora zuckte mit den Schultern. Sie war sprachlos. Was war schon Gold, was Geld gegen die Heimat, die Annabrunn ihr gewesen war?

Eine ganze Weile herrschte Schweigen. Durch das Fenster schien die Sonne und malte helle Streifen an die weiß gekalkte Wand. Ein Vogel zwitscherte im Klosterhof, eine Amsel, erkannte Flora.

Sie gab sich einen Ruck. »Ich war glücklich hier in Annabrunn«, begann sie. »Ihr habt mich aufgenommen als Eure Tochter, ohne zu fragen, ob Ihr jemals etwas anderes als Gotteslohn dafür bekommen würdet. Von dem Ring habe ich nie etwas gewusst. Wie könnte ich ihn also jetzt vermissen? Sprechen wir nicht mehr darüber.«

Die ehrwürdige Mutter lächelte. »Das ist die Flora, wie wir sie uns immer gewünscht haben. Ich danke dir. Wenn ich einen Weg sähe, wie du bleiben könntest, glaube mir, ich würde ihn gehen. Aber es steht nun einmal Wort gegen Wort. Es ist nicht leicht, ein Kloster zu führen. Der Zwist, den wir vor den Mauern lassen wollten, findet immer wieder einen Spalt, um sich einzuschleichen. Hier in Annabrunn soll ein Leben ohne Angst möglich sein. Das ist schwer genug. Manchmal müssen dafür Opfer gebracht werden. Dieses Mal bist du das Opfer, Florianna Ursula. Dass du diese Bürde ohne Klage trägst, erfüllt mich mit Stolz. Nicht auf uns bin ich stolz. Wir haben versagt, wenn wir dir nicht vertrauen. Stolz auf dich bin ich. Du warst unser Gottesgeschenk. Du bleibst in unseren Herzen, ganz gleich, wohin dein Weg dich von uns aus führt.«

Flora kamen die Tränen.

»Nun, nun, meine Tochter. Was nicht zu ändern ist, wollen wir in Demut tragen. Und jetzt geh. Gott befohlen!«

Flora trat vor das Haus und sah sich ein letztes Mal um. Noch nie war ihr die Klosteranlage so weitläufig erschienen. In dem weiß gekalkten Gebäude hinter ihr waren neben den Wohnräumen der ehrwürdigen Mutter auch die Bibliothek und die Werkstatt untergebracht, in der die feinen Stickarbeiten entstanden. Sieh dich noch einmal gut um, ermahnte sich Flora. Du willst Annabrunn nicht vergessen, also präge dir alles gut ein. Auch das Gästehaus, mit dem gruseligen Speicher, wo all die Sachen lagern, welche die Schwestern mit ihrem Eintritt ins Kloster nicht mehr brauchen. Das Haus mit dem Refektorium und dem Schlafsaal der Novizinnen, dem Küchenanbau und der Mägdestube unter dem Dach. Der Kreuzgang mit den Steinplatten, die so glatt und kalt unter deinen nackten Füßen waren. Der Kiesweg rund um die Kirche. Hier ist die Stelle, wo mich einst die Dachlawine traf. Sie sandte ein Ave Maria zum Friedhof, der unmittelbar hinter der Kirche begann. Nein, dorthin darf ich nicht mehr, dachte sie. Da geht es gleich weiter in den Garten, und wenn ich dorthin gehe, dann sterbe ich. Komm, Flora, Florianna Ursula, es ist Zeit.

Schweren Herzens ging sie an der Bibliothek und dem Vorratshaus vorbei zur Klosterpforte. Crescentia erwartete sie dort bereits. Dich wollte ich wirklich nicht mehr sehen, dachte Flora. Sie nickte der Nonne zu, die wortlos den schweren Riegel der Klosterpforte zurückschob. Flora zögerte. Ich sollte ihr irgendetwas sagen. Aber was sollte das sein? Und wie würde die Antwort lauten? Die ehrwürdige Mutter hat ihr doch verboten zu reden.

Sie gab sich einen Ruck und streckte Crescentia die Hand hin. Die sah überrascht aus, erwiderte aber den Händedruck. Dann wandte sich Flora ab und schritt durch den Torbogen.

Nein, ich drehe mich nicht um, dachte sie. Wenn ich das tue, geschieht es mir wie Lots Weib. Die konnte auch nicht loslassen und sah sich noch ein letztes Mal um nach dem Ort, an dem sie glücklich gewesen war. Als Salzsäule will ich nicht enden. Sie packte ihr Bündel fester, und während hinter ihr der Riegel vorgeschoben wurde, ging sie hinaus in die Welt.

An der Weggabelung zögerte sie. Vielleicht sollte ich es wirklich einmal in der Stadt versuchen. Gärtnerin wollte ich werden. Aber in Wolfhagen kennen sie mich nur als das Mündel von Annabrunn. Wenn ich dort jetzt auftauche, ohne Crescentia, ohne Auftrag und ohne den Einfluss der ehrwürdigen Mutter, dann gnade mir Gott. Ich habe kein Geld, keine Bürgen, keine Freunde in der Stadt. Für einen Moment dachte sie an Georg Niederegger, aber dessen Gesicht verblasste schon wieder. Er geht bald nach Italien, erinnerte sie sich. Und dann? Nein. Wolfhagen ist mir ebenso verschlossen wie Annabrunn. Selbst wenn dort niemand etwas weiß von dem Feuer. Das wird sich herumsprechen. Dann jagen sie mich zur Stadt hinaus, noch bevor der erste Sämling Wurzeln geschlagen hat.

Flora trat auf den Weg, der sich am Waldrand entlangschlängelte und leicht bergan ging. Graf zu den Höhen, dachte sie. Ich habe es der ehrwürdigen Mutter versprochen. Und ich halte mein Wort. Wer weiß, vielleicht ist es dort nicht so schlecht. Nicht wie in Annabrunn. Aber vielleicht kann ich helfen, dass es auch dort schön wird. Warum nicht? Schön kann es überall sein. Und sei es, dass man einen Garten pflanzt. Wo der Herr in seiner Schöpfung nahe ist, ist auch das Paradies nicht weit. Oder war das umgekehrt? Ich werde noch konfus bei diesem Grübeln. Aber es hilft mir nichts.

Die Dämmerung stieg bereits aus dem Wald, als Flora endlich vor dem Burgtor stand. Schon von Weitem hatte das Mädchen den Bergfried aufragen sehen, einen mächtigen Turm, der statt Fenstern Schießscharten hatte. Doch nun fand sie sich vor der Burgmauer, die aus großen Quadern erbaut worden war. Abweisend sieht es aus, dachte sie. Dagegen ist die Klostermauer von Annabrunn ein einladendes Zierbänklein. Ob sie mich hier wohl mögen werden?

TEIL II

8

»Ich hasse dich! Blöder Hahn.« Auch an diesem Morgen hatte das frühe Krähen Flora aus tiefstem Schlaf gerissen. Sie seufzte. »Eines Tages, mein Bester, eines Tages. Dann pack ich dich und dreh dir deinen Schreihals um. Wenn du erst gerupft bist und in der Suppe schwimmst, weiß niemand mehr, dass du kein dummes Huhn warst, sondern Elfriedes ganzer Stolz.«

Seit ein paar Monaten schon war Flora nun Küchenmagd auf dem Schloss zu den Höhen. Der Graf hatte die Bitte der ehrwürdigen Mutter gerne erfüllt und das Mündel von Annabrunn in sein Haus aufgenommen. Doch seine Gattin hatte bereits eine Zofe, eine Kinderfrau wurde nicht gebraucht, und so war Flora eben in der Küche gelandet. Hier schlief sie als die Geringste in der Rangordnung des Haushalts neben dem Herdfeuer. Flora war die Erste, die am Morgen aufstand, und die Letzte, die es sich auf dem Küchenboden gemütlich machte, so weit der das nur zuließ.

Dafür fror sie auch in den Wintermonaten kaum, denn die abgedeckte Glut hielt den Raum noch lange warm. Aber Elfriede, die Köchin, sorgte schon dafür, dass Flora keine Muße hatte zum Frieren. »Tu das, mach dies, ist das immer noch nicht fertig, hol Feuerholz, hol Wasser, hol mehr Holz, mehr Wasser, noch mehr Wasser, spute dich, ist das Brot gebacken, hast du die Butter gestampft, wo bleiben die Zwiebeln, ist der große Kessel immer noch nicht sauber?«

Flora mühte sich nach Kräften, auch wenn dieses raue Gekeife nicht die Art der sanften Anleitung war, die sie aus Annabrunn kannte. Hier auf dem Schloss hörte sie kaum einmal ein gutes Wort, und wenn, dann galt es mit Sicherheit nicht ihr.

Seufzend griff sie nach den beiden Wassereimern. Einer allein wäre schon schwer genug gewesen, aber Elfriede stemmte mühelos beide, und das verlangte sie auch von Flora, obwohl die gegen sie ein Strich in der Landschaft war.

»Ich weiß«, höhnte Elfriede oft, »du bist Besseres gewohnt, hältst dich für eine Herrentochter oder Gottweißwas. Aber hier, für mich, da bist du nur eines. Und das ist stinkfaul. Gnade dir Gott, das werde ich dir schon noch austreiben!«

Als Elfriede dann auch noch das Büchlein entdeckte, das Apollonia ihrem Schützling beim Abschied zugesteckt hatte, war es ganz aus gewesen. »So, wir wollen also lesen statt arbeiten. Na warte, das Ding geht gleich ins Feuer!«

Schon hatte sie danach geschnappt, und Flora wusste bis heute nicht, wie es ihr gelungen war, das kleine Buch den groben Händen wieder zu entreißen. Es hatte einige Mühe gebraucht, Elfriede davon zu überzeugen, dass es für sie von Vorteil war, wenn sie Flora in ihrem Buch blättern ließ. Schließlich hatten sie eine Abmachung getroffen. Elfriede bewahrte Floras Schatz auf. Und im Gegenzug brachte Flora ihr allmählich bei, wie sorgfältig ausgewählte Kräuter auch das schlichteste Mahl verfeinerten.

Bisher hatten der Graf zu den Höhen und seine Familie eher schmale Tafelfreuden genossen, schien es Flora. Das änderte sich nun. Was gleich blieb, war die Stellung der Küchenmagd. Flora arbeitete von früh bis spät. Das Spülen, Gemüseputzen, Wasserschleppen, Holzholen blieb weiterhin ihr Amt. Die aufwendigen Gerichte, die raffinierten Gewürzkompositionen, das alles musste eben dazwischen entstehen. Und Flora bekam keine Gelegenheit zu schauen, wie es der gräflichen Familie schmeckte.

»Das fehlte noch!«, höhnte Elfriede. »Sieh dich doch nur einmal an. So kannst du doch unmöglich dem Grafen unter die Augen treten.«

Flora zuckte nur mit den Schultern. War es denn ihre Schuld, dass ihr graues Kleid notdürftig geflickt um ihren Leib schlotterte? Konnte sie etwas dafür, dass ihre Haut fleckig und blass war, die Haare sich wie Stroh anfühlten und ihre Hände Reibeisen glichen?

Nachdenklich betrachtete sie eines Morgens ihr Spiegelbild in dem Wasser, das sie aus dem Brunnen geschöpft hatte. Du kannst sehr wohl etwas dafür, dachte sie. Das hast du mich nicht gelehrt, so wenig auf mich zu achten, Mutter Apollonia. Wenn niemand sonst nach dir schaut, hast du immer gesagt, genau dann ist es an der Zeit, selbst etwas zu tun. Entschlossen packte sie die Henkel der Eimer. So kann das nicht weitergehen. Ich sehe ja schlimmer aus als die Bettlerin, die Elfriede mich gestern verjagen hieß. Was hätte ich tun sollen? Ich habe sie vertrieben. Aber nicht, ohne ihr vorher eines der Kräuterbrote zu geben, die ich gerade aus dem Ofen gezogen hatte. Gut, dass Elfriede das nicht mitbekommen hat. Da wäre wieder ein Donnerwetter fällig gewesen. Aber das müsste ich mir eigentlich selbst halten. Nun ist der Winter schon vorbei, draußen grünt und blüht alles, und ich sehe aus, als sei ich vor der Weihnacht in irgendeinem Schrank vergessen worden.

Sie richtete sich auf und rieb sich den Rücken. Ich bin doch selbst schuld. Ich war froh, überhaupt irgendwo unterzukommen, dass ich mich nicht nur zur Magd habe machen lassen, sondern zu Elfriedes Küchensklavin. Was kenne ich denn überhaupt hier auf der Burg, außer die Küche, den Gemüsegarten und die Kräuterbeete? Nichts. Nun ja, die steilen Treppen hinunter zum Weinkeller und wieder hinauf. Die kenne ich auch. Und wenn ich nicht endlich mehr auf mich selber achte, dann hat Elfriede sogar einen guten Grund, warum ich nicht in der Burg herumlaufen soll. So kann ich der Herrschaft nun wirklich nicht unter die Augen treten. Ich sollte wenigstens den Kamm benutzen, wo ihn mir meine Mamapolloni doch geschenkt hat. Wenn ich doch nur nicht so müde wäre am Abend! Und am Morgen ist auch nie recht Zeit.

In der Küche wartete Elfriede schon ungeduldig. »Na endlich«, schimpfte sie, als Flora mit den schweren Eimern durch die Tür kam. »Was das immer dauert! Du machst dir hier eine schöne Zeit, während alles auf dich wartet.«

Tatsächlich herrschte rege Betriebsamkeit in der Küche.

»Der Herr erwartet Besuch«, erklärte Herwig, der gerade Brennholz in der Nähe des Ofens aufschichtete. Da der Graf kaum mehr ausritt, hatte der Stallknecht auch andere Aufgaben übertragen bekommen.

Elfried hob drohend den großen Holzlöffel, mit dem sie in dem Haferbrei rührte.

»Bin schon weg«, rief Herwig und zog vorsichtshalber

den Kopf ein. Er zwinkerte Flora zu. »Braucht ihr noch mehr Holz, oder hat das Zeit bis nach dem Frühstück?«

»Frag nicht so dumm. Du willst dich doch nur wieder vor der Arbeit drücken, solange es geht!«, schalt Elfriede.

»Wenn sie mich weiter so herumjagt«, flüsterte der Stallknecht, »dann soll sie warten bis Mitternacht. Oder das Holz selbst hacken. Wir wissen doch alle, wer hier verantwortlich ist, dass das Essen in letzter Zeit nicht nur erträglich ist, sondern richtig gut schmeckt.«

»Pssst«, machte Flora. »Sie lässt es nur wieder an mir aus.«

»Stimmt auch wieder«, wisperte Herwig. »Aber das sollte sie nicht. Wirklich nicht. Sie ist doch von dir abhängig, viel mehr, als sie es jemals zugeben wird.«

»Bist du immer noch nicht fort, du Nichtsnutz?«

Herwig floh aus der Küche zurück auf den Burghof. Flora sah zu, dass sie etwas zu tun hatte, bevor sich Elfriede erneut zu ihr umwandte. Aber die rührte gerade wieder im Haferbrei. Der Graf zu den Höhen hatte sich so manches schlechte Essen klaglos vorsetzen lassen, aber wenn er beim Frühstück Klumpen in seinem Brei vorfand, trübte ihm das die Laune. Bei aller Furcht, die Elfriede in den anderen Burgbediensteten weckte, sie selbst wollte es nicht riskieren, dem Herrn den Tag zu verderben. Die letzte Köchin war genau wegen dieser Klumpen im Brei verjagt worden, hatte Herwig Flora vor ein paar Wochen erzählt, als sie sich am Morgen beim Wasserschöpfen begegnet waren. Im Grunde mochte der Stallknecht Elfriede.

»Sie hat es nicht leicht gehabt in ihrem Leben, so viel steht jedenfalls fest. Sie hat es eben nicht anders gelernt, als ihren Willen mit Schelten, Drohungen oder gar Schlägen durchzusetzen.« Und dann hatte er noch nachgesetzt: »Glaub mir, sie hat einen guten Kern.«

Flora hatte ihn mit großen Augen angesehen. »Meinst du wirklich?«, war endlich ihre kleinlaute Frage gewesen.

»Ganz bestimmt«, hatte Herwig bekräftigt. »Sieh es einmal so. Sie hat nicht viel gelernt, außer den Haferbrei ohne Klumpen auf den Tisch zu bringen. Dann kommt so eine Dahergelaufene, von der man so recht gar nichts weiß, außer dass sie bei den frommen Frauen war, und die kennt sich aus mit Kräutern, macht Tees und Sude, weiß Linderung für manches Gebrechen und versteht auch noch, gar köstliche Soßen anzurühren. Hättest du da keine Angst um deine Stellung?«

Das hatte Flora zu denken gegeben. Zumindest bis Elfriede sie wieder anfauchte, und das geschah bald genug. Doch allmählich legte sie sich ein dickes Fell zu. Und sie lernte, flink auszuweichen, wenn die Köchin die Hand gegen sie erhob. In Annabrunn hat keine nach mir geschlagen, dachte sie bisweilen. Aber dorthin kann ich nicht zurück. Wie es wohl Apollonia geht? Ob sie Schwester Maria Benedictas Husten endlich in den Griff bekommen hat? Ach, ich würde sie so gerne wiedersehen. Sie und auch die anderen Schwestern. Nun gut, Crescentia, auf die kann ich nun wirklich verzichten. Aber meinethalben selbst sie. Was gäbe ich darum, wenn ich dort wieder hinkönnte. Oder vielleicht doch in die Stadt? Aber so, wie ich mittlerweile aussehe, halten mich die Wächter am Stadttor doch auf und jagen die Bettlerin gnadenlos davon. Ein harter Stoß riss sie aus ihren Gedanken.

»Wenn das gnädige Fräulein dann einmal geruhen wollten?« Meine Güte, dachte Flora. Elfriede ist wütend. Vermutlich soll sie wieder etwas zubereiten, das sie gar nicht kennt. Sie könnte mich auch einfach fragen. Aber ich glaube, da beißt sie sich eher die Zunge ab, als dass sie mich um etwas bittet.

Nachdem der Graf und seine Familie gefrühstückt hatten, rückte die Köchin endlich damit heraus, was sie so unruhig machte.

»Es ist die Herrin«, begann sie. »Sie hat ein Geschenk bekommen.« Elfriede zögerte. Flora schrubbte gerade den Kessel, in dem der Haferbrei klebrige Spuren hinterlassen hatte, und schwieg.

»Also, es ist so. Gewürze, die hat sie. Ich soll ihr sagen, was was ist. Und wozu man es braucht.«

Nervös griff sie nach dem Butterfass und begann zu stampfen, eine Arbeit, die sie sonst gerne Flora überließ. »Wie weit bist du denn mit dem Kessel? Ist der immer noch nicht fertig?«

Flora klopfte mit dem Fingerknöchel gegen das geschwärzte Eisen. Wie eine Glocke, dachte sie. Alles Gute nach Annabrunn soll das läuten.

»Setz dich endlich her«, kommandierte die Köchin, und Flora gehorchte. Es geschah nicht oft, dass sie sich am helllichten Tag ausruhen durfte. Elfriede muss sehr in Sorge sein, dachte sie.

»Nun also«, begann die Köchin. »Es ist so. Das meiste erkenne ich ja. Sie bekommt doch alle paar Monate so einen Brief, aus dem es duftet. Aber diesmal ...« Elfriede verstummte.

»Wenn ich dir helfen soll, dann musst du mir aber schon verraten wie, meinst du nicht?« Flora lächelte.

»Nun werd mal nicht frech. Sag mir lieber, was das ist.«

Elfriede schob ein dickwandiges Glas über den Küchentisch. Braune Stangen lagen darin. Behutsam öffnete sie den Korkdeckel und schnupperte.

»Zimmet«, sagte sie. »Das ist Zimmet. Aus Indien. Von weit, weit her. Teuer, schrecklich teuer. Aber gut.«

»Aha«, meinte Elfriede. »Zimmet. Und was macht man damit?«

»Ach, da gibt es vieles. Gemahlen kannst du ihn zum Backen verwenden.« Flora dachte an die Zimmetsterne, die ihr die Köchin beim Abschied geschenkt hatte. Sonst hatte es die nur am Sankt-Anna-Tag gegeben.

»Zimmet riecht nach der Ferne«, war Apollonias Urteil gewesen. »Nach der weiten Welt. Und das hier in unserem stillen Kloster. So können wir wenigstens mit der Nase die Welt erkunden.«

»Träumst du schon wieder?«, fragte Elfriede barsch. »Also, Zimmet, sagst du. Zum Backen. Natürlich kennst du auch eine Arznei, die man damit herstellt, richtig?«

»Er hilft gegen schlechtes Blut. Dem Magen ist er eine Wohltat, wenn die Verdauung träge ist. Er lindert den Husten und kann auch das Feuer in den Lenden anheizen.«

»Das Feuer in den Lenden. So, so. Was du nicht alles gelernt hast, da in deinem Kloster.«

»Das war ja nur ein Beispiel. Allerdings ist Zimmet wirklich äußerst kostbar. Ich würde sehr sparsam damit umgehen. Aber wenn das nicht gefragt ist, dann könntest du etwas davon morgens in den Haferbrei geben. Zum Beispiel.«

Elfriede lachte höhnisch auf. »Zum Frühstück Feuer in

den Lenden. Und das hier, hier bei uns? Nein, das ist lange her, dass das gefragt gewesen wäre.«

Zwar kannte Flora nicht viel mehr von der Burg als Küche, Keller und Kräutergarten, aber die anderen Dienstboten hatten ihr doch so einiges erzählt. Selbst Elfriede hatte etwas beizusteuern gehabt. Vom Grafen, der seiner Frau herzlich zugetan war und doch keinen Stammhalter zustande brachte. Und seit er damals aus dem Krieg zurückgekehrt ist, war es wohl ganz aus damit. Ein Türkenpfeil hatte dafür gesorgt.

»Hier auf dem Schloss zu den Höhen wird kein Kinderlachen durch den Burghof schallen«, sagte Elfriede leise. »Da kann auch kein Zimmet helfen.«

Flora hatte es mittlerweile gelernt, Elfriede nicht alles zu sagen, was sie über Pflanzen und ihre Kräfte wusste. Aber sie bezweifelte, dass sie die Folgen einer lange zurückliegenden Kriegsverletzung heilen konnte. Also hielt sie reinen Mund.

»Also«, sagte Elfriede. »Hier sind sie, die neuen Gewürze. Die Herrin will, dass sie auf den Tisch kommen. Und zwar so, dass sie von allen kosten kann. Du hast Zeit bis morgen Mittag. Dann soll es ein Festmahl geben für den Besuch. Der wird den Zimmet und seine Kraft vielleicht sogar zu schätzen wissen.«

Während Elfriede sich an die Gerichte halten wollte, die sie kannte, überlegte Flora sich eine Speisenfolge, die den Gaumen der Gäste kitzeln sollte. Aber bevor sie sich an die Arbeit machte, besprach sie alles mit der Köchin.

»Den Magen öffnet Obst. Wir haben ja genügend Äpfel in der Vorratskammer durch den Winter gebracht. Aber die

143

sind nicht mehr wirklich schön, braune Stellen sind nichts für ein Festessen. Ein bisschen sauer schmecken sie auch. Ich schlage vor, wir servieren Apfelschnitze, in Honigsoße getunkt und mit einer Prise Zimmet dazu.«

Elfriede nickte.

»Dann folgen Gemüse, Kohl, Portulak und Melde. Was meinst du?«

Erst als die Köchin zustimmend genickt hatte, fuhr Flora fort. »Zum Kohl nehmen wir Kümmel. Den haben wir ja ohnehin im Haus. Der macht, dass der Kohl den Leib nicht so bläht.« Sie deutete auf eine Schachtel mit braunen Kugeln. »Das ist Muskatnuss. Sündhaft teuer. Aber gib eine Prise davon an die Melde, und du erkennst das Kraut nicht wieder. Das ist eine sehr harte Nuss, du musst sie tüchtig reiben.« Flora dachte kurz nach, was sich noch in der Vorratskammer befand. »Weiter geht es mit gebackenem Fisch. Dazu Butter und glasierte Zwiebeln. Dann Rind, in Meerrettichsoße. Schinken, am offenen Feuer geröstet, mit Pflaumen und Aprikosen. Und natürlich Mandelsulz mit Huhn.«

»Und zum Abschluss Käse. Käse schließt den Magen«, sagte Elfriede. »Ich glaube, das wird der Herrschaft gefallen. Also mach dich ans Werk. Aber erst einmal gehst du mir zur Hand für das Mittagsmahl heute.«

In den nächsten Tagen schien es Flora, als müsste sie sich spätabends nur hinlegen, damit es wie von Zauberhand sofort wieder hell wurde. Endlich verabschiedete sich der Besuch, und das Leben auf der Burg wurde geruhsamer, es blieb ihr sogar Zeit, hin und wieder den Elfenbeinkamm zu benutzen.

Allerdings war der Gräfin das reiche Essen nicht wohl bekommen. Sodbrennen plagte sie wie schon lange nicht mehr. Außerdem wollten die Kopfschmerzen nicht aufhören, und in ihrem Gefolge war die Schwermut zurückgekehrt, welche die Herrin schon so lange plagte. Sie schickte nach der Köchin, die ihr in letzter Zeit so manchen Kräutertrunk bereitet hatte. Elfriede versprach, schnell Abhilfe zu schaffen.

»Dagegen ist ein Kräutlein gewachsen. Lasst mich nur machen.«

Zurück in der Küche, schickte die Köchin Flora hinaus. »Du hast im Kloster doch gewiss gelernt, was nun zu tun ist. Und vergiss nicht, unten am Bach wächst Mädesüß. So viel weiß ich auch, dass das gut ist gegen Kopfweh und Fieber.«

Flora erinnerte sich, was Apollonia über die Schwermut gesagt hatte. »Wer weiß, vielleicht ist die Schwermut ja auch eine Art von Fieber. Man wird dumpf im Kopf, kann sich kaum rühren, weiß nichts Rechtes anzufangen mit sich und der Welt. Ob das nun ein hitziges Fieber ist oder ein kaltes, das Ergebnis ist das gleiche.«

Mit einem Korb im Arm machte sie sich auf. Mädesüß, auf den Boden gestreut, würde den Raum mit seinem Duft erfüllen und die Miasmen fernhalten. Schlechte Ausdünstungen, die durch die Luft geflogen kamen, waren der Auslöser von vielem. Wenn sie gebannt werden konnten, war schon eine Menge erreicht.

Genüsslich atmete Flora die frische Luft. Hier in Gottes freier Natur zu sein, wenn rings um mich alles blüht und gedeiht, das ist doch herrlich, dachte sie. In der Küche riecht es immer ein bisschen nach dem letzten Mahl, das wir zubereitet haben, nach Asche und Ruß. Wir sollten auch Mädesüß nehmen. Sie kicherte. Das fehlte noch, eine Burg, die so vornehm ist, dass selbst für die Dienstboten täglich Blüten und Blätter gestreut werden, um überall für gute Luft zu sorgen. Das hat es doch selbst in Annabrunn nicht gegeben.

Der Bach, der zwischen den Feldern und Wiesen unterhalb der Burg plätscherte, bot an seinen Ufern so manchem heilsamen Kraut eine Heimstatt. Schnell füllte Flora ihren Korb. Schon wollte sie sich auf den Weg zurück zur Burg machen, als sie hinter sich das Getrappel von Pferdehufen hörte. Sie drehte sich um.

Ein fremder Mann schwang sich gerade von einem Apfelschimmel. Die Stute kannte sie doch! Donata war Herwigs Liebling, für sie hatte er immer eine Leckerei in der Tasche. Nun ritt ein Fremder auf ihr? Seiner Kleidung nach musste er ein Herr sein. Vorsichtshalber knickste Flora.

»Gott zum Gruße, Herr.«

Der Mann mit dem weiten Umhang nickte nur und führte Donata zum Trinken an den Bach. Dann sah er auf. Mit weiten Augen starrte er Flora an. Wie vom Donner gerührt stand er da und reagierte auch nicht, als die Stute ihn mit der Nase am Arm stupste.

»Ist etwas, Herr?« Flora war es unangenehm, so angestarrt zu werden. Ich weiß doch selbst, dass ich mit diesem Flickengewand abenteuerlich aussehe. Aber er schaut drein, als sähe er ein Gespenst. Ob ihn wohl gerade der Schlag trifft? Aber dann wäre er röter im Gesicht und nicht so blass, dass dieses Muttermal knapp über seiner Oberlippe aussieht, als säße ein Insekt auf seinem Gesicht. Wie ein Käfer, der die Beine unter die Flügel gezogen hat. Flora spürte, dass sie rot wurde.

Endlich regte sich der Fremde. »Dir auch Gott zum Gruße«, sagte er wie im Traum. Dann griff er nach den Zügeln und schwang sich wieder auf das Pferd. Während er davonritt, drehte er sich noch einmal zu Flora um. Die sah zu, dass sie zurück auf die Burg kam.

»Wer das wohl gewesen sein mag?«, fragte sie Elfriede.

»Dummes Ding«, war die barsche Antwort. »Das ist der Neffe unseres Grafen, der Herr Medard. Den musst du doch schon einmal gesehen haben!«

Ja, wie denn, war Flora versucht zu sagen. Du lässt mich hier von früh bis spät schuften, aber wie die Herrschaft aussieht, das weiß ich doch nicht. Nur den Grafen habe ich einmal gesehen, vor Monaten, als ich gerade angekommen war. »Und der lebt hier auf der Burg?«, fragte sie.

»Freilich. Er ist die meiste Zeit hier. Wenn er nicht auf der Jagd ist. Was meinst du denn, wer dafür sorgt, dass wir von Zeit zu Zeit Hirschbraten auftischen können? Oder Wildschwein? Aber wir stehen hier und vertändeln die Zeit. Hast du Mädesüß gefunden? Gib schon her. Und dann wirst du den Breikessel putzen.«

Seufzend machte sich Flora daran, die Spuren des Herdfeuers zu entfernen. Elfriede war einfach nicht bereit, den Topf außen mit Fassseife einzuschmieren, bevor er über die Flammen kam. »Das sind Possen. Du bist einfach zu faul, das ist es. Fassseife als Schutz gegen den Ruß? Weißt du überhaupt, was Seife kostet? Nein, das machen wir, wie wir es gewohnt sind. Und wie sind wir es gewohnt? Dass die

Küchenmagd tut, was ihr aufgetragen, und nicht mit neuartigem Kram auftrumpfen will, sich klüger denkt als die Köchin, nur weil sie, statt etwas Anständiges zu lernen, sich bei den Nonnen auf die Bücher gestürzt hat. Das Lesen bringt nur Unglück, glaube mir!«

Ich kann die Seife doch selbst herstellen, dachte Flora. Dann kostet sie wirklich nicht viel, wir haben sämtliche Zutaten im Haus. Aber sie hütete sich, das auszusprechen, denn sie wusste genau, dass es Elfriede nicht um das Geld ging. Die Köchin wollte einfach keine Veränderungen. Und wenn das bedeutete, dass die Küchenmagd mehr Arbeit hatte, dann war das doch nicht Elfriedes Schuld?

Es würde schon noch der Tag kommen, an dem Flora ihr die Sache mit der Seifenherstellung beibringen würde. Aber wie so oft galt es wohl, den richtigen Moment abzuwarten.

»Ich weiß, wer auch so ist«, sagte die Köchin. »Und es ist nicht gut, so zu sein. Der Herr Medard, der steckt auch immer mit der Nase in den Büchern. Darüber ist er müde geworden. Er ist in den besten Jahren, längst hätte er freien sollen! Aber nein, er besteht darauf, mit der Herrin in der Bibliothek zu sitzen, das sei ihm viel lieber, als mit anderen Herren auszureiten. Gut, er jagt. Wenn er nicht liest. Angeblich nimmt er sogar bisweilen ein Buch mit, wenn er zur Herbstjagd ausreitet. Versteh einer die Männer.«

Elfriede lachte genüsslich. »Ich nehme an, der Buchteufel hat ihm sein Mal ins Gesicht gesetzt. Da ist dann natürlich nichts zu machen. Wenigstens das hat dir der Herr erspart. Bei einem Mann sieht so etwas vielleicht noch interessant aus, aber bei einem Mädchen wie dir?«

Flora hatte in den nächsten Wochen oft Gelegenheit, das Käfermal zu sehen. Ganz gleich, ob sie am Bach frisches Mädesüß sammelte, Wasser im Brunnen schöpfte oder Holz holte, das Herwig mit kräftigen Axtschlägen im Hof gespalten hatte. Immer wieder stand Herr Medard auf einmal vor ihr und starrte sie an, um sich dann doch abrupt umzudrehen und davonzueilen.

»Was will er nur von mir?«, fragte sie den Stallknecht, aber der wusste genauso wenig eine Antwort wie Elfriede. Die Köchin lachte nur. »Schau dich einmal an. Wie du aussiehst! Von dir wird er gar nichts wollen, rein gar nichts. Schlag dir das aus dem Kopf! Solche Gedanken hast du doch sicher nicht im Kloster gelernt, oder?« Und schon hatte Flora die nächste Aufgabe.

Aber es blieb dabei. Kaum betrat sie den Burghof, war über kurz oder lang der Herr Medard auf einem Gang, der ihn genau dort vorbeibrachte, wo die Küchenmagd sich aufhielt. Sein Blick bohrte sich in ihr Gesicht. Aber was es war, das der Herr Medard an ihr sehen wollte, wusste Flora nicht. Und der Neffe des Grafen zu den Höhen sagte es ihr auch nicht. Er sprach überhaupt nicht viel, erwiderte lediglich ihren Gruß und schwieg sie ansonsten an.

Bis zu jenem Morgen, als Elfriede die große Schöpfkelle nach ihr geworfen hatte und Flora zum Brunnen geeilt war, die Beule an der Stirn zu kühlen.

9

»Ein bisschen weiter nach unten, und wir hätten Veilchen mitten im Sommer.«

Erschrocken sah Flora auf. Vor ihr stand Herr Medard. »Lass mal sehen«, sagte er. Schon hatte er ihr Kinn ergriffen und ihren Kopf zur Sonne gedreht. »Sehr ordentlich.« Anerkennend pfiff er durch die Zähne. »Schön kühlen, schlage ich vor.«

»Verzeiht, Herr«, murmelte Flora. Schon wollte sie nach den Wassereimern greifen und wieder zur Küche gehen, aber der Neffe des Burgherrn ließ sie nicht los.

»Immer schön ruhig«, meinte er. »Ich kenne doch unsere Elfriede. Wenn du ihr nicht Kontra gibst, dann zwiebelt sie dich nur weiter.«

Gegen ihren Willen musste Flora lachen. »Widerworte. Von der Küchenmagd. Danke, Herr, wenn ich das beherzige, dann setzt es aber mehr als nur einen blauen Fleck, da bin ich sicher.«

Auch Herr Medard, der sonst immer so streng und ernst dreinschaute, lachte nun. »Da könntest du recht haben. Wie heißt du denn eigentlich?«

»Flora!«, kreischte Elfriedes Stimme aus der offenen Küchentür. »Wo bleibst du denn schon wieder, du faules Mädchen?«

»Das klingt tatsächlich ernst«, meinte der Herr. »Flora also. Ein schöner Name. Dann lasse ich dich wohl besser in die Küche gehen, Flora. Sonst blühen womöglich doch noch die Veilchen.«

Flora dachte noch oft an diese Begegnung am Brunnen. Was es auch gewesen war, das Herrn Medard dorthin geführt hatte, es hatte den Bann gebrochen. Von nun an plauderte der Neffe des Burgherrn immer wieder mit der Küchenmagd. Eines Tages folgte er ihr sogar bis in Elfriedes Reich. Neugierig sah er sich um. »Und wo schläfst du?«, fragte er endlich.

Flora sah, wie die Köchin höhnisch den Mund verzog. Warum will er das nur wissen?, fragte sie sich. Ob er etwas vorhat, das sich nicht schickt? Aber er hat nie etwas angedeutet. Ihre Gedanken rasten. Stumm deutete sie auf den Platz neben dem Herd.

»Hier? Hier schläfst du?« Medard schüttelte fassungslos den Kopf. »Das kann ich nicht glauben.« Er winkte Elfriede zu sich.

»Wir wissen doch beide, dass seit letztem Herbst anderes aus der Küche kommt, als wir es bisher gewohnt waren, nicht wahr?«

Verlegen versteckte Elfriede die Hände unter ihrer Schürze. »Ich verstehe gut, dass du einer Magd zeigen willst, wo ihr Platz ist. Aber ich finde, es ist an der Zeit, ihr einen neuen zu geben. So kann das jedenfalls nicht weitergehen. Stell dir nur einmal vor, deine junge Gehilfin erkältet sich und kann das Essen nicht mehr abschmecken. Was meinst du, was dann geschehen wird? Es wird dem Herrn gleichgültig sein, wer die Suppe versalzen oder den Haferbrei zu fade hat werden lassen. Die Verantwortung trägst allemal du.«

»Eine Küchenmagd schläft nun einmal in der Küche«, murmelte Elfriede schwach.

»Aber sicher nicht ohne Strohsack.«

Herr Medard ließ nicht locker. »Du als Köchin weißt, dass man Gutes auch gut bewahren muss, an einem Platz, der geeignet dafür ist. Du legst den Speck nicht ins Mehl, das Salz nicht ins Wasserfass und den Käse nicht in die Sonne. Warum also schläft die Küchenmagd neben der Asche?«

Elfriede nestelte verlegen an ihrer Schürze herum. »Was ist es, das ich tun soll?«, fragte sie endlich.

»Gibt es denn in der ganzen Burg wirklich keine Kammer, in der sie für sich sein kann?«, fragte der Neffe des Grafen sanft.

Es dauerte noch eine Weile, aber dann bekam Flora ihr eigenes Reich. Die alte Speisekammer hatte eine Tür, durch die Elfriede schon lange nicht mehr hindurchpasste. Aber die gertenschlanke Flora kam ohne Mühe in den kleinen Raum, in dem neben einem Strohsack auch noch eine Futterkiste Platz hatte. In die legte sie als Erstes Apollonias Rezeptbuch. Das hatte Elfriede ihr ohne großes Drängen zurückgegeben.

»Im Grunde bin ich ja doch ganz zufrieden mit dir«, hatte sie gesagt. »Auch wenn ich dich immer noch für stinkfaul halte.«

»Sie will es sich nicht mit der Herrschaft verderben«, meinte Herwig. »Das ist das ganze Geheimnis.«

Aber Flora hatte das Gefühl, dass mehr dahintersteckte. Vielleicht hatte sich Elfriede einfach besonnen? Oder war es, weil sie es selbst nicht mehr ertragen konnte, mit der Küchenmagd immer so barsch umzugehen?

»Jedenfalls hast du es bisher am längsten mit ihr ausgehalten«, murmelte Herwig.

Es war ein offenes Geheimnis unter den Dienstboten, dass Elfriede mehr Küchenmägde verschliss als Töpfe.

»Am kürzesten war Martha bei uns.« Herwig lachte. »Die wollte eigentlich lernen, wie bei einem Grafen gekocht wird, um dann in der Stadt vielleicht eine gute Partie zu machen. Einen einzigen Blick hat sie in die Speisekammer geworfen, das Gewürzbord angesehen, und dann hat sie schon ihr Bündel gepackt. Ihr Bruder, der sie hergebracht hatte, war noch nicht wieder durch das Burgtor verschwunden. Der hat ganz schön geschaut. Fast so verdutzt wie unsere Elfriede.«

»Was wispert ihr zwei denn da schon wieder?«, schalt die Stimme der Köchin. »Wenn ihr nichts zu tun habt, ich will euch schon Arbeit finden!«

Herwig ging weiter Holz hacken, und die Küchenmagd machte sich ans Buttern. Auf und nieder ging der Stößel im Fass. Auf und nieder. In diesem Rhythmus betete Flora wieder einmal einen Rosenkranz. Auch nach fast einem Jahr dachte sie immer noch oft an Annabrunn. Wie gerne hätte sie Apollonia geschrieben, wie es ihr so erging. Aber wer hätte den Brief besorgen sollen? Bisher war sie meist zu müde zum Schreiben gewesen. Woher hätte sie auch das Papier und die Tinte genommen?

»Dummchen«, schalt sie sich. »Tinte machen, wie das geht, das weiß ich doch. Auch das Papier ließe sich finden. Aber ich will nicht, dass meine Mamapolloni sich sorgt. Und das würde sie sicher.«

»Was murmelst du denn?« Elfriede hatte scheinbar ganz besondere Ohren. Gab es etwas, das sie am besten überhaupt nicht erfuhr, sobald es ausgesprochen wurde, hatte die Köchin es gehört. Aber wenn es darum ging, ihr etwas begreiflich zu machen, das nicht zu ihrem Vorteil war, konnte Elfriede erstaunlich harthörig sein.

»Haben wir noch genügend Mädesüß?«, fragte Flora. Elfriede nickte. »Dein Kräutertrunk scheint zu wirken. Der Herrin geht es besser. Ich glaube, das mit dem Mädesüß behalten wir trotzdem bei. Es wird am besten sein, wenn du es jeden Morgen frisch holst, direkt nach dem Feuermachen.«

Flora seufzte. Das habe ich mir selbst eingebrockt, dachte sie. Langsam sollte ich es wissen, dass Elfriede nur darauf lauert, mir noch mehr Arbeit aufzuhalsen. Aber es wird mir guttun, an die frische Luft zu kommen. Wenn dann Herr Amsel sein Herrenlob schmettert, da möchte ich mit niemandem tauschen. Da fühle ich mich, als wäre ich ganz allein auf Gottes schöner Welt, als hätte die Schöpfung gerade stattgefunden und das Böse wäre noch ohne Macht.

Aber so ganz allein war Flora nicht bei ihren morgendlichen Gängen hinunter zum Bach. Immer wieder begegnete sie Herrn Medard, der es sich anscheinend in den Kopf gesetzt hatte, die alte Donata nicht Tag um Tag in ihrem Stall stehen zu lassen.

Flora genoss die Gespräche mit dem Neffen des Grafen. Kein Thema war zu groß, kein Teil von Gottes Schöpfung zu klein, als dass sie nicht hätten darüber reden können. Sie wussten sich unbelauscht und sprachen frei von der Leber weg. Manchmal schwiegen sie auch, gingen einfach nur Seite an Seite den Bachlauf entlang, und Flora wusste nicht zu sagen, was schöner war. Sobald sie wieder in Sichtweite der Burg kamen, war der Zauber jedoch verflogen. Herr Medard schien sie nicht mehr zu beachten, und Flora hütete sich, die Aufmerksamkeit der Burgbewohner auf ihre besondere Freundschaft zu ziehen. Der Neffe des Herrn und die Küchenmagd? Nein, da war nichts, mit Sicherheit. Auch Elfriede schwieg und verriet niemandem, dass die Idee, die Küchenmagd in der alten Speisekammer unterzubringen, nicht die Ihre gewesen war.

So gingen die Wochen ins Land, und es wurde nun richtig Sommer. Auf den Feldern ragte das Getreide empor, in der Luft kreisten die Schwalben, und eines Tages stand die Burgherrin höchstpersönlich in der Küchentür.

»Endlich geht es mir wieder gut«, sagte sie freudestrahlend. »Das liegt doch nur an dem Kräutersud und dem Mädesüß. Ich wollte mich bedanken.«

Elfriede strahlte über ihr rotes Gesicht, auch noch, als hinter der Gräfin die besorgte Miene des Herrn Medard auftauchte.

Hektisch suchte sein Blick die Küche ab, aber Flora war nirgends zu sehen. Elfriede hatte sie schon früh an diesem Morgen in den Wald geschickt, um nach Erdbeeren zu suchen. Der Graf zu den Höhen liebte Pfannkuchen mit frischen Beeren. Seine Frau zog Aprikosen vor oder jede andere Frucht. Sie weigerte sich standhaft, überhaupt eine Erdbeere zu essen.

»Warum nur?«, hatte Flora gefragt, aber keine Antwort bekommen.

Während sie an diesem Morgen im Wald nach den roten Früchten sah, versuchte sie, eine Antwort zu finden. Kann es sein, grübelte sie, ist es möglich, dass ihr Erdbeeren einfach zuwider sind? Aber warum nur? Oder hat sie sich einmal an ihnen überessen, und es wird ihr heute noch übel, wenn sie nur daran denkt? Unwahrscheinlich. Aber da war doch etwas, das mir Apollonia erzählt hat. Es gibt eine Legende, dass Maria einmal im Jahr auf die Erde kommt und Walderdbeeren pflückt. Die sind für die unschuldigen Kindlein bestimmt, die zu früh gestorben sind und die nun im Paradiese leben. Aber da muss es doch Erdbeeren geben? Nun, so geht die Legende eben. Es wird etwas Wahres daran sein, sonst hätte mir es meine Mamapolloni doch nicht erzählt. Und sie hat auch gesagt, dass es Frauen gibt, die haben ihr Kind verloren und essen deshalb keine Erdbeeren mehr. Wegen dieser Marienlegende. Ob etwas daran ist? Keine Erdbeeren, kein Erbe auf der Burg, kein Kinderlachen im Hof. Vielleicht besteht da ja tatsächlich ein Zusammenhang. Aber mir schmecken sie jedenfalls, die Walderdbeeren.

Mit vollem Korb kehrte Flora auf die Burg zurück. Dort saß Elfriede am Küchentisch und stampfte Butter, als sei sie böse auf die Milch. Tatsächlich war die Köchin wütend, aber diesmal nicht, weil sie der Meinung war, Flora hätte getrödelt.

»Pack deine Sachen«, sagte sie kurz, als die Erdbeeren in einer Schüssel auf dem Bord in der neuen Speisekammer standen.

Flora starrte sie verständnislos an.

»Nun los, mach schon. Der Herr Medard hat schon anspannen lassen.«

Wie im Traum schnürte Flora ihr Bündel. Sie war so verschreckt, dass sie nicht einmal nach dem Grund fragte. Diesmal gab es keine Verabschiedung von allen Bewohnern. Ehe sie es sich versah, saß sie schon auf dem Wagen, und der Neffe des Grafen fuhr los.

Am Burgtor sah Flora sich noch einmal um. Elfriede stand in der Küchentür und winkte tatsächlich. Dann waren sie schon um die Wegbiegung.

»Du musst verstehen«, begann Herr Medard und schwieg dann doch erst wieder eine Weile.

Flora biss sich auf die Unterlippe. Nein, sagte sie sich, diesmal weine ich nicht. Dazu verstehe ich viel zu wenig, was hier gerade geschieht. Dann platzte es aus ihr heraus. »Nein«, sagte sie. »Ich verstehe gar nichts.«

Herr Medard schnalzte mit der Zunge, und die überraschte Donata setzte sich in Trab, doch eine Antwort gab er Flora nicht. Sie wurde auf dem schmalen Weg ordentlich durchgeschüttelt. Aber sie beklagte sich nicht.

Gegen Mittag hielt der Wagen vor einer kleinen Schenke, die sich an den Waldsaum duckte. Herr Medard half Flora beim Absteigen und betrat mit ihr die Gaststube. Hier hat länger niemand mehr den Besen geschwungen, dachte Flora.

Schon eilte der Wirt herbei, ein kleiner, dicker Mann, dem vor dem Bauch eine fleckige Schürze hing. »Ein Zimmer, der Herr?« Sein Blick zuckte zwischen dem Herrn und der Küchenmagd hin und her. »Wir haben eine Kammer, da wird Euch niemand stören.«

»Wir wollen nur etwas essen«, beschied ihn Herr Medard. »Und spute dich, wir müssen bald weiter.«

Wie im Fiebertraum folgte Flora dem Wirt zum Tisch, setzte sich, nahm einen Becher mit Wasser. Herrn Medards schlanke Hände spielten mit einem Bierkrug.

Als der Wirt nach einer scheinbaren Ewigkeit das Essen gebracht hatte, bekam Flora keinen Bissen hinunter.

»Nein«, sagte sie schließlich. »Ihr habt heute Morgen gesagt, dass ich verstehen muss. Aber ich verstehe immer noch nichts. Und ich weiß nicht einmal, was ich nicht verstehe.«

Herr Medard nahm einen kräftigen Schluck aus dem Krug.

»Es liegt nicht an dir«, sagte er dann. »Du hast nichts falsch gemacht. Überhaupt nichts.«

Welch ein Trost, dachte Flora.

»Verzeiht, Herr. Aber heute Morgen bin ich noch als Küchenmagd aufgestanden. Ich habe meine Arbeit verrichtet wie jeden Tag. Ich war die Küchenmagd, nicht mehr, aber auch nicht weniger. Was bin ich denn jetzt?«

Der Wirt, der gerade durch die Gaststube ging, musste die Frage wohl gehört haben. Er grinste breit. Aber ein Blick in Herrn Medards Miene ließ ihn blass werden. »Ich bin schon fort«, murmelte er und schloss die Tür hinter sich.

Flora schien es, als ob eine feine Röte sich über das Gesicht ihres Gegenübers legte. »Es musste sein«, hörte sie ihn murmeln.

»Warum?«

»Das kann ich, nein, das *darf* ich dir nicht sagen«, bekam sie zur Antwort. »Ich kann dich nur bitten, mir zu vertrauen. Es ist alles zu deinem Besten, glaube mir.«

Das hat die ehrwürdige Mutter auch gesagt, als sie mich zur Klosterpforte begleitete, dachte Flora. Und das Beste hat mich zu Elfriedes Küchensklavin gemacht, die noch nicht einmal einen Strohsack ihr Eigen nennen durfte, auf den sie sich betten konnte. Wenn das das Beste ist, dann will ich gar nicht wissen, wie das Schlechte aussieht. Dann will ich einfach nur noch eine Ecke haben, in die ich mich verkriechen kann.

»Also gut«, sagte Herr Medard. »So viel kann ich dir sagen. Wir fahren nach Steinwald. Das ist weit, drei Tagesritte von hier entfernt. Dorthin bringe ich dich. Du wirst es gut haben dort. Mit der Küchenmagd ist es aus, das verspreche ich dir.«

»Aber warum?«, fragte Flora wieder und hörte ihre Stimme zittern. »Was ist heute anders als gestern?«

»Nichts«, erwiderte Herr Medard leise und starrte in seinen Bierhumpen. Dann stellte er ihn ab und begann zu essen. Wahllos schlang er Fleisch, Gemüse und Obst in sich hinein, stippte die Soße mit einer Scheibe Brot auf.

»Du musst auch etwas zu dir nehmen«, ermahnte er Flora. »Wir haben noch einen weiten Weg vor uns.«

»Wir?«, fragte sie. »Ich verstehe, dass Ihr mich unbedingt aus der Burg haben wolltet. Und das, obwohl Ihr sagt, dass sich nichts geändert hat seit gestern. Aber warum lasst Ihr mich nicht einfach gehen?«

»Das ist völlig unmöglich. Bitte frag nicht, warum.«

»Ich weiß, es ist zu meinem Besten, Ihr könnt mir nur die Gründe nicht nennen«, sagte Flora mit ruhiger Stimme. Sei vorsichtig, ermahnte sie sich. Auch wenn er dein Freund schien, auch wenn du ihm alles anvertrauen konntest, er ist immer noch ein Herr. Wenn er beleidigt ist, wird er einfach davonfahren und mich hier zurücklassen. Ich glaube fast, das wäre dem Wirt gar nicht mal so unlieb.

»Also gut. Ich habe Euch für einen Freund gehalten.«

»Das bin ich, das bin ich«, versicherte ihr Herr Medard.

»Aber ist das die Art, wie Freunde miteinander umgehen?«

Herr Medard senkte den Kopf. »Nein«, murmelte er. Mit einem Mal fegte sein Arm über den Wirtshaustisch. Teller, Schüsseln, Messer, Brot, Humpen und Becher flogen zu Boden. Doch das Krachen und Klirren rief nicht den Wirt herbei. Die Tür zur Gaststube blieb geschlossen.

»Verzeih mir.« Der Neffe des Grafen zu den Höhen wies auf die Scherben am Boden. »Das da. Und was ich dir antue. Es ist viel verlangt, ich weiß. Aber ich will das Richtige tun. Ich habe nichts Ehrloses im Sinn, keinen Frevel. Das glaube mir. Ich wusste mir nur keinen anderen Ausweg.«

Flora fühlte sich auf einmal unendlich müde. »Also gut«, sagte sie. »Tut, was Ihr tun müsst. Ich kann es ja doch nicht ändern. Ihr seid der Herr. Und ich bin ein Nichts.«

Herr Medard senkte den Kopf, als hätte man ihm einen Schlag verpasst. »Sag nicht so etwas«, bat er. »Niemand ist nichts. Wir sind alle Geschöpfe des Herrn. Das macht uns gleich, ungeachtet, welchem Stand wir angehören auf der Welt.«

Flora lachte bitter. »Das habt Ihr schön gesagt. Aber wenn Ihr es auch glaubt, warum geht Ihr dann so mit mir um? Ach nein, ich soll ja nicht fragen. Das habt Ihr Euch fein ausgedacht. Herr hin oder her. So geht man nicht mit Essen um.«

Wider seinen Willen musste Herr Medard lachen. »Wohl gesprochen«, sagte er endlich. »Florianna Ursula, du bist wahrlich nicht geboren, um als Küchenmagd zu enden.«

»Als was denn dann?« Floras Wut war noch nicht verraucht, aber es war einfach nicht ihre Art, mit Dingen zu werfen oder grob zu werden wie Elfriede.

»Das weiß ich nicht.« Herr Medard klang, als ob er das aufrichtig bedauerte. »Aber es wird etwas sein, das dir zur Ehre gereicht. Dir und Annabrunn, wenn du so willst.«

»Dorthin kann ich jedenfalls nicht mehr. Und wohl auch nicht zurück auf die Burg, nehme ich an. Ich bin noch keine sechzehn Jahre alt und habe schon zwei Orte auf der Welt, an die ich nicht mehr darf! Wie soll das nur weitergehen?«

Herr Medard lächelte. »Zuerst einmal fahren wir nach Steinwald. Dann sehen wir weiter.«

Flora stand auf. »Dann lasst uns am besten gleich fahren.«

»Und das Essen? Du musst doch etwas essen.« Herr Medard bückte sich. »Wenigstens etwas Brot. Das ist noch zu retten.«

Flora wusste nicht, wie ihr geschah, aber sie lachte, während ihr die Tränen in die Augen schossen.

Herr Medard rief nach dem Wirt, der das Durcheinander auf dem Fußboden nicht weiter zu beachten schien.

»Pack etwas zu essen ein. Wir fahren weiter«, befahl der Herr, und der dicke Mann mit der fleckigen Schürze nickte beflissen.

Schon bald verschwand der Gasthof hinter ihnen in der Ferne. Flora verzichtete darauf, Fragen zu stellen, auf die sie sowieso keine Antworten erhalten würde. Auch Medard blieb schweigsam. Lautlos betete Flora den Rosenkranz, aber immer wieder verlor sie den Faden. Es kostete sie mehr und mehr Mühe, die Augen offen zu halten. Endlich machten sie an einem weiteren Gasthof halt.

Ein Stallbursche eilte herbei und half, die Stute aus dem Geschirr zu spannen. Ein zweiter holte den Wirt, der auf Flora einen weitaus besseren Eindruck machte als der vom Mittag.

»Willkommen in der Rose. Ihr bleibt über Nacht?«

Wieder so ein Blick, dachte Flora. Daran muss ich mich wohl gewöhnen. Auf der Burg hat niemand nach mir geschaut.

»Habt ihr noch zwei Zimmer?«, fragte Herr Medard.

»Gewiss. Wollt Ihr einzelne haben? Wir haben auch Schlafräume. Die sind größer, und es kann geschehen, dass später noch jemand dazukommt. Dafür sind sie günstiger.«

Herr Medard schüttelte den Kopf. »Zimmer. Zwei. Und niemand soll es wagen, stören zu wollen. Habt Ihr eine Badestube?«

Auch damit konnte der Gasthof zur Rose aufwarten. Der Wirt ließ sogleich ein Bad richten. »Das ist für dich, Flora«, wisperte Herr Medard. »Ich sorge dafür, dass man dich hier in Ruhe lässt.«

Flora strahlte. Eine Wanne voll heißem Wasser für sie allein? Womöglich noch mit duftender Venezianerseife? Das hatte es auf der Burg zu den Höhen für die Küchenmagd natürlich nicht gegeben.

Schon bald lag sie im heißen Wasser und schnupperte. In die Wanne waren Blütenblätter gestreut, Rosen, die dem Gasthof seinen Namen gegeben hatten. Flora rekelte sich genüsslich. Das Leben ist doch schön, dachte sie.

Eine ganze Weile später stieg sie aus dem Wasser. Auf dem Hocker lagen zwei Handtücher bereit, die zart nach Rosen dufteten.

Im Vorraum des Badehauses, wo Flora ihre Kleider abgelegt hatte, saß ein Mädchen in ihrem Alter. Die Hellhaarige stand auf und knickste. »Ich bin Gunhild«, sagte sie. »Der Vater schickt mich. Er hat gemeint, Ihr könntet vielleicht etwas zum Anziehen brauchen.«

Floras Augen wurden wieder feucht. Was müssen sie von mir denken? Abgerissen, ungepflegt, mehr in Lumpen als in ein Kleid gehüllt. Aber einen Herrn als Kutscher.

»Wir sind ungefähr gleich groß«, stellte Gunhild fest. »Aber ich stehe eindeutig besser im Futter. Ist es ein Wunder? Die Rosenküche ist weithin bekannt. Wenn Ihr trotzdem mit etwas von mir vorliebnehmen wollt?«

Sie zeigte Flora ein graues Gewand. »Das müsste Euch eigentlich passen. Oder habt Ihr doch lieber das andere hier? Ach, was soll's. Ihr seid noch eine Weile unterwegs, nehmt beide.«

Sie ist sehr großzügig, dachte Flora. Oder hat Herr Medard Gold springen lassen? Ganz gleich, was es ist. Sie entschied sich für das graue Kleid.

»Gut«, sagte Gunhild. »Dann lasse ich Euch allein. Der Herr wartet in der Gaststube, soll ich sagen. Und dass er diesmal den Tisch gedeckt lassen wird. Was immer das bedeuten mag.«

Flora lachte. »Ich komme gleich«, sagte sie.

Aber was an diesem Abend in der Rose auch aufgetischt wurde, und das war eine ganze Menge, Antworten waren nicht darunter. Ohne zu wissen, wie ihre Zukunft aussehen würde, ging Flora zu Bett. Weiße Laken, eine Decke, ein weiches Kissen und eine Matratze, in der nichts krabbelte oder pikste. Es war, als hätte es die Zeit in Elfriedes Küche nie gegeben. Doch Flora genügte ein Blick auf ihre Hände. Gesplitterte Fingernägel, Haut, die auch das Badeöl nicht hatte auf Dauer glätten können. Keine Küchenmagd, dachte Flora, aber auch keine Prinzessin. Was bin ich nur? Und wem bin ich es? Die Antworten blieb ihr der Schlaf schuldig.

10

»Brrrr.« Nach drei langen Tagen ohne Antworten durfte Donata vor einer Burg halten, an deren Fuß sich ein Dorf duckte. »Wir sind da«, sagte Herr Medard. »Das ist Steinwald. So heißt auch das Dorf.«

Flora sah sich um. Die Burg wirkte düster. Wie ein Klotz ruhte sie auf einem Bergrücken über dem Land. In der Abendsonne warf sie einen mächtigen Schatten.

»Nun komm schon.« Herr Medard griff nach Floras Bündel und ging zum Burgtor. Schon öffnete sich eine kleine Pforte, die in den mächtigen hölzernen Flügel eingelassen war. Ein graubärtiger Mann trat hindurch.

»Der Herr Medard!«, sagte er. »Gott zum Gruße!«

»Grüß dich«, war die Antwort. »Was macht das Rheuma?«

»Noch geht es.« Der Torwächter hielt die Pforte für die Gäste auf. »Wie es im Herbst wird, weiß der Herr allein.«

Ohne Zögern betrat Herr Medard die Burg. Flora folgte ihm. Hinter ihr wurde die Pforte wieder verriegelt.

»Der Herr wird sich freuen, dass Ihr uns wieder einmal mit Eurem Besuch beehrt«, sagte der Torwächter endlich. »Ihr wart lange nicht mehr auf Steinwald.«

»Aber jetzt bin ich ja da.«

»Und hoffentlich könnt Ihr ein Weilchen bleiben. Die jungen Herren freuen sich immer, wenn Ihr zu Besuch kommt. Ihr seid nun einmal ihr liebster Jagdgesell.«

»Du alter Schmeichler«, sagte Herr Medard und lächelte. »Du weißt doch ganz genau, dass Hubertus und ich uns bei der letzten Jagd furchtbar gestritten haben. Das hätte übel ausgehen können, als das Wildschwein plötzlich aus dem Unterholz kam. Streit und Jagd, das ist eine gefährliche Mischung.«

»Da sprecht Ihr viel Wahres«, murmelte der Torwächter. Er winkte einen der Stallburschen herbei, die sich im Burghof aufhielten. »Versorge das Pferd und den Wagen.«

Schon wollte der Knabe den Riegel zurückschieben, da hob Herr Medard abwehrend die Hand.

»Nicht ausspannen, nur abreiben und ein bisschen Futter und Wasser. Ich muss nachher gleich weiter.«

Und ich? Flora zog unwillkürlich eine Schnute. Das Pferd versorgen sie. Aber ich bin nichts weiter als ein Gepäckstück, das auf den eigenen zwei Beinen gehen kann. Ich weiß immer noch nicht, was eigentlich los ist. So hart es bei Graf zu den Höhen war, ich wusste doch wenigstens, wo mein Platz war. Gerade als es erträglich hätte werden können, da kommt Herr Medard und reißt mich davon. Dabei hatte ich ihm vertraut. Ihr habt nicht schön an mir gehandelt, mein Herr. Aber wenn ich das nun sage und sie jagen mich davon, wo soll ich dann hin? Ich weiß doch nicht einmal, wo er mich eigentlich hingefahren hat. Steinwald. Den Namen habe ich noch nie gehört. Und es gefällt mir jetzt schon nicht. Da wäre ich besser in der Rose geblieben. Da war es schön. Mit Gunhild hätte ich mich verstanden.

Flora musterte die Stalljungen am Brunnen. Wenigstens sehen sie nicht so finster aus wie die Burg, dachte sie. Wenn ich mich hier fürchten muss, dann werde ich sicher kein gutes Leben haben können.

»Gott zum Gruße, Jungfer«, rief einer der jungen Männer.

Ich eine Jungfer? Sehen sie nicht, wie einfach meine Kleidung ist und was ich für abgearbeitete Hände habe? Flora war verdutzt, schaffte es aber doch, grüßend zu nicken.

Hinter dem Burghof stand ein gemauertes Haus mit drei Geschossen. Am Obergeschoss verlief ein mit einer Treppe versehener hölzerner Söller rund um den Bau. Neben dem Gebäude duckten sich mehrere Fachwerkhäuser. Links musste der Stall sein, gerade kam ein Knecht mit einer Schubkarre voll Mist durch das offen stehende Tor. Er nickte kurz zu den Gästen hinüber und verschwand dann um die Ecke. Wie bei dem Stall saß auch auf dem weiß getünchten Haus rechts vom Hauptgebäude ein steiles Holzdach direkt über dem Erdgeschoss. Kleine Fensterluken unterbrachen die sorgfältig gelegten Schindelreihen. Direkt an das Gebäude grenzte ein Kräutergarten. Dann wird das wohl die Küche sein, dachte Flora. Sie halten mehr auf gutes Essen als die im Hause zu den Höhen, so wie die Beete aussehen. Alles ist wohlgeordnet. Und hinter dem Haus geht der Garten anscheinend weiter. Das würde ich mir doch gerne einmal anschauen. Sie sah, dass Herr Medard und der Torwächter am Haupthaus warteten, und beeilte sich, zu ihnen zu kommen.

»Na, da bist du ja«, meinte Herr Medard. »Ich muss nur schnell etwas mit dem Herrn dieser Burg besprechen. Magst du dir nicht einstweilen den Garten anschauen?«

Aus der geöffneten Haustür drang ein kühler Luftzug. Ein dunkler Flur war zu erkennen. Garten, dachte Flora und nickte.

»Gut, dann sieh dich ruhig um. Keine Bange, hier tut dir niemand etwas zuleide.«

Während die beiden Männer im Haus verschwanden, begab Flora sich zum Küchengarten. Der Beifuß nahm ein großes Beet ein. Hier ist Schmalhans gewiss nicht Küchenmeister, dachte Flora. Wer so viel Beifuß braucht, kocht fett. Sie entdeckte Fenchel, Dill, Kümmel, Liebstöckel, Sellerie und vieles mehr. Hier hat sich jemand mit den Gedanken von Hildegardis beschäftigt, fuhr es ihr durch den Kopf. Wenn das so ist, ist das Leben hier vielleicht doch nicht so schrecklich. Wenn ich überhaupt hierbleibe. Aber mir sagt ja keiner etwas, schon gar nicht Herr Medard.

Den Küchengarten schloss nach Süden eine hohe Buxushecke ab. Flora entdeckte eine geschmiedete Pforte, die halb offen stand. Schon betrat sie den Rosenhag. Das musste das Reich der Burgherrin sein.

Aber warum kümmert sich hier niemand? Flora sah erstaunt zum Küchengarten zurück. Dort war alles in Ordnung, aber hier schienen die Wege schon eine Weile nicht mehr geharkt worden zu sein. Blütenblätter lagen auf den Beeten und zwischen den Rosenbüschen, und auf den Kieswegen war Gras gewachsen, Löwenzahn reckte vorwitzig den Kopf in die Höhe. Flora schüttelte den Kopf. Hier fehlt eine ordnende Hand, dachte sie. Warum wohl die Burgherrin ihren Rosenhag so verkommen lässt? So kann das jedenfalls nicht bleiben. Entschlossen begann sie, Unkraut zu zupfen.

»So versunken, Jungfer?«

Flora sah auf. Vor ihr stand eine alte Frau, der die Jahre den Rücken gekrümmt und das Gesicht mit Falten überzogen hatten. Aus dem weißen Zopfkranz ragten Haare, eine große Narbe entstellte die rechte Wange und zog den Mund schief. Immerhin lächelte der.

»Euer Fleiß ist zu loben«, sagte die Alte, »aber wer wird das tun? Habt Ihr Euch das denn nicht vorher überlegt, bevor Ihr Euch ans Werk gemacht habt?« Sie lachte und zeigte dabei ihre Zahnlücken.

Grundgütiger, dachte Flora. Die sieht aus wie eine Hexe. Aber sie scheint freundlich. Wer weiß, wie wichtig sie hier ist. Auch wenn sie aussieht wie eine alte Bäuerin, ich kenne mich ja nun wirklich nicht aus. Mit einem Ächzen stand sie auf und knickste.

Die Alte lachte. »Gut erzogen, fürwahr. Aber vor der alten Marthe braucht niemand zu knicksen.«

Flora lachte. »Ich bin niemand«, sagte sie. »Niemand, zu dem Ihr ›Ihr‹ sagen müsstet.«

Marthe schob nachdenklich die Unterlippe vor. »Na, weiß man es?« Sie griff nach Floras Hand. »Lass mich nachschauen, Kind, wer hier niemand ist und wer nicht.«

Wo bin ich hier nur hingeraten? Floras Gedanken rasten. Solch eine große Narbe habe ich noch nie gesehen. Vielleicht ist sie ja wirklich eine Hexe? Auch wenn die ehrwürdige Mutter immer gesagt hat, ihr sei noch nie eine begegnet, aber dafür so manche Frau, die mehr wusste, als es den Männern lieb war. Wie im Traum duldete sie, dass die Alte nun auch nach ihrem anderen Arm griff und lange in die beiden Handflächen starrte.

»Kindchen, Kindchen«, sagte Marthe endlich und ließ die Hände los, »da hast du aber hart arbeiten müssen. Die Linien sind ja fast gar nicht zu erkennen, jedenfalls nicht die, auf die es ankommt.« Sie zuckte mit den Schultern.

»Wir mühen uns alle ab, bis wir nicht mehr können. Die einen so, die anderen so. Und nicht alles wird Arbeit genannt. Aber das meiste ist anstrengend, ganz gleich, wie es gerufen wird.« Sie seufzte. »Komm mit.« Mit raschen kleinen Schritten ging sie zum Gartentor, ohne sich umzuwenden.

Sie ist sich schon sehr sicher, dass ich ihr folge, dachte Flora. Warum denken eigentlich immer alle, ich würde schon tun, was man mir sagt? Gut, nicht alle. Crescentia war ja eher immer der Meinung, dass ich genau das nicht tun würde. Aber Annabrunn ist weit.

Marthe hatte es sich auf der Bank neben dem Küchenhaus bequem gemacht. Sie klopfte auf den Platz links neben sich. »Komm schon, Kindchen, setz dich. Und dann erzähl einmal. Aber verrate mir erst deinen Namen, dass ich dich nicht immer Kindchen nennen muss.«

Flora nahm Platz. So ist die Narbe nicht zu sehen, dachte sie. Ob sie mich deshalb zu ihrer Linken sitzen hat lassen? Sie begann, von sich zu erzählen. Viel war es nicht, was sie zu berichten hatte. Warum sollte sie auch die Kränkungen und die schwere Arbeit im Hause zu den Höhen erwähnen? Marthe hatte ihre Hände gesehen. Als Flora fertig war, verzog die Alte nachdenklich den Mund.

»So so. Die Nonnen wollten ihr Himmelsgeschenk also nicht behalten. Da hat dir aber eine einen verteufelt bösen Streich gespielt.« Marthe lachte auf. »Aber warum sollten fromme Frauen anders sein als der Rest der Welt? Sie bleiben doch Frauen, auch hinter den Klostermauern. Und das Neidischsein, das ist ja noch nicht einmal ein Vorrecht der Weiber. Das beherrschen alle gut, egal ob sie mit einer

Knospe oder mit einem Dorn auf die Welt gekommen sind.«

Flora hielt es für besser, darauf nicht zu antworten.

»Und du sagst, der Herr Medard hat dich hergebracht, einfach so, aus heiterem Himmel?«

Flora nickte.

»Dann sollst du vermutlich eine Weile bleiben. Ich weiß doch, du bist nicht die Erste, die er hier abgibt.«

Sie griff wieder nach Floras Hand. »Schau nicht so. So oft tut er es nicht. Aber eine alte Frau erinnert sich eben besser an Dinge, die lange zurückliegen, als daran, was es vorgestern zum Nachtessen gab. Was war das nur?«

Sie murmelte vor sich hin. Flora hielt den Atem an. Wunderlich ist sie, sagte sie sich, einfach wunderlich. Doch keine Hexe. Das will ich jedenfalls hoffen.

»Ach, was wird es schon gewesen sein«, sagte Marthe endlich, »irgendetwas zaubert Gertraud ja doch zurecht. Aber davon wollte ich nicht erzählen, sondern von Hannes. Das ist jetzt, lass mich einmal rechnen ...« Martha zählte an ihren Fingern ab. »Lass es fünfzehn Jahre sein, ungefähr. So lange ist das schon her. Da stand eines Morgens ein Knabe vor der Tür, mit einem Brief in der Hand von Herrn Medard. Der Junge wollte etwas von der Welt sehen, hieß es, und ob unser Herr ihm nicht Arbeit geben könnte. Aber ich glaube, das mit der Welt, das war nur so dahingesagt. Der Junge, so schien es mir, war einfach des Lebens nicht mehr froh. Er hatte wohl etwas erlebt, das ihn ein bisschen aus der Welt geworfen hat. Wenn wir ihn suchten, konnten wir ihn meist in der Kapelle finden. Schließlich hat der Herr ihn gefragt, ob er nicht lieber bei den geistlichen Herren in Kreuzebra

171

leben würde. Da hättest du sein Gesicht leuchten sehen sollen! Aber auch dort ist er nicht lange geblieben. Er ist bald weiter, nach Erfurt, zu den Augustinern.«

Das kann doch nicht sein, dachte Flora. Wer nicht von Stand ist, der wird doch nicht ins Kloster aufgenommen. Es sei denn, ihm widerfährt ein Wunder. Wie Crescentia.

»Ich sehe dir an der Nasenspitze an, dass dich etwas beschäftigt.« Marthe lachte. »Lass mich raten. Du fragst dich, wie ein einfacher Junge zu den Augustinern kommt. Unser Hannes ist dort Knecht geworden. Anscheinend hat er dort die Ruhe seines Herzens wiedergefunden. Und woher ich das weiß?« Sie kicherte. »Ich habe meine Mittel und Wege. Aber wenn der Herr Medard dich hier unterbringen will, dann solltest du ein bisschen Bescheid wissen über uns auf Steinwald. Ich bin die, die dir alles sagen kann. Wenn du auf ein wunderliches altes Weib hören magst?«

Flora lächelte verlegen. Soll ich ihr sagen, dass mir die Geschichten, die mir die alten Schwestern erzählt haben, immer gefallen haben? Auch wenn ich meist zu unruhig war, um lange bei ihnen zu sitzen. Mamapolloni hatte mir gesagt, dass sie sich nicht nutzlos fühlen sollten, wenn ihre Augen zu schlecht geworden waren für das Sticken und die Hände zu schwach für andere Arbeit. Also sollte ich ihnen zuhören. Was es da alles zu lernen gab!

»Erzähl ruhig«, sagte sie. »Ich werde brav aufpassen.«

»Das will ich dir auch geraten haben«, raunte Marthe. »Du weißt ja immer noch nicht, mit wem du es zu tun hast. Nun gut. Ich bin sicher nicht die Wichtigste hier auf Steinwald. Also kann ich auch getrost bei mir anfangen. Ich war die Köchin. Den Kräutergarten habe ich angelegt. Und ich wäre wohl auch die Köchin geblieben. Wenn nicht ... ja, das ist nun auch schon fast zehn Jahre her. Der Herr Hubertus war gerade von den Soldaten zurückgekehrt. Er hatte ein Gewehr mitgebracht und wollte es ausprobieren. Leider konnte er nicht so recht damit umgehen. Oder vielleicht war es auch nicht ganz in Ordnung. Ich weiß es noch, als wäre es gestern gewesen. Wie die Lunte gestunken hat! Er wollte wohl damit auf die Jagd gehen, deshalb hatte er es überhaupt mitgebracht. Aber der Herr hat nur den Kopf geschüttelt. Junge, hat er gesagt, Junge, denk doch mal nach. Schon für uns ist der Geruch der Lunte kaum zu ertragen. Und du willst damit das Wild erwischen? Bis der Hirsch nicht mehr Lunte riecht, braucht es schon einen Orkan. Er hätte wohl noch weiter erklärt, aber da ging der Schuss bereits los. Und weil der Herr Hubertus nicht aufgepasst hatte, wo er das Rohr hinhielt ...« Marthe verstummte und fuhr sich vorsichtig über die auffallende Narbe in ihrem Gesicht. Sie seufzte.

»Als endlich alles verheilt war, mit Gottes Hilfe, war es aus mit der Küchenkunst. Ich schmecke kaum noch etwas. Der Herr hat mich dennoch bleiben lassen. Das verdanke ich ihm täglich. Wo hätte ich denn hingehen sollen, als Köchin, die den Braten erst dann riecht, wenn er schon halb verbrannt ist? Also bin ich geblieben. Helfe ein bisschen aus in der Küche oder sonst im Haus.«

Flora staunte. War denn das nicht die Pflicht und Schuldigkeit eines Christenmenschen, den von ihm angerichteten Schaden nach besten Kräften wiedergutzumachen? Musste Marthe dem Burgherrn wirklich dankbar dafür sein, dass er sie nicht davongejagt hatte, nachdem sein Sohn sie verletzt hatte?

»Ich weiß, was du denkst. Du bist wirklich bei gütigen Nonnen aufgewachsen. Glaube mir, in der Welt geht es anders zu. Wenn ein Herr etwas will, dann haben wir kleinen Leute nur eines zu sagen. Und das ist ›Ja‹. Und wenn wir etwas fragen, dann vielleicht noch ›wie viel, wohin, bis wann‹. So ist es nun einmal. Das ist die Ordnung. Es geht von oben nach unten. Das Wasser fließt ja auch nicht den Berg hinauf.« Marthe kicherte wieder.

Aus dem Haupthaus drangen Stimmen. Kurz darauf stand Herr Medard mit einem anderen Mann auf dem Burghof. Das muss der Herr von Steinwald sein, dachte Flora. Er ist schlicht gekleidet, aber man sieht doch gleich, dass er von Stand ist. Wer Zeit hat für einen so gepflegten Bart, der muss sicher nicht mit dem Hahn aufstehen.

»Also abgemacht«, hörte sie Herrn Medard sagen. »Dann reite ich gleich weiter. Danke, dass ihr sie aufnehmt.«

»Aber das ist doch nun wirklich kein Problem«, dröhnte ein tiefer Bass über den Burghof. »Und wenn nur die Hälfte von dem, was du erzählt hast, stimmt, können wir uns glücklich schätzen.«

Der Burgherr ging mit seinem Gast zum Tor. Herr Medard sah sich um und entdeckte Flora bei dem Küchenhaus.

Sie dachte noch, Marthe ist aber schnell verschwunden, als sie schon herbeigewinkt wurde. Hastig eilte sie zu den beiden Herren und knickste.

»Das also ist Flora«, orgelte der Bass des Burgherrn. »Schön, schön.«

Herr Medard schob Flora näher. »Das ist sie«, bestätigte er. »Flora, die wunderbare Köchin, geschult in der Klosterkunst. Kräuterkundig, kann Arzneien mischen und Salben.

Und eine Gärtnerin ist sie, nach der hat man sich in Wolfhagen gerissen.«

Flora spürte, wie sie rot wurde.

Der Burgherr lachte. »Das hört sich gut an. Wen der Herr Medard empfiehlt, der braucht sonst keine Referenzen. Sagt, Jungfer, habt Ihr unseren Garten gesehen?«

Flora nickte.

»Auch den Rosenhag?«

Wieder nickte sie.

»Nun, gesprächig scheint Ihr nicht gerade zu sein. Oder schrecken Euch unsere dunklen Mauern? Glaubt mir, Jungfer, Ihr braucht Euch nicht zu fürchten.« Er seufzte. »Meine Gemahlin kann sich nicht so um den Garten kümmern, wie es sich gebührte. Wenn Ihr bei uns bleiben wolltet, es gäbe genug zu tun für eine wie Euch.«

Wie ist denn eine wie ich, fragte sich Flora. Allein auf der Welt, davongejagt aus dem Kloster und fortgerissen aus dem Haus zu den Höhen. Wo soll ich sonst hin? Das kann auch die höfliche Anrede nicht verschleiern. Verlegen schwieg sie.

»Das ist wohl ein bisschen viel auf einmal«, mischte sich Herr Medard ein. »Ich gebe zu, ich habe ihr nicht einmal gesagt, wohin ich sie bringe, als wir aufbrachen. Wusste ich denn, ob wir hier willkommen sein würden?«

Der Burgherr lachte. »Das wusstest du doch ganz genau, mein Lieber. Da hast du nicht recht getan.« Er schüttelte tadelnd den Kopf. »Manchmal bist du wirklich ein Klotz. Reden muss man mit den Leuten, reden, mein Lieber.«

Er fuhr sich durch den dunklen Bart, in dem sich bereits erste Silberfäden zeigten. »Also gut. Flora bleibt vorerst hier.

Du mach dich auf, wenn du heute noch weiter musst. Keine Angst, wir werden schon gut für sie sorgen.«

Herr Medard nickte. Dann nahm er Flora in die Arme und drückte sie an sich. »Verzeih mir, wenn du kannst«, murmelte er. »Eines Tages, das verspreche ich dir, eines Tages ...« Er sprach nicht weiter. Mit raschen Schritten ging er zum Burgtor, wo der Wächter schon auf ihn wartete. Schnell hatte sich die kleine Pforte wieder hinter ihm geschlossen.

»So«, sagte der Burgherr. »Das wäre das. Und nun habt Ihr sicher ein paar Fragen, Jungfer.«

Flora sah ihn ratlos an.

»Na, zum Beispiel wo Ihr heute Nacht schlafen sollt. Oder was Eure Aufgabe sein wird hier auf Steinwald. Kommt mit, wir besprechen das Weitere in der Rosenlaube.«

Flora wollte schon zum Garten gehen, aber der Burgherr marschierte zum Haupthaus. Zwei steile, verwinkelte Treppen ging es hoch, dann standen sie auf dem hölzernen Austritt, der das Gebäude umlief. Auf der Rückseite endete der Söller vor einer Tür. Dahinter lag die Rosenlaube, genau über dem Damengarten. Auf jedem der Wandbretter und selbst an den Deckenbalken rankten sich gemalte Rosen. In der Stube stand ein Tisch mit vier Stühlen. An der Wand zum Haus zog sich eine Bank entlang, Pelze und Decken lagen auf ihr bereit. Dort hatte es sich eine elegant gekleidete Dame mit einem Buch gemütlich gemacht.

»Genoveva«, sagte Graf Steinwald, »das ist Florianna Ursula, Herrn Medards Schützling.«

Das muss die Burgherrin sein, dachte Flora.

Die Dame legte das Buch beiseite. Ihr Kleid aus kostbarem Tuch raschelte. Sie müssen viel Geld haben, überlegte Flora, wenn ein Seidenkleid ihr Alltagsgewand ist. »Florianna Ursula«, sagte die Gräfin. »Ruft man Euch wirklich so? Sagte Herr Medard nicht, Euer Name sei Flora?« Sie lächelte.

Sie will mir gleich zeigen, wo mein Platz ist, dachte Flora. Einen so großen Namen will sie mir nicht zugestehen. Sie nickte stumm.

»Wie möchtet Ihr denn angesprochen werden?«, fragte die Burgherrin. »Ein Name ist doch etwas sehr Eigenes. Wenn er denn schon abgekürzt wird, dann solltet Ihr da doch mitreden können.«

Flora konnte nur staunen. Das war ein anderes Umgehen als bei Graf zu den Höhen.

»Nun sagt schon. Florianna Ursula, nicht dass ich Euch den Namen nicht gönnte. Aber er ist wirklich ein gewaltiger Mundvoll.«

»Flora ist recht«, kam die gestammelte Antwort.

Die Burgherrin nickte. »Also gut. Flora. Das wäre also geklärt. Woran die beiden Herren vermutlich nicht gedacht haben, ist die Frage der Unterbringung.«

Der Burgherr, der es sich auf einem der Stühle bequem gemacht hatte, hob entschuldigend die Hände. »Das ist doch deine Aufgabe, du bist die Herrin der Burg. Und über alle Haushaltsdinge bestimmst du.«

Die Gräfin lächelte. »Wenn dir meine Entscheidungen gefallen, wolltest du sagen. Dann bestimme ich. Und ich sage dir, wo wir die Jungfer unterbringen, das ist sehr wichtig. Was wollen wir von ihr? Wo ist ihr Platz?«

177

Sie sah nachdenklich zum Fenster hinaus. »Gertraud ist die Köchin. Wir sind zufrieden mit ihr. Da können wir nicht gut sagen, hier ist die neue Köchin. Das ist nicht unsere Art. Also, ich sage, Gertraud bleibt die Köchin. Aber Flora ist keine Küchenmagd. Also kann sie auch nicht beim Gesinde schlafen.« Wieder grübelte die Burgherrin. »Also gut. So könnte es gehen. Wir haben doch noch die Kammer, die wir damals für die Amme gerichtet hatten. Die steht schon lange leer. Flora, Ihr wohnt hier im Haupthaus. Oben ist eine schöne Stube, direkt neben dem Kamin. Dort werdet Ihr es auch im Winter warm haben. Eure Aufgabe wird es sein, den Garten wieder aufzupäppeln. Das passt also. Wir haben nichts dagegen, wenn Ihr Gertraud die Rezepte lehrt, die Ihr im Kloster sicher gelernt haben werdet. Aber in Küchendingen ist sie es, die bestimmt. Was das Kräuterwissen betrifft, so hoffen wir einfach, dass wir die Heilkunst erst brauchen, wenn sich alles ein wenig eingespielt hat.«

Sie musterte Flora. »Wenn Ihr nicht zum Gesinde gehört, dann müsst Ihr Euch anders kleiden. Für die Reise mag das gegangen sein, aber hier? Wir sind ungefähr gleich groß, ich schaue mal, was wir da tun können. Mit Nadel und Faden könntet Ihr umgehen?«

Flora nickte. Für die Paramentenstickerei hat es nicht gereicht, dachte sie, aber Nähen und Flicken, das muss eine junge Frau können, hat Mamapolloni immer gesagt.

»Gut. Das wäre also auch geklärt. Bleibt noch die Frage des Tischs.«

Der Burgherr sah genauso ratlos drein wie Flora.

»Also wirklich. Wenn sie nicht zum Gesinde gehört, kann sie auch nicht am Dienstbotentisch essen. Ich sage, wir versuchen es einmal. Ihr esst heute Abend mit der Familie. Dann sehen wir weiter.«

Am Tisch des Burgherrn. Das ist ein weiter Weg für die niedrigste Küchenmagd bei Graf zu den Höhen, dachte Flora. Nur gut, dass Mamapolloni darauf bestanden hat, dass ich gute Tischmanieren erlernte.

Zum Glück waren die ihr selbstverständlich geworden, dass sie sich beim Abendessen darauf konzentrieren konnte, die Familie des Burgherrn kennenzulernen. Der älteste Sohn der Steinwalds war nicht anwesend.

»Der ist bei Hofe«, hatte der Burgherr erklärt. »Wir hoffen, dass er dort einen guten Eindruck macht. In der Verwaltung können sie ihn jedenfalls gut brauchen, ihn und seinen hellen Kopf.«

»Wenn er ihn nur behält und ihm die Franzosenkrankheit nicht den Verstand raubt«, hatte der junge Mann, der Flora gegenübersaß, gemurmelt.

Die Burgherrin schüttelte tadelnd den Kopf. »Ihr müsst unserem Hubertus verzeihen, Flora«, sagte sie. »Er verbringt viel Zeit im Wald und denkt, was die Jagdknechte reden, sei das Richtige für die Tafel.« Das also war der Grafensohn, der für Marthes Narbe verantwortlich war.

»Na, ist doch wahr«, murmelte Hubertus, leerte seinen Weinbecher und kratzte sich sein braunes Haar, das er zu einem lockeren Zopf zusammengebunden trug. »Hat nicht Graf Wilhelm das Regiment von seinem Bruder übernehmen müssen, weil der von seiner Fahrt ins Heilige Land ...«

»Bitte, Hubertus. Es ist gut«, fiel ihm seine Mutter ins Wort. »Du bist fünfundzwanzig Lenze alt und keine fünf. Ein Mann muss wissen, wann er besser schweigt.«

Sie lächelte Flora entschuldigend zu. »Wenn Ihr nun unserem zweiten Sohn begegnet seid, wird es Zeit für den dritten.«

Der dunkle Lockenkopf neben Herrn Hubertus lächelte Flora zu. »Roderick, zu Euren Diensten, Jungfer«, sagte er. »Mögt Ihr noch etwas Wein?« Schon hob er die Kanne, um nachzuschenken.

Ich sitze hier am Herrentisch und trinke Wein, mit dem Sohn des Grafen als Mundschenk. Vor drei Tagen wollte mir Elfriede nicht das Wasser gönnen, das ich selbst aus dem Brunnen geholt hatte. Sie schüttelte den Kopf.

»Also keinen Wein.« Roderick setzte die Kanne wieder ab. Wieder lächelte er.

Er hat schöne Zähne, dachte Flora. Überhaupt ist er hübsch. Wie alt mag er wohl sein? Sechzehn vielleicht? Oder etwas älter als ich, aber nicht viel. Er sieht gut aus. Besser als sein Bruder. Und besser als der Sohn des Schultheißen. Wie hieß der noch einmal? Ach, es ist doch gleich. Jetzt bin ich hier. Auf Steinwald. Das nicht so schrecklich ist, wie es mir zu Anfang schien. Wer weiß, vielleicht mache ich ja hier mein Glück?

11

»Ei, Jungfer, so fleißig! Sie ist doch ein feines Handwerk, die edle Gärtnerei.«

Flora sah von ihrer Arbeit auf. Hubertus blickte über die Mauer, die den Rosengarten umgab. Wenn er die so weit überragt, dann ist er bereits aufgesessen, dachte sie. Der geht auch keinen Schritt, wenn er reiten kann. Dabei muss er am Tor doch sowieso wieder absitzen. Aber jeder, wie es ihm gefällt.

Und fürwahr, sehr fein, was ich hier tue. Rossäpfel mit Kompost vermischen und um die Stöcke verteilen. Die edle Rose wächst nun einmal am besten, wenn sie ihre Zehen von Zeit zu Zeit in Mist tunken kann. Ganz alltägliche Gartenarbeit, noch nicht einmal besonders schwer. Aber da ist nichts Feines oder gar Edles daran. Sie griff nach dem Eimer und ging zu dem großen Rosenbusch, der die Mitte des kleinen Damengärtchens bildete. Wenn er doch nicht immer versuchen würde, mich mit seinen Komplimenten zu beeindrucken! Sie sind nicht willkommen, und angebracht sind sie auch nicht.

»Nun, so schweigsam, Jungfer?«

Er klingt tatsächlich ein bisschen beleidigt, dachte sie. Das ist nicht gut.

»Gott zum Gruße, junger Herr!«, rief sie.

»Ach, warum denn so förmlich?« Hubertus grinste breit. »Ihr habt doch die Hände sozusagen unter dem Arsch von meinem Pferd. Da wollen wir uns doch nicht zieren, oder?«

Ihr vielleicht nicht, dachte Flora. Aber das heißt doch nicht, dass alle Welt plumpe Scherze macht, in derber Sprache, als wäre jedermann ein Schweizer Lanzknecht. Am besten gehe ich gar nicht darauf ein. Aber wenn ich gar nichts sage, ist es auch wieder nicht recht.

»Ihr reitet aus, Herr Hubertus?« Was für eine dumme Frage. Das sehe ich doch, dass er schon auf dem Pferd sitzt. Was will er denn auch sonst, jagen, reiten, schießen, das ist seine Passion. Er im Rosengarten seiner Mutter aus einem erbaulichen Buch vorlesend, das kann ich mir beim besten Willen nicht vorstellen. Das passt einfach nicht. Flora lächelte.

»Ah, die Sonne geht auf! Endlich!« Hubertus lachte vergnügt. »Aber wenn die Sonne aufgeht, dann muss ich hinaus. Also dann, Jungfer, lasst Euch nicht aufhalten.«

Das Getrappel der Pferdehufe entfernte sich rasch.

Flora seufzte. Was Hubertus von seinen Jagdausflügen nach Steinwald mitbrachte, war so reichlich, dass nur ein Teil davon für die Burgküche verwendet wurde. Den Rest kaufte ein Fleischer, der unter anderem Garküchen in Dingelstädt und Kreuzebra belieferte. Dass das nur wenig mit dem edlen Waidwerk zu tun hatte, kümmerte den zweiten Sohn des Burgherrn nicht. Ihm ging es um die Jagd, das Umschleichen, Belauern, Täuschen und Überlisten des Wildes. Dass die Beute mit ihrem Leben zahlte, gehörte für ihn einfach dazu bei dem Spiel. Doch wehe, es gelang einem Hirschen, die Umzingelung zu durchbrechen, oder ein wilder Eber verwundete mit letzter Kraft die Jagdhunde so sehr, dass die den Schwanz einzogen und winselnd flohen! Dann hüteten sich die Jagdknechte, ihrem jungen Herrn unter die Augen zu treten, und das Einsammeln der Netze und Lappenbänder, die quer durch den Wald gespannt worden waren, um das Wild den Jägern zuzutreiben, wurde zu einer gesuchten Arbeit.

Flora schüttelte den Kopf. Was sinnst du über den jungen Steinwald nach, schalt sie sich. Sind das gute Gedanken? Das hat dich Apollonia so nicht gelehrt. Wer im Garten Schlechtes denkt, Gott in seiner Schöpfung kränkt. Hat sie das nicht immer gesagt? Und dass sich niemand zu wundern braucht, wenn die Gurken nicht wachsen wollen, wenn schon auf der Aussaat kein Segen ruht. Also Schluss jetzt.

An seinen Bruder denke ich sowieso viel lieber. Wo Hubertus grob wird, ist Roderick höflich. Wo der eine quer über ein erntereifes Feld prescht, um den Hirschen zu erwischen, hilft der andere einem Bauern, ein Rad am Karren zu wechseln. Beide kommen vor Dreck starrend heim. Aber Roderick lacht nur und gießt sich am Brunnen einen Eimer Wasser über den Kopf, während Hubertus mit seinen verschlammten Stiefeln die Treppen im Haus hochpoltert und nach dem Badezuber ruft. Wie unterschiedlich zwei Brüder sein können! Und doch haben sie dieselben Eltern.

Endlich waren alle Rosenstöcke mit der Mischung aus Pferdeäpfeln und Erde gedüngt. Flora spülte den Eimer am Brunnen aus und betrachtete wehmütig ihre Hände. Die sahen immer noch aus wie die Hände einer Magd. Mithilfe einer Bürste verschwanden wenigstens allmählich die schwarzen Ränder unter den Fingernägeln. Aber für eine Dame wird mich nie jemand halten. Vielleicht sollte ich

Handschuhe tragen bei der Arbeit. Über den Gedanken musste sie selbst lachen.

Flora reckte sich und rieb sich das Kreuz. Du hast es schon komisch eingerichtet, Herr, dachte sie. In jeder Freude ist immer ein wenig Schmerz. Wenn ich mich an deiner Natur ergötze, wenn ich in deinem Weinberg helfe mit meinen schwachen Kräften, meldet sich über kurz oder lang mein Rücken, mir schmerzen die Knie oder sonst etwas. Aber besser, mir tun die Knochen weh als das Herz. Und wenn ich im Winter nichts schaffen kann im Garten, wie schnell werde ich dann schwermütig!

Wieder rieb sie sich den Rücken. Rasch zählte sie die vergangenen Sonntage, drei, vier. Es war also wohl wieder einmal so weit. Wie hatte sie sich gefürchtet, als es ihr zum ersten Mal so ergangen war! Evas Fluch macht auch vor ihren frommen Töchtern nicht halt, hatte Apollonia sie gelehrt und ihr beigebracht, was sie von jetzt an jeden Monat zu erwarten hatte.

Warum ist das nur so, fragte sich Flora nun einmal im Monat. Ich habe keinen Mann, eine Familie werde ich so bald nicht gründen. Also welchen Zweck hat das? Aber dann sah sie sich um, betrachtete die Blütenpracht oder trocknete Samen und dachte sich, dass die Schöpfung mehr als nur ein einziges Rätsel bereithielt. Warum allerdings ausgerechnet Eva schuld sein soll, das verstehe ich trotzdem nicht. Sie wollte klüger sein, vielleicht sogar nur, um ihrem Adam noch besser zu gefallen. Was kann falsch daran sein, klüger sein zu wollen, als man ist? Apollonia hat doch immer gesagt, dass das Lernen nie ein Ende hat. Aber hat sie nicht auch gesagt, dass man wissen muss, wann es Zeit ist, mit den Fragen aufzuhören? Ach, Mamapolloni, ich vermisse dich. Dich und deinen Rat. Du wüsstest vielleicht sogar, wie ich Herrn Hubertus dazu bringen kann, seine plumpen Komplimente zu lassen, die mir so gar nicht willkommen sind.

Am Brunnen stand ein leerer Wassereimer. Flora seufzte. Was soll der hier?, fragte sie sich. Leer nützt er überhaupt nichts. Also, wenn ich schon einmal da bin ... Sie drehte die Kurbel, bis der Schöpfeimer aus der Tiefe des Brunnens auftauchte. Mit dem vollen Eimer in der einen Hand und dem leeren Mistkübel in der anderen ging sie zur Küche. Gertraud öffnete ihr die Tür.

»Herrschaftszeiten, Flora, was machst du denn nur?« Elfriede hätte mir vorgeworfen, dass ich mit nur einem Eimer voll Wasser komme und dass meine Trödelei unerträglich sei, so viel steht fest, dachte Flora. Aber Gertraud ist da ganz anders.

Tatsächlich, die Köchin drückte sie erst einmal auf die Bank. »Ruh dich aus. Ich habe doch gesehen, dass du den ganzen Tag im Garten gearbeitet hast. Dann auch noch Wasserschleppen. Dafür haben wir doch die Mägde, das ist deren Aufgabe.«

Sie setzte sich neben Flora. »Ich muss gestehen, das mit dem Eimer, das war ich selbst. In letzter Zeit bin ich immer so müde. Mir war der zweite einfach zu schwer. Ich dachte, den hole ich gleich. Aber da warst du ja schon unterwegs.«

Mit verschwörerischer Miene holte sie eine Spanschachtel aus der Speisekammer.

»Gut, dass du gerade kommst. Probier einmal.«

Flora hatte ihr das Rezept für Anisplätzchen verraten. Gleich der erste Versuch war gelungen. »Die kann ich den Männern mitgeben, wenn sie für die Herbstjagd alles im Wald vorbereiten müssen. Ich bin gespannt, was sie sagen werden.«

Die Nächte waren schon deutlich kühler geworden. Bald würde wieder Erntedank gefeiert werden. Wehmütig dachte Flora an den Blumenschmuck, den sie für St. Anna in Wolfhagen hatte gestalten dürfen. Die Burgkapelle war klein und sehr schlicht gehalten. Der Pater, der hier sonntags die Messe las, hielt nichts davon, dass irgendetwas vom Wort des Herrn und der Heiligkeit des Opfers ablenkte. Nur widerstrebend duldete er die Bildwerke des heiligen Eustachius und der heiligen Anna. Aber der Burgherr bestand darauf, dass sie blieben, schließlich hatte sie sein Vater von einer seiner Reisen mitgebracht. Für Pater Romuald war es Schmuck genug, wenn das Sonnenlicht durch die Kapellenfenster schien und leuchtende Bahnen in den kleinen Raum warf. Ihm blieb auch die Mühe, die Flora auf den Garten aufwendete, ein Dorn im Auge. »Was wollt Ihr Gottes Schöpfung verbessern, dadurch, dass Ihr alles gefällig arrangiert und in eine von Menschen erdachte Ordnung bringt? Sie ist bereits perfekt, es sind unsere Augen, die das nicht sehen«, hatte er ihr eines Tages vorgeworfen.

Flora hütete sich, ihm zu antworten, dass auch die Augen ein Teil der Schöpfung seien. Roderick war ihr zu Hilfe gekommen, wie so oft, wenn sie bei den Tischgesprächen an der Tafel der Edelleute einfach nicht wusste, was sie erwidern sollte.

»Hochwürdigen, das ist ein wichtiger Hinweis«, hatte er begonnen. »Und es ist eine Ehre, mit einem Mann zusammenzukommen, der die Sache so klar sieht wie Ihr. Doch ich gebe zu bedenken, dass der Herr seinen Jüngern den Auftrag gegeben hat, alle Völker zu lehren. Diesen klaren Blick, den muss man erst lernen.«

Pater Romuald hatte gelächelt. So der Welt entrückt, dass er einem Kompliment abgeneigt wäre, ist er eben doch nicht, hatte Flora gedacht.

Aber schon wusste Roderick, den Gedanken weiterzuspinnen. »Die Schöpfung des Herrn ist perfekt, wie sie ist. Sie strahlt und leuchtet seit Anbeginn der Zeit. Aber ist es nicht so, dass wir das Licht nicht unter den Scheffel stellen sollen? Wenn wir also das Licht des Glaubens entzünden, wenn wir den Herrn loben in Seiner Schöpfung, dann denke ich, ist es Gott wohlgefällig.«

Der Pater hatte ziemlich verdutzt ausgesehen, und Roderick konnte nicht umhin, noch einmal zu erklären, was er gemeint hatte. »In der Schöpfung offenbart sich der Wille des Herrn, richtig?«

Der geistliche Herr nickte. »Gewiss«, murmelte Pater Romuald.

»Und wir, mit unseren schwachen Stimmen, singen aus gläubigem Herzen *Te Deum laudamus*. Dich, Herr, loben wir. Und das Lob des Gottes ist dem Herrn wohlgefällig.«

»Auch das ist richtig.«

»Was also kann falsch daran sein, wenn ein Weib den Herrn auf ihre Art lobpreist? Heißt es nicht, *sed mulier taceat in ecclesiam*? Das Weib möge in der Kirche schweigen? Wenn sie also nicht singen dürfen, dem Herrn aber ein wohlgefälliges Opfer darbringen wollen aus reinem Herzen, wie sollen sie das anstellen? Wie können sie das? Sie tun es, indem sie die Schöpfung preisen. Nur eben nicht mit Worten, sondern mit Blumengebinden.«

Eine Weile hatte der Pater dagesessen wie vom Donner gerührt. Aber dann hatte er zu lachen begonnen. »Roderick von Steinwald, Ihr seid mir einer.« Kopfschüttelnd hatte Pater Romuald seinen Becher erhoben und dem Sohn des Hauses zugetrunken. »Ihr hättet Dominikaner werden sollen.«

»Nie im Leben werde ich Mönch«, hatte Roderick Flora zugewispert und dabei gezwinkert. »Nie im Leben!«

Doch nicht alle gaben so bereitwillig klein bei wie der Pater. Hubertus war aus härterem Holz geschnitzt. Er ließ sich nicht von seinem jüngeren Bruder beeinflussen, schon gar nicht, wenn er bei Flora Eindruck machen wollte. Und das wollte er oft. Je mehr sie sich bemühte, ihm aus dem Weg zu gehen, desto mehr schien er sie zu suchen. Er versuchte, sie von der Arbeit abzuhalten, verlangte ihre ganze Aufmerksamkeit, lud sie zu Spaziergängen ein und bot ihr sogar an, gemeinsam mit ihr im Wald nach Heilkräutern zu suchen. Aber Flora hütete sich, allein mit dem Grafensohn in den Wald zu verschwinden. Eine der Küchenmägde hatte ihr verraten, dass der junge Herr sehr schnell sehr zudringlich werden konnte. Ein Nein war für ihn keines, solange er es nicht selbst ausgesprochen hatte. Wenige Wochen zuvor hatte Marliese Burg Steinwald von heute auf morgen verlassen müssen. Hubertus war ein paar Tage im Wald verschwunden, wo er alles erlegte, was ihm nur vor den Schnäpper kam. Mit den Kugeln seiner Armbrust holte er Vögel vom Himmel, mit der Saufeder erlegte er Wildschweine, und sein Hirschfänger versetzte so manchem Tier den Todesstoß. Aber je heller sein Jagdglück leuchtete, desto finsterer wurde seine Laune. Er beschimpfte die Stallknechte, fluchte, dass selbst Gertraud errötete, und er war auch durch den Pater nicht zu besänftigen. Wann immer er Floras ansichtig wurde, knirschte er mit den Zähnen.

Schließlich bestellte ihn sein Vater in die Rosenlaube ein. Was dort gesprochen wurde, erfuhr niemand, aber dass es dabei nicht gerade leise zugegangen war, wussten alle. Am nächsten Morgen hatte Hubertus sein Pferd satteln lassen und war davongeritten. Es war, als ob ein Schatten von Burg Steinwald verschwunden wäre. Doch nach einer Woche war der Grafensohn zurück. Seine Laune war finsterer denn je.

»Er wollte zu den Soldaten«, wisperte die alte Marthe Flora zu. »Aber sie haben ihn nicht genommen.« Sie wusste auch, warum das so war. »Er hat es ja schon einmal versucht, ein Kriegsheld zu werden. Damals war er als Knappe mit dem Landgrafen unterwegs. Als er jedoch zum ersten Mal Kanonendonner hörte, hat er sich in die Hosen gemacht, vorne und hinten, so heißt es. Die Geschichte kennt man noch heute in jedem Feldlager. Unser Hubertus, der Schrecken des Waldes, wird nie Soldaten befehligen dürfen. Wer lässt sich schon von einem Hosenscheißer in die Schlacht führen?« Marthe lachte meckernd. »Kein Wunder, dass er so schnell aufsitzt, wie er kann. Da sieht man nicht, wie es um seine Hosen bestellt ist.«

Auch Flora hatte lachen müssen, aber dann war sie doch ins Grübeln gekommen. Wie alt war so ein Page überhaupt, wenn er zum ersten Mal mit in den Kampf musste? Mit sieben begann die Ausbildung zum Pagen, mit vierzehn zum Knappen. Um das Waffenhandwerk zu erlernen, mussten die Knaben an einen anderen Hof, auf eine Burg fern von der Mutter. Weitere sieben Ausbildungsjahre später, mit einundzwanzig, konnten sie, wenn sie sich erwiesen hatten, selbst Ritter werden. Wer schickte schon ein Kind in den Krieg? Und wer lachte ein Kind aus, wenn es Angst hatte?

Flora hatte Mitleid mit Hubertus bekommen. Aber das machte es nicht leichter, seine täppischen Komplimente, die groben Scherze oder seine Hartherzigkeit anderen gegenüber zu ertragen. Seine Wut machte auch vor den Tieren nicht halt. Alexander, der Hengst seines Vaters, hatte an den Flanken ein glattes weißes Fell, ohne jede Spur. Aber der Apfelschimmel, den Hubertus ritt, trug tiefe Narben von den Sporen. So mancher der Jagdhunde hatte Striemen quer über der Schnauze. Und als Hubertus die Hauskatze, die ihn umschnurrte, packte und aus dem Fenster im ersten Stock warf, war für Flora jedes Mitleid vorbei. Beinahe hätte sie ihn angefaucht, aber da spürte sie eine Hand, die sich unter dem Tisch auf ihren Oberschenkel legte.

»Psst«, flüsterte Roderick. »Ruhig. Es wird nichts helfen.«

Mühsam beherrschte Flora sich. Ein Blick durch den Rittersaal zeigte ihr, dass sich alle angestrengt bemühten, nichts bemerkt zu haben. Hubertus sah sich streitlustig um, aber niemand erhob sich, um ihn in seine Schranken zu weisen. Sein Vater hatte von der Szene anscheinend überhaupt nichts mitbekommen. Angeregt unterhielt er sich mit dem Pater, der wieder einmal davon angefangen hatte, dass die irdische Pracht vergänglich und müßig sei.

Irritiert senkte Flora die Augen. »Er wird sich wieder beruhigen«, flüsterte Roderick. »So ist er immer, wenn er nicht haben kann, was er will.«

Sie ahnte, was es war, das Hubertus nicht erlangen konnte. Aber sie war nicht bereit, ihm entgegenzukommen. Nicht nach dieser Szene. Flora entschuldigte sich bald und entfernte sich von der Tafel. In der Abenddämmerung suchte sie nach der Katze. Die kroch endlich unter der Steinbank neben dem Küchenhaus hervor und maunzte jämmerlich.

»Ja, was ist denn?«, murmelte Flora beruhigend. »Lass mal sehen.« Gebrochen scheint nichts zu sein, stellte sie fest. Katzen haben wohl wirklich neun Leben, wie die Legende sagt. Aber die brauchst du wohl auch, Mieze, mit einem solchen Herrn im Haus.

Vom gepflasterten Burghof klangen Schritte herüber. Flora drückte sich in den Schatten, bis sie Roderick erkannte. »Na, alles in Ordnung mit der Katze?«, fragte er.

Wie gut er mich kennt, dachte Flora und nickte. Und es ist schön, dass er sich nach ihr erkundigt. Sie ist ja doch nur ein Tier, hat nicht einmal einen Namen. Aber er will wohl wirklich wissen, wie es ihr geht.

»Ich weiß wirklich nicht, wie das mit Hubert weitergehen soll«, sagte Roderick. »Er wird immer schlimmer. Als das Küchenmädchen gehen musste, da ist irgendetwas in ihm passiert. Als hätte er seine Wut in einer Flasche verwahrt, und die wäre nun umgekippt. Sie wird so lange auslaufen, bis ihm jemand Einhalt gebietet. Oder bis nichts mehr darin ist. Aber da können wir wohl lange warten.«

Roderick setzte sich neben Flora auf die Bank und streichelte die Katze.

»Der Vater wird es nicht tun. Er sagt, dass Hubertus seinen Weg selbst finden muss. Der Pater hat Angst vor meinem Bruder. Er spürt, dass ihn sein geistliches Gewand nicht schützen wird, wenn Hubertus es wirklich ernst meint. Und ich? Ich bin nur der kleine Bruder. Schon vorher hat er kaum auf mich gehört. Jetzt, wo die Wut über ihm zusammenschlägt wie Wasser über einem, der ertrinkt, da kann ich gar nichts ausrichten.« Er seufzte. »Hubertus ist mein Bruder. Aber Bruderzwist kommt schon in der Bibel vor. Und er geht nie gut aus. Für beide nicht.«

Flora schwieg.

»Ich weiß, dass er Euch im Auge hat. Ihr gefallt ihm, aber das ist ja wohl kein Wunder. Wem würdet Ihr denn nicht gefallen, mit Eurer Fröhlichkeit, Eurem Wissen und Können. Dass Ihr obendrein auch noch schön seid, mit Euren grünen Augen und dem dunklen Haar, das wisst Ihr ja selbst.«

Nein, weiß ich nicht, dachte Flora. Schönsein, das hat doch nichts mit mir zu tun, mit mir und meinen Händen, die die Hände einer Dienstmagd sind. Und wer hätte mir denn bisher sagen sollen, dass ich schön sei? Sie lachte unwillkürlich.

»Ja, lach du nur, du Unschuldsengel. Du kannst ja nichts dafür. Aber das wird Hubertus nicht verstehen. Der denkt doch schon halb, dass du ihn verhext hast. Dabei ist für so etwas die alte Marthe zuständig. Wenn überhaupt.«

»Still«, mahnte Flora. »Sagt so etwas nicht.«

Roderick lächelte. »Bitte, sag du. Sonst muss ich Euch auch wieder Jungfer nennen, Jungfer.«

Flora lachte wieder. »Wie du willst. Roderick.« Das fühlt sich komisch an, dachte sie. Die Dienstmagd, die den Sohn des Burgherrn duzt. Komisch ist das. Aber es fühlt sich auch richtig an.

Roderick legte den Arm um sie. Eine Weile schwiegen sie gemeinsam. Die Katze in Floras Schoß schnurrte sich in den Schlaf.

Ob Marliese mit Hubertus auch so zusammengesessen ist? Oder ob sie sich auf den Bergfried verkrochen haben, um die Sterne zu zählen? Es ist eigentlich kein Unterschied zwischen mir und der Küchenmagd, dachte Flora. Nur sie bekommt ein Kind. Und ich?

Die Tür zum Wohnhaus öffnete sich. Im Rahmen stand Hubertus. Mit schweren Schritten ging er zum Brunnen und steckte den Kopf in den Eimer, der auf der Einfassung stand. Prustend tauchte er wieder auf. Ein unterdrückter Fluch war zu hören. Dann ging Hubertus zum Stall. Krachend ließ er die Tür hinter sich zufallen.

»Wenn er damit nicht alle geweckt hat«, sagte Roderick, »dann wird es gleich sein Schnarchen tun. Ich weiß doch, wie er ist, wenn er gesoffen hat. Seit er das letzte Mal sein Zimmer ... aber das willst du ja bestimmt nicht wissen.«

Das wissen wir doch alle auf der Burg, dachte Flora. Hubertus säuft. Wenn er wütend ist, trinkt er gleich dreimal so viel. Aber er kann den Wein nicht halten. Früher oder später drängt der raus. Warum er in den Stall geht? Weil der Gestank einmal zu oft bis zum Zimmer seines Vaters gedrungen ist. Jetzt weiß er, dass er seinen Rausch auf einer Strohschütte ausschlafen muss und sich erst wieder blicken lassen darf, wenn er sich wie ein Sohn des Grafen Steinwald betragen kann. Ein besoffener Ochse ist nicht mein Sohn, hatte der Herr gesagt. Das haben wir alle gehört. Und wer es nicht mitbekommen hat, dem haben es die anderen zugetragen. Ach, Roderick. Du bist auch ein Herrensohn und glaubst, dass das Gesinde automatisch taub, blind und stumm wird, wenn die Herrschaft etwas tut, was ihr vielleicht peinlich sein könnte. Aber glaube mir, wir schauen hin. Sehr genau sogar. Und eine besonders gute Figur, die gibt kaum jemand ab. Hubertus sowieso nicht. Hubertus, der Hosenscheißer.

Sie erschrak über ihre eigene Boshaftigkeit. Das hat mich meine Mamapolloni nicht gelehrt, dachte sie. So will ich nicht sein. Und dazu soll mich auch niemand machen. Heilige Muttergottes, bitte für mich. Wie lange habe ich nicht mehr einfach so einen Rosenkranz gebetet?

»So ganz in Gedanken?«, neckte Roderick. »Muss ich etwa eifersüchtig werden? Oder vielleicht selbst mit dem Saufen anfangen, dass du auch über mich so still wirst? Ach, Flora.«

Wie vorhergesagt, erklang schon bald durchdringendes Schnarchen über den Burghof. »Das ist ja nicht zum Aushalten«, beschwerte sich Roderick. »Die armen Pferdejungen und die Knechte.«

Er nahm den Arm von Floras Schultern und stand auf. »Ich will wenigstens die Stalltüre zumachen. Sonst hat die ganze Burg noch das Nachtkonzert. Gute Nacht, Flora. Schlaf gut.«

Schweren Herzens machte sie sich auf zu ihrem Zimmer. Das lag weit genug weg vom Stall, aber trotzdem bildete sich Flora ein, ganz aus der Ferne immer noch das Schnarchen gehört zu haben. Was hätte auch sonst der Grund gewesen sein können, dass sie so schlecht schlief in dieser Nacht?

12

»Komm, schnell hier herein, Flora.« Gertraud zog sie hastig am Ärmel in die Küche und schob dann den Riegel vor. »Nicht dass uns die Viecher noch in die Küche folgen. Es ist schlimm genug, wie es ist.« Morgen früh sollte die große Herbstjagd beginnen, und schon jetzt wimmelte es auf dem Burghof von Jagdgehilfen. Deren große Hunde waren nur schwer zu bändigen. Einen Stalljungen hatte Flora schon verarzten müssen. Einer der Hunde hatte ihn wohl für Beute gehalten und zugeschnappt.

Flora setzte sich an den Küchentisch, auf dem sich frisch gebackene Brotlaibe stapelten, aber schon bat Gertraud sie um einen Gefallen.

»Kannst du mir nicht schnell aus der Speisekammer eine Kiste Äpfel holen?« Sie nestelte den Schlüssel von ihrer Schürze. Das hätte Elfriede nie getan, dachte Flora. Sie wäre eher gestorben, als mir das Insignium ihrer Macht zu überlassen. Aber ich bin ja längst keine Küchenmagd mehr. Der Herrin gefällt ihr Rosenhag noch einmal so gut, seit ich da bin, hat sie mir gestern erst gesagt. Und Gertraud ist so dankbar für jeden Rat, den ich ihr gebe. Dafür verrät sie mir ihre Küchengeheimnisse, und das eine oder andere steht nun auch in Mamapollonis Büchlein.

In der Speisekammer hingen Schinken und Würste von der Decke. Die Äpfel sollten nicht so nahe bei den anderen Lebensmitteln liegen, dachte Flora. Das tut den Sachen nicht gut. Oder wir sollten sie erst trocknen.

Sorgfältig zählte Gertraud die Früchte. »Das müsste reichen«, befand sie. »Was könnten wir den Jagdknechten denn sonst noch mitgeben in den Wald?«

Mittlerweile kannte Flora die Köchin so gut, dass sie wusste, wann eine Antwort nicht nötig war. Gertraud war zwar nicht wunderlich, aber sie führte trotzdem bisweilen Selbstgespräche. Wenn sie etwas so Wichtiges vorbereitete wie die Herbstjagd, dann half ihr das, sich zu sammeln und nichts zu vergessen.

»Käse«, sagte Gertraud endlich. »Und vielleicht eine Handvoll Nüsse. Aber dann soll es auch gut sein.«

In den frühen Morgenstunden war es endlich so weit. Die Jagdknechte und die Bauern aus der Umgebung machten sich auf in den Wald. Hubertus stand mit seinem Vater und Roderick auf dem Söller und beobachtete ungeduldig, wie die Männer einer nach dem anderen an das Küchenfenster traten und sich dort ihren Proviant abholten.

»Wie lange das wieder dauert!« Hubertus trat von einem Bein aufs andere.

»Geduld, mein Sohn«, mahnte der Graf. »Viele von ihnen sind mitten in der Nacht aufgestanden, um ihre Pflicht als Jagdknechte zu tun.«

»Ja eben. Es ist ihre Pflicht. Und wir verwöhnen sie.«

»Genau das tun wir nicht. Wir genügen ebenfalls nur unserer Pflicht. Als Herren und Christenmenschen. Die meisten von ihnen sind arm. Bei ihnen ist Brot etwas Besonderes, am Morgen gibt es Brei für alle. Aber was haben die im Magen, die mitten in der Nacht losgegangen sind, um zur rechten Zeit hier zu sein? Gar nichts. So willst du sie in den Wald schicken? Pfui. Das ist nicht edel.«

Hubertus schwieg. Endlich sammelten sich die Männer am Tor und gingen davon. Das Gebell der Hunde zerriss die Morgenstille.

»Nun, dann wollen wir einmal schauen, was Gertraud für uns vorgesehen hat«, meinte der Graf. »Kommt, meine Söhne. Und dann ab mit uns in den Wald.«

Die Jagdgesellschaft würde mindestens die Nacht über fortbleiben. Die Frauen der Burg nutzten die Zeit auf ihre Weise. Gertraud prüfte die Vorräte in der Speisekammer und im Keller. Über die Brüstungen hingen Teppiche und Daunenbetten, die Mägde klopften nach Leibeskräften. Auch die Burgherrin blieb nicht untätig. Gemeinsam mit Flora ging sie durch den Garten und besprach, was alles noch vor dem ersten Frost erledigt sein musste, welche Kräuter in der Burgapotheke fehlten und welche Arzneien sich noch vorbereiten ließen. Selbst die alte Marthe glaubte, unbedingt heute etwas tun zu müssen. Flora hatte sie in der Burgkapelle gesehen. Dort kniete sie vor der kleinen Statue des heiligen Eustachius, tief versunken ins Gebet. Nach dem Mittagessen ging Marthe wieder zurück in die Kapelle. »Werdet schon sehen«, sagte sie nur, »werdet schon sehen.«

War es nicht Marthe gewesen, die ihr an ihrem ersten Tag auf Steinwald aus der Hand gelesen hatte? Flora fröstelte. So ging der Tag allmählich vorüber. Am nächsten Abend erst sollte die Herbstjagd enden, aber dann kamen die Männer doch früher heim als erwartet.

Stolz legte Hubertus Flora ein Rehkitz vor die Füße. »Hier, Jungfer, für Euch«, sagte er. »Lasst Euch aus dem Fell eine Stola machen. So etwas ist recht selten. Diese Zeichnung verlieren die Rehe, wenn sie älter werden. Man muss den genauen Zeitpunkt erwischen. Sonst sind entweder die Tupfen fort, oder das Fell ist so klein, dass man damit nichts anfangen kann.«

Er scheint wirklich zu erwarten, dass ich mich darüber freue, dachte Flora. Ich bin elternlos und soll mich damit schmücken, dass meinetwegen den Eltern ihr Kind genommen wurde? Was sieht er nur in mir?

Noch ehe sie reagieren konnte, war die alte Marthe schon an ihr vorbei. Wütend schimpfte sie auf Hubertus ein. Aber es ging ihr nicht um das Rehkitz. »Euer Bruder!«, schrie sie immer wieder, »Euer Bruder! Seid Ihr nicht der Hüter Eures Bruders? Und was tut Ihr? Was habt Ihr getan?«

Was meint sie nur?, fragte sich Flora. Wo steckt überhaupt Roderick? Aber da brachten die Jagdknechte auch schon den jüngsten Sohn des Grafen. Er lag unter einer Decke auf einer Trage, die notdürftig aus Spießen und den Jacken der Jagdknechte gefertigt worden war. Sein Vater ging neben den Trägern her und hielt die Hand seines Sohns. Roderick hatte die Augen geschlossen. Sein Gesicht war blass, und nur das langsame Heben und Senken der Decke ließ hoffen, dass er noch lebte.

»Ein Wildschwein«, sagte der Graf knapp.

Seine Frau, die vom Söller nach unten geeilt war, sobald sich das Burgtor für die Trage öffnete, kniete neben ihrem Sohn nieder. »Sag doch etwas«, bat sie. »Mach doch die Augen auf. Roderick. Bitte.«

»Sattelt ein Pferd«, rief der Graf, »ein schnelles, nein, zwei!«

Schon eilten die Jagdknechte davon, die nun wieder Stallburschen waren.

Der Graf wandte sich zu Hubertus. »Nun kannst du zeigen, was in dir steckt. Ab mit dir, schaff einen Arzt herbei. Am besten, du reitest gleich nach Kreuzebra. In einem Wallfahrtsort, da sollte doch wohl ein Arzt zu finden sein. Komm mir ja nicht ohne ihn zurück, hörst du?«

Hubertus nickte. Er warf einen letzten Blick auf Flora, dann schwang er sich in den Sattel. Ein Stallbursche reichte ihm die Zügel des zweiten Pferdes für den Arzt, und schon galoppierte er davon, dass die Hufeisen auf den Steinen des Burghofs Funken schlugen.

»Und nun vorwärts, Männer«, kommandierte der Graf. »Tragt ihn ins Haus.«

Kurze Zeit später standen Flora und Gertraud allein auf dem Burghof. Zwischen ihnen lag das erlegte Tier.

»Er bringt ein Rehkitz und ist auch noch stolz darauf. Dabei liegt sein eigener Bruder auf der Trage!« Flora konnte es nicht fassen.

»Was soll ich denn jetzt damit machen?«, fragte Gertraud.

»Ach, ich weiß es doch auch nicht. Bring es einstweilen in die Vorratskammer. Ich will es jedenfalls nicht.« Sie wandte sich ab.

»Wohin gehst du denn, Flora? Lass mich nicht auch noch allein, ich bitte dich.« Gertraud klang ängstlich. Aber es gab Wichtigeres als die Nöte der Köchin.

»Wo soll ich schon hin? Zu Marthe natürlich, in die Kapelle.«

Mit müden Schritten ging Flora in ihr Zimmer. Dort holte sie den Rosenkranz, den sie aus Annabrunn mitgebracht hatte, und trat in die Burgkapelle. Wenn sie mich brauchen, werden sie schon nach mir rufen, dachte sie.

Aber es rief sie niemand. Nach und nach füllte sich der kleine Kirchenraum. Roderick war bei allen auf der Burg beliebt, und jeder hatte Angst um ihn.

Irgendwann am späten Abend kehrte Hubertus mit einem Arzt zurück. Und immer noch rief niemand nach Flora.

Während Hubertus mit trüber Miene im Rittersaal saß und in seinen Weinbecher starrte, wechselten sich seine Eltern am Krankenbett ab. Der wilde Eber hatte mit seinen Hauern das Bein ihres Jüngsten aufgeschlitzt. Bis die Jagdknechte, die Hubertus um sich geschart hatte, auf Rodericks Rufe reagieren konnten, hatte dieser schon viel Blut verloren. Der Arzt nahm das als gutes Zeichen. »Euer Sohn liegt. Da staut sich das Blut in den Gelenken, und das ist viel gefährlicher als solch eine Wunde.« Nachdem er das Bein neu verbunden hatte, zückte er seinen Schröpfschnäpper.

Marthe, die beim Verbandwechsel geholfen hatte, berichtete Flora alles genau.

»Zur Ader lassen, das wird ihm helfen.«

Davon war der Arzt überzeugt gewesen.

»Meint Ihr nicht, er hat schon genug Blut verloren?«, fragte Graf Steinwald zweifelnd, aber nichts und niemand konnte den Arzt von seiner Meinung abbringen.

»Der große Galenus selbst empfiehlt das Schröpfen. Und ich habe ihn gründlich studiert.«

»Aber er hat vor so langer Zeit gelebt. Meint Ihr nicht, dass sich die Medizin wie das Leben auch verändert?«

»Alfanzerei«, hatte der Arzt die Sorgen abgetan. »Was einmal wahr gewesen ist, bleibt wahr.«

Doch auch nach dem Aderlass hatte Roderick die Augen nicht geöffnet. Der Mediziner hatte die Nacht über bei ihm gewacht.

Als der Graf am nächsten Morgen keinen weiteren Aderlass mehr erlauben wollte, verabschiedete sich der Arzt bald. »Nun ist alles in Gottes Hand«, war seine Abschlussdiagnose gewesen. »Betet, und vielleicht ist Euch der Himmel gnädig.«

Der Graf von Steinwald sah ihn mit gemischten Gefühlen gehen. Das Schröpfen bei einem, der ohnehin viel Blut verloren hatte, war ihm nicht geheuer. Auf der anderen Seite hatte der Arzt ja studiert. Was konnte er selbst dagegensetzen? Lange Jagderfahrung, die schon. Auch den einen oder anderen Feldzug hatte er vor seiner Hochzeit mitgemacht. Aber genügte das gegen ein Studium und den großen Galenus?

Er nahm die schlaffe, kühle Hand seines Sohns zwischen seine Hände und begann zu beten.

Waren es die vielen flehentlichen Bitten, die zum Himmel aufstiegen, war es der Aderlass oder etwas ganz anderes? Zwei Tage, nachdem Roderick in die Burg getragen worden war, öffnete er jedenfalls die Augen.

»Durst«, krächzte er. Kurz darauf war er wieder eingeschlafen, und seine Eltern brachten es nicht übers Herz, ihn zu wecken.

In den nächsten Tagen kam Roderick allmählich zu sich und blieb auch für längere Zeit wach. Aber selbst wenn sich die Heilkundigen der Region nach und nach auf Steinwald einfanden, keines ihrer Mittel wollte anschlagen. Der jüngste Sohn des Grafen blieb so schwach, dass an Aufstehen nicht zu denken war.

Der Arzt kehrte ebenfalls noch einmal zurück, betrachtete die Wunde, ließ Roderick erneut zur Ader und hielt eine Urinprobe gegen das Licht. Aber er blieb bei seiner Diagnose. »Es ist alles in Gottes Hand.«

Der Meinung war auch der Pater. Er salbte Roderick und versah ihn mit den Stärkungen der Kirche.

»Die letzte Ölung«, raunten die Küchenmägde und begannen prompt zu flennen. Flora hätte gerne mit ihnen geweint, doch sie riss sich zusammen. Jeden Abend blätterte sie in Apollonias Büchlein nach einem Mittel, das diese schreckliche Schwäche, unter der Roderick litt, bannen sollte, aber einstweilen versuchten es die Heilkundigen mit ihrer Kunst. Nichts wollte wirken, und so fand sich der Graf immer öfter in der Burgkapelle ein. Wie seine Frau traf man ihn entweder hier oder am Krankenbett an. Hubertus hockte weiter im Rittersaal, aber um ihn kümmerten sich nicht einmal die Jagdhunde.

Es war bereits eine Woche vergangen, seit das Wildschwein Roderick angegriffen hatte. Der Graf strich ihm über die Stirn und erschrak. »Du glühst ja, Sohn!« Wenn das Fieber einsetzte, das wusste er noch aus seiner Soldatenzeit, dann stand es wirklich Spitz auf Knopf. Vor der Kapelle traf er auf Flora, die gerade einen weiteren Rosenkranz gebetet hatte.

»Du hast doch die Kräuterkunde in Annabrunn gelernt, nicht wahr?«

Flora nickte.

203

»Gibt es irgendetwas, das du für meinen Jungen tun kannst? Er glüht im Fieber. Noch einmal will ich den Arzt mit seinem Schröpfschnäpper nicht an ihn heranlassen.«

»Ich kann es versuchen«, murmelte Flora. »Darf ich ihn sehen?«

Doch was sie dann sah, konnte einfach nicht der freundliche, sanfte Roderick sein, der sie vor seinem wilden Bruder hatte beschützen wollen. Der Mann, der da so bleich im Bett lag, das war doch sicher ein Fremder. Aber dann schlug er die Augen auf und versuchte zu lächeln. »Flora«, sagte er matt. »Du siehst müde aus.«

Vorsichtig wickelte sie den Verband von seinem Bein. Die Wunde sah übel aus. Und sie roch auch gar nicht gut.

»Der Arzt hat beim Abschied noch erklärt, ein Chirurgus könnte das Bein abnehmen. Aber dann wäre mein Sohn ein Krüppel.«

Besser ein Bein und am Leben als zwei Beine und im Sarg, schoss es Flora durch den Kopf. Sie presste die Lippen aufeinander. Das sagst du ihm besser nicht. War da nicht etwas, das sie tun konnte, irgendetwas? Angestrengt grübelte sie nach. Schließlich wusste sie es wieder. Es wird ihm nicht gefallen, so viel ist sicher, dachte sie. Aber so behält Roderick vielleicht das Bein und das Leben.

»Da weiß ich nur noch ein Mittel, Herr«, sagte sie zögernd. »Erinnert Ihr Euch an diesen Dieb, der, der in Kreuzebra den Opferstock plündern wollte?«

Graf Steinwald runzelte die Stirn. »Was ist mit dem Schurken? Wie kannst du vor dem Lager stehen, auf dem mein Sohn auf den Tod krank darniederliegt, und an solch einen gottlosen Lumpen denken?«

Flora lächelte beschwichtigend. »Es ist wichtig, glaubt mir. So gottlos er war, so sehr kann er nun zum Segen für uns alle werden.«

Rodericks Vater schwieg verblüfft.

»Weil es in Kreuzebra keinen Galgen gibt und keine Gerichtsstätte, ist der Verbrecher in Dingelstädt gehenkt worden, nicht wahr?«

Graf Steinwald nickte.

»Dann lasst mich dorthin. Der Tote soll den Lebendigen heilen, der Schurke den Schuldlosen.«

Der Graf konnte sich zwar nicht vorstellen, wie das gehen sollte, aber er ließ es sich trotzdem nicht nehmen, mit Flora zu der Richtstätte zu fahren. Gegen Abend kamen sie dort an. In der Dämmerung leuchtete bereits der Vollmond über dem Galgen.

»Perfekt«, befand Flora. Der Gehenkte bot einen grausigen Anblick. Weil der Dieb die Kirche hatte berauben wollen, war die Strafe besonders abschreckend ausgefallen. Der Scharfrichter hatte dem Verurteilten bei lebendigem Leib die Haut abgezogen. Dann war der noch zuckende Körper auf das Rad geflochten und jeder Knochen einzeln gebrochen worden. Zum Schluss hatte der Henker den Leichnam mit einer Schlinge um den Hals an den Galgen geknüpft. Nun hing der Körper als Festmahl für die Krähen zwischen Himmel und Erde, so wie seine verdammte Seele wohl auch keinen Ruheort finden würde.

Drei große Krähen hatten an dem Leichnam gepickt und flogen nun kreischend auf. Ihr Schwung ließ den Gehenkten pendeln. Eines der Beine löste sich vom Körper und landete mit einem dumpfen Geräusch direkt vor Flora.

205

Rasch bekreuzigte sie sich, dann bückte sie sich. Im Dämmerlicht waren die weißen Maden gut zu sehen, die über das aufgeblähte Fleisch krochen.

Der Graf unterdrückte ein Würgen, als die Würmer mit einem Fleischfetzen in dem Glas landeten, das Flora in der Hand hielt.

Flora blieb äußerlich gelassen. »Und jetzt rasch zurück«, sagte sie nur. Rodericks Vater beeilte sich, ihr den Wunsch zu erfüllen. Er wagte nicht zu fragen, was seine Gärtnerin mit den Maden vorhatte.

Flora hatte sich nicht wenig geekelt, als ihr Apollonia zum ersten Mal gezeigt hatte, wie man eine schwärende Wunde versorgte. Nun ließ sie sich nichts anmerken. Mit ruhiger Hand setzte sie Made um Made auf Rodericks Bein. Zum Glück schläft er, dachte sie. Ich will ihm jetzt nicht erklären, dass ihn das Fleisch eines Kirchenräubers davor bewahren soll, noch vor der Zeit ins himmlische Paradies zu kommen. Sorgfältig verband sie die Wunde neu, aber so leicht, dass die Maden auch Luft bekamen. Dann wusch sie sich die Hände, kniete vor dem Bett nieder und zog ihren Rosenkranz hervor.

Ganz versunken in ihr Gebet, hörte sie nur undeutlich hinter sich das Rufen. »Maden? Von einem Gehenkten? Damit traktiert sie meinen Sohn? Das kannst du doch nicht zulassen! Diese Hexe!«

»Ehre sei dem Vater und dem Sohn und dem Heiligen Geiste«, murmelte Flora. Dann begann sie eine neue Gebetsreihung.

Zwei Stimmen beteten mit ihr. Rodericks Eltern. Als sie alle Gesätze aufgerufen hatten, wandte Flora sich um.

Die Burgherrin blitzte sie zornig an. »Maden!«, sagte sie, und der Abscheu ließ ihre Stimme beben.

»Sie hat recht«, sagte der Graf müde. »Ich erinnere mich jetzt wieder. Damals, als ich in Venetien kämpfte, da trug der Feldscher auch eine Schachtel mit Maden bei sich. Die hat er meinem Kameraden angesetzt, als ihm die Haubitzenkugel das Bein abgetrennt hatte und die Wunde nicht heilen wollte. Was soll ich dir sagen, es hat funktioniert. Dabei haben wir damals nicht so gebetet wie jetzt.«

»Ich weiß nicht«, antwortete ihm seine Frau. »Im Krieg mag so etwas angehen. Aber ihr wart am Galgen bei einem gottlosen Kirchendieb. Da kann doch kein Segen drauf ruhen.«

»Doch hat nicht der Herr selbst einem der beiden Schächer, die mit ihm gekreuzigt wurden, verziehen?«, fragte Flora leise. »Wenn selbst für einen Verbrecher göttliche Vergebung möglich ist, warum soll dann nicht durch einen wie ihn die himmlische Gnade Eurem Sohn gelten? Die Wege des Herrn sind nun einmal unergründlich. Ich glaube, so sehr, wie in den letzten Tagen gebetet worden ist, dass er uns erhören wird. Selbst die alte Marthe hat von früh bis spät in der Kapelle gekniet, die Stallburschen waren da, einfach alle.«

»Fast alle«, murmelte der Graf. »Hubertus habe ich dort nicht gesehen.«

»Aber ich«, beruhigte ihn Flora. »Spät in der Nacht. Glaubt mir, der Segen wird sich einstellen. Wenn wir nur fleißig weiterbeten.«

»So ist es recht«, lobte Pater Romuald, der soeben das Krankenzimmer betrat. »Lasst uns gemeinsam den Herrn loben und ihn um seinen Beistand bitten. Ich beginne die Messe in einer Viertelstunde.«

Während seine Eltern zur Kapelle gingen, durfte Flora weiter bei Roderick wachen. Sie begann einen neuen Rosenkranz, doch diesmal störte sie ein leises Stöhnen in ihrer Andacht.

Er kommt zu sich, jubelte sie. Und so war es auch. Mit ihrer Hilfe trank Roderick ein wenig. Dann sank er in einen ruhigen Schlaf. Vielleicht hat der Mohnsaft etwas damit zu tun, den ich heimlich in den Stärkungstrunk gemischt habe, dachte sie. Zwar betont der Pater immer wieder, dass Gott die Schmerzen sendet, um uns auf etwas aufmerksam zu machen, aber wenn die Schmerzen zu stark sind, dann rauben sie Roderick die Kraft, die er braucht, um gesund zu werden. Ich habe es genau so gemacht, wie Apollonia es in das Büchlein geschrieben hat. Welcher Mann interessiert sich schon für Rezepte, dachte sie. Und wenn doch einer fragt, kann ich immer noch entscheiden, ob ich es sage. Was Roderick jetzt nicht schadet, das kann ihm nur nützen beim Gesundwerden. Das soll er. Das wird er. Daran glaube ich so fest wie an die Heilige Dreifaltigkeit.

Gerade hatte sie den Verband erneuert, als der Graf und die Gräfin wieder ins Zimmer traten.

»Die Wunde sieht gut aus«, konnte Flora melden. »Wir sind auf dem richtigen Weg. Gelobt sei Jesus Christus.«

Dankbar nahm der Graf sie in die Arme. »Ja, der Herr sei gepriesen«, sagte er. »Aber Ihr auch, Jungfer. Ich danke dem Herrn Medard, dass er Euch zu uns geführt hat. Und glaubt mir, was Ihr an unserem Roderick getan habt, das vergessen wir Euch nie. Ihr werdet schon sehen.«

»Noch ist er nicht über den Berg«, warnte Flora. »Wir sind auf dem besten Weg, aber noch nicht am Ziel.«

»Aber der Weg ist endlich der richtige. Das walte Gott«, seufzte die Gräfin. »Er ist nun einmal mein Jüngster. Die Kinder, die nach ihm kamen, sind alle drei kurz nach der Geburt gestorben. Vielleicht hättet Ihr auch an Ihnen ein Wunder vollbringen können.«

Erschrocken hob Flora die Hände. »Versündigt Euch nicht, Herrin. Ich bin nur ein schwaches Weib. Um Wunder kann ich nur beten. Aber sie wirken, das tut ein anderer.«

Das fehlte noch, dass sie mich für eine Wunderheilerin halten, dachte sie. Einzig die Gnade ist es. Die soll Roderick zuteil werden.

Und so schien es tatsächlich zu sein. Roderick erholte sich täglich etwas mehr. Doch er blieb lange Zeit schwach. Schon der Gang von seinem Bett hinaus auf den Söller, der auch an seinem Zimmer entlanglief, erschöpfte ihn.

»Wie gerne würde ich sehen, was du aus dem Garten gemacht hast«, flüsterte er. »Aber ich glaube, ich werde dieses Haus doch nur mit den Füßen voran verlassen.«

»Sag das nicht«, flehte Flora. »Wage es nicht einmal zu denken. Es wird schon alles gut werden. Und was den Garten betrifft, da habe ich eine Idee.«

Am nächsten Tag hatte sie ein paar Kisten am Geländer des Austritts befestigt. Zwischen Tannenreisern blühten die letzten Herbstblumen. »Wenn du nicht zum Garten kommen kannst, dann kommt er eben zu dir.«

Roderick konnte nur staunend den Kopf schütteln.

Auch dem Grafen und seiner Frau gefielen die Kästen wohl. »Das wäre etwas für das nächste Jahr«, befand die

Burgherrin. »Ringsum Blumenkästen und Fensterbeete, dann sieht Steinwald auch nicht mehr so trostlos aus. Aber zunächst muss Roderick gesund werden.«

Doch die seltsame Schwäche wollte noch lange Zeit nicht weichen. Angesichts der Schwere der Verletzung hatte selbst der Pater nichts dagegen, dass Flora ihn selbst durch die strenge, sechs Wochen lange Fastenzeit vor der Weihnacht hindurch aufpäppelte. Auf Krücken gestützt und mit zwei kräftigen Stallburschen an seiner Seite, die bereit waren, sofort zuzupacken, konnte Roderick an der Christmette teilnehmen. Seine Familie strahlte mit dem Gesinde um die Wette. Selbst Hubertus schien froh.

Das neue Jahr kam herbei, Dreikönig und die Darstellung des Herrn im Tempel, Mariä Lichtmess genannt. Roderick genas langsam, aber stetig. Die Wunde hatte sich längst geschlossen, und nur eine lange, gezackte Narbe zeugte von den Ereignissen der vergangenen Herbstjagd.

Kurz vor Aschermittwoch, an dem die vorösterliche Fastenzeit begann, ließen der Graf und die Gräfin Flora zu sich rufen.

»Ihr habt unseren jüngsten Sohn gerettet«, begann der Burgherr, und seine Frau nickte lächelnd. »Wir haben lange überlegt, wie wir Euch unsere Dankbarkeit zeigen können. Aber nun wissen wir es. Ihr seid ein Findelkind, Eure Eltern sind unbekannt. Wir wollen Euch einen Namen geben, Florianna Ursula. Den einen Sohn habt Ihr uns wieder geschenkt. Wir geben Euch dafür unseren anderen. Ihr sollt Hubertus heiraten, und das schon bald. Nun, sind das nicht wundervolle Neuigkeiten? Ich bin sicher, Ihr freut Euch mit uns.«

13

»Ich weiß nicht, ob du der Richtige bist. Aber an wen soll ich mich sonst wenden?«

Seit dem frühen Morgen schon kniete Flora in der Burgkapelle. Sie hatte die Litanei von allen Heiligen herunter- und heraufgebetet, bei jedem einzelnen persönlich um Fürsprache gebetet. Der heilige Florian, die heilige Anna, die heilige Ursula, ihre drei Namenspatrone hatte sie zusätzlich bestürmt. Aber immer noch war Floras Herz schwer. Nein, sie konnte einfach nicht die ganze Angelegenheit in Gottes Hände geben und in Vertrauen abwarten, wie sie es in Annabrunn gelernt hatte. Es musste doch etwas geben, das sie noch tun konnte? Und so kniete sie nun hier, vor dem Bildwerk des heiligen Eustachius. »Du bist der Schutzpatron der Jäger, und Hubertus ist einer deiner Anbefohlenen. Mach du, dass ihm das Herz aufgeht. Dass er mich nicht zwingt, dem Willen seines Vaters zu gehorchen. Der Graf wollte mir gut, mir, dem armen Findelkind. Etwas Besseres als eine solche Heirat, das kann mir doch nicht widerfahren. Der zweite Sohn von Steinwald, was für ein Aufstieg! Aber um welchen Preis? Nein, ich kann es nicht. heiliger Eustachius, bitte hilf mir.«

Mit zitternden Fingern griff Flora nach ihrem Rosenkranz. Es muss doch einen Weg geben, dachte sie. Irgendeinen Ausweg. Die Kerzen vor der Statue flackerten, woraufhin Floras Herz stockte. Sollte das ein Zeichen sein? Und wenn ja, wofür? Doch dann hörte sie Schritte und das dumpfe Geräusch, mit dem die Kapellentür ins Schloss fiel. Kein Zeichen. Nur noch jemand, der Trost oder Hilfe sucht, dachte sie. Sie wandte sich um. Vor ihr stand Pater Romuald.

»Wieder beim Gebet? So ist es recht, meine Tochter. Wir können dem Herrn nicht genug danken, dass er uns unseren Herrn Roderick erhalten hat.«

Wenn Ihr wüsstet, dachte Flora. Wenn Ihr nur wüsstet. Aber wieso eigentlich nicht?

»Ich möchte beichten«, sagte sie.

Der Pater sah sie erstaunt an. »Schon wieder? Aber Ihr habt doch erst vor ein paar Tagen die Beichte abgelegt. Nun gut. Kommt.«

Er setzte sich auf den Beichtstuhl in der Nähe des Altars und ordnete umständlich sein Ordensgewand. Flora kniete neben ihm nieder und schüttete ihm ihr Herz aus. »Ich weiß, es ist nicht recht, dass ich nicht dankbar bin für die Gnade, die mir zuteil wird. Aber ich kann Herrn Hubertus nicht lieben.«

Wenn Flora auf ein offenes Herz gehofft hatte, so sah sie sich nun getäuscht. Der Pater befand, dass die Liebe mit der Heirat nun wirklich nichts zu tun haben musste. Die Liebe zum Herrn sollte allemal größer sein. »Wie oft geschieht es, dass sich zwei so einander zugetan sind, dass sie darüber den Herrgott vergessen! Das Weib sei dem Manne untertan, so heißt es, nicht das Weib darf seine Liebe frei wählen.«

Der Pater kratzte sich ausgiebig am Kinn. »Nein, meine Tochter, das ist der falsche Weg. Du sollst dem Herrn dienen, an welchen Platz er dich auch immer stellen mag. Und es ist eine so unverhoffte wie unverdiente Gnade. Für die solltest du dem Herrn auf den Knien danken. Aber was tust du? Du bist undankbar. Das bist du. Undankbar und verstockt.«

Die Beichte endete ohne Absolution. Zu allem Überfluss jagte der Pater Flora auch noch aus der Kapelle. »Wer so verstockt ist wie du, der sollte es nicht wagen, dem Herrn unter die Augen zu treten.«

Weinend floh Flora in den Garten, doch selbst hier fand sie keine Ruhe. Ihre Gedanken rasten, eine Lösung aber wollte ihr nicht einfallen. Beten schien nichts zu bewirken, die vorösterliche Abstinenz beachtete sie ohnehin. Wenn sie noch mehr fastete, würde sie nur schwächer werden. Das eine ist klar, sagte sie sich, ich brauche alle meine Kraft. Mich noch strenger kasteien? Bei Roderick waren es letzten Endes auch die Maden und die Gebete, nicht die Fastenopfer oder sonst etwas. Ach, wenn ich nur wüsste, an wen ich mich wenden könnte. Annabrunn ist weit, und ich darf ja nicht fort. Und Herr Medard? Der hat sich schon lange nicht mehr sehen lassen. Selbst bei der vermaledeiten Herbstjagd war er nicht dabei. Ich glaube nicht, dass er helfen wird. Wenn er es denn könnte. Heilige Muttergottes, ich brauche ein Wunder. Aber es ist eigensüchtig, für sich selbst zu beten, und dann noch um ein Wunder. Demütig will ich mein Los tragen, so hat es in Annabrunn immer geheißen. Aber alles andere wäre besser, als Hubertus heiraten zu müssen. Da kann ich nicht mehr sagen, dass ich in Demut mein Los tragen will. Das wäre eine Lüge. Und lügen ist sündigen, mit dem Mund und mit dem Herzen.

»So ganz in Gedanken, Jungfer?«

Flora schreckte hoch. Die Herrin, dachte sie. Kann ich denn nirgendwo in Ruhe sein? Aber es ist nun einmal ihr Garten, auch wenn ihr Rheuma es nicht erlaubt, sich viel darin zu betätigen. Als ob sie das je tun würde, flog ihr der Gedanke durch den Kopf, pfeilschnell wie eine Schwalbe und genauso schwer einzufangen. Ich bin ungerecht, schalt sie sich. Sie ist nun einmal die Herrin, da muss sie nicht selbst zum Spaten greifen. Das ziemt sich doch auch gar nicht.

Flora raffte ihre Röcke zusammen und knickste.

»Ach, das lass doch. Du hast meinen einen Sohn gerettet, und der andere, den wirst du heiraten. Ich denke, da können wir bei den Formen doch allmählich fünfe gerade sein lassen. Vor allen Dingen, da wir hier in meinem Gärtlein sind, dass dank dir so schön ist.«

Ihr Gärtlein, genau, dachte Flora. Sie ist und bleibt die Herrin, und ich gehöre nun einmal zum Gesinde, im Grunde genommen. Dass sie überhaupt so freundlich zu mir ist, ist eine Gunst. Aber ich kann Hubertus nicht lieben.

Die Gräfin setzte sich auf die Steinbank an der Mauer des Rosenhags.

»Komm, setz dich einmal zu mir.« Einladend klopfte sie neben sich, und Flora gehorchte zögernd.

»Ich weiß, mein Hubertus ist bisweilen wild. Aber er meint es nicht so«, sagte die Burgherrin leise. »Eine Mutter weiß das. Er hat eben nicht viel Umgang. Er ist einsam.«

Die Zeit wusste er sich aber mit Marliese wohl zu vertreiben, dachte Flora. Einsamkeit hin oder her, Hubertus weiß sich immer zu beschäftigen. Selten genug, dass er einmal nichts tut oder gar die Nase in ein Buch steckt. Einmal mehr schalt sie sich für ihre Gedanken. Mamapolloni hat doch immer gesagt, Gedanken sind Taten. Denk nicht schlecht über die Leute, sonst handelst du über kurz oder lang auch schlecht. Das hat sie mehr als einmal geäußert.

»Also, Flora, ich spüre doch, dass dich der Gedanke an die Heirat bedrückt. Das kann ich verstehen. Im Kloster ist sicher nicht über solche Dinge gesprochen worden.«

Welche Dinge meint sie? Flora grübelte, aber schon fuhr die Gräfin fort.

»Du hast keine Mutter, doch wenn du meinen Sohn heiratest, werde ich Mutterstatt an dir üben. Da kann ich ja auch gleich damit beginnen.« Die Burgherrin holte tief Luft. »Also. Jede junge Frau hat Angst vor der Ehe. Das ist ganz normal. Besonders wenn sie erlebt hat, wie es den Frauen ergeht. Aber das war im Kloster ja wohl auch nicht der Fall.«

Ach, das meint sie, dachte Flora erleichtert. Soll ich ihr die Sorge nehmen und erzählen, dass ich mit Mamapolloni dafür gesorgt habe, dass auf so manchem Bauernhof die Kuh in Frieden kalben konnte? Besser nicht.

»Es ist nun einmal Evas Fluch.« Die Gräfin seufzte. »Obwohl ich mich manchmal frage, warum Adam denn nicht einfach Nein gesagt hat. Da wäre uns viel erspart geblieben. Vielleicht. Vielleicht wollte Eva ja auch nur, dass es ihrem Mann gut ging. Danach war es dann eben aus mit dem Paradies.«

Wenn ich Hubertus heiraten muss, ist es auch für mich aus mit dem Paradies. Lieber gehe ich ins Wasser oder springe vom Turm. Und mit der Sünde kann ich nicht in den Himmel gelangen. Alle Missetaten können vergeben werden, aber nicht das Suicidum. Wer sich selbst tötet, kann diese Tat nicht mehr bereuen. Doch nur wer bereut, dem kann vergeben werden.

»Jedenfalls kann ich dir sagen, so schlimm ist es dann doch nicht. Ein paar Minuten in der Nacht, vielleicht eine Viertelstunde. Das lässt sich aushalten, meinst du nicht?«

Ich habe keine Ahnung, wovon sie spricht, dachte Flora. Oder sollte sie das meinen, wofür Hubertus und Marliese angeblich in den Heuschober hinter dem Stall gegangen sind? Das kann ich sie doch nicht gut fragen.

»Nun ja, und das mit dem Kindbett, da sind wir eben in Gottes Hand. Aber wenn du dann so ein kleines Menschlein im Arm hältst, es ist und bleibt ein Wunder. Manche Wunder geschehen eben leichter als andere. Nur dass ein Wunder ein Wunder bleibt, ganz gleich, wie viel die Frauen dabei schreien müssen.«

Jetzt weiß ich, was sie meint. Da habe ich auch Erfahrung gesammelt, damals in Annabrunn. Aber das will sie ja gar nicht von mir wissen.

»Gut, dass wir das einmal geklärt haben. Du brauchst also wirklich keine Angst zu haben. Das hat schon alles seine Richtigkeit. Im Grunde ist mein Hubertus ein Lieber. Ein ganz ein Guter ist er. Glaub mir. Er kann das nur eben nicht so zeigen.«

Die Gräfin seufzte.

»Er hat es aber auch nicht einfach. Damals, als er Knappe war, die Geschichte hängt ihm eben immer noch nach. Dann ist er sozusagen auch nur der Ersatzerbe, falls seinem Bruder etwas zustößt. Ein zweiter Sohn, der hat einen undankbaren Platz. Umso wichtiger, dass er etwas findet in seinem Leben, das seinem Stand entspricht. Die Jagd macht ihm ja auch Freude.«

Ihm schon, dachte Flora, aber er ist und bleibt rücksichtslos. Sie sah wieder die leeren Augen des toten Rehkitzes vor sich. Wie er den Jagdknechten nicht ihr Frühstück gönnen wollte, nur damit es für ihn früher losgehen konnte. Nein, Hubertus ist kein ganz Guter. Das ist er sicher nicht. Wir können nur hoffen und beten, dass dem Erben von Steinwald bei Hofe nicht die Franzosenkrankheit oder noch Schlimmeres begegnet. Wenn Hubertus die Herrschaft übernimmt, dann gnade uns allen Gott.

Die Burgherrin erhob sich. »Komm, gib mir deinen Arm«, sagte sie. »Lass uns ein paar Schritte gehen.«

Langsam spazierten sie Seite an Seite durch den Rosenhag. Endlich brach die Gräfin wieder das Schweigen.

»Es ist wirklich wunderschön, wie du den Garten machst, Flora. Mir hat er nie so viel bedeutet. Ich sitze zwar ganz gerne an einem schönen Tag inmitten der Blumen, aber ich habe den Rosenhag sozusagen geerbt, als ich nach Steinwald kam.« Sie seufzte. »Das ist nun auch schon mehr Jahre her, als ich zählen mag. Meine Schwiegermutter war eine bittere Frau, gealtert weit vor ihrer Zeit. Sie hat ihre Kinder lange allein durchbringen müssen, weil der Mann im Krieg war. Der Rosenhag war ihre einzige Freude, ›und die Rose, selbst die hat Dornen‹ pflegte sie zu sagen. Sei es, wie es sei, als sie starb, galt es als ausgemacht, dass ich den Rosengarten weiterführen würde. Aber wie, das hatte mir niemand beigebracht, und so haben wir eben mehr schlecht als recht vor uns hin gewurschtelt. Der letzte Gärtner, der, der an den

217

Blattern gestorben ist, der hatte eine Zeit in Italien verbracht, da wurde der Garten dann wieder schön. Aber nichts im Vergleich zu dem, was du daraus gemacht hast.«

Sie will auf etwas hinaus, dachte Flora. Aber sie ist noch nicht so weit, es offen auszusprechen. Am besten wird sein, ich sage erst einmal gar nichts.

»Es war mir vielleicht auch einfach zu viel Arbeit. Die Burg, der Mann, die Kleinen, alles wollte versorgt sein, brauchte meine Aufmerksamkeit. Und dann der viele Kummer. Ich bin froh, dass wenigstens drei meiner Kinder überlebt haben. Und alle Söhne. Ich bin wirklich gesegnet.«

Die Gräfin seufzte wieder. »Aber der Garten. So ein Rosenhag, der gedeiht nur, wenn sich ohne Unterlass um ihn gekümmert wird. Ich habe drei Söhne. Drei Gärten. Auch wenn der eine Sohn beim Landgrafen ist. Dank deiner Hilfe gedeiht Roderick wieder. Dafür kann ich dir nicht genug danken. Aber wenn du nun deine Mühe auf den anderen wenden wolltest, ich glaube, auch Hubertus würde erblühen.«

Ich liebe den Garten, mit all seinem Wildwuchs, dachte Flora. Aber da gibt es eben auch nur eins. Wo etwas nicht gut wächst, wo es anderes zu erdrücken droht, da muss es heraus, mit Stumpf und Stiel. Hubertus ist so ein Wildwuchs. Da bin ich mir sicher. Über kurz oder lang wird er alles erdrücken, was ihm im Weg ist. Da nützt ein wenig Zurückbinden gar nichts.

»Ich bin froh, dass wir einmal darüber gesprochen haben, so von Frau zu Frau. Es ist ja doch recht einsam hier auf Steinwald. Und immer nur Briefe schreiben, das macht auf

Dauer den Tag auch nur länger, bis die Antwort vielleicht doch noch eintrifft.«

Nicht Hubertus ist einsam, sie ist es, erkannte Flora. Oder vielleicht doch auch er, aber eben jeder auf seine Art. Sie haben Familie, sind sicher in ihrem Stand. Aber sie sind einsam. Ich bin es nicht, auch wenn ich allein bin. Ich habe die Pflanzen, den Garten, Gottes Schöpfung. Einsam bin ich nicht. Doch das ist einerlei. Ich will Hubertus nicht.

»Sei es, wie es sei.« Die Gräfin klang entschlossen. »Ich weiß, dass du ein Findelkind bist. Aber das ist mir gleich. Ich spüre doch, dass du etwas Besonderes bist. Und wer weiß, vielleicht bist du sogar von Stand. Du hast so eine Art, da weiß ich gleich, nein, du bist keine Dienstmagd. Das habe ich am ersten Tag gespürt, als du in deinen Bauernkleidern auf einmal vor uns gestanden hast.« Sie lachte. »Was du uns für ein Segen geworden bist, das hat niemand ahnen können. Selbst unser Medard nicht.«

Der Herr Medard, dachte Flora. Der hat doch überhaupt nicht gewusst, was er tun sollte. Steinwald war für ihn eine Notlösung, weil er nirgends anders hinkonnte mit mir. Aber warum nur? Warum bin ich ausgerechnet hier?

»Und nun wirst du also meine Schwiegertochter. Du wirst Hubertus nehmen.«

Nicht, wenn ich es verhindern kann, schwor sich Flora. Aber wie sie das anstellen sollte, das wusste sie weiterhin nicht. Ein lautes »Hallo!« ließ sie aufsehen. Roderick stand auf dem Söller und winkte.

»Ach, unser Roderick.« Die Gräfin lächelte. »Der wird nun auch bald ein Mann sein. Obwohl wir ihn nicht zur Ausbildung an einen anderen Hof gegeben haben, ist aus ihm etwas geworden. Dank deiner Hilfe steht ihm die Welt offen. Wer weiß, vielleicht wird er noch Großes vollbringen. Auf beiden Beinen.«

Roderick humpelte den Austritt entlang. Mittlerweile brauchte er nur noch einen Stock. Flora hatte ihn bei seinen ersten zaghaften Schritten davor gewarnt, sich zu sehr auf die Gehhilfe zu verlassen.

»Erinnerst du dich an die Verletzung, die der Hengst deines Vaters hatte?«

Roderick hatte genickt. »Unten, am Huf. Und dann ist auf einmal der andere Vorderlauf geschwollen gewesen.«

»Genau. Wer das eine Bein schont, belastet das andere bald zu sehr. Ich kann gut verstehen, dass es wehtut. Aber der Schmerz darf dich nicht dazu bringen, dass du dir eine Fehlstellung angewöhnst. Sonst hinkst du dein Leben lang. Und wie willst du dann bei deiner Hochzeit die Basse danse anführen oder gar die schnellere Haute danse tanzen?«

Lachend hatte Roderick sich hingesetzt. »Zunächst einmal bin ich gottfroh, dass ich überhaupt noch zwei Beine habe, obwohl sie derzeit beide nicht so recht wollen.«

Und nun kann er wieder den ganzen Söller entlanggehen, ohne sich festhalten zu müssen oder nach wenigen Schritten ermattet auf den Stuhl zu sinken, dachte Flora. Gott sei Dank. Gott und den Maden. Sie lächelte.

»Ja«, sagte die Gräfin, »um meinen Jüngsten brauchen wir uns wohl keine Sorgen mehr zu machen. Und Hubertus wirst du dir schon zurechtziehen.«

Flora biss sich auf die Lippen. Besser gar nichts sagen, schwor sie sich. Einen besoffenen Ochsen, einen, der rücksichtslos durch das Korn reitet, einen, der die Katze aus dem Fenster wirft, weil er seine Wut nicht im Zaum halten kann, den soll ich heiraten? Das hast du dir fein ausgedacht. Aber nicht mit mir. Nicht, wenn ich es irgendwie verhindern kann. Und wenn ich mich bei Nacht und Nebel davonschleichen muss. Lieber bettelarm durch die Lande ziehen und am Wegrand schlafen, als das Bett zu teilen mit Hubertus.

»Du schaust ja auf einmal so grimmig, Flora?« Die Gräfin stutzte. »Aber du hast recht. Roderick sollte sich wirklich noch schonen. Ich glaube, ich werde ein ernstes Wort mit ihm reden müssen.« Sie ging mit raschen Schritten davon.

Endlich allein, dachte Flora. Und ja, Roderick muss sich schonen. Aber wer schont mich? Mit Zorn im Herzen begann sie, die Grashalme auszurupfen, die sich vorwitzig auf dem Kiesweg ans Licht der Frühlingssonne geschoben hatten. »Nicht mit mir«, murmelte Flora zwischen zusammengebissenen Zähnen. »Nicht mit mir.«

»Huh«, sagte Hubertus hinter ihrem Rücken. »Da möchte man ja kein Unkraut sein, so wie du zu Werke gehst.«

Kann ich denn keinen Augenblick für mich sein, dachte Flora und umklammerte ein Grasbüschel. Langsam drehte sie sich um.

Hubertus schob mit der Spitze seines Reitstiefels den Kies auf dem Weg hin und her. »Na, wie steht es?«, fragte er. »Hast du dich schon entschieden, wann du heiraten willst? Das wird ein großes Fest, da müssen wir viel vorbereiten.«

Du doch sicher nicht, dachte Flora. Das macht das Gesinde. Du kommandierst die Leute allenfalls herum. Wenn du überhaupt weißt, was zu tun ist. Eine Hochzeit ist schließlich keine Jagd.

»Nun schau doch nicht so finster drein. Sieh mal, was ich dir mitgebracht habe.«

Er war gewiss wieder in Dingelstädt, seine Jagdbeute verhökern. Ob sich das ziemt für einen Herrn von Stand? Ich glaube es nicht. Jedes Mal, wenn er wieder Geschäfte in der Stadt hat, bringt er irgendwelchen Tand mit. Als ob ich mir etwas daraus machen würde. Er glaubt, mit einem bunten Band kann er mein Herz fesseln. Aber das schafft er nicht.

»Willst du es denn nicht wenigstens einmal sehen?« Hubertus schob die Unterlippe vor. »Es ist ein Buch. Ich habe dir ein Buch mitgebracht.«

Das war ja etwas Neues. Sollte er sich wirklich einmal überlegt haben, was ihr gefallen könnte? Flora mochte es kaum glauben. Neugierig öffnete sie das Büchlein, das kaum größer war als ihre Hand. Sie blätterte ein paar Seiten um und wurde rot.

»Ihr seid wirklich unglaublich. Habt Ihr denn überhaupt kein Gefühl für Anstand und Sitte?«

Hubertus stand da wie ein begossener Pudel. »Wieso?«, stotterte er. »Ihr Jungfern habt doch alle Angst vor dem ersten Mal. Da dachte ich, vielleicht ist es das, was Euch zögern lässt. Und dann sah ich dieses Buch. Da ist alles genau beschrieben. Mit Bildern. Ihr seht, da ist nichts zum Fürchten.«

Flora lachte bitter auf. »Hubertus von Steinwald, packt das sofort weg. Oder wollt Ihr, dass Eure Mutter sieht, was Ihr so lest?«

Hubertus wurde puterrot. Aber so schnell gab er nicht klein bei. »Sie war es, die gesagt hat, dass alle Angst haben. Das soll nicht sein, finde ich. Sicher, das Weib ist dem

Manne untertan, und es tut gut daran, ihn zu fürchten. Aber davor ... davor nun wahrlich nicht. Ihr seid zur Freude geschaffen. Bald seid Ihr gewiss zu meiner Freude bereit.«

Flora ließ Hubertus einfach stehen und wandte sich ab. Nach wenigen Schritten spürte sie eine schwere Hand auf ihrem Arm.

»So gehst du mir nicht«, schimpfte Hubertus. »Du bist eine Küchenmagd gewesen. Du kannst mich nicht einfach so stehen lassen wie einen dummen Jungen. Mach mich nicht wütend, das rate ich dir.«

Nun war es endgültig aus mit Floras Beherrschung. »Nehmt Eure Hand von mir«, zischte sie. »Auf der Stelle!«

Hubertus zuckte zusammen, als habe er ins Feuer gefasst. Hastig ließ er Floras Arm los.

»Nun geht. Es ist mir gleich, wohin. Und Euer Büchlein, das nehmt schön mit. Am besten, Ihr werft den Dreck gleich ins Feuer.«

»Aber ... aber ...«, stammelte Hubertus.

»Nichts aber. Begreift es ein für alle Mal. Ich werde Euch nicht heiraten. Daran ändert auch solch ein Büchlein nichts. Ihr seid schlimmer als der ärgste Bauerntölpel.«

Eine Ohrfeige hätte den Grafensohn nicht schlimmer treffen können. Sein ohnehin gerötetes Gesicht nahm die Farbe von frisch gekochten Krebsen an. Hilflos öffnete er die Fäuste, um sie gleich wieder zu ballen. Mit offenem Mund starrte er Flora an. »Na warte«, sagte er schließlich. »Das muss ich mir nicht gefallen lassen, nicht von einer Küchenmagd, die aus dem Kloster davongejagt wurde.«

Er stampfte auf, dass der Kies nur so spritzte. Wütend sah er sich um, fand aber auf Anhieb nichts, an dem er seinen

Zorn auslassen hätte können. Sein Blick fiel auf einen Blumentopf, in dem ein Rosenstock seine ersten Blüten zeigte. Schon hatte Hubertus dem irdenen Gefäß einen mächtigen Tritt versetzt. Doch wider Erwarten zerbrach der Tontopf nicht. Die festgepackte Blumenerde machte ihn schwerer als gedacht. Hubertus stöhnte schmerzhaft auf. »Hexe«, brachte er schließlich zwischen zusammengepressten Zähnen hervor. »Hexe. Du bist eine Zauberin. Wer weiß, mit welchen Künsten du Roderick das Bein bewahrt hast, als der Arzt schon den Chirurgus kommen lassen wollte, um ihm das Bein abzunehmen. Du hast die Eltern umgarnt mit deinen Ränken. Aber mich täuschst du nicht. Mich nicht. Über mich hast du keine Macht. Im Gegenteil. Ich werde dich schon noch kriegen und dir zeigen, wer hier befiehlt. Das wäre doch gelacht.«

Immer noch schimpfend, humpelte er davon.

Flora sah ihm nach. Gerne hätte sie gelacht, aber sie fürchtete, was Hubertus tun würde, wenn er sie hörte. Nachdenklich besah sie den Blumentopf. Er war gesprungen, ein langer Riss machte ihn unbrauchbar.

»Deine Mutter glaubt, eine gute Gärtnerin hätte dich bald gezogen«, murmelte sie. »Aber was immer du für ein Gewächs bist, selbst die große Hildegardis hätte ihre liebe Not mit dir. Und so etwas soll ich heiraten? Dann nehme ich doch lieber den Bettelsack.«

14

Gertraud und die alte Marthe wusste Flora auf ihrer Seite. Selbst die Küchenmägde warfen ihr mitleidige Blicke zu, und die Stallknechte wetteiferten darum, ihr zu helfen, wenn es galt, schwere Sachen zu tragen oder ein lehmiges Beet umzugraben. Aber auf Steinwald beliebter zu sein als Hubertus, das ist nun wahrhaftig nicht schwer, sagte sie sich. Seine Eltern glauben, mir etwas unglaublich Gutes zu tun. In ihrer Dankbarkeit sind sie sogar bereit, darüber hinwegzusehen, dass ich ein Findelkind bin, das man aus dem Kloster gejagt hat. Ob das wirklich nur Dankbarkeit ist? Flora zweifelte. Vielleicht sind sie sogar froh, auf diese Weise eine Frau für Hubertus zu finden. Wer weiß. Vielleicht ist es tatsächlich so. Aber wem kann ich das denn sagen?

Roderick erwies sich als einer, zu dem sie mit ihrer Not kommen konnte. Die Vertrautheit aus den langen Tagen an seinem Krankenbett war nicht verflogen, hatte sich vielmehr in einen fast geschwisterlichen Umgang verwandelt. Roderick war es, der ihr interessiert bei der Gartenarbeit zusah und der mit ihr in den Wald ging, um Kräuter zu sammeln.

»Du bist wie der große Bruder, den ich nie hatte.« Flora und ihr Begleiter ruhten sich an einem Bach vom Beerenpflücken aus. »Ich habe das Gefühl, als könnte mir nichts passieren, wenn du in der Nähe bist.«

»Na, ob ich noch einmal dem Wildschwein widerstehe, das glaube ich ja nun nicht.« Roderick lachte. »Aber es ist schön, auch einmal der große Bruder zu sein. Christian ist zwölf Jahre älter als ich. Ich kenne ihn kaum. Er wurde im Alter von sieben Jahren als Page an den Hof des Landgrafen zur Ausbildung gegeben und ist bis heute dort geblieben. Selbst an den hohen Feiertagen kommt er nur selten heim. Von Hubertus trennen mich immerhin auch noch neun Jahre.«

Nicht nur Jahre, dachte Flora. Aber ich will mir die Zeit mit dir nicht durch Gedanken an Hubertus verderben. »Wir beide sind fast gleich alt«, sagte sie. »Und trotzdem. Ich weiß, dass du mich beschützt.« Es ist wie mit Herrn Medard. Bei ihm hatte ich auch dieses Gefühl. Und vielleicht hat er mich ja wirklich beschützt, wer weiß denn, wie es im Hause zu den Höhen weitergegangen wäre.

»So in Gedanken?« Roderick lächelte Flora an. »Kleine Schwester, das ist gefährlich im Wald. Lausch nur, vielleicht sind ja die Wildschweine wieder unterwegs.«

»Damit solltest du nicht spaßen.« Flora wurde schlagartig ernst. »Oder meinst du, weil es das erste Mal doch noch gut ausgegangen ist, bist du nun gefeit?«

»Sicher nicht.« Roderick stibitzte eine Walderdbeere aus dem Korb. »Aber ich bin es ja nicht, der hier so gedankenverloren am Bach sitzt.«

Flora lachte. »Ja, ja. Dreh es nur zu deinen Gunsten.« Sie blickte in die Baumwipfel, durch die das Sonnenlicht schon recht schräg seine Strahlen schickte. »Ich glaube, es wird Zeit, dass wir uns auf den Heimweg machen.«

Roderick zog ein Gesicht. »Schade. Ich hätte noch lange hier sitzen können. Flora und Roderick im Waldparadies. Ohne Apfel. Aber auch ohne Schlange.«

Flora lachte. »Dafür aber mit Ameisen. Schau hier.« Sie wies auf eine Reihe von Insekten, die zielstrebig auf den Beerenkorb zuwanderten. »Komm, lass uns gehen. Oder möchtest du deiner Mutter erklären, dass sie ihre geliebten Erdbeeren leider an die Königin der Ameisen abtreten musste?«

»Besser nicht.« Roderick stand auf und klopfte sich Fichtennadeln vom Wams. »Die sind wirklich lästig.«

»Aber auch nützlich. Die ins heiße Badewasser, und es verschwindet so manches Zipperlein.« Flora musterte die Äste. »Das gibt eine Menge Zapfen, Gertraud wird sich freuen.«

Sie genoss Rodericks erstauntes Gesicht. »Na, zum Feueranmachen! Wenn du morgens nur Wasser und kalte Milch vorfändest, da wollte ich dein Gesicht einmal sehen. Und Brot bäckt sich nun einmal nicht im kalten Ofen, der Brei kocht nicht mit kaltem Wasser und und und. Dann auch noch gebratener Speck, na?«

»Schon gut«, gab Roderick nach. »Ich werde persönlich einen Sack Zapfen sammeln im Herbst. Versprochen.«

»Na, da hoffe ich aber sehr, dass du das nicht über den Sommer vergisst.«

»Ein Steinwald hält sein Wort, Flora. Lass dir das gesagt sein.« Rodericks Stimme war unwillkürlich hart geworden.

Vielleicht hat er es nicht einmal bemerkt, dachte Flora. Aber wenn es um Ehrensachen geht, ist er empfindlich. Daran hätte ich denken sollen.

Gemächlich gingen sie durch den lichter werdenden Wald zurück in Richtung Burg. Plötzlich wurde Hufgetrappel laut, und schon stand Hubertus vor ihnen, hoch zu Ross.

»Hab ich mir doch gedacht, dass ich euch im Wald erwische.«

»Hast du uns denn gesucht? Ist etwas passiert?« Roderick klang besorgt.

Er will es nicht wahrhaben, dass sein Bruder eifersüchtig ist. Hubertus erträgt es nicht, wie gut wir uns verstehen, dachte Flora.

»Ich hätte nicht gedacht, Bruder, dass du dich wieder in den Wald traust, nach der Sache mit der Wildsau«, gab Hubertus zurück, aber Roderick lachte nur.

»Wenn man sie nicht reizt und ihnen Respekt erweist, sind das auch nur arme Schweine.« Er musterte Hubertus' Waffen. »Aber wie es aussieht, warst du heute nicht auf der Hatz. Das wäre allein nun auch wirklich zu gefährlich.«

»Ach was.« Hubertus schaute verächtlich drein. »Gib mir eine Saufeder, und ich bringe dir die Hauer. Aus den Borsten kannst du dir einen Rasierpinsel machen lassen, falls dir irgendwann doch noch einmal der Bart wächst.« Lachend strich er sich über das stopplige Kinn. Dann schnalzte er mit der Zunge und ritt an. »Wir sehen uns beim Abendessen, Rodehink. Wenn du es bis dahin nach Hause schaffst.«

Roderick knurrte. Lange sah er seinem Bruder hinterher, der dem Apfelschimmel die Sporen gab.

»Lass ihn«, sagte Flora. »Er will dich nur reizen, damit du nachher im Unrecht bist.«

»Der braucht keinen Grund«, murmelte Roderick. »Der nicht. Aber er hat recht. Wenn ich es bis zum Abendessen auf die Burg schaffen will, dann müssen wir uns wirklich sputen.«

Dabei hinkt er fast gar nicht mehr, dachte Flora. Aber sein Bruder schafft es immer wieder, ihn als halben Krüppel und ganzes Hasenherz hinzustellen, einer, der das Wildschwein eben nicht erlegt hat. Einer, der nicht zum Jäger taugt. Dabei ist noch nicht einmal geklärt, wer schuld daran ist, dass niemand Roderick geholfen hat, als das Wildschwein kam. Haben die Jagdknechte nicht erzählt, dass Hubertus sie von ihren Plätzen weggerufen hatte? Da war es nicht schwer für das Tier, durch den Schutzkreis zu brechen. Ganz gleich, was Hubertus behauptet, ein einzelner Jäger braucht sehr viel Glück, wenn er allein gegen einen wilden Keiler bestehen will. Das Glück, das hat Roderick ja anschließend gehabt. Glück. Und Gottes Segen.

»Schon wieder so in Gedanken?«, neckte Roderick. »Ich weiß wirklich nicht, warum du nicht einfach den Ausflug genießen kannst. Schau, da hinten ist schon Steinwald. In einer halben Stunde sind wir da.«

Es dauerte dann allerdings doch länger als gedacht. Roderick bekam einen Krampf im Bein und musste erst eine Weile rasten, bis er wieder weiterkonnte. Aber er wollte nicht, dass Flora die Knechte rief, damit sie ihn holen kamen. »Das schaffe ich noch«, presste er zwischen zusammengebissenen Zähnen hervor. »Das wäre doch gelacht.«

Flora war jedoch nicht zum Lachen zumute. Was, wenn das Fieber zurückkehrt?, fragte sie sich. »Wir haben es vielleicht doch übertrieben mit dem Weg.«

Aber Roderick wollte davon nichts wissen. »Gut, jeden Tag eine solche Strecke, das halte ich noch nicht durch. Aber es wird doch immer besser. Wenn du dabei bist, dann vergesse ich auch, dass es immer noch ein bisschen wehtut.«

229

So schön die Zeit mit Roderick im Wald gewesen war, so unangenehm wurde das Nachtmahl. Graf und Gräfin Steinwald übersahen wie gewohnt, dass Hubertus keine Zierde ihrer Tafel war. Während er die Weinkanne leerte und Flora mit den Augen auszog, versuchten sie, ihre Gärtnerin in ein Gespräch zu verwickeln. Selbst die italienischen Gärten mit ihren weit geschwungenen Treppenanlagen wurden bemüht, aber Flora blieb einsilbig.

Ich weiß doch, dass sie sich nicht für Gartenbau interessieren, dachte sie. Können sie mich nicht einfach in Ruhe lassen? Aber nein, immer wieder fragen sie mich etwas, bitten Hubertus um seine Meinung, wollen wissen, ob ich ihm nicht zustimme. Und wenn er der Gärtner des Papstes wäre, ich will gar nicht wissen, was er zu sagen hat.

»Nehmt doch noch etwas Braten, Jungfer«, forderte der Graf sie auf.

Flora starrte auf die Fleischscheibe, die der Burgherr ihr hinhielt und dann ohne Weiteres auf die große Brotscheibe legte, die ihr als Teller diente. Die große, zweizinkige Bratengabel gehörte mit zu dem feinen Besteck, das nur zu besonderen Anlässen auf den Tisch kam. Ob er schon üben will für das Hochzeitsmahl? Flora lächelte bitter, aber der Graf achtete nicht darauf, sondern schob ihr den Senftopf hin.

»Greift nur zu, Jungfer, greift nur zu.« Auch die Burgherrin wollte ihre zukünftige Schwiegertochter anscheinend mästen. »Nicht dass Ihr uns noch vom Fleische fallt.«

»Sie ist sowieso schon viel zu dünn«, beschwerte sich Hubertus mit schwerer Stimme. »Vielleicht sind es die langen Spaziergänge im Wald, die machen sie noch zu einem Klappergestell. Da liegt ein Mann sich doch wund.«

Roderick verdrehte die Augen. Flora sah es genau. Aber die anderen am Tisch ignorierten die trunkene Klage. Selbst Pater Romuald zog es vor, nichts über die Wollust verlauten zu lassen.

Flora seufzte. Da ging es mir bei Graf zu den Höhen mit all der Arbeit noch besser, dachte sie und starrte auf ihren Brotteller, der vom Bratensaft glänzte. Endlich wurden Käse und Butter als letzter Gang aufgetragen. Bald kann ich in mein Zimmer, tröstete sie sich, während ihre Finger die Brotscheibe in kleine Bröckchen zupften. Stück für Stück verschwanden auch die anderen Teller.

»Bei der Verlobungsfeier nehmen wir natürlich das gute Geschirr«, raunte die Burgherrin Flora zu. »Da lassen wir uns nicht lumpen. Jeder wird seinen eigenen Zinnteller haben, Löffel und Messer und einen eigenen Becher. Vielleicht nehmen wir sogar Gläser.« Sie warf einen Blick auf Hubertus, der sich nicht die Mühe machte, die Brotscheibe auf höfische Art erst in kleine Stücke zu zupfen, sondern sie als Ganzes zum Mund führte und mit großen Bissen verzehrte. Die Gräfin seufzte leise.

»Ich glaube, diese neumodischen Gabeln, die werden wir uns sparen. Aber ein Mundtuch, das soll jeder haben, was meinst du, Christian?«

Der Burgherr, der nachdenklich in seinen Becher gestarrt hatte, zuckte hoch. »Was? Wie?«

»Das Verlobungsfest, Christian. Das plane ich gerade.«

»Mach du nur. Das ist dein Bereich. Du wirst es schon recht machen.«

Hubertus rülpste und knallte seinen Becher auf den Tisch. »Wird schon alles passen, Frau Mutter«, sagte er.

»Braten, Brühe, Bräutchen, Butter. Das wird ein Fest. Mit oder ohne Mundtücher.« Er winkte der Magd, die mit der Wasserschale bereitstand, und wusch sich die Hände. Auf das Leinentuch verzichtete er und wischte sich stattdessen die Finger an seinem Wams trocken. Dann stemmte er sich an der Tischkante hoch. Schwankend stand er da. »Was wollte ich noch?« Er sah sich suchend um. Sein Blick streifte die Eltern, den Pater, Roderick und Flora. Er leckte sich die Lippen, die fettig glänzten, und grinste breit. Wieder rülpste er.

Flora hielt den Atem an. Warum sagt denn keiner etwas? Ist es seinen Eltern so gleichgültig, wie er sich beträgt? Und bei jedem anderen hätte der Pater doch längst mit einer Predigt angefangen. Was soll Roderick machen? Er ist immer noch schwach, Hubertus könnte ihn mit einem Faustschlag töten. Das wissen wir alle. Keiner wagt es, ihn zu reizen. Und mit so einem wollen seine Eltern mich verheiraten.

Hubertus lachte leise. »Nun sitzt doch nicht da wie die Ölberggötzen. Der Abend ist noch jung. Wir essen doch schon bei Sonnenuntergang. Ich habe Lust auf ein Poch-Spiel. Macht wer mit?«

Nun konnte der Pater doch nicht mehr ruhig bleiben. »Ihr wisst, junger Herr, wer des Teufels Gebetbuch aufschlägt ...«

»Ach was«, fiel ihm Hubertus ins Wort. »Das ist doch ein unschuldiger Spaß. Ich habe nun einmal Lust aufs Pochen.« Schwankend hielt er sich an der Tischkante fest. »Aber gut. Dann eben Würfeln. Frau Fortuna ist zwar eine Hexe, aber das macht nichts, ich heirate ja auch eine.« Er plumpste zurück auf die Bank und rülpste wieder.

»Jetzt ist es aber genug.« Graf Steinwald schlug mit der flachen Hand auf den Tisch. »Entschuldige dich. Sofort.«

»Ich meine doch nur«, maulte Hubertus.

»Schluss. Du entschuldigst dich sofort beim Herrn Pater.«

Und was ist mit mir? Flora spürte, wie die Wut ihr die Wangen färbte. Bei mir muss er also nicht Abbitte leisten. Wo bin ich hier nur hingeraten. Unter den halb gesenkten Lidern sah sie zu Roderick hin, der ihr gegenübersaß.

Der zuckte wie zur Entschuldigung mit den Schultern.

Hubertus hatte sich in der Zwischenzeit den Rest aus der Weinkanne eingeschenkt. Grüßend hob er den Becher in Richtung des geistlichen Herrn, der links von ihm an der Schmalseite des Tischs saß. »Verzeiht, Hochwürden. Seht es meiner Jugend nach.«

Der Pater nickte und strich sich den Bart. »Es ist schon gut«, murmelte er.

Geräuschvoll leerte Hubertus den Becher.

An diesem Abend lag Flora noch lange wach, während das Mondlicht seine silberne Bahn durch ihre Kammer zog. Aber so sehr sie auch grübelte, es fiel ihr nichts ein, wie sie der Hochzeit mit Hubertus im Guten ausweichen konnte. Der Herr Medard? Der hat sich schon so lange nicht mehr gemeldet, dachte sie. Er ist eben ein Herr, wie Graf und Gräfin Steinwald. Warum sollte er also anders denken und nicht wie sie glauben, dass diese Heirat das Beste ist, was mir widerfahren kann? Aber was soll ich sonst tun? Ihr fielen die gelüstigen Frauen ein, die sie vor dem Stadttor in Wolfhagen gesehen hatte. Mir von jedem unter den Rock fassen lassen? Ist das

233

wirklich die einzige Möglichkeit, die mir bleibt, wenn ich Hubertus nicht nehme? Ins Kloster kann ich nicht. Eine ohne Namen, nicht von Stand, die ist dort nicht willkommen. Wer Annabrunn angezündet hat, der darf auch in keinem anderen Orden unterschlüpfen. Obwohl ich es doch gar nicht war. Köchin, das kann ich werden. Aber wo? Ohne Zeugnis, wer nimmt mich denn, außer als allerniedrigste Magd. Dann ergeht es mir wieder wie im Haus zu den Höhen. Da sterbe ich doch lieber gleich. Oder soll ich versuchen, mich zum Gasthaus Rose durchzuschlagen? Ob sie dort nicht noch jemand brauchen können? Vielleicht als Schankmaid sonst wo? Mit Schaudern erinnerte sie sich an den Gasthof, in dem sie auf der Fahrt nach Steinwald am ersten Abend abgestiegen waren. Dann lieber gleich Hure, dachte sie. Aber ob ich das kann? Ich habe doch genug gesehen bei meinen Gängen mit Mamapolloni. Und auch in Wolfhagen standen bisweilen Türen offen, wo man besser erst gar keine Fenster gehabt hätte. Will ich das? So? Sollte nicht doch besser etwas Liebe dabei sein? Ungerufen kam ihr Roderick in den Sinn. Ja, der würde mir gefallen, dachte sie. Als Bräutigam. Oder als Bruder. Aber nicht Hubertus. Der hat keine Manieren, wenn er sich aufregt, fängt er an zu riechen, er weiß nichts außer seiner geliebten Jagd. Und er ist rücksichtslos. Gegen alle. Das kann doch keiner sein, den ich lieben lerne. Aber was soll ich sonst tun? Ohne Antwort schlief Flora irgendwann ein.

Am nächsten Morgen traf sie Marthe, die auf der Bank neben der Küche saß und Holunderbeeren zupfte.

»Du siehst müde aus, Kindchen. Sag, was bedrückt dich?«

Das weiß sie doch, dachte Flora. Aber sie kann mir auch nicht helfen. Niemand kann das. Schon gar nicht Roderick. Wieso denke ich nur so oft an ihn? Vielleicht weil er der Einzige in der Familie ist, der keine Absichten für mich hat, der nicht will, dass ich irgendetwas für ihn tue? Das wird es sein.

»Hubertus ist schon früh ausgeritten«, sagte die Alte. »Aber das kannst du eigentlich auch hören.«

Flora sah sie verblüfft an.

»Ja, lausch nur.« Marthe lachte.

In der Küche sangen die Mägde, der Stallknecht, der mit einer Schubkarre voll Mist um die Ecke bog, pfiff ein Lied. Aus der Torstube war Lachen zu hören. Flora nickte.

»Es ist, als ob ein Schatten weitergezogen wäre«, sagte sie leise.

Marthe wackelte mit dem Kopf. »Leider ist unser Hosenscheißer eben nicht nur ein Schatten. Er hat Gewicht. Und das lastet auf uns allen. Glaub mir, wir haben Mitleid mit dir. Tauschen will ganz sicher keine.«

Flora seufzte. »Wenn nicht bald ein Wunder geschieht, dann tue ich mir noch etwas an. Ich weiß mir einfach keinen Ausweg.«

Marthe sah mit großen Augen zu ihr auf. »Versündige dich nicht, Kindchen, versündige dich bloß nicht!«

»Ich will ja nicht. Aber was soll ich denn sonst tun?«

Marthe wusste allerdings auch keinen Rat. »Mach deine Arbeit und vertrau auf den Herrn. Etwas anderes bleibt nicht, wenn du nicht dein Seelenheil verwirken willst. Das ist unser Hosenscheißer nun wirklich nicht wert.«

Im Rosenhag hatte Roderick es sich gemütlich gemacht.

Ein paar Kissen unter dem Kopf und unter den Beinen, lag er auf der Steinbank und genoss die Morgensonne.

»Ich dachte mir doch, dass du früher oder später hierherkommen würdest, Flora.« Er lächelte. »Und ich musste auch nicht lange warten.«

Flora konnte nicht anders, als zurückzulächeln. Wo der breitschultrige Hubertus die Wolke und der Schatten über Steinwald ist, erweist sich sein Bruder als schlanker Sonnenstrahl, dachte sie. Mit ihm weicht alle Düsternis. Da beginnen selbst die Steine zu blühen, und der Wald rauscht. Auf was für Gedanken ich verfalle! Sie musste lachen.

»Was ist?« Roderick schaute sie unsicher an. »Habe ich etwas Falsches gesagt?«

Das kannst du gar nicht, dachte Flora. Aber du bist wirklich aus der Art geschlagen. Dein Bruder hätte das niemals gefragt. Deine Eltern wohl auch nicht. Schade eigentlich. Aber gut, wenigstens ein Gerechter an diesem Ort. Genügte der nicht, dass die Stadt nicht untergeht? Ich werde wohl bald so wunderlich wie die alte Marthe. Sie schüttelte den Kopf.

»Puh. Also nichts Falsches. Da bin ich ja beruhigt.« Roderick stand auf. »Es tut mir leid, dass ich dich gestern Abend nicht verteidigt habe.«

Flora machte eine abwehrende Handbewegung. »Ist schon gut. Es hätte ja doch nichts genützt.«

»Das vielleicht nicht. Aber es geht mir gegen die Ehre, dass ich nicht für mein kleines Schwesterlein eingetreten bin.« Rodericks Mund lächelte, aber seine Augen blieben ernst. »So kann das doch wirklich nicht weitergehen. Eines

Tages wird Hubertus endgültig zu weit gehen. Und ich fürchte, was dann geschehen wird.«

Es kann viel geschehen, dachte Flora. Er wird alles kurz und klein schlagen. Und dabei weder vor seinem Bruder noch vor irgendjemand anderem haltmachen.

»Noch gehorcht er ja dem Vater«, fuhr Roderick fort. »Aber können wir uns auf diesen Frieden verlassen? Ich glaube nicht. Eines ist sicher. Noch einmal so etwas wie gestern, das will ich nicht erleben. Das halte ich nicht aus. Dann werde ich aufstehen und etwas sagen. Ganz gleich, was dann passiert.«

»Aber du sagst doch selbst, wenn Hubertus zu weit geht ...«

»Es ist eine Frage der Ehre«, fiel ihr Roderick ins Wort. »Das kann ich einfach nicht dulden, wie er sich am Tisch meines Vaters aufführt.«

»Genau. Es ist nicht dein Tisch. Es ist nicht deine Aufgabe, dort für Ordnung zu sorgen.«

»Wie gesagt, meine Ehre steht auf dem Spiel. Ich bin nicht mehr der Knabe, den man schonen muss. Bald werde ich siebzehn. Ich bin ein Mann. Auch wenn mich der Vater nach der Sache mit Hubertus nicht an einen anderen Hof zur Ausbildung geschickt hat. Ich wäre gerne Ritter geworden, das kannst du mir glauben. Aber der Bruder des Hosenscheißers, wer hätte den denn in seinem Gefolge haben wollen?«

Was die Angst eines Knaben für Folgen haben kann, dachte Flora. Hubertus fühlt sich als der, der zu kurz gekommen ist, aber er hat auch seinem Bruder die Zukunft genommen.

Hubertus ist wahrlich kein Segen. Er macht mir Angst. Angst um mich, aber noch mehr um Roderick. Er ist noch lange nicht wiederhergestellt. Und selbst wenn. Hubertus könnte ihn mit einem einzigen Faustschlag töten. Übt er es nicht regelmäßig, wenn er auf der Jagd ist? Bevor er dem Wild den Todesstoß gibt, schlägt er zu. Das haben die Jagdknechte erzählt. So manchem Reh hat er schon das Genick gebrochen, mit einem einzigen Hieb. Er soll nicht noch mehr an seinem Bruder schuldig werden.

»Nun gut«, sagte Roderick. »Du hast mein Leben gerettet und mein Bein. Diese Dankesschuld kann ich dir nie zurückzahlen. Aber ich kann wenigstens versuchen, dich zu beschützen. Wer weiß, vielleicht wird ja doch noch alles gut.«

Wie denn?, schrie es in Flora auf. Wie soll es denn gut werden, wenn Hubertus selbst es nicht werden will? Aber sie hütete sich, das auszusprechen. Was nicht hilft, davon schweige, hat Mamapolloni mich gelehrt. Sie hatte ja recht.

»Aber eines sage ich dir, Flora.« Roderick lachte. »Wenn ich auf dich aufpassen will, dann kann ich das nicht von der Ofenbank aus. Wie wäre es, wenn du mich ein bisschen einweihtest, warum du was wie tust? Wenn auch die Mutter wenig Freude an der Gärtnerei hat, mir gefällt es nicht nur, das Ergebnis zu sehen. Ich will wissen, warum du das eine hierhin setzt und das andere dorthin, was es auf sich hat mit den Hornspänen, was ein gutes Kraut ist und was einem Menschen schaden kann. Lehre mich deine Kunst.« Er rieb sich das Kinn. »Der Vater wollte nichts davon hören, als ich ihm letzten Winter gesagt habe, dass ich gerne studieren würde. Ein Steinwald wird kein Bücherwurm, hat er gedonnert, kein Stubenhocker und kein Schreiberling. Aber er kann mir nicht verwehren, dass ich lernen will. Wenn du mir beibringst, was du weißt, kann ich dabei auf dich aufpassen. Was meinst du?«

Flora strahlte.

15

Fassungslos starrte Flora auf den Rosenhag oder das, was von ihm noch übrig war. Selbst der große Busch in der Mitte war niedergetrampelt. Jeder einzelne Topf lag in Scherben, der gestern noch so sorgfältig geharkte Kiesweg glich einem Trampelpfad, als ob eine Horde Soldaten hindurchmarschiert wäre.

»Das kann doch nicht der Sturm gestern Nacht angerichtet haben. Unmöglich!«, murmelte sie.

»Ein Sturm sicher nicht«, antwortete die alte Marthe leise. »Und wenn doch, hat dieser Sturm einen Namen.«

»Hubertus.« Flora stöhnte es viel mehr, als dass sie es sagte. »Sieh dir die Abdrücke von den Hufeisen an, hier im Beet. Das kann nur er gewesen sein. Niemand anderer ist so rücksichtslos, sein Pferd mitten in die Dornen zu reiten. Ist er denn endgültig irre geworden?«

»Wahnsinnig vor Liebe, so wird er es nennen.« Marthe lachte. »Er wird behaupten, du hättest ihn verhext.«

»Blödsinn«, sagte Roderick, der sich die Wüstenei ansah, die gestern noch der Rosenhag seiner Mutter gewesen war. »Verhext? Besoffen war er. Aber das ist ja nichts Neues.«

Flora konnte die Tränen nicht zurückhalten. »Es ist nicht recht«, schluchzte sie. »Es ist einfach nicht recht.«

Marthe klopfte ihr beruhigend auf den Rücken. »Das ist es nicht. Aber Tränen helfen auch nicht.« Sie wandte sich an Roderick. »Wo steckt er denn, der Hosenscheißer?«

Der dritte Sohn des Grafen unterdrückte nur mit Mühe ein Lächeln. »Das lässt ihn niemand vergessen, nicht wahr? Vielleicht liegt es ja daran, dass er so geworden ist, wie er ist. Alle sagen, Schwamm drüber, sprechen wir nicht mehr davon. Aber hinter seinem Rücken reden alle.« Abwehrend hob er die Hand. »Das soll keine Entschuldigung sein. Beileibe nicht. Mein Bruder ist mein Bruder. Aber das hier, das kann ich ihm nicht nachsehen.«

»Warum solltet Ihr auch?« Marthe ließ nicht locker. »Seit wann muss ein Knabe für seinen erwachsenen Bruder einstehen?«

Rodericks Wangen röteten sich. »Du hasst ihn wirklich, wie ich sehe. Und du hast allen Grund dazu. Aber er ist nun einmal mein Bruder.«

Marthe lächelte bitter. »Nein. Ihr irrt Euch. Ich hasse ihn nicht. Ich verachte ihn. Und es ist mir gleichgültig, wenn Ihr das Eurem Vater sagt. Selbst wenn ich dafür von Steinwald fortmuss. Ihr seid ein braver Junge, Herr Roderick. Ihr macht Eurem Haus Ehre, so jung Ihr auch seid. Aber Euer Bruder?«

Roderick ließ den Kopf hängen.

»Genau. Ein Platzhalter, falls den Erben von Steinwald die Franzosenkrankheit erwischt. Was der Himmel verhüten möge. Denn Herr Hubertus hat es nicht gelernt, ein Herr zu sein. Manchmal glaube ich, dass er den Wahnsinn hat, ohne die Krankheit zuvor.«

»Lass es gut sein, Marthe«, sagte Flora. »Herr Roderick kann nun wirklich nichts dafür, wie sein Bruder ist. Da müssen wir ihn nicht noch betrüben. Er hat Kummer genug.«

»Kummer? Betrübnis? Wut sollte er haben, die Wut, die wir kleinen Leute nicht haben dürfen. Aber du hast recht, Kindchen. Was würde ihm die Wut nützen? Oder uns?« Marthe hob eine Tonscherbe auf. »Sieh dir das an. Zerbrochen, was den Wurzeln Halt geben sollte. Einfach so. Er hat sich die richtige Nacht ausgesucht dafür. Bei dem Sturm gestern haben wir uns doch alle unter unserer Decke verkrochen und gehofft, dass das Dach halten wird. Und nun scheint die Sonne, als wäre alles in bester Ordnung.«

»Lass es gut sein«, sagte Flora wieder.

Roderick bückte sich und hob ebenfalls eine Scherbe auf. »Den Topf erkenne ich wieder. Den hatte Großmama noch gekauft, damals, als alle zur Herbstwallfahrt nach Kreuzebra sind. Ich musste daheimbleiben, weil ich noch zu klein war. Du hast auf mich aufgepasst, Marthe. Dabei wolltest du auch mit, das Stück vom Heiligen Kreuz sehen. Stattdessen haben wir gebacken.«

»Dass Ihr Euch daran noch erinnert!« Gegen ihren Willen musste Marthe lächeln.

»Deine Plätzchen waren nun einmal unvergesslich.« Auch Roderick lächelte. »Und du hast nicht einmal geschimpft, als ich das Ei habe fallen lassen. Du hast mir nur gezeigt, wie schwer es ist, ein rohes Ei sauber aufzuwischen. Glaube mir, die Lektion habe ich nie vergessen.«

Er ist wirklich ein Herr, so jung er auch ist, dachte Flora. Wie er es schafft, die alte Marthe zu besänftigen. Das wäre ein Erbe, mit dem Steinwald glänzen könnte. Warum ist er eigentlich hier und nicht sein Bruder? Vielleicht weil er weiß, dass sich Marthe um Kopf und Kragen schimpfen würde, wenn sie ihre erste Wut nicht herauslassen könnte. Das ist Hubertus nun wirklich nicht wert, dass die alte Frau mit dem Bettelsack davongejagt wird, weil sie den Sohn von Steinwald und damit den Grafen selbst beleidigt.

»Wer wird es der Mutter sagen?«, fragte Roderick leise. Marthe und Flora sahen sich an. Sie wussten, das Herz der Gräfin hing nicht an diesem Garten. Aber trotzdem würde es kein froher Gang werden, sie zu benachrichtigen.

Flora reckte sich. »Ich mache das. Mir ist der Garten übertragen, da kann ich mich jetzt wohl nicht drücken.« Wenn der Garten hin ist, Gertraud meine Rezepte kennt und Roderick genesen ist, was wird dann aus mir? Ob sie mich einfach fortschicken, und die Sache ist für sie erledigt? Selbst wenn. Alles besser, als Hubertus zu heiraten. Zögernd ging sie die Treppe hoch und den Söller entlang, bis sie vor der Kemenate der Gräfin stand. Aber auf ihr Klopfen kam keine Antwort. Vielleicht saß die Burgherrin auch an ihrem Lieblingsplatz? Flora ging weiter zur Rosenlaube. Wenn sie hier ist, dachte sie, dann weiß sie schon, wie es um den Garten steht. Sie blickte über die Brüstung des Austritts. Von hier oben sieht man noch besser, wie gründlich Hubertus war. Flora klopfte an die Tür zur Laube. Wie vermutet saß die Gräfin auf der Bank, mit einem Pelz über ihren Füßen.

»Ach, Flora. Schön, dass du kommst. Setz dich doch. Nein, hierher, zu mir.«

Die Gräfin legte das Buch beiseite, in dem sie eben noch geblättert hatte.

»Du warst heute Morgen schon im Garten, nehme ich an?«

Flora nickte.

»Ich habe von hier oben gesehen, was geschehen ist. Es schaut schlimm aus.«

»Jeder einzelne Busch ist zertrampelt und zerhackt.« Flora konnte nicht mehr schweigen. »Jeder Topf zerbrochen, die Steinbank ist umgeworfen, der Kies von den Wegen ist mit der Blumenerde vermischt. Schlimm? Wenn es nur das wäre, das ließe sich retten, irgendwie. Aber das? Das?« Flora rang nach Worten.

»Gut.« Die Gräfin lachte leise. »Dir kann ich es wohl sagen. Ich habe den Garten sozusagen geerbt. Von meiner Schwiegermutter. Jahrelang habe ich ihn umsorgt. Erst mit Gärtner, dann ohne ihn. Bei jeder neuen Blüte habe ich verglichen, ob es auch nur annähernd so schön war wie damals, als sie sich noch um den Garten gekümmert hat. Nein, ich weine dem Rosenhag keine Träne nach.«

Genoveva von Steinwald stand auf und ging zum Fenster. »Meinem Mann konnte ich das doch nicht erzählen, dass mich der Garten seiner Mutter nicht interessiert. Wenn es nach mir gegangen wäre ... Aber irgendwie gehört es wohl dazu, dass eine Burg einen Rosenhag hat. Und so saß ich also da mit einem Garten, an dem ich keine Freude hatte.«

Keine Freude an einem Garten? Das kann ich mir überhaupt nicht vorstellen, dachte Flora. Das gibt es doch nicht. Ein Garten bietet die beste Möglichkeit, Gottes Schöpfung zu feiern, und sie will ihn gar nicht haben?

»Ja, schau nicht so. Du bist Gärtnerin, dir ist es das Schönste, die Finger in der Erde zu vergraben, Unkraut zu zupfen, zu gießen und was alles noch nötig ist. Ich kann es dir sogar nachempfinden. Aber das Meine ist es nun einmal nicht.

Und von dem Rosenduft, da habe ich im Sommer immer Kopfweh bekommen.«

Also gut, dachte Flora. Ich verstehe. Wir sprechen nicht von dem, was Hubertus angerichtet hat. Sonst müsste er sich auch auf etwas gefasst machen. Ich begreife nicht, warum sie ihm alles durchgehen lassen, dem Hosenscheißer. Aber ich werde es nicht ändern können. Also lasse ich es hinter mir. So hat es mir Mamapolloni doch beigebracht. Was du nicht ändern kannst, dem sollst du auch nicht erlauben, dich zu ändern, das hat sie immer gesagt. Also werde ich mich daran halten und es hinter mir lassen.

»Ich verstehe«, sagte sie daher nun langsam.

»Wirklich?« Die Gräfin sah sie verblüfft an.

»Ja. Ihr seid im Grunde erleichtert, dass der Garten hin ist. Habe ich recht?«

Die Burgherrin nickte.

»Dann wollen wir nicht weiter darüber sprechen. Lassen wir ihn hinter uns.« Flora glaubte, ein Kopfschütteln zu erkennen. »Was ist? Habe ich etwas Falsches gesagt?«

Gräfin Steinwald lachte leise. »Gewiss nicht, meine Liebe. Aber wenn es noch irgendeinen Zweifel gegeben hätte, dass du keine gewöhnliche Küchenmagd bist, du hättest ihn gerade ausgeräumt. Du hast geklungen, wie ich mir eine Schwiegertochter nur wünschen könnte.«

Nein, dachte Flora. Ich will ihn nicht. Nach dieser Sache schon gar nicht. Das musst du doch sehen!

Aber die Gräfin wollte wohl nicht. Anders konnte Flora sich nicht erklären, warum Hubertus kein böses Wort traf.

»Nun gut«, sagte sie endlich. »Wenn also der Rosenhag Vergangenheit ist und Ihr ihn sowieso nicht wolltet, was soll dann da unten geschehen?«

»Aber ich dachte«, begann die Gräfin, »wenn du und Hubertus, also, ihr bleibt doch sicher, zumindest bis sich Christian ... Gut, so bald soll er sein Erbe noch nicht antreten müssen, gewiss ...«

Was stammelt sie so, dachte Flora. Sie ist kurz davor, die Fassung zu verlieren. Sonst spricht sie doch immer, wie es sich für eine Gräfin ziemt. Die Sache hat sie also doch getroffen. »Ich verstehe nicht.«

Gräfin Steinwald lachte nervös. »Das war auch wirklich nicht ganz klar gesprochen, ich gebe es zu. Nun, die Arbeit im Garten scheint dir doch Freude zu machen. Du bist begabt dafür, ganz im Gegensatz zu mir. Und ich denke, wenn Hubertus dich geheiratet hat, bleibt ihr doch sicher hier auf Steinwald wohnen. Wenn er dann auf der Jagd ist, womit willst du deinen Tag füllen?«

Darüber hatte Flora noch nicht nachdenken wollen. Auch wenn die Hochzeit für alle anderen eine ausgemachte Sache zu sein schien, sie würde sich nicht so leicht darein schicken, so viel stand fest.

»Was einmal wird, das weiß ja niemand. Jetzt geht es erst einmal ums Aufräumen, möchte ich meinen. So kann das da unten jedenfalls nicht bleiben, sonst habt Ihr schneller, als Euch lieb ist, Getier im Haus.« Und seit Hubertus die Katze aus dem Fenster geworfen hat, werden die Mäuse allmählich kühn. Das hütete sie sich jedoch auszusprechen.

Die Gräfin schüttelte sich. »Gott bewahre!«

»Genau. Ihr sagt, Ihr bekommt von den Rosen Kopfweh. Aber die Wüstenei da unten, die soll Euch auch keine bereiten. Ich habe in Wolfhagen Gärten nach Maß entworfen und gestaltet. Was haltet Ihr davon, wenn ich Euch einen nach Eurem Gutdünken schaffe?«

Wieder schaute die Burgherrin verblüfft drein. »Aber ich dachte, du ...«, sagte sie schwach und verstummte wieder.

»Zunächst geht es einmal um Euch. Ihr hattet mehr Kopfgrimmen als Freude an dem Garten. Das muss andersherum gehen. Schließlich seid Ihr die Herrin hier auf Steinwald.«

Wenn ich Hubertus nicht heirate, kann ich ohnehin nicht bleiben, dachte Flora. Und wenn ich ihn heirate, sterbe ich. Warum also sollte ich einen Garten für mich anlegen, hier, wo ich ihn so oder so doch nicht lange sehen werde? Sie stellte sich neben die Burgherrin ans Fenster.

»Schaut einmal dorthin, wo die umgestürzte Bank liegt. Das ist ein rechter Sonnenplatz, wie es nicht viele hat hier zwischen den Burgmauern. Wollt Ihr auf den etwa verzichten?«

Die Gräfin blickte nachdenklich nach unten.

»Wenn Euch der Rosenduft Kopfschmerzen bereitet, wie wäre es dann mit einer grünen Wiese? Da habt Ihr selbst im Herbst noch Farbe. Vielleicht habt Ihr ja Lust, ein wenig Paume zu spielen, dann und wann? Wenn der Rosenhag nicht mehr ist, könnte es sein, dass Euer Rheuma sich ebenfalls lindert?«

Die Gräfin lachte. »Dir kann ich nichts vormachen. Dieses Rheuma haben mir sonst alle geglaubt. Mit dem konnte ich mich ja nun wirklich nicht um den Garten kümmern.

247

Ja, so den Ball über das Netz schlagen, auf der grünen Wiese, das könnte mir gefallen. Und du meinst, das geht?«

»Wo Rosen wachsen, da wächst ganz sicher auch Gras. Und Blumen gedeihen auch im Fensterbeet. Die wollten wir doch ohnehin hier anbringen.«

»Ach, ich sehe schon, wir werden uns prächtig verstehen, Flora. Du wirst mir wirklich eine gute Schwiegertochter sein.«

Sie ist glücklich, dass sie den Garten los ist, dachte Flora, als sie die Tür zur Rosenlaube hinter sich schloss. Eine Sorge weniger. Für sie. Wegen Hubertus macht sie sich anscheinend überhaupt keine Gedanken. Sieht sie denn nicht, dass der nicht einfach so gezogen werden kann wie eine Pflanze? Einen Blumenstock, ja sogar einen jungen Baum, den kann man in die Richtung bringen, die man will. Aber ihr Sohn ist fünfundzwanzig Lenze alt. Ich werde in diesem Herbst sechzehn. Wie soll ich ihn denn erziehen?

Fast wie von selbst fanden Floras Füße den Weg zur Kapelle. Pater Romuald war nach Kreuzebra gefahren, der würde ihr also nicht die Tür weisen können. Aber Flora war nicht allein vor den Gnadenbildern. Roderick kniete dort. Schon wollte sie sich zurückziehen, als er aufsah.

»Wir müssen reden«, sagte er rau. »Ich habe mir so oft überlegt, wie ich es dir sagen soll, aber nie die rechten Worte gefunden. Also sage ich es dir, wie es ist.«

Flora starrte ihn überrascht an.

»Wir wissen beide, wie Hubertus ist. Aber Vater hat es sich nun einmal in den Kopf gesetzt, dich zu verheiraten mit ihm. Aus Dankbarkeit, weil du mir Bein und Leben gerettet hast.« Er holte tief Luft. »Ich war eben beim Vater. Er wusste schon Bescheid über den Garten. Aber er wollte nichts davon hören, was ich ihm vorgeschlagen habe. Da ist wirklich nichts zu machen. Ich habe es versucht.«

Was denn, was hast du ihm vorgeschlagen?, wollte Flora fragen, aber Roderick sprach schon weiter. »Das kannst du mir glauben. Ich habe gefleht, an seine Ehre appelliert. Und an die Meine. Aber es hat alles nichts genutzt. Er will es nicht erlauben.«

Meine Güte, dachte Flora. Du bist ja fast noch schlimmer als Herr Medard. Nun sag doch schon, was es ist. Aber als der jüngste Steinwald mit seinem Anliegen herausrückte, war sie doch verblüfft.

Roderick hatte nämlich beim Grafen um Floras Hand angehalten. Doch der Burgherr wollte nichts davon hören, dass sein Sohn es seiner Retterin schuldig sei. »Wir wissen nicht, woher sie kommt«, hatte er geantwortet. »Die Ehe mit Hubertus ist weit mehr, als sie jemals hätte zu träumen wagen können. Und dein Bruder wird sich schon beruhigen. Hat er das nicht immer getan? Nein, Sohn. Es ehrt dich, aber das lasse ich nicht zu. Du kannst sogar eine Tochter des Landgrafen haben, wenn du nur willst. Du bist eine gute Partie. Eine zu gute. Hubertus, nun. Da liegt der Fall anders. Der wird seinen Spottnamen nie im Leben los. Für ihn ist es das Beste, dass er so auf die Jagd versessen ist. Der wird nicht bei Hofe empfangen werden in allen Ehren. Seine Kinder, die vielleicht. Die wird er Flora schon machen, da bin ich sicher. Dass er es kann, hat er ja bewiesen. Aber du, mein Roderick, für dich habe ich andere Pläne. Und die haben nichts mit Gartenarbeit zu tun.«

All das erzählte Roderick in der Kapelle, während die Kerzen vor den Heiligen flackerten.

»Und dann hat er noch gesagt, dass Hubertus am Morgen bei ihm gewesen ist«, fügte er hinzu. »Und dass er sich beklagt hat darüber, dass ich seiner Braut zu gut bin. Dass es sich nicht ziemt.« Roderick schlug mit der Faust auf die Kirchenbank. »Als ob er sich jemals darüber Gedanken machen würde, was sich ziemt, wenn er etwas will. Er hat behauptet, weil ich dir schöne Augen mache, habe er Mutters Garten verwüstet. Lieber die Rosen umlegen als meinen Bruder, hat er gesagt. Dieser Schuft.«

Flora traute ihren Ohren kaum. Roderick wollte sie heiraten, und Hubertus war eifersüchtig! Dabei hatte sie doch keinem der beiden schöne Augen gemacht. Da war sie sicher. Wirklich?, fragte sie sich, bist du dir wirklich sicher? Warst du nicht doch etwas zu freundlich zu Roderick? Nein. Ich habe ihn von Herzen lieb, aber nie hätte ich gedacht, dass er mich zur Frau nehmen will. Und Hubertus, der ist mir doch schon lange zuwider, mit seinen plumpen Komplimenten, den dummen Geschenken und seinen Aufmerksamkeiten, die ich gar nicht will.

»Ja, ich weiß, das kam überraschend«, hörte sie Roderick sagen. »Ich hätte dir längst sagen sollen, dass dir mein Herz gehört. Nicht erst seit der Sache mit dem Bein. Damals, als wir beide nach der Katze gesehen haben, da wollte ich es dir schon gestehen. Aber da kam Hubertus dazwischen. Er kommt immer dazwischen. Es ist wie verhext.«

»Psst«, machte Flora. »Versündige dich nicht. Bedenke, wo wir sind.«

Roderick lachte auf. »In der Kapelle. Dort, wo ich dich gerne vor Gott und der Welt zu meiner Frau gemacht hätte. Aber wenn es so wird, wie der Vater will, dann kommt mir auch hier Hubertus in die Quere. Es wird gewiss so kommen. Der Vater hat das Datum für die Verlobung bereits festgesetzt.«

Flora stand da wie vom Donner gerührt. »Wann?«, wisperte sie endlich.

Roderick nannte ihr den Tag. Der 15. August sollte es sein, Mariä Himmelfahrt. Ein hoher Feiertag, an dem Graf Steinwald seinen Geburtstag feierte. Deshalb fand sich in der Liste seiner Vornamen auch Maria. Christian Wilhelm Gottlieb Maria von Steinwald. An was man alles denkt, wenn man nicht an das eine denken will, dachte Flora. Der 15. August. Sechs Wochen noch. Nur noch zweiundvierzig Tage. Bis dahin muss mir etwas eingefallen sein.

Während sich die Burg auf den Grafengeburtstag und das Verlobungsfest vorbereitete, versuchte Flora es mit Bitten, mit Schmeicheleien, mit Argumenten. Doch nichts wollte wirken. Graf Steinwald hatte sich entschlossen, und dabei blieb es.

Auch Marthe fiel nichts ein. »Außer Gift«, hatte sie gesagt und gelacht.

»Das meinst du doch wohl nicht ernst.« Flora war entsetzt gewesen, und die Alte hatte sich beeilt, »nur ein Scherz« zu murmeln. Aber ihre Augen waren ernst geblieben.

»Es wäre wohl auch zu schwierig«, hatte sie noch gesagt. »Du isst mit am Herrentisch. Da einen vergiften und selbst am Leben bleiben, ohne dass es auffällt? Gut, der Wein. Davon säuft Hubertus an einem Abend so viel, dass ihm gleich die ganze Kanne vorgesetzt wird. Das ginge.«

»Hör auf«, hatte Flora gefleht. »Hör sofort auf damit. Denke es nicht einmal. Du versündigst dich.«

»Das ist mir gleich.« Marthe war schnell wieder ernst geworden. »Also gut. Kein Gift. Aber was dann?«

Die Tage und Nächte waren vergangen, ohne dass sich eine Lösung ergeben hätte. Hubertus riss sich zusammen, trank weniger, bedrängte Flora immer seltener. Für ihn war die Sache abgemacht. Der Vater hatte gesprochen. Also würde es geschehen. Falls man ihn suche, er sei auf der Jagd.

Selbst am Vorabend des Festtags war er noch im Wald. Aber die Gäste, die eintrafen, um den Geburtstag zu feiern, fragten ohnehin nicht nach ihm. Die Verlobung sollte eine Überraschung sein, hatten Graf und Gräfin beschlossen, und sie begrüßten die Gäste, als sei der Geburtstag Anlass genug.

»Alle sind gekommen«, meldete Roderick Gertraud. »Nun gut, fast alle. Die zu den Höhen haben abgesagt. Dem Grafen geht es nicht gut. Genauer gesagt geht es ihm so schlecht, dass auch Herr Medard nicht kommen wird.«

Die Köchin hatte es gleich weitererzählt. Flora wusste nicht, was sie von der Nachricht halten sollte. Herr Medard hatte sie schließlich nach Steinwald gebracht. Aber wusste er überhaupt von den Plänen des Grafen? Vielleicht ist er gar nicht eingeweiht, sagte sie sich. Oder ist es ihm gleichgültig? Vielleicht bin ich ihm gleichgültig. Er hat mich abgegeben, und die Sache ist für ihn erledigt. Aus den Augen, aus dem Sinn.

Mit brennenden Augen saß sie auf der Steinbank im ehemaligen Rosenhag. Dort erinnerte nichts mehr an die einstige Blütenpracht. Der Kiesweg war verschwunden, stattdessen zeigte der eingesäte Rasen bereits erste grüne Spitzen. Es würde wohl bis zum nächsten Sommer dauern, bis man darauf den Ball über das Netz jagen konnte, aber die Anlage sah schon recht vielversprechend aus. Eigentlich eine interessante Idee, dachte Flora. Keine Blumenbeete, sondern eine glatte Fläche. Da ließe sich noch manch anderes machen als ein Spielfeld. Als wenn das meine Sorge wäre. Sie lachte auf. Das klingt bitter, dachte sie. Selbst mein Lachen ist nicht froh. Aber wie auch?

»Kommst du?« An der Gartenpforte stand die Gräfin. »Ich dachte mir doch, dass ich dich hier finde. Aber nun beeil dich. Es wird Zeit.«

Flora raffte die Röcke. Sie trug ein elegantes Kleid aus kostbarem Brokat, mit Stickereien, die selbst Annabrunn alle Ehre gemacht hätten. Die Gräfin hatte es besorgt und die feinen Seidenschuhe dazu. »Sieh es als Geschenk zur Verlobung an«, hatte sie gemeint.

Jetzt musterte sie ihre zukünftige Schwiegertochter noch einmal. »Die grüne Farbe steht dir wirklich gut. So kommen deine Augen besonders schön zur Geltung.« Mit flinken Fingern steckte sie eine vorwitzige Locke zurück in Floras aufwendige Frisur. »Nun aber hurtig. Du willst doch nicht zu deiner eigenen Verlobung zu spät kommen.«

Und wie ich das will, dachte Flora. Jedenfalls zu dieser. Aber es half ihr nichts. Sie bekam einen Ehrenplatz an der festlich gedeckten Tafel. Das beste Geschirr war aufgedeckt worden, goldene Löffel lagen neben den Zinntellern auf dem weißen Damast wie die Messer mit dem Steinwald-Wappen auf dem Griff, neben jedem Gedeck stand ein kostbarer Glaspokal. Und als ob das nicht genug wäre, erhielten alle Gäste zu jedem Gang ein frisches Mundtuch aus feinstem Leinen gereicht.

Am Ende des Festmahls klopfte Graf Steinwald gegen sein Glas. Das Stimmengewirr wurde allmählich leiser und verstummte endlich ganz.

»Liebe Freunde«, begann der Hausherr. »Käse schließt den Magen, Wein öffnet die Herzen. Eine ideale Mischung, möchte ich meinen. Aber ihr seid nicht gekommen, um einen Vortrag über Tischkultur zu hören. Ihr seid hier, mit uns mein Wiegenfest zu feiern. Ich weiß, ein Christenmensch begeht seinen Namenstag und dankt seinem Schutzpatron, dass er ihn ein Jahr vor dem Bösen bewahrt hat. Aber wie ihr ja alle wisst, habe ich heute zugleich auch Namenstag.«

»Hört, hört!«, rief der Graf von Nörvenich, der eigens aus dem Rheinischen angereist war, um seinem alten Kameraden beim Feiern zu helfen. »Mariechen, lass ma riechen!« Er hob seinen Weinpokal.

»Du nun wieder.« Graf Steinwald lächelte nachsichtig. »Aber gut, trinken wir zunächst auf das Wohl meiner Schutzpatronin.«

Auf das Wohl einer Heiligen, der Gottesmutter sogar, zu trinken? Flora staunte. Aber die anderen Gäste kannten das Ritual wohl schon und genehmigten sich einen langen Zug.

»Nun also«, fuhr der Graf fort. »Trinken wir als Nächstes auf die Gesundheit aller Anwesenden.« Wieder gehorchten die Gäste. Auch Flora trank ihr Glas bis zur Neige.

Trinkspruch folgte auf Trinkspruch, die Kannen leerten sich und wurden flugs durch volle ersetzt. Vor Floras Augen flimmerte es. Rings um den Tisch stand einer der Gäste nach dem anderen auf und trank der Runde zu, die das mit kräftigen Zügen aus dem Glas beantwortete. Endlich war die Mitte der langen Tafel wieder erreicht. Graf Steinwald klopfte ein weiteres Mal gegen sein Glas. Diesmal dauerte es etwas länger, bis erneut Ruhe einkehrte.

»Ein jedes Fest endet irgendwann, bis wir endlich alle zum Festmahl im himmlischen Jerusalem versammelt sind«, begann er.

»Amen«, blökte der Graf von Nörvenich scherzhaft.

Unbeirrt fuhr der Hausherr fort. »Aber hier auf Erden, hier währt nichts ewig. Wer etwas von Dauer schaffen will, baut entweder eine Kirche, oder er gründet eine Familie.« Im Flackerschein der Kerzen schien er ein wenig zu schwanken, aber schon hatte er sich wieder gefangen. »Ich habe beides getan. In der Kirche wird man mich einst zur letzten Ruhe betten. Dort werde ich die Auferstehung am Jüngsten Tag erwarten. Doch heißt es nicht, ihr wisset weder Tag noch Stunde? Es kann heute noch so weit sein oder morgen. Oder erst in langen Jahren. Wie ihr alle wisst, habe ich drei Söhne. Damit Steinwald auch in Zukunft besteht, verlobt sich heute Abend mein Hubertus.«

Stimmengewirr brach los. Mit dieser Nachricht hatte wohl keiner der Gäste gerechnet.

»Wer die Auserwählte meines Sohnes ist, werdet ihr gleich sehen, wenn er sie zum Verlobungstanz führt. Musik, wenn ich bitten darf!«

Die Tür zum Vorraum wurde geöffnet. Dort standen die Musiker bereit, die den Tanz begleiten sollten. Schon erklangen die ersten Töne.

Hubertus stand vor Flora und verbeugte sich. »Darf ich bitten, Jungfer?« Galant reichte er ihr den Arm.

Flora konnte später nicht sagen, was in sie gefahren war. Ob es an den vielen Trinksprüchen gelegen hatte? Oder war es der Mut der Verzweiflung gewesen? Auch über die Musik und das Getuschel der Gäste war ihr Nein bestens zu hören gewesen.

Sie war aufgestanden, hatte den völlig verblüfften Hubertus zur Seite geschoben und war aus dem Saal gestürmt. Das Letzte, was sie gehört hatte, bevor die Tür hinter ihr zufiel, war die trunkene Stimme des Grafen von Nörvenich gewesen. »Mariechen, ma riechen?«, hatte er gerufen und ihr zugeprostet.

16

Durch das kleine Fenster in ihrer Kammer sah Flora die ersten Anzeichen des Morgens. Sie nahm ihr Bündel und öffnete leise die Tür. Vorsichtig stieg sie die steilen Holztreppen hinunter, vermied die knarrende Stufe am Absatz und das Quietschbrett auf der Empore. Leise schlich sie über den Burghof. Hinter dem Küchenfenster war schon Licht, eine der Mägde schürte das Feuer. Flora ging zur Burgpforte. Mit hängenden Schultern stand sie vor dem Eisenhaken, der den Riegel absperrte. Ein schweres Schloss sicherte ihn. Hinter sich hörte sie Schritte.

»Ich kann dich nicht hinauslassen.« Der Torwärter klang, als ob es ihm von Herzen leidtäte. »Ich darf es nicht. Der Herr hat es verboten. Wenn ich dich entspringen lasse, dann muss ich mit. Doch wer nimmt schon einen alten Soldaten auf, der nicht mehr kämpfen kann, einen, der seine Pflicht nicht getan hat?«

Flora unterdrückte ein Schluchzen. Sie spürte, wie ihr die Tränen in die Augen stiegen.

»Nun, nun, Mädelchen. Du weißt, ich bin dir von Herzen gut. Hast du nicht im Winter eine Salbe für mich gemischt, die mir die Schmerzen lindern konnte? Wenn ich dir irgendwie helfen kann, gerne. Aber dich hinauslassen, das kann ich wirklich nicht.«

Flora blickte sich um. Nie waren ihr die Burgmauern bedrückender vorgekommen. Die Pforte war der einzige Zugang. Die mächtigen Steinblöcke waren innen und außen sauber verputzt. Da gab es keine Möglichkeit zu klettern. Ein Seil, dachte sie, ich brauche ein Seil. Aber wo finde ich eines, das lang genug ist? Unterhalb der Mauer geht es immer noch steil bergab. Oder knote ich mehrere zusammen? Es muss doch hier irgendwo Seile geben.

Im dunklen Stall fand sie nur ein paar Kälberstricke, die schon morsch waren. Sie wagte es nicht, in der Küche nach einem Licht zu fragen. Ich will am liebsten niemand mehr sehen von hier. Nur fort. Aber wie?

Der Himmel wurde allmählich hell. Die Waffenkammer im Turm fiel ihr ein. Aber dort stand sie vor verschlossener Tür. Ob ich aus meinem Bettlaken ein Seil drehen kann? Oder vielleicht geht es mit Tischdecken? Im Haupthaus regte sich noch niemand. Wieder gelang es ihr, die Treppen ohne Quietschen zu meistern. Das Fenster der Wäschekammer ging nach Osten. Im Dämmerlicht sah sie den wuchtigen Schrank, hinter dessen Türen sie die Decken wusste. Aber sie sah noch mehr. Neben dem Schrank stand ein Stuhl. Und auf diesem Stuhl saß Roderick. Er lächelte müde.

»Ich dachte mir, dass du hierherkommen würdest, wenn dich Martin nicht hinauslässt. Ach, Flora, dass du dich bei Nacht und Nebel davonschleichen willst wie ein Dieb.«

Wie gut du mich kennst, dachte Flora. Ach, Roderick, wenn du es doch wärest, den dein Vater mir anverloben will. Dann wäre ich vielleicht auch mit dem Wäscheschrank beschäftigt, aber nur, weil ich für die Hochzeit alles bügeln und schön machen will.

»Ist er dir denn wirklich so zuwider?« Roderick war aufgestanden und legte Flora den Arm um die Schultern. Sie schmiegte sich an ihn und nickte.

»Schau, ich weiß ja, wie er sein kann. Aber er ist mein Bruder. Er hat einen guten Kern. Und ich glaube, dass er dich lieben kann. Wer könnte dich denn nicht lieben?« Er zog Flora an sich. »Der Vater ist fest entschlossen, dass ihr heiraten werdet. Dein Nein gestern Abend hat sein Herz verhärtet. Die Gäste waren zwar alle der Meinung, dass sich das wieder einrenken wird und er es nicht so schwer nehmen soll, aber glaube mir, er wird dich nicht gehen lassen. Er ist nun einmal keiner, der eine Kränkung leicht vergisst. Er denkt, Hubertus wird dir beibringen, wie man mit einem Herrn von Steinwald umspringt. Du sollst Hubertus zähmen. Wie das gleichzeitig gehen soll, das weiß der liebe Gott allein. Und die Mutter, die ist einfach froh, wenn irgendjemand anders für Hubert sorgt, glaube ich. Sie ist es einfach müde.«

Ich bin auch müde, dachte Flora. Unendlich müde. Müde des Herumgeschubstwerdens, müde des Nichtwissens, wo ich hingehöre, müde, einfach müde. Aber wer hört schon auf ein Findelkind?

»Ach, Roderick.« Sie seufzte. »Was soll nur werden?«

»Na, du wirst mich heiraten. Und du, Bruderherz, nimmst mal hurtig deine Händchen von meiner Braut, sonst reiße ich dir die Finger einzeln aus. Schämst du dich denn gar nicht?«

In der Tür stand Hubertus. Sein Haar und der Bart waren zerzaust, die Augen rot geädert, er schwankte.

»Was willst du?« Roderick schob Flora hinter sich. »Mir kannst du drohen, so viel du willst, aber ihr wirst du nichts tun. Dafür sorge ich.«

»Du und welcher Heerhaufen, Brüderchen? Ich brauche doch nur zu pusten, und du kippst aus deinen Pantoffeln.«

»Das täte wohl jeder.« Flora hatte sich aus Rodericks schützendem Arm befreit und stellte sich zwischen die Brüder. »Hubertus, du stinkst, als hättest du im Weinfass übernachtet. Du bist es, der sich schämen sollte.«

Hubertus schnaufte überrascht, und auch Roderick sah verdutzt drein. »Ihr zwei seid Brüder, Himmeldonnerwetter noch eins. Aber wann habe ich einmal nicht erlebt, dass du versucht hast, Roderick herunterzuputzen? Und nun stehst du hier, stinkst wie ein ganzes Soldatenlokal, bist immer noch besoffen und schaust drein, als hätte dich jemand gezwungen, all den Wein in dich hineinzuschütten. Wahrscheinlich hast du in deinem Rausch wieder so geschnarcht, dass niemand im Stall die Augen zumachen konnte. Hubertus von Steinwald, du bist eine Schande für deinen Stand. Und nun scher dich davon. Troll dich.«

Hubertus schnappte nach Luft wie ein Fisch auf dem Trockenen. »Aber ... aber ....« Er schüttelte den Kopf und richtete sich auf. »So redest du nicht mit mir, du Hexe. Das sage ich dir.«

»Ich rede so, wie es mir passt. Wenn du das nicht erträgst, dann denk einmal nach, warum das so ist. Denk überhaupt einmal nach. Über dich. Über Steinwald. Darüber, warum keiner mit dir zusammensitzen will. Warum alle sich ängstlich ducken, wenn du wieder einmal einen deiner Wutanfälle hast. Denk. Einfach. Nach. Und überlass das Denken für einmal nicht dem Wein.«

Flora griff nach ihrem Bündel, das sie neben der Tür abgelegt hatte. »Kommt Ihr, Herr Roderick? Euer Herr Bruder hat zu denken. Da wollen wir ihn nicht stören.«

Ohne sich umzublicken, verließ Flora die Wäschekammer. Hinter sich hörte sie die leichten Schritte Rodericks, der immer noch ein wenig hinkte. Gut, er kommt, dachte sie. Dann können sich die Brüder wenigstens nicht die Köpfe blutig schlagen. Wie von selbst lenkte sie ihre Schritte zur Burgkapelle. Der Pater war nirgends zu sehen. Sie setzte sich in eine der Bänke und senkte den Kopf.

»Meine Güte«, sagte Roderick. »Ich bin beeindruckt.«

Flora spürte, wie sie zitterte. »Ich weiß nicht, was da plötzlich in mich gefahren ist«, gab sie zu. »Aber ich habe es einfach nicht mehr ertragen.«

»Ganz gleich, was es war, es hat funktioniert.« Roderick lachte leise. »Das hätte ich nicht gedacht, dass mein großer, starker Bruder vor einer Jungfer plötzlich ganz klein wird. Aber ich fürchte, er wird es mich noch spüren lassen, dass ich das miterlebt habe. Dich sowieso.«

»Das ist mir gleich. Er kann doch nicht immer mit allen umspringen, wie es ihm beliebt. Das muss einmal aufhören. Ich bin doch kein Reh, das er zu Tode hetzen kann.«

»Das weiß ich doch. Aber ob er es weiß?«

In den nächsten Tagen herrschte auf Steinwald eine eigentümliche Stimmung. Flora nahm nicht an den Mahlzeiten der Familie teil, und es wurde auch nicht nach ihr geschickt. Hubertus ließ sich nicht blicken, aber auch Roderick sah sie kaum. Da das neue Gras erst wachsen musste, bevor Flora den Ruhegarten weiter anlegen konnte, wurden die Tage lang und länger. Der Torwächter ließ sie weiterhin nicht hinaus, weder zum Kräutersammeln noch zum Beerenpflücken. Das übernahmen die Küchenmägde neben ihren anderen Aufgaben. Dafür half Flora Gertraud, die die Vorratskammer für den Winter vorbereitete. Die ersten Äpfel wurden geerntet, und Flora begann, sie zu dörren, wie sie es in Annabrunn gelernt hatte.

Eine seltsame, trügerische Ruhe lag über der Burg, aber die alte Marthe war nicht die Einzige, die hin und wieder schnuppernd die Nase hob. Als ob man Ärger und Kummer riechen könnte, dachte Flora. Aber vielleicht kann man das ja wirklich. Hubertus beginnt er zu stinken, wenn er wütend wird. Es ist nicht Schweiß. Es ist irgendein anderer Geruch. Und er riecht nicht so, wie es auf dem Heuboden riecht, wenn eines von den Küchenmägdchen mit roten Wangen aus dem Stall kommt und sich die Zöpfe neu flechten muss.

Eines Abends stand Roderick vor ihr. »Der Vater schickt mich«, sagte er. »Er wünscht, dass du wieder mit uns an der Tafel sitzt.«

»Hat er sonst etwas gesagt?«

»Nur dass es sich nicht schickt, wenn die Braut seines Sohnes beim Gesinde hockt.« Er lächelte entschuldigend. »Er hat sich nun einmal entschieden.«

Flora nickte. Ein Herr ist ein Herr. Und auch wenn der Herr von Steinwald nach dem Gesinde schaut, wenn es darauf ankommt, dann bleibt er, was er ist, dachte sie.

An der Familientafel wurde nicht über Floras Verhalten gesprochen. Auch ihre Abwesenheit wurde mit keinem Wort erwähnt.

Pater Romuald versuchte, Konversation zu machen, aber nur Roderick und seine Mutter waren bereit, darauf einzugehen. Der Graf aß und schwieg. Und Hubertus? Flora riskierte einen Blick. Der trank und schwieg.

262

»Erntedank«, sagte der Pater, »das ist auch so etwas.«

Flora dachte an den festlichen Schmuck, den sie für die Annakirche in Wolfhagen hatte zusammenstellen dürfen. Wie lange das schon zurücklag!

Genau dieser Schmuck war dem Pater ein Dorn im Auge. »Stellt Euch vor, Eure Ernte ist gesegnet, füllt Scheuer, Keller, Küche. Dann gehen die Weiber hin und haben nichts Besseres zu tun, als Erntekränze zu winden, sie neckisch mit Äpfeln zu bestücken und was nicht gar und das alles in der Kirche aufzustellen. Was soll denn das? Wäre es denn nicht viel besser, die Sachen gleich den Armen zu geben, die im Winter darben müssen? Gut, ihr werdet allezeit Arme haben bei euch, hat der Herr gesagt, um die Schrift einmal zu verdeutschen. Das wäre es noch, die Biblia in Deutsch, sodass ein jeder nachlesen kann, was er tun soll. Ob dann die Lehre der Kirche etwas weniger mühsam wäre?« Der Pater lachte. »Wir lehren und lehren und mahnen. Aber nützt es? Die Welt hängt sich an eitlen Tand und räumt auch noch Gottes eigenes Haus voll damit.«

»Aber ist es denn nicht würdig und recht, den Herrn zu feiern mit dem Besten, was man hat?« Roderick kann es nicht lassen, den Pater aufzuziehen und mit frommen Argumenten zu necken, dachte Flora. Aber er ist ein Mann, da lässt er sich das gefallen. Wenn ich das Gleiche sagen würde, dann wäre jedenfalls der Teufel los.

»Gewiss, junger Herr.« Der Pater strich sich nachdenklich den Bart glatt. »Den Herrn feiern, das ziemt sich. Aber muss es immer mit Dingen sein? Das Feuer des Glaubens, sollte es nicht heller leuchten als die teuerste Kerze? Ein gläubiges Herz, wiegt es nicht mehr als alles Gold Sabas?

263

Ich sage Euch, wer Gott wirklich liebt, der behängt sein Haus nicht mit eitlem Tand. Der nimmt das Schwert und verkündet den Glauben, macht sich auf gegen die Türken und die Ketzer.«

»Gegen die Türken?« Nun mischte sich Graf Steinwald doch ein. »Gegen die bin ich gezogen wie so mancher andere auch. Und was hat es getaugt? Jerusalem ist immer noch in der Hand der Sarazenen. Das war ein Opfer, das dem Herrn nicht wohlgefällig war, will mir scheinen. Denkt doch nur an den Grafen zu den Höhen. Der ist siech aus dem Kampf gekommen, und sein Stamm wird nun mit ihm vergehen. Das kann es doch auch nicht sein. Da sind mir die Erntekränze lieber, wenn wir über sie nicht der Armen vergessen.«

»Euer Einsatz für den Glauben ist ein Licht in der Welt.« Pater Romuald nickte nachdenklich. »Und was dem Grafen zu den Höhen widerfahren ist, das ist betrüblich genug. Oder dem letzten Landgrafen, der die Herrschaft an seinen Bruder abgegeben hat, weil er mit der Franzosenkrankheit aus dem Heiligen Land heimkehrte. Auch wenn so mancher diese Seuche für schlimmer hält als die Pestilenz, es will mir scheinen, sie ist die wahre Geißel Gottes. Die hat er sich als Strafe ausgedacht, da bin ich sicher. Denn die Pest, die befällt alle, aber die Franzosenkrankheit? Die zeigt sich zuerst bei den Sündern.«

Der Graf schlug ungehalten auf die Tischplatte. »Wer Männer in den Krieg schickt, sollte nicht klagen, wenn sie sich wie Männer verhalten und nicht wie Eunuchen.«

»Christian«, mahnte die Burgherrin, aber der Graf wollte nicht nachgeben.

»Ja, was denn? Es ist doch wahr. Die Franzosenkrankheit, die hat man sich nur allzu schnell eingefangen. Im Krieg werden die Jungfern als Erstes knapp, noch vor dem Geld und dem Essen. Was also soll ein Mann tun?«

Pater Romuald wusste sogleich die Lösung, aber der Herr von Steinwald lachte nur.

»Ja, ja, Enthaltsamkeit. Ihr wart noch nicht im Feldlager, Ihr kennt nicht den Lärm, die Aufregung, die Panik, den Gestank, die Enge, das Wissen, dass es im nächsten Moment aus sein kann oder, noch schlimmer, dass der Feldscher Euch nach Hause schickt, wo niemand auf einen Krüppel gewartet hat. Wenn da ein Mann einmal seinen Kopf an eine weiche Brust bettet, wenn er ein bisschen Ruhe haben will vor dem Sturm, wer kann ihm das verdenken?«

Der Pater wollte schon antworten, aber der Graf hob die Hand. »Nein, Ihr seid ein geistlicher Herr. Euch ist solcher Trost versagt. Aber ich sage Euch, als ich damals im Feld stand, ich habe so manche Tonsur gesehen, unter der auch nur ein Mann steckte. Und damit genug davon.«

Er wandte sich seiner Frau zu. »Recht so, Genoveva? Schweigen wir von etwas anderem.«

Hubertus hob die Weinkanne.

»Aber trotzdem«, fuhr der Pater fort, »trotzdem verstehe ich nicht, warum es notwendig sein sollte, das Haus des Herrn auszustaffieren wie ein Jahrmarktszelt. Es ist einfach nicht richtig.«

»Wenn es dem Glauben hilft, wie kann es falsch sein?«, warf Roderick ein.

»Ja, aber hilft es denn dem Glauben? Oder hilft es, zu glauben, dass man glaubt? Wer das helle Licht der Wahrheit nicht erträgt, wer Geheimnis und Kerzen braucht, ist der bereit für den Glauben?«

Pater Romuald hat eigentlich auch nur ein Thema, dachte Flora. Zum Glück ist es dieses und nicht die Sünde.

Für sie zog sich dieses Abendessen endlos hin. Sie sehnte sich nach der Wärme und Geborgenheit, die sie in Annabrunn gespürt hatte, nach dem Gelächter und den gutmütigen Foppereien der Küchenmägde im Hause zu den Höhen. Hier musste sie jedes Wort auf die Goldwaage legen, um weder den Grafen noch Hubertus zu reizen.

Der musterte sie nun wieder einmal aus zusammengekniffenen Augen, sah von ihr zu Roderick und zurück. Dann griff er erneut zur Kanne. Er schenkte nach und schaute verblüfft drein, als nur noch wenig Wein aus der Tülle kam. »Leer«, stellte er fest. Ohne Weiteres griff er nach der anderen Kanne, die auf dem Tisch stand.

Endlich war das Nachtmahl vorüber, und Flora konnte sich in ihre Kammer zurückziehen. Im Davongehen hörte sie noch den Grafen »auf ein Wort, Sohn« sagen. Ob er Hubertus endlich einmal zur Rede stellt und ihn fragt, warum er so säuft? Zeit wäre es, dachte Flora.

Aber dann hörte sie hinter sich ein angestrengtes Schnauben und roch den Wein. Hubertus kam hinter ihr her. Flora eilte davon. Vor der steilen Treppe raffte sie das Kleid, aber schon hatte er sie eingeholt.

»Warum so eilig, mein Bräutchen?« Sie spürte seine klobige Hand auf ihrem Arm.

»Lasst mich.«

»Nun hab dich nicht so. Wir sind doch sowieso schon bald verheiratet. Ich weiß wirklich nicht, warum du dich immer so zierst.«

Hubertus blies ihr seinen Weinatem ins Gesicht. Angewidert drehte sich Flora zur Seite.

»So kommst du mir nicht davon, das sage ich dir. Du gibst dich, als wärest du etwas Besseres. Aber du bist auch nur eine Jungfer. Noch nicht einmal von Stand. Eine Küchenmagd bist du gewesen. Also, was soll das, warum zierst du dich so? Andere wären glücklich, wenn ich mich um sie bemühte.«

Ich wäre auch glücklich, wenn du dich um eine andere bemühtest, dachte Flora. Überglücklich wäre ich.

»Nachdem du dem Vater ja die Verlobung verdorben hast, dem Vater und mir, da könntest du ruhig ein wenig netter zu mir sein.«

Flora seufzte.

»Na, ist doch wahr. Wer weiß denn, wen du alles schon gehabt hast. Trotzdem will ich dich, bin ich bereit, dich sogar zu heiraten. Und was machst du? Lässt mich stehen, weichst mir aus, wirfst mir scheele Blicke zu, so wie jetzt. Ich sage dir, das lasse ich mir nicht länger gefallen. Du wirst schon noch sehen.«

Endlich gelang es Flora, sich loszureißen. Sie eilte die Treppe hinauf. Hubertus wollte ihr folgen, aber der Wein hatte wohl die Stufen versetzt. Es polterte, er fluchte, es polterte wieder. Flora wandte sich nicht um. Endlich konnte sie die Kammertür hinter sich schließen. Aufatmend lehnte sie sich dagegen.

Ich werde ihn nicht heiraten, schwor sie sich. Nie im Leben. Eher springe ich vom Bergfried. Das gibt einen mächtigen Klatsch, und alles ist aus. Die armen Knechte, die den Fleck wegmachen müssen. Sie kicherte und wurde dann wieder ernst. Ich überlege, wie ich die größte Sünde begehen kann, die es nur gibt, und mache mir gleichzeitig Sorgen um die Leute, die hinter mir sauber machen müssen. Heilige Muttergottes, ich lebe wirklich in einer verkehrten Welt. Aber was kann ich nur tun, um sie wieder ins Lot zu bringen?

Ihre Gartenkunst war jedenfalls nicht der richtige Weg, stellte Flora fest. Wann immer sie versuchte, den ehemaligen Rosenhag zu verschönern, über kurz oder lang kam Hubertus vorbei, und das mehrmals am Tag. Er lauerte ihr im Kräutergarten auf, versperrte ihr den Weg in die Burgkapelle. Nirgends war sie vor ihm sicher. Selbst der Abort, der über die Burgmauer hinausragte, war keine Zuflucht, stellte sie eines Tages fest, als sie das rot geäderte Auge in dem herzförmigen Türausschnitt sah.

Roderick hätte sie gerne beschützt. Aber es war wie verhext. Kaum waren er und Flora für wenige Minuten allein, kam einer der Knechte vorbei, tauchte Hubertus auf oder der Graf persönlich. Selbst die Burgherrin verließ gelegentlich die Rosenlaube.

»Es ist, als hätte sich alles verschworen, damit wir ja nie allein sind«, beklagte sich Flora eines Abends, als sie ihm auf der Treppe begegnete.

Roderick nickte. »So ist es. Hubertus hat dem Vater verraten, dass er uns in der Wäschekammer erwischt hat. Warum wir dort waren, das wollte doch keiner wissen. Aber jetzt passen sie auf. Noch so eine Peinlichkeit wie bei der Verlobung wollen sie auf jeden Fall vermeiden.«

Flora spürte, wie sie rot wurde. »Was hätte ich denn tun sollen?«, fragte sie leise. »Es war nicht das, was sich ziemt. Aber ich wusste mir einfach keinen Rat mehr.«

»Bei mir brauchst du dich doch nicht zu entschuldigen.« Rodericks Stimme klang besänftigend. »Ich verstehe dich nur zu gut.«

Schon waren schwere Schritte zu hören. Hubertus kam die Treppe herunter.

»Was ist denn hier los? Kleines Stelldichein vor dem Nachtmahl? Tuscheln im Turm?«

Flora musterte ihn. Noch schien er einigermaßen nüchtern. »Seid nicht albern«, antwortete sie. »Ihr seht etwas, das es nicht gibt.«

Leider gibt es das nicht, dachte sie. Mit Roderick wäre ich nur zu gerne verlobt. Aber es soll wohl nicht sein.

»Wenn Ihr meint, Jungfer, wenn Ihr meint.« Hubertus kam näher. Misstrauisch musterte er den Abstand zwischen Flora und Roderick.

Genügend weit für Sitte und Anstand, dachte Flora. Aber Roderick würde mich nie in eine peinliche Lage bringen. Im Gegensatz zu seinem Bruder.

»Nun gut.« Hubertus schob sich an Flora vorbei. »Brüderchen, hink doch schon einmal vor. Wir kommen gleich nach.«

Roderick zögerte und sah zu Flora. Die zuckte mit den Schultern.

Er nickte und wandte sich zum Gehen.

»Ach, so steht es also.« Hubertus sah ihm nach, das Gesicht zu einer höhnischen Grimasse verzogen. »Ihr habt ihn gut unter dem Pantoffel, Jungfer. Genießt es, solange es noch geht. Wenn wir erst verheiratet sind, dann wollen wir doch sehen, wer das Sagen hat.«

Flora wandte sich ebenfalls ab und wollte davongehen, aber Hubertus packte sie an der Schulter.

»Nicht so schnell, Jungfer.«

»Lasst mich los.« Flora zappelte, aber sie konnte den eisernen Griff nicht lösen.

»Es gibt da ein Zauberwörtchen«, wisperte Hubertus. Kleine Speicheltröpfchen trafen Floras Wange. »Sagt es. Oder, noch besser, zahlt Tribut. Ein Kuss macht Euch den Weg frei. Also? Ich warte.«

»Ihr seid wirklich unmöglich, Hubertus von Steinwald.« Eine heiße Welle schoss durch Flora. Ehe sie es sich versah, waren ihre Gedanken schon zu Worten geworden und purzelten nun über ihre Lippen. »Ist das edel getan? Ist das der Adel, auf den Ihr so stolz seid?«

Hubertus wurde blass vor Wut. »Du wagst es«, zischte er. »Du verdammte Küchenmagd.« Er schüttelte sie. »Du wirst deinen Platz noch lernen, das glaube mir.«

Nun konnte Flora nicht mehr an sich halten. »Lernen? Von Euch? Wie man Mensch und Tier schindet, nur damit das eigene Vergnügen größer wird, ja, das kann ich gewiss von Euch lernen. Oder noch besser, wie man säuft, wie man seinen Wein nicht halten kann, besoffen im Stroh liegt. Fürwahr, Hubertus, darin könnt Ihr den Doktor machen.«

Flora sah noch, wie die Hand auf sie zuflog. Dann wurde alles schwarz um sie.

Warum liege ich auf dem Boden?, dachte sie. Mein Gesicht schmerzt. Und was ist das für ein Geräusch? Sie sah sich um. Vor ihr kniete Hubertus, der sein Gesicht in den Händen verbarg und schluchzte. Sie rappelte sich auf.

Aus tränenblinden Augen starrte Hubertus sie an. »Es tut mir leid«, sagte er. »Wirklich. Das wollte ich nicht.«

Er hat mich geschlagen, dachte Flora. Er hat mich wirklich und wahrhaftig geschlagen. Sie drehte sich um und ging davon.

In ihrer Kammer angekommen, schob sie als Erstes den Riegel vor. Ihr Gesicht brannte. Im Dämmerlicht sah sie in den kleinen Spiegel, der an der Wand hing. Auf ihrer linken Wange prangte ein roter Fleck. Er hat mich tatsächlich geschlagen. Was soll ich nur tun?

Das kann ich unmöglich Roderick sagen. Wenn er das erfährt, wird er auf Hubertus losgehen. Und wenn die Brüder miteinander kämpfen, dann bleibt er auf der Strecke. Das ist sicher. Was kann ich nur tun? Der Graf wird mir nicht helfen und die Gräfin auch nicht. Aber so kann es doch nicht weitergehen.

Flora griff nach der Flasche mit dem Rosenwasser. Das habe ich für Kranke und Schwache gemacht, dachte sie. Nie hätte ich mir träumen lassen, dass ich es selbst einmal brauchen würde. Sie beträufelte ein Tuch und kühlte damit ihre Wange.

Einen kühlen Kopf muss ich bewahren, sagte sie sich. Jetzt gibt es nur noch eines. Herr Medard hat mich hierhergebracht. Jetzt muss er helfen. Er muss die Folgen mittragen, wenn er mich schon ohne Erklärung aus dem Haus zu den Höhen herausgerissen hat. Ich werde ihm schreiben.

Der Torwächter schuldet mir etwas. Wenn er mich schon nicht gehen lassen kann, einen Brief, den wird er doch wohl weitergeben.

Schon lagen Papier, Feder und Tinte bereit. Doch wie sollte sie ohne Licht einen Brief zustande bringen? Nein, beschloss sie. Ich gehe nicht vor morgen aus meinem Zimmer. Beim ersten Licht, da werde ich zu schreiben beginnen. Ich werde ihm alles erzählen. Und dann werden wir ja sehen. Hubertus, sieh dich vor!

TEIL III

17

»Lass mich.« Unwillig drehte sich der Kopf zur Seite. Nur wenig hob sich das fahle Gesicht von den seidenen Kissen ab.

»Aber Ihr müsst doch wenigstens etwas trinken.«

Ein müdes Seufzen war die Antwort.

»Bitte. Mir zulieb.«

»Du Quälgeist. Aber wenn du mich dann in Ruhe lässt, also gut.«

Der alte Diener schob seinen Arm unter die knochigen Schultern und half seinem Herrn, sich aufzurichten. Dann hielt er den Schnabelbecher an die trockenen Lippen. Doch nach nur wenigen Schlucken hob sich schon abwehrend eine knochige Hand. Sorgfältig stellte er das Gefäß auf dem Tischchen neben dem Himmelbett ab und half dann dem Siechen, der sich ermattet zurück in die Kissen sinken ließ. Der lächelte sanft.

»Du bist ein alter Betrüger, Matthes. Sagst, ich muss etwas trinken, und gibst mir dann Hühnerbrühe.«

»Ihr müsst doch etwas zu Euch nehmen. Sonst ...« Matthes, der Kammerdiener, biss sich auf die Lippen.

»Genau. Sonst. Auf dieses Sonst warte ich schon so lange. Aber ich glaube, du willst sogar den Tod noch betrügen, du alter Gauner.«

Wortlos begann der Diener, die Decke zurechtzuzupfen.

»Nun lass es schon sein, Matthes. Ich weiß, du meinst es von Herzen gut. Du warst mir ein treuer Kriegskamerad, damals im Türkenzug. Und nun sind wir beide alt geworden, alt und grau. So geht es eben. So gerne ich wieder heimgekehrt bin, damals, vor sechzehn Jahren, so oft denke ich, es wäre vielleicht doch gut gewesen, wenn ich im Feld geblieben wäre. Aber wer rechnete denn schon damit, dass die Türken unbedingt Rhodos besetzen wollten.«

»Wir haben ihnen aber doch recht ordentlich die Hucke vollgehauen.«

»Das haben wir. Und sie mir. Nun ja. Wenn es doch nur die Hucke gewesen wäre. Das hätte manches geändert. Aber was geschehen ist, lässt sich nicht ändern. Nun lass es gut sein. Dich brauche ich heute nicht mehr. Geh schlafen. Und wundere dich nicht, wenn du hier noch lange Licht siehst. Die Herrin kommt gleich. Wir haben etwas zu besprechen.«

Leise verließ der alte Diener das Zimmer seines Herrn, nicht ohne noch einen Blick zurückzuwerfen auf die abgemagerte Gestalt unter den weichen Decken. Der prächtig gestickte Himmel mit dem Familienwappen spannte sich über dem Bett, die Glut im Kohlebecken würde noch etliche Stunden wohlige Wärme spenden. Alles war, wie es sich gehörte.

Nein, dachte Matthes, nichts ist, wie es sich gehört. Mein Herr ist auf den Tod krank, und ich kann nichts daran tun. Überhaupt nichts ist, wie es sich gehört. Leise stieg er die Treppen hinunter und ging zum Küchenhaus. Elfriede erwartete ihn schon.

»Nun?«

»Ein paar Schlucke, zu mehr konnte ich ihn nicht überreden.«

»Wenigstens das. Meine Hühnersuppe hat er immer gemocht. Einfache Kost, damit bin ich beim Herrn stets gut gefahren. Sonst wäre es mir wohl auch schlimm ergangen, als die alte Köchin sich damals mitten im Winter zum Sterben hinlegte und weit und breit niemand ihr Amt übernehmen konnte als die Küchenmagd, vor der sie ihre Rezepte immer eifersüchtig gehütet hatte.«

Matthes lächelte. »Das eine oder andere hast du dir ja doch abgeschaut gehabt. Aber die Kleine, die als Küchenmagd hierherkam, die hat dir doch noch einiges beibringen können, nicht wahr? Wie hieß sie doch noch gleich?«

»Bist du wohl still!« Halb im Spiel drohte Elfriede ihm mit der Schöpfkelle. »Aber manchmal frage ich mich schon, was aus Flora geworden ist. Sie hatte gute Rezepte. Und ein noch besseres Herz. Auch wenn ich sie mächtig herumgescheucht habe.«

»Das hast du, fürwahr.« Matthes strich sich den eisgrauen Knebelbart. »Aber dafür hat sie auch keinen Unfug angestellt oder den Stallknechten den Kopf verdreht.«

»Dafür war sie viel zu müde. Dafür habe ich schon Sorge getragen.«

Lachend betraten sie die Küche, doch schnell wurde Elfriede wieder ernst. »Nun sag, wie steht es denn mit unserem Herrn wirklich?«

»Schlecht.« Matthes ließ sich auf die Bank hinter dem großen Küchentisch fallen. »Diesmal geht es wohl wirklich zu Ende mit ihm.«

»Das haben wir doch schon ein paarmal geglaubt. Weißt du noch, kurz nachdem die Kleine auf und davon ist? Was war ich froh, dass sie mir noch ein paar Rezepte und Arzneien beigebracht hatte. Ich glaubte fast, den Winter übersteht er uns nicht.«

»Das hat er wohl auch geglaubt, eine Zeit lang. Aber diesmal? Er hat nach dem Advokaten geschickt. Das verheißt wirklich nichts Gutes, weiß Gott.«

»Jessas!« Elfriede schlug die Hand vor den Mund. »Da wird kein Tee mehr helfen und auch keine Hühnersuppe, wenn erst einmal der Advokat im Hause ist.« Ratlos setzte sie sich neben Matthes.

Sie war ihm einst recht gut gewesen. Aber dann hatte der Diener seinen Herrn begleiten müssen, als der wegen einer Erbschaftssache ins ferne Venedig gereist war. Ein trauriger Abschied war das gewesen, damals im Sommer, es war das Jahr des Herrn 1478 gewesen, aber Matthes hatte sie dabei gebeten, dem Werben des Stallmeisters nachzugeben. Wer wusste denn schon, ob er aus der Fremde wieder heimkehren würde und in welchem Zustand? Also hatte Elfriede ihren Georg erhört und ihn am Erntedankfest im gleichen Jahr geheiratet.

Glücklich war sie mit ihm geworden, aber nun lag er schon lange Jahre auf dem kleinen Friedhof neben der Dorfkirche. Immerhin hatte er noch erlebt, wie der Graf zu den Höhen siech und matt heimgekehrt war, den getreuen Matthes an seiner Seite. Alt und grau war der geworden, aber es war auch eine Fahrt gewesen, von der in früheren Zeiten die Sänger Lieder gesungen hätten. Doch weder dem Grafen noch seinem Kammerdiener war es nach Singen zumute gewesen. Es hatte eine ganz einfache Sache sein sollen, nach Venedig, die Angelegenheit regeln, vielleicht noch ein bisschen umschauen und wieder zurück. Höchstens ein Jahr hatte der Herr fortbleiben wollen und seine junge Frau tröstend in den Arm genommen. »Ein Jahr, du wirst sehen«, hatte er beim Mittagessen gesagt, als Elfriede gerade auftrug, »ich reise jetzt, überwintere gemütlich im Süden und mache mich im Frühjahr wieder auf. Bis dahin sollte ja alles erledigt sein mit der Erbschaft. In der Zwischenzeit vertreibt dir der Medard die Zeit, nicht wahr?«

Sein Neffe, der vor zehn Jahren als Page auf die Burg zu den Höhen gekommen war und sich nun den noch kurzen Bart rieb, hatte genickt.

Ein Jahr? Elfriede und der ganzen Burg war es wie eine Ewigkeit erschienen. Fünf Jahre waren es schließlich geworden, fast sechs. Und Matthes, der vorher recht gesprächig gewesen war und immer eine Schnurre zum Besten zu geben gewusst hatte, mochte am liebsten gar nichts erzählen. Was musste das für eine Fahrt geworden sein! Erst allmählich kamen ein paar Einzelheiten ans Licht. So hatte Matthes von den Beschwernissen der Fahrt berichtet, der Räuberbande, die am Rand der Alpen ihr Unwesen trieb, Vogelfreie, die nur allzu gerne reiche Herren gefangen setzten, bis das Lösegeld eingetroffen war. Aber der Graf war in seinem Kettenhemd gut geschützt gewesen, hatte eine feine Klinge geführt, mit Matthes, der seinen Prügel einzusetzen wusste, die Reisegesellschaft verteidigt, endlich obsiegt und die Strauchdiebe der Obrigkeit ausgeliefert. Dann war es weitergegangen, über Berge, die ihre Gipfel bis in die Wolken reckten, durch Schnee und Eis hinauf und wieder hinab, in die Sonne Italiens, die den Grafen in seinem Kettenhemd hatte weidlich schwitzen machen. Aber hatte sich das nicht schon einmal bewährt? Also ging es weiter nach Venedig, und Matthes hatte die Pracht der Lagunenstadt geschildert, von den Kähnen berichtet, mit denen man bis vor die Haustüre fuhr, bis die Küchenmägde vor Staunen kicherten.

Und weil sie schon einmal da waren, hatte der Graf beschlossen, doch auch Rom zu besuchen und seiner Frau ein Andenken mitzubringen, vielleicht ein Heiligenbild oder einen Rosenkranz, vom Papst geweiht. So ein Kettenhemd war auf Erden ja praktisch, aber im Himmel, da galt anderes, lehrten das nicht die frommen Brüder und die geistlichen Herren? Also waren sie weitergezogen, hatten das Herz der Christenheit mit klopfendem Herzen betreten, nicht ohne zuvor noch ein paar Räubern den Garaus gemacht zu haben. Dann war der Graf einem Vetter begegnet. Der diente als Ordensritter der Hospitaliter auf Rhodos. Da sie doch schon so weit gekommen waren, könnten sie doch ebenso gut noch einen Abstecher machen, war der Graf der Meinung gewesen, und Matthes hatte gepackt. Alles war gut gegangen, Rhodos eine Märcheninsel und doch eine der äußersten Bastionen der Christenheit, seit das Heilige Land im Griff der Türken war und die sogar frech rüsteten, als sei der Herr auf der Seite der Heiden!

Gerade rechtzeitig zum Advent war der Graf zu den Höhen auf der Insel eingetroffen. Anfang Dezember versuchten die Türken, mit einer Flotte auf Rhodos zu landen, und der Herr d'Aubusson, seines Zeichens Großmeister der Hospitaliterordens, hatte keinen waffenfähigen Mann mehr von der Insel gelassen. Matthes polierte das Kettenhemd, sorgte dafür, dass das Schwert scharf war, und ließ sich von einem der Ritter des Ordens in der Kriegskunst unterweisen. Hatte er bisher nur Erfahrung mit dem Rossschinder gesammelt, waren hier die Glefen gefragt, Stangenwaffen die statt eines Widerhakens einen spitzen Dorn auf dem Klingenrücken trugen.

»Und ich habe schnell gelernt, damit umzugehen«, hatte Matthes an einem der langen Winterabende erzählt, als ihm der heiße Würzwein die Zunge gelöst hatte. »Dezember war es, als niemand mehr die Insel verlassen durfte. Nur noch Boten, mit Eilbriefen, die um Hilfe ersuchten. Es kamen auch Ritter, Soldaten, Reisige, allein zweitausend aus Frankreich. Die hatte der Bruder des Herrn d'Aubusson geschickt. So saßen wir also hinter den Stadtmauern, prüften das Bollwerk, schärften die Waffen und warteten. Wir warteten und warteten. Eines Tages war es dann so weit. Der Mai hatte ganz friedlich begonnen. Und dann stand der Türke auf der Insel, in dichten Scharen. Es heißt, es seien Hunderttausend gewesen, die uns den Garaus machen wollten.« Matthes hatte tief in seinen Becher geschaut. »Oder sie wollten es so halten wie wir Christenmenschen. Die nichts haben, die werden umgebracht im Krieg, die für ein Lösegeld gut scheinen, werden verschont. Oder alle werden Sklaven auf den Galeeren und müssen rudern, bis sie tot sind. Damit haben wir alle gerechnet, die wir uns hinter die Mauern duckten, als die Kanonen donnerten.«

Matthes war verstummt. Elfriede hatte ihm wortlos die Schale mit dem Würzbrot hingeschoben, und so waren sie beide in der Küche gesessen, während draußen der Wintersturm heulte und das Feuer im Ofen leise knackte.

»Ich muss nach dem Herrn sehen«, hatte Matthes endlich gesagt und dabei geseufzt.

Aber Elfriede hatte nichts davon wissen wollen. »Hat er dich nicht höchstselbst fortgeschickt und gesagt, dass er dich vor dem Morgen nicht mehr sehen will?«

Matthes hatte genickt. »Das schon. Als ich ihm den Würzwein gebracht habe. Da hat er gesagt, ich soll mir auch einen Becher geben lassen von dir, oder besser gleich eine ganze Kanne. Und gelächelt hat er dabei.«

»Also wirst du gehorchen«, hatte Elfriede ihn beschieden. Nun saß er bei ihr in der Küche, mit warmem Wein im Becher und einer nur halb erzählten Geschichte auf dem Herzen. Es dauerte noch eine ganze Weile, aber Elfriede hatte schließlich alles erfahren.

»So ging es den ganzen Tag. Und auch die Nacht, und wieder und wieder und wieder donnerten die Kanonen. Schreie hörten wir, rochen den Pulverdampf, standen im Rauch von den Feuern, die die glühenden Kugeln in den Trümmern der von ihnen zerschlagenen Häuser entfacht hatten, reparierten notdürftig und unter Lebensgefahr die Mauern, bis es nichts mehr zu reparieren gab. Den ganzen Mai ging das so, und Mesih Pascha glaubte, er hätte uns. Aber wir haben es ihm gezeigt, als er im Juni den Sturmangriff befahl. Und wie wir es ihm gezeigt haben!« Matthes hatte sogar ein bisschen gelächelt. »Auch der zweite Sturm brachte dem Pascha nicht den erhofften Sieg. Den brauchte er aber unbedingt, wenn er den Kopf nicht verlieren wollte. Der Sultan versteht nicht, dass das Kriegsglück eben auch einmal den anderen hold ist. Und diesmal lächelte es eben uns zu, am 28. Juli. Endlich schwiegen die Kanonen, und so wussten wir, dass der große Sturm alsbald beginnen würde. Ich half dem Herrn ins Kettenhemd, legte ihm den Harnisch an, gürtete ihm das Schwert um, sorgte dafür, dass kein Riemen an den Beinschienen lose war, und da ich gerade kniete, sah ich auch nach den Haken, die das Kettenhemd im Schritt schlossen. Du kennst ja den Herrn, die Schamkapsel wollte er nicht, neumodischer Kram, hat er immer gesagt, bieg die Haken gut zu und fertig. Als er kampfbereit war, griff ich nach der Glefe, vergewisserte mich, dass ich meinen treuen, alten Knüttel im Gürtel hatte, und starrte über die Trümmer auf den Feind.«

Matthes griff nach einem Stück Würzbrot, um es gedankenverloren zwischen den Fingern zu zerbröseln.

»Die Glocken läuteten, Priester gingen durch die Kampfreihen und segneten uns, in einer geschützten Ecke standen die Soldaten an, um beichten zu können. Ich habe wirklich geglaubt, dass ich an diesem Tag meinem Herrn ins Paradies folgen würde. Oder auf eine der Sklavengaleeren. Aber Gott war mit uns. Oder wer immer es war, der dem Feind die Nachricht brachte, dass sie nicht plündern dürften. Das hättest du sehen sollen, Elfriede. In dem einen Moment stehst du da und weißt, du hättest dich von den Deinen besser verabschieden sollen und nicht einfach so, als wärest du nächstes Jahr wieder da, hörst die Schreie und die Kriegsgesänge des Feindes, siehst ihre Waffen blitzen, kannst sie schon riechen, und dann ... dann ...« Matthes schüttelte den Kopf. »Dann haben sich die Ersten umgedreht und sind gegangen, einfach so. Das haben andere gesehen und deshalb angenommen, man befände sich auf dem Rückzug. Kaum einer von ihnen dachte noch an den Angriff, waren wohl auch die meisten arme Schweine wie wir, wussten so recht nicht, wie sie überhaupt in diese Schlacht geraten waren. Der Großmeister fackelte nicht lange, ließ seinerseits zum Angriff blasen. Du hättest sie laufen sehen sollen! Was Rückzug war, wurde heillose Flucht. Wir hinterher, der Herr ganz vorne mit dabei und ich an seiner Seite. Gar manchen haben wir erwischt, haben niedergemäht, niedergetrampelt, liegen gelassen, wo er fiel, weiter sind wir, immer weiter, über die Wallanlagen, durch die brennende Vorstadt, weiter und weiter, bis hinunter zum Hafen. Mesih Pascha ist gerade noch mit dem Leben davongekommen, hat sich auf sein Schiff retten können. Beinahe hätte der Herr ihn noch gehabt. Das wäre ein Fang gewesen! Um ein Haar! Was als der Tag begonnen hatte, der die christliche Herrschaft über Rhodos beenden sollte, wurde zum Fiasko für die Heiden. Wir standen da, waren am Leben, nicht in Gefangenschaft, hatten gesiegt. Aber ich sage dir, ich wäre lieber tot gewesen oder Rudersklave auf einer Heidengaleere geworden, als meinem Herrn in die Augen zu schauen.«

Wieder zupfte er an dem Brotkrumen herum. Entschlossen hatte Elfriede ihre Hand ausgestreckt und die seine ergriffen. Eiskalt hatte sich die angefühlt. Matthes war schließlich mit seinem Bericht fortgefahren.

»Wir hatten gehört, dass die Janitscharen nur mit dem Sultan als Anführer in den Krieg zogen. Aber auf Rhodos waren welche dabei auch ohne den Sultan. Mesih Paschah führte sie an, und fanatischere Kämpfer kann es nicht geben. Sie haben dafür gesorgt, dass uns viele der Türken entkamen, mit ihren Bogen. Zweihundert Ruten weit können sie schießen, sogar noch weiter, wenn es darauf ankommt!«

Elfriede hatte versucht, die Rute im Kopf umzurechnen. Eine Rute, das waren etwa vierzehn Schuh, zweihundert

Ruten, also vierzehn mal zwei, mal hundert. Sie pfiff leise durch die Zähne. »Das ist aber schon sehr weit.«

»Du sagst es. Etwas weniger Wind, das hätte genügt. Oder einfach etwas mehr Glück. Das hätte der Herr gebraucht. So saß der Pfeil, wo er wohl nicht hingezielt worden war. Die Haken hatten alle gehalten. Aber trotzdem. Eine Brayette, so eine Schamkapsel, hätte ihn vielleicht geschützt, hätte einem Pfeil wohl widerstanden. Aber der Herr wollte den neumodischen Tand ja nicht, hat sich auf die Haken verlassen. Die haben ja auch gehalten. Und trotzdem.«

Elfriede hatte nicht weiter nachgefragt. Wegen einer Erbschaftssache war der Graf zu den Höhen im Sommer 1478 abgereist. Und im Sommer 1480 war es dann aus gewesen mit der natürlichen Erbfolge. Das wussten doch alle auf der Burg. Eine Erbschaft gewonnen, den Erben verloren. Warum sonst hielt der Herr seinen Neffen auf der Burg, weihte ihn ein in all die Geschäfte der Herrschaft, machte ihn vertraut mit den Besitzungen und ließ sich oft genug durch ihn vertreten?

»So in Gedanken, Elfriede?« Die Köchin schreckte hoch.

Matthes lächelte. »Lass mich raten. Die alte Geschichte. Du hast Mitleid mit dem Herrn.«

Elfriede nickte. »Es ist ja nicht allein die Sache mit dem Pfeil«, sagte sie zögernd. »Das ist doch kein Leben, so siech. Dass er die Reise zurück über die Alpen überstanden hat, das hat er doch nur dir zu verdanken.«

»Lange genug gedauert hat es ja auch. Wir haben Jahre gebraucht, bis wir wieder hier waren. Erst mussten wir doch warten, bis überhaupt ein Schiff wieder ans Festland ging.

Gut, dass wir gefahren sind, bevor das große Erdbeben kam. Aber was konnten wir auch schon beim Wiederaufbau helfen? Ein Herr mauert nicht. Und ich musste ihn doch pflegen. Also hat man uns ziehen lassen. Erst nach Frankreich und von dort immer weiter, bis wir endlich wieder zurück waren. Zwischendurch immer wieder Fieber, Schwäche, Schmerzen. Ich sage dir, Elfriede, ein Herrenleben ist das schon lange nicht mehr, das der Herr führt. Aber jetzt geht es ja wohl wirklich bald zu Ende.«

Hastig legte Elfriede Matthes den Finger auf die Lippen. »Still«, befahl sie. »Kein Wort davon. Versündige dich nicht.«

Matthes zog den Kopf zurück. »Ich weiß es, du weißt es. Der Herr weiß es sowieso. Was meinst du denn, warum er mich fortgeschickt hat? Ich soll mich schlafen legen.« Er zuckte mit den Schultern. »Die Herrin wird heute bei ihm bleiben, nehme ich an. Gib mir trotzdem einen Krug Wasser mit. Vielleicht hat er ja mitten in der Nacht Durst.«

Mit müden Schritten stieg Matthes die Stiege hinauf. Sein Strohsack lag in dem Vorraum vor dem Zimmer des Herrn. Wie der Graf es gesagt hatte, schien Licht durch den Spalt unter der Tür. Matthes hörte leise Stimmen. Nein, beschloss er, ich habe mein Lebtag nicht gelauscht, ich fange jetzt nicht damit an. Aber was nutzte der beste Vorsatz, wenn es nicht beim leisen Murmeln blieb?

»Du willst, dass ich *was* tue?« Die Stimme der Herrin drang durch die Tür. »Das kann doch nicht dein Ernst sein.«

Ganz gegen seinen Willen horchte Matthes nun doch. Wenn die Gräfin so entsetzt klang, dann würde es sich auf die ganze Burg auswirken. Da wäre es dumm gewesen, nichts darauf zu geben, so früh wie möglich Bescheid zu wissen.

»Nun setz dich erst einmal wieder, meine Liebe«, hörte er den Herrn sagen. »Da ist doch weiß Gott nichts Ehrenrühriges dran.«

Matthes hielt den Atem an.

»Das mag wohl sein.« Die Stimme der Herrin klang müde. »Aber das allein macht es noch nicht richtig.«

»Richtig, falsch. Es ist doch keine Frage der Mathematik. Oder vielleicht doch. Eins und ein Halbes ergibt niemals zwei. Und auch nicht eins. So ist es doch. Ganz gleich, ob du den Rechenmeister bemühst oder den Beichtiger.«

»Der Pater. Na, der wird dir doch wohl etwas erzählt haben. Das kann er doch nicht gutheißen.«

»Du irrst dich, meine Liebe.« Die Stimme klang, als ob er lächelte. Wie gut kannte Matthes das Gesicht seines Herrn, wenn der diese Miene machte. Ein Lächeln, unnachgiebig in seiner Sanftheit, ein bisschen nachsichtig, ein bisschen schmerzlich und ungeheuer entwaffnend. Aber gegen die Gräfin schien es nichts zu nutzen.

»Nein, also wirklich. Das kann er doch weiß Gott nicht gutheißen.«

»Beruhige dich, mein Engel. Er kann. Und er hat es auch schon getan.«

»Ach so, dann bin ich also wieder einmal die Letzte, die davon erfährt. Es ist alles abgemacht, und ich kann sehen, wie ich damit zurechtkomme. Sag nur, du hast die Sache auch noch mit dem alten Matthes besprochen, bevor du den Mut hattest, es mir zu gestehen.«

Was kann sie nur meinen? Matthes grübelte, aber er wusste beim besten Willen nicht, worauf die Herrin anspielte.

»Ich weiß wirklich nicht, warum du so empört bist. Bitte, Angelika, sag mir, was falsch daran ist. Was ist es, dass du so erzürnt bist?«

Matthes vernahm ein ärgerliches Schnauben und dann eine Weile nichts. Wie gut kannte er die Gewohnheit der Herrin, wortlos aus dem Fenster zu starren, als wartete sie auf eine Eingebung von draußen. Wenn sie nur nicht wunderlich wird, dachte er bisweilen, Grund genug hätte sie wohl. Aber wo bleiben dann wir? Endlich hörte er Schritte und ein Geräusch, als würde ein Stuhl gerückt.

»Gut, mein Lieber. Lass uns die Sache ruhig besprechen. Als wären wir vernünftige Leute.« Die Gräfin lachte auf. »Leute. Auf die Leute gebe ich nichts, habe nie auch nur einen Moment etwas auf Getratsche und Gerede geachtet. Das ist es nicht. Obwohl die Sache nun wirklich mehr als nur ein Geschmäckchen hat.«

»Ach was. So etwas kommt nun oft genug vor. Und es ist ja nicht so, dass es etwas Ehrenrühriges wäre. Ist dir der Gedanke denn so zuwider? Das hätte ich nie erwartet.«

»Hast du denn überhaupt darüber nachgedacht, wie ich es finden könnte? Ich habe dich geheiratet, habe deine Ehre rein gehalten. Du bist wegen meiner Erbschaft nach Venedig gefahren und hast es mir nie zum Vorwurf gemacht, in welchem Zustand du zurückgekehrt bist. Ich habe in all den Jahren keinen anderen angesehen. Glaube mir, wenn die Herren zur Herbstjagd kommen, ist immer irgendeiner dabei, der glaubt, die Hatz fände innerhalb der Burgmauern statt. Und nun kommst du mir damit.«

»Wer? Wer wagt es?« Für einen Augenblick glaubte Matthes in der Stimme seines Herrn wieder die alte Schärfe und Kampfeslust zu hören.

»Ach, das ist doch völlig gleichgültig. Keiner der Jagdgäste kann mir etwas nachsagen. Ich habe es auch nur erwähnt, um dir zu zeigen, dass ich nicht gewollt habe. Ich hätte mich nur geneigt zeigen müssen. Aber ich wollte eben nicht. Warum sollte sich das nun ändern? Wenn du einst nicht mehr bist, nehme ich den Schleier. Das habe ich mir geschworen, als Matthes dich in dieses Bett trug, aus dem du selten genug aufstehst. Wenn du auf dem Kirchhof liegst, gehe ich ins Kloster. Mich werden sie nehmen, mein Adel ist alt, mein Besitz ist beträchtlich. Gerade wegen der italienischen Erbschaft.«

Matthes glaubte, ein Schluchzen zu hören, aber schon sprach der Herr weiter.

»Nun beruhige dich doch. Angelika, mein Engelchen. Es wäre eine Schande, dich hinter Klostermauern eingesperrt zu wissen. Du gehörst nicht in die Klausur. Du bist noch jung. Du gehörst nicht hinter Klostermauern, du bist für das Leben geschaffen. Für das Leben und die Liebe. Ich bitte dich, heirate Medard. Verschaff meinem Haus den Erben, den ich ihm nicht geben konnte.«

18

»Der Advokat ist da.« Matthes steckte den Kopf durch die Küchentür, aber Elfriede winkte ab.

»Das hat mir der Torwächter schon gesagt. Ich weiß, der Herr ist heikel, was das Essen angeht. Ich sage dir, Matthes, es ist einfacher, einen Juden zu verköstigen nach seiner Sitte, als es dem Herrn Advokaten recht zu machen. Aber es wird schon gehen.«

Matthes lachte nur.

»Ja, du hast gut grinsen. Dir kann es ja gleichgültig sein. Die Sorge habe ich. Kein dies nicht, das nur, wenn es gebacken ist und nicht gesotten, davon eine Menge und hiervon nur eine Spur. Zum Glück hat er mir bei der letzten Herbstjagd einen langen Vortrag gehalten.«

»Da war ihm wohl das Wetter zu schlecht zum Ausreiten.«

Nun lachte auch Elfriede. »Das wird's gewesen sein. Oder ihm mundete mein Würzbrot besser, als er zugeben wollte.«

Sie stemmte die Hände in die Hüften. »Wir sollten uns eigentlich schämen. Hier stehen wir und lachen, und oben geht es zu Ende mit unserem Herrn. Was wird nur aus uns werden, wenn er nicht mehr ist?«

Matthes hütete sich zu berichten, was er des Nachts gehört hatte.

Die Gräfin hatte geweint und gefleht, aber der Herr war unnachgiebig geblieben. Nach der Trauerzeit sollte sie seinen Neffen heiraten. »Ihr passt doch auch im Alter viel besser zueinander als wir beide, mein Engelchen.«

Nach vielen Einwänden hatte sich die Gräfin dem Willen ihres Mannes gebeugt. Doch eines hatte sie sich ausbedungen. Der Herr Medard sollte durch sie von dem Wunsch des Grafen erfahren, und erst, wenn der Herr zu den Höhen aufgebahrt in seiner Burgkapelle lag. Und wenn der Herr Medard nichts davon wissen wollte, dann sollte ihn der Wunsch auch nicht binden.

Nach einigem Hin und Her hatte der Graf eingewilligt. »Er ist nun einmal der nächste männliche Verwandte. Der Titel geht auch ohne Heirat auf ihn über. Wenn du es eben so willst, dann bitte. Aber der Advokat wird trotzdem ein Kodizill aufsetzen. In dem soll alles stehen, dass ich die Heirat will, dass ich euch Kinder wünsche, dass ihr meinen Segen habt. Glaube mir, Angelika, ich wünschte, ich hätte dir der Mann sein können, den du verdient hast. Aber es genügt mir doch ein einziger Blick, und ich sehe, dass ihr beiden füreinander bestimmt seid.«

Wieder hatte die Gräfin zu weinen begonnen, und der Herr zu den Höhen hatte seine ganze Redekunst aufwenden müssen, bis sie sich beruhigt hatte. Endlich war es still geworden hinter der Tür. Matthes hatte sich geschworen, alles, was er in dieser Nacht gehört hatte, für sich zu behalten und dieses Wissen einst mit ins Grab zu nehmen.

Was auch immer der Advokat schriftlich festhalten sollte, ihn brauchten sie anscheinend nicht dabei. Zwar hatte ihm der Herr das Lesen und Schreiben beigebracht, als er in Frankreich zu krank und schwach für die Weiterreise gewesen war, aber wenn es um Herrschaftsdinge ging, dann war der alte Matthes eben doch einer vom Gesinde, gut genug für den Alltag und dafür, Pater Coelestin in die Burgkapelle zu geleiten. Dort kniete der Mönch schon eine ganze Zeit. Matthes hielt sich auf dem Gang vor dem Zimmer seines Herrn auf und wartete, dass man ihn rief.

Wo nur der Herr Medard steckt, fragte er sich.

Er hätte nicht lange suchen müssen. Der Neffe des Grafen saß in der Küche. »Müsst Ihr nicht dabei sein?«, fragte ihn dort Elfriede. »Ich denke, da braucht es doch immer Zeugen und solcherlei, wenn der Advokat kommt.«

Der Neffe des Grafen lächelte. »Genau. Solcherlei. Aber diesmal brauchen sie mich wohl nicht dabei. Ich habe also Zeit für eine Scheibe von deinem Würzbrot. Hast du noch?«

Im Stillen bedankte sich Elfriede bei Flora, die ihr verraten hatte, wie man aus Mehl, Früchten, Nüssen, Honig und Gewürzen eine Leckerei machte, nach der sich auch die Herrschaften die Finger leckten. Schon hatte sie Herrn Medard Brot und Butter vorgesetzt.

»Wohl bekomm's, Herr.«

Warum wollen sie ihn nur nicht dabeihaben? Vielleicht, weil es sich einfach nicht schickt, dachte sie. Wir wissen doch alle, dass er der nächste männliche Verwandte ist. Damit das Haus nicht erlischt, wird der Titel an ihn übergehen. Wollen wir hoffen, dass es so ist. Ein fremder Herr, der findet sich oft nicht so leicht in die Dinge ein, will alles ändern, weiß nicht um die Verdienste, die Sorgen und die Nöte des Gesindes. Verlangt gar noch französische Küche. Da kann ich dann sehen, wo ich bleibe. Der Herr Medard, der wird mich nicht davonjagen. Der ist ein Herr, wie ihn sich die kleinen Leute nicht besser wünschen können. Hat er nicht damals sogar für den armen Hannes gesorgt, als der nicht mehr schlafen konnte und an der Welt fast wahnsinnig geworden wäre? Er hat dafür gesorgt, dass er einen anderen Herrn fand, und ihn auch dann nicht vergessen. Jedes Jahr im Herbst besucht er ihn bei den Augustinern in Erfurt, nimmt die weite Reise auf sich für einen, der ihm als Knabe einen Dienst erwiesen hat, über den beide nicht sprechen und von dem niemand weiß, was es war. Es wird schon nichts Schlechtes gewesen sein, unser Herr Medard ist doch ein Guter.

Als hätte der Neffe des Grafen ihre Gedanken gehört, stand er abrupt auf, nickte Elfriede nur kurz zu und ging dann hinaus auf den Burghof. Das Brot hat er aber mitgenommen, stellte die Köchin zufrieden fest.

Auf dem Burghof herrschte schon fast gespenstische Ruhe. Kein Stallknecht pfiff, keine Magd ließ ein Lied hören, selbst die Schwalben, die sonst den Bergfried umkreisten, waren nicht zu sehen. Es ist, als ob alle warten, dachte Medard. Wir warten alle. Schon so lange. Aber keiner wagt es, das auszusprechen, was wir alle denken. Es wird eine Erlösung sein. Nicht nur für ihn. Für uns alle. Dabei weiß doch niemand, was danach kommt. Gut, für mich ist die Sache klar. Aber auch nur, was die Erbfolge betrifft. Wie ich das alles meistern soll, das frage ich mich schon lange. Als Neffe, als Page, der zum Mann heranwuchs, da durfte ich mir noch Fehler erlauben. Aber nun? Wenn ich für all das verantwortlich bin, dann ist es aus mit dem Ausreiten und für Tage Fortbleiben. Dann ist es damit vorbei, nur zu tun, was mir beliebt, und alles andere sein zu lassen. Dann gelten andere Regeln. Da sieht dann jeder auf mich. Wenn die Bauern klagen, weil das Wild ihre Ernte verbeißt, wenn die Steuern fällig sind, wenn Grenzstreitigkeiten entstehen oder der eine dem anderen das Wasser abgräbt, dann heißt es, Ihr seid der Herr, entscheidet. Und so, dass nachher alle wieder miteinander reden können, aber am besten nicht über Euch. Der Neffe des Burgherrn lachte bitter. Dann ist es vorbei mit einfach in den Wald gehen. Dann wollen sie wissen, wo du bist, was du machst, was du als Nächstes zu tun gedenkst. Du musst berechenbar sein. Nur so gewinnst du das Vertrauen deiner Leute. Was für einen Grund hätten sie denn, mir zu vertrauen? Mir, der der Versuchung nicht widersteht, wenn es darauf ankommt. Und der sich dann täglich Sorgen macht, nachts sein Gewissen spürt und trotz allem schlafen kann wie ein kleines Kind. Warum habe ich denn nicht heute Nacht bei meinem Onkel gewacht? Der alte Matthes kann das doch nicht immer allein leisten. Und ich? Ich schnarche, bis es Zeit ist, die Pferde zu satteln und den Advokaten zu holen. Dann schicken sie mich hinaus, wie einen unverständigen Knaben. Wütend trat er gegen einen vorwitzigen Stein, der sich wohl aus der Brunnenfassung gelöst hatte. Ich bin doch nichts anderes als ein Knabe. Und das in meinem Alter. Dreiunddreißig Lenze. Die Vettern in Schwaben, die sagen, ein Mann wird erst mit vierzig gescheit. Die haben gut reden.

»Ja, was gibt es?« Herr Medard wunderte sich selbst über seinen barschen Ton. Aber Matthes schien es nichts auszumachen.

»Der Herr bittet Euch zu sich.«

Jetzt wird es ernst, dachte Medard. Der Advokat ist fertig, jetzt heißt es wohl Abschied nehmen. Ach, mein Herr

Onkel, wenn du wüsstest, wie sauer mir das ist. Langsam stieg er die Treppe hinauf.

»Ihr habt mich rufen lassen, Oheim?«

Der alte Graf lächelte schwach. »Ach, Medard, warum denn so förmlich? Nur weil der Advokat da ist?«

Der Rechtsgelehrte schob gerade ein paar Papiere in seine Mappe.

»Keine Sorge, du musst nichts Offizielles unternehmen. Ich wollte dich einfach nur sehen. Matthes bringt den Advokaten hinunter. Und du setz dich her zu mir.«

Die ausgemergelte Hand klopfte auf die Bettkante. Medard gehorchte wortlos.

»Du fragst dich sicher, warum ich es so feierlich mache. Aber glaube mir, mein Junge, wenn es mit dir einmal so weit sein wird, dann hast du auch ein paar Augenblicke, die dir so kostbar sind, dass du sie lieber richtig zelebrieren willst, dass du dir wünschst, sie könnten ewig sein.« Der alte Graf lachte keuchend. »Nun, jetzt werde ich sie ja bald haben, die Ewigkeit. Und keine Minute zu früh. Aber ein paar Sekunden, die bleiben mir vielleicht schon noch.«

Medard rutschte unruhig auf der Pelzdecke herum.

»Das war einer der letzten Bären hier in der Gegend. Den habe ich selbst noch erlegt, da war ich gerade fünfundzwanzig und hatte noch nicht einmal gefreit. Das ist es, was ich bereue. Ich hätte viel früher heiraten sollen und das Leben als Ehemann genießen. Aber im Nachhinein ist gut klug sein.« Der Graf schwieg eine Weile.

»Oder nein«, sagte er endlich. »Hätte ich früher gefreit, es wäre ja nicht um Angelika gewesen. Mein Engelchen. Ich habe sie gesehen, als der Landgraf uns alle zu sich gerufen hatte. Sie sehen und sie lieben, das war eines. Dir ist es doch ebenso gegangen, mein Junge, nicht wahr?«

Medard konnte nur verdutzt dreinschauen.

»Ja, das überrascht dich jetzt. Wir haben ja nie darüber gesprochen. Aber das kann doch ein Blinder sehen, dass du sie liebst. Und nicht nur so, wie ein Neffe seine Tante lieb haben sollte.« Der Graf hob die Hand. »Nun, nun. Wie könnte ich dir das denn zum Vorwurf machen? Angelika muss man einfach lieben. Das hat der Herrgott schon so eingerichtet. Und er hat es gut und richtig gemacht.«

Unruhig fuhr der Burgherr mit der bleichen Hand über die Pelzdecke.

»Ach, wenn ich noch einmal auf Bärenjagd gehen könnte. Aber das ist vorbei. Wie so manches. Doch du, mein Junge, du kannst es. Wenn sich noch einmal ein Bär in unsere Wälder verirren wollte, du brächtest ihn sicher zur Strecke. Ohne dass dabei Leute zu Schaden kämen. Bin ich froh, dass du mein Neffe bist und nicht dieser Hubertus von Steinwald. Aber der ist ja nicht der Einzige, der über die Hatz das Herz vergisst. Wenigstens ist es mit seinem Bruder glimpflicher abgelaufen als mit mir. Aber das ist es ja gar nicht, worüber ich mit dir sprechen wollte. Das ist doch alles unwichtig. Nichtig.«

Medard hielt den Atem an.

»Angeblich sagt man ja die weisesten Dinge auf dem Sterbelager. Aber ich weiß nicht.« Der Graf seufzte. »Ich komme mir nicht weise vor. Nur alt. Und müde. So unendlich müde. Ich bedaure all das, was ich nicht getan habe in meinem Leben. Ich hätte weniger jagen sollen und mehr lieben. Angelika lieben. Das wäre meine Aufgabe gewesen. Ich habe es ja nach Kräften versucht, aber ich glaube, was ich über das Lieben vergessen habe, ist, ihr das auch zu zeigen. Und jetzt, da ist es wohl zu spät. Nicht erst seit Rhodos.«

Unwillkürlich wanderte Medards Blick die Bettstatt entlang. Gut, die Wunde war nun seit vielen Jahren verheilt, und es war dem Ordensfeldscher sogar gelungen, eine wichtige Funktion zu bewahren. Nur eben die eine nicht, die dem Herrn zu den Höhen einen eigenen Erben beschert hätte.

»Ich weiß, hinter meinem Rücken, da geben mir die Leute wenig schmeichelhafte Namen. Aber was kümmert mich das? Ich täte es doch genauso, war doch dabei, als der kleine Hubertus sich in die Hosen gemacht hat, und habe gelacht wie alle anderen auch. Aber der schwängert die Küchenmagd, und ich liege hier. Wer hat also das letzte Lachen? Ich doch nicht. Mir ist auch nicht nach Lachen. Nicht nach einem auf Kosten von anderen. Das habe ich gelernt, wenn auch sonst nicht viel.« Ein trockenes Husten schüttelte den Grafen.

Medard half ihm, sich aufzurichten, reichte ihm das Wasser und hielt den Becher gemeinsam mit dem Grafen.

Dann setzte er sich wieder auf die Bettkante.

»Danke, mein Junge. Was wollte ich noch sagen? Was bliebe denn noch? Was das Erbe betrifft, darum weißt du. Ich glaube es bei dir in guten Händen. Ach was, ich weiß es. Du wirst dem Namen keine Schande machen und auch nicht meinem Andenken. Aber wie komme ich nur darauf? Ach ja.«

Wieder machte der Graf eine Pause. Medard wagte es kaum, sich zu rühren.

»Nun gut, mein Medard. Ich habe es versäumt, meiner Frau ein Kind zu machen. Vielleicht wäre es mir auch ohne die Türkenfahrt nicht gelungen. Obwohl er dreimal verheiratet war, hat mein Vater nur zwei Söhne und eine Tochter zustande bekommen. Ich wollte ein Ritter werden, hatte meine Sporen schon und stand kurz davor, das endgültige Ordensgelübde bei den Hospitalitern abzulegen, als mein Bruder die Blattern bekam und bald darauf verstarb. Da musste ich eben zurück und das Erbe antreten. Aber das weißt du ja alles. Ich rede wirr, anstatt endlich mit der Sprache herauszurücken. Also gut. Ich weiß, wie du deine Tante anschaust. Und du bist jung. Es war nicht mit leichtem Herzen, dass ich damals nach Venedig aufbrach, um ihre italienische Erbschaft zu sichern, das kannst du mir glauben. Aber es ist nie ein Wort der Schande zu mir gedrungen. Das vergesse ich dir nie. Ich will gar nicht wissen, was sich alles zugetragen hat während meiner Abwesenheit. Wie gesagt, man hat mir nichts zugetragen. Und so ist es auch gut. Aber eines sage ich dir, mein Junge. Ich sehe, wie du sie anschaust. Aber ich sehe auch, wie sie dich anschaut. Manchmal macht sie ein Gesicht, als graute es ihr vor dir, als fürchtete sie sich. Nein, sag kein Wort dazu. Ich will davon nichts wissen. Nur eines, das musst du mir versprechen.«

Medard nickte. »Was immer du willst, Oheim. Wenn es nur in meiner Macht steht, es wird geschehen.«

»Wenn das so einfach wäre.« Der Graf zu den Höhen verzog die blassen Lippen zu einem nachsichtigen Lächeln. »Also gut. Medard, mein Schwestersohn, versprich mir dies eine. Was immer zwischen dir und Angelika steht, mach, dass es verschwindet. Sie soll nicht Angst vor dir haben müssen. Wenn ich da sicher sein kann, dann will ich in Frieden dahinscheiden.«

Mit zitternden Fingern griff der Onkel nach der rechten Hand Medards. Lange saßen die beiden so da, drückten sich die Hände und schwiegen.

»Es ist gut«, sagte der Graf schließlich. »Ich hatte ein schönes Leben. Trotz allem. Nun wirst du dafür Sorge tragen, dass es meinem Engelchen an nichts fehlen wird. Das weiß ich. Ich habe dich beobachtet. Du bist einer, der noch der Küchenmagd die Tür aufhält, wenn sie mit dem Schweineeimer kommt. Du denkst nicht nur nach, du denkst auch mit. Und denkst auch an das Gesinde. Die Bauern achten dich. Über die muss ich dir nichts sagen. Du wirst die Alten schonen und die Jungen fordern und fördern, wie es sich für einen Herrn gehört. Wenn du darüber nicht vergisst, mir bisweilen eine Messe lesen zu lassen, dann will ich es zufrieden sein. Aber wehe, mein Engelchen wird nicht glücklich und wieder froh am Leben. Ich sage dir, wenn ich das im Jenseits erfahre, dann gnade dir Gott!«

Der Graf lachte, bis ihn wieder ein Hustenanfall übermannte. Noch lange behielt er seinen Neffen bei sich. »Auch wenn alles gesagt ist«, meinte er. »Ich möchte in dieser Nacht nicht allein sein. Und der alte Matthes hat schon zu viele Nächte für mich durchwacht.«

Gemeinsam sahen der Burgherr und sein Erbe den Morgen allmählich durchs Fenster kriechen. Medard hätte seinem Onkel gerne sein Herz ausgeschüttet, aber der Graf hatte ihm bald das Wort abgeschnitten.

»Ich weiß, dass du dir Sorgen machst, und das ehrt dich.

Du hast Angst vor der neuen Aufgabe. Nur ein Narr würde sich keine Sorgen machen. Die Zeiten sind nicht leicht, es herrscht Unruhe im Land. Unsere Bauern sind zufrieden, aber wie schnell ist einer da, der sie aufwiegelt. Es gibt viel Ungerechtigkeit. Die Frondienste, denk daran, die stehen dir zu. Aber beanspruche sie nicht über Gebühr. Lass deinen Leuten Zeit, dass sie sich selbst versorgen können. Ein Bauer, den der Hunger drückt, der kann auch nicht für dich arbeiten. Und alles andere, das findet sich. Du bist jung, sie werden es dir nachsehen, wenn du Fehler machst. Fürchte nichts, außer Gott. Dann wird es schon werden. So habe ich es gehalten und bin gut damit gefahren. Und nun lass uns einfach nur so sitzen.«

**

Am nächsten Morgen war der Advokat wieder mit seinen Papieren erschienen. Nachdem der Graf die Reinschrift geprüft und für richtig befunden hatte, mussten der Pater und Matthes unterzeichnen.

»Du, mein Lieber, sollst der Erbe sein. Da will ich doch lieber andere als Zeugen, damit auch nicht der Schatten eines Verdachts auf die Richtigkeit meines Letzten Willens fällt.«

Warum der Graf dabei so eigentümlich lächelte, erfuhr Medard nicht. Weder Pater Coelestin noch Matthes hatten das Testament zu lesen bekommen. Sie mussten lediglich durch ihre Unterschrift bestätigen, dass der Graf seinen Letzten Willen niedergelegt hatte. Endlich war der Advokat wieder abgereist. Der Pater verbrachte die meiste Zeit in der

Burgkapelle. Gerne hätte er mit dem Grafen gebetet, aber der hatte abgewunken.

»Mir bleibt nur noch wenig Zeit. So oder so werde ich bald vor meinem Herrn stehen. Da werde ich ihm jetzt nicht mit meinem Gestammel in den Ohren liegen.«

Pater Coelestin hatte zunächst ein wenig überrascht ausgesehen, dann aber gelacht. »Wenn Ihr einseht, dass wir Menschen vor dem Herrn allemal Stammler sind, ist das schon mehr, als ich erwarten konnte. Aber lasst mich Euch wenigstens auf die Reise vorbereiten, die Ihr nun antreten werdet.«

»Ach, guter Pater. Auf dieser Reise bin ich doch schon mein Leben lang. Und die längste Etappe, die geht nun endlich zu Ende.«

Auf eine letzte Beichte hatte der Graf dann aber doch nicht verzichten wollen, und auch die Stärkungen der Kirche hatte er gerne angenommen, sich salben lassen mit dem heiligen Öl.

»Jetzt geht es wirklich zu Ende«, hörte Medard die Küchenmägde am Brunnen tratschen. »Matthes hat gesagt, dass er die Letzte Ölung bekommen hat. Und wer die hat, der stirbt bald.«

Aber schon war Elfriede dazwischengefahren. »Wer Kraft zum Tratschen hat, hat noch nichts geschafft. Hurtig, meine Lieben.« Schon war die eine zum Wasserholen abkommandiert, die andere musste das Feuerholz im Kasten ordentlicher aufschichten, die Dritte schrubbte den Küchenfußboden. »Und damit ihr nicht eitles Gerede schwätzt, das doch niemand nützt, schlage ich vor, ihr betet dabei den Rosenkranz. Das schadet wenigstens nicht.«

Die langen Gesichter der Mägde sprachen Bände. Der zukünftige Burgherr hütete sich, Elfriede in die Parade zu fahren. Ein Rosenkranz oder zwei, das kann nun fürwahr nicht schaden, dachte er. Hat das nicht auch Flora immer gesagt, und dass ein Geist, der aus ehrlichem Herzen betet, nicht auf dumme Gedanken kommen kann? Wie es wohl unserem Findelkind aus Annabrunn gehen mag auf Steinwald? Sie wird sich wohl eingelebt haben. Dort gibt es Blumen, einen Garten, der ihrer Hand bedarf, und ihre Heilkunst wird sicher auch willkommen sein. Aber Steinwald ist fern. Vielleicht hat sie ja Elfriede irgendeine Rezeptur anvertraut, mit der sie dem Grafen die letzten Tage angenehmer machen kann? Ich muss sie doch einmal fragen.

Ob es wirklich an der Letzten Ölung gelegen hatte, oder ob die Uhr des Grafen einfach abgelaufen war? Es dauerte keine Woche mehr, da stand ein prunkvoller Sarg in der Burgkapelle.

»Keine pompöse Feier.« So hatte er es sich ausbedungen. Einzig seine Angelika kniete vor den Kerzen und durchwachte die erste Nacht.

Medard wollte ihr beistehen, aber sie hatte abgewehrt. »Diese Nacht, die wache ich allein.« Ihre Stimme war leise, aber fest gewesen. »Morgen könnt ihr ihn alle gerne beweinen, aber diese Nacht fordere ich als mein Recht.«

Dass das nicht ganz den Sitten entsprach, hatte ihr niemand erwidern wollen. Es war selten genug, dass die Gräfin so bestimmt auftrat. Also ließ man sie gewähren. Auch Medard hatte sich aus der Kapelle zurückgezogen. Was brauche ich Kerzen, hatte er sich gesagt, trauern kann ich auch ohne Hei-

ligenbild oder das Allerheiligste. So hatte er sich auf die Steinbank neben der Kapellentür gesetzt. Auch wenn die Tante
ihn nicht bei der Totenwache dabeihaben wollte, ganz allein
lassen konnte er sie nicht. Medard glaubte zwar nicht an die
Ammenmärchen, dass die armen Seelen in solchen Nächten
wanderten, aber sicher war er sich nicht. Irgendein wahrer
Kern mochte ja doch in solchen Geschichten stecken, und
was war dann? Er mochte sich das nicht ausmalen. Er blieb
auf der Bank sitzen, aber in der Kapelle war es weiter ruhig
bis in die Morgenstunden. Erst lange, nachdem der Hahn
den Tag begrüßt hatte, öffnete sich die Tür.

»Wir müssen reden.« Angelika zu den Höhen sprach
leise, wisperte fast, aber Medard verstand sie trotzdem.

Er erhob sich. »Hier?«

»Es ist einerlei«, beschied ihn seine Tante. »Hauptsache,
wir reden.« Aber dann schwieg sie doch. Eine Weile stand
sie da, als wüsste sie nicht, wohin sie gehörte. »Es gibt einen
letzten Wunsch«, begann sie dann. »Der steht nicht im Testament.« Sie setzte sich auf die Bank und seufzte. »Ich weiß
nicht, wo anfangen.«

»Hat der Oheim nicht immer gesagt, beginne am Anfang
und sieh zu, dass du das Ende im Auge behältst? Wenn du
dort angekommen bist, hör auf.«

Die Gräfin lachte leise. »Ja, so hat er es gesagt. Das war
einer seiner Lieblingssprüche, wenn eine Sache kompliziert
zu werden drohte.« Sie sah zu ihrem Neffen auf. »Nun
komm. Setz dich zu mir. Wenn du so dastehst wie ein dum-
mer Junge, der zurechtgewiesen wird, wer soll dir denn
dann glauben, dass du der neue Herr im Hause zu den Höhen bist?«

»Ich glaube es doch selbst noch nicht so recht«, murmelte Medard und nahm Platz.

»Wenn du damit schon Schwierigkeiten hast, dann wappne dich.« Angelika zu den Höhen drehte nachdenklich den schmalen Goldreif an ihrem Finger. »Also gut. Sein Letzter Wille, der, den er mir anvertraut hat.« Sie senkte die Stimme noch weiter, bis es wirklich nur noch ein Flüstern war.

Medard traute seinen Ohren nicht. »Wir sollen *was?*« Er sprang auf.

»Glaube mir, das war nicht meine Idee. Aber er hat darauf bestanden. Ich weiß, es ist eine Sünde, jemand zur Ehe zu zwingen. Das habe ich ihm auch gesagt. Aber ich musste ihm versprechen, es dir wenigstens vorzutragen.«

»Das ... das ist doch ...« Medard rang nach Worten.

»Ja. Das ist es.« Die Gräfin stand ebenfalls auf. »Nun weißt du es. Es ist deine Entscheidung, was du tust.«

Medard konnte ihr nicht in die Augen sehen. Die Rufe der Schwalben, die durch das Turmfenster klangen, gellten in seinen Ohren. Ohne sich noch einmal umzusehen, stürzte er davon, als seien die armen Seelen nun hinter ihm her.

»Was hat er denn?« Matthes war mit einem Wäschekorb die Stiege heraufgekommen und hatte seinem neuen Herrn gerade noch ausweichen können. Aber die Gräfin gab ihm keine Antwort.

19

Wo war nur der Tag hin verschwunden? Medard kühlte die heiße Stirn an dem kostbaren Glaspokal. Eben noch hatte er auf die Gräfin gewartet, die in der Kapelle die Totenwache gehalten hatte. Nun war es bereits Abend, und wieder saß er allein. Elfriede hatte ihm eine Kanne Würzwein bereitet. Doch die erhoffte Wirkung blieb aus. Medard zu den Höhen. An diesen Namen würde er sich noch gewöhnen müssen. Oder sollte er sich weiterhin Medard von Gernau nennen lassen und sich den Graf zu den Höhen für offizielle Schriftstücke und für seinen Grabstein aufheben? Er lachte. Sorgen habe ich. Und alles nur, damit ich nicht wirklich zum Nachdenken komme. Alles nur, damit die Erinnerung nicht durchs Fenster hereinkriecht. Aber wie sollte das gehen? Das Gedächtnis bedarf keiner Fenster, jede Wand wird ihm zur Pforte, und sei es die dickste Mauer.

Angelika soll ich heiraten, die Frau, die ich liebe, seit ich sie zum ersten Mal sah. Die Frau, die meine Tante ist. Die Frau, die Angst vor mir hat, die mich, wenn die Schwermut sie gepackt hält, nur mit leisem Grauen ansehen kann. Das ist der Letzte Wille meines Oheims. Ob er weiß, was er damit anrichtet? Jetzt schon, nehme ich an, wenn überhaupt, dann weiß er jetzt alles. Oder nicht? Wenn einer im Kampf gegen die Heiden die Zukunft seines Hauses lässt, da wird der Herrgott doch ein Einsehen haben und ihm das Fegfeuer ersparen. Das will ich doch hoffen. Selbst die Heiden sind da nicht so. Wenn ein Türke im Kampf fällt, kommt er gleich und ohne Umstände ins Paradies. Oder wie sie das auch immer nennen mögen. Wenn es das denn gibt? Der Pater sagt doch, das sei alles Afterglaube und die Heiden seien eben Heiden, verstockte noch dazu. Aber glauben heißt nicht wissen. Und ich will gerne glauben, dass der Oheim, wo immer er nun ist, uns das vergibt, was wir beide uns nicht verzeihen können. Ach, Angelika. Er hat schon recht gehabt, dein Mann. Wer könnte dich nicht lieben? Ich kann nicht anders. Auch jetzt noch. Aber wenn ich diese eine Nacht ungeschehen machen könnte oder die, die Schuld hat, dass die andere nötig war, ich täte es gleich. Alles, damit du mich wieder anschauen kannst, ohne dieses Grauen im Blick.

So stürmisch, wie die eine verfluchte Herbstnacht gewesen ist, so lieblich war die andere. Gut, bitterkalt natürlich, aber was war denn auch zu erwarten, mitten im Winter hier in Nordhessen, wo der Schnee in den geschützten Ecken bisweilen noch zu Fronleichnam blitzt?

Der Graf war schon weit über ein Jahr auf Reisen. Außer einem Brief, den er am Fuß der Alpen einem Tuchhändler mitgegeben hatte, war keine Nachricht mehr gekommen. Medard und Angelika wussten ja selbst nicht, wie es hatte geschehen können, aber die Liebe war zwischen ihnen aufgeblüht wie der schönste Garten. Sie hatten es beide nicht gewollt, doch was nützte es, den Blumen das Wachsen zu verbieten? Den Flor einfach abzureißen, ihn niederzutrampeln oder schlicht nicht wahrzunehmen, das war ihnen beiden nicht gelungen. »Gott ist unser Zeuge«, murmelte Medard, »wir haben es versucht, mit Beten, mit Fasten und mit Bußübungen. Wir sind uns aus dem Weg gegangen, wo und wie wir nur konnten. Aber der Herr hatte mir nun einmal aufgetragen, dass ich nach ihr schauen sollte, ihr die Zeit vertreiben und das Leben schön machen. Wie es endlich passiert ist, das weiß ich nicht und sie schon gar nicht. Aber es ist geschehen, und der Frühling belohnte uns mit Blumen, wohin wir auch schauten. Gut, im Sommer wurde es dann offenkundig, dass es beim Blühen nicht geblieben war, aber niemand besuchte uns, wir waren allein, und das Gesinde hielt reinen Mund bis heute.« Es ist ja auch nur noch Elfriede da von den alten Leuten. Matthes war mit unterwegs, die Stallknechte bekamen die Herrin ohnehin nicht zu Gesicht, und die Zofe hat sich während eines Besuchs bei ihren Eltern die Blattern eingefangen und ist ihnen bald darauf erlegen. Glück gehabt, habe ich noch gedacht. Dann war es auch schon Herbst. Wenn nur diese eine verfluchte Nacht nicht gewesen wäre!

Als ich zurückkam, war meine Angelika wie verwandelt. Hatte ihr Lächeln vorher jeden Raum mit Sonnenlicht erfüllt, so war sie nun kühl gegen mich. Es fiel niemandem auf, zum Glück. Keiner der Herren, die auch in Abwesenheit des Grafen die Herbstjagd durchführten, hat etwas gemerkt. Sie waren vielleicht auch viel zu sehr damit beschäftigt, dem Neffen, der den Hausherrn vertrat, schön zu tun. Ob sie wohl ahnten, wie lange der Graf ausbleiben würde? Angelika hat sich gar nicht gezeigt. Die Jagd sei Herrensache, ließ sie ausrichten, sie habe sich wohl in der kalten Herbstluft verkühlt und sei unpässlich. Mit einem großen Taschentuch vor dem bleichen Gesicht hielt sie immerhin die Verabschiedung durch. Danach kam sie nicht einmal mehr am Sonntag zu Tisch, sondern ließ sich das Essen in ihrer Kemenate servieren. Der damalige Pater lobte sie auch noch, dass sie ohne ihren Eheherrn nicht gesehen werden wollte, fand, dass diese vornehme Zurückhaltung einer Dame wohl anstünde. Wenn der gewusst hätte! Oder hat er es gewusst und das Beichtgeheimnis mit ins Grab genommen, als er auf einem Versehgang mitten im Winter ausrutschte und im Mühlenteich des Nachbardorfs ertrank? Die Dinge, die ich nicht weiß, könnten eine ganze Bibliothek füllen. Aber wenn dann einer käme und alles nachzulesen imstande wäre?

Medard seufzte. Ich denke Unsinn. So komme ich doch nicht weiter. Ich nicht. Und Angelika auch nicht.

Ein Klopfen riss ihn aus dem Grübeln. Matthes stand in der Tür.

»Verzeiht, Herr«, murmelte er. Sein eisgrauer Knebelbart hing so traurig herab wie seine Schultern. Medard sah, dass er geweint hatte. Mitleid fuhr ihm wie ein Stich durchs Herz. Hier sitze ich und beklage mich, dachte er. Aber er, der seinen Herrn nie im Stich gelassen hat, er braucht doch viel eher Trost, möchte ich meinen.

»Was gibt es denn, Matthes?«

Zögernd kam der alte Diener in die Kammer.

»Verzeiht, dass ich störe, Herr. Aber Ihr seid doch nun der Herr, und wir, ich, das heißt, das Gesinde, wir alle ...« Matthes wusste nicht weiter.

»Einstweilen bleibt alles beim Alten«, beschied ihn der neue Graf. »Wir machen einfach weiter wie bisher. Ich denke, das wäre auch im Sinne des Grafen gewesen, meinst du nicht?«

Der Graf, das bin doch jetzt ich, durchzuckte es ihn. Unfug, dachte er gleich darauf, er weiß doch, wie ich es meine.

Solange mein Oheim noch nicht in der Familiengruft liegt, so lange werde ich mich nicht als der Herr zu den Höhen fühlen. Noch viel länger nicht, befürchte ich.

Matthes nickte zögernd.

»War es denn das, was du mich fragen wolltest?«

»Schon.« Der alte Diener schien nicht zu wissen, wo er hinschauen sollte. »Früher, da hat der neue Herr immer einen Diensteid verlangt. So war das Brauch, von alters her. Bei meinem Vater war das auch noch so, und der hat sieben Herren überlebt. Wann wollt Ihr also, dass wir Euch die Treue schwören?«

Jetzt wird es wirklich ernst, dachte Medard. Ihm kann ich nichts vormachen. Er muss doch spüren, wie unwohl mir bei der ganzen Sache ist. Von mir aus hätte das noch Jahre so weitergehen können, ich als Gast der Familie, geehrt, das ja, mit dem Wissen, dass es alles einmal das Meine sein wird, aber eben irgendwann. Nicht so, nicht von heute auf jetzt. Er lächelte.

»Du weißt doch sicher, wann dafür die rechte Zeit ist, nicht wahr? Hast deinem Herrn treulich gedient und ihn, wenn es sein musste, auch einmal wieder auf den rechten Weg gebracht.«

Matthes zuckte mit den Schultern. »Nun ja ...«, meinte er verlegen. »Der Vater hat mir eben so gerne erzählt, wie es früher war. Einst wirst du mir dankbar sein, hat er immer behauptet. Wie gerne würde ich ihm jetzt einmal sagen, dass er recht behalten hat. Nun gut. Es kommt der Herbst mit Macht, wohl kaum einer wird vor dem Winter noch seine Stellung wechseln wollen. Es ist also durchaus noch Zeit. Aber müsst Ihr nicht als neuer Herr zu den Höhen dem Landgrafen die Aufwartung machen, dass der Euch bestätigt in Eurem Amt? Und müsst Ihr ihm nicht auch die Treue schwören? Wenn Ihr wollt, können wir die Sache mit dem Gesindeeid auf danach verschieben. Ihr wisst doch, dass wir Euch ergeben sind.«

»Das weiß ich gewiss, Matthes. Da habe ich keine Sorge.« Das mit der Bestätigung durch den Landgrafen, das ist mir gänzlich entfallen, dachte Medard. Welche Schmach. Sie fängt ja gut an, meine Herrschaft.

»Braucht Ihr sonst noch etwas, Herr?« Matthes schien sich nicht recht wohl zu fühlen in seiner Haut. Ob er den anderen mitteilen wollte, wie wenig der neue Herr von den alten Sitten versteht? Aber was macht das schon. Neue Besen kehren gut, so heißt es doch. Auch wenn die alten die Ecken kennen. Und Matthes wartet immer noch auf eine Antwort.

»Danke, mein Guter. Ich glaube, ich werde bald schlafen gehen. Es war ein langer Tag, und für dich war er doch sicher noch länger. Gute Nacht.«

Matthes wünschte dem Herrn ebenfalls eine angenehme Ruhe und machte sich davon.

Medard saß weiter in seiner Kammer und grübelte. Wenn ich den Matthes nicht hätte, ich glaube, mir wäre es schon am ersten Tag zu viel, der Graf zu den Höhen zu sein. Dabei habe ich mir es doch damals so gewünscht, als ich als Knabe zum Pagendienst hier auf die Burg kam. Mit großen Augen habe ich mir alles angeschaut, den mächtigen Bergfried bestaunt und die großen Ställe. Das war etwas anderes, als ich es von daheim gewöhnt war. Als Knabe wusste ich genau, was ich wollte. Aber jetzt? Ach, ich weiß es doch immer noch. Lieben will ich. Dass ich dazu keine Burg brauche, das habe ich inzwischen gelernt. Ein Herz ist oft fester ummauert als ein Herrensitz. Und das eine, das mir so leicht wie ein Vogel zugeflogen ist, das ist längst wieder davon, hat kein Nest in meiner Brust bauen mögen. Seit jener Nacht wollte ich keine mehr lieben. Nicht, nachdem ich erlebt habe, wie es den Weibern ergeht, wenn man sie liebt.

Medard griff wieder nach seinem Pokal. Liebe. Er lachte kurz auf. Wenn es nur das wäre. Das ist ein Ideal, und davon lässt sich immerhin träumen. Aber dass mir selbst die Mägde in den Gasthöfen kein Feuer in den Lenden mehr zu entfachen vermochten, dass mein Herz zu allen freundlich war, aber nie mehr als das werden konnte, werden wollte, nein, das habe ich mir nicht träumen lassen. Und das alles wegen dieser einen Nacht?

Medard schüttelte den Kopf. Er konnte sie noch förmlich vor sich sehen, die Zofe der Gräfin, die ihm den Weg zu deren Kemenate nicht öffnen wollte.

»Sie will Euch nicht sehen«, hatte Barbara gesagt. »Und, mit Verlaub, so solltet Ihr Euch auch nicht präsentieren.«

Medard hatte an sich herabgeschaut. Gut, der Weg war schlecht gewesen, auf den nassen Blättern war er mehr als einmal ausgeglitten, und seine Kleidung war gewiss nicht das, was ein feiner Mann zu einem Besuch bei einer Dame trug. Aber hatte Angelika ihn nicht früher auf den Jagden begleitet, und war sie nicht oft genug ähnlich mit Schlamm bespritzt und mit wildem Haar heimgekehrt?

»Es ist nicht allein Euer Aufzug.« Die Zofe hatte sehr ernst dreingeschaut. »Glaubt mir, ich werde reinen Mund halten, meiner Herrin zuliebe. Aber so solltet Ihr Euch von niemandem sehen lassen.«

Medard hatte zunächst nicht verstanden. Erst als Barbara mit ihrem Schürzenzipfel über seine Stirn gefahren war und ihm das rote Ergebnis zeigte, wurde ihm die Sache klarer. Irgendeiner der vielen Zweige unterwegs hatte ihn wohl erwischt.

»Wenn du meinst«, hatte er schon halb resigniert gemurmelt. Barbaras Nicken schickte ihn in seine eigene Kammer. Dort betrachtete er sich beim Schein einer Kerze im Rasierspiegel. Tatsächlich, er sah zum Fürchten aus. Der rote Striemen quer über der Stirn war nicht die einzige Spur des Nachtgangs. In seinem blonden Bart glitzerte es ebenfalls dunkel. Er hob die Hand. Blutige Finger. Nein. So konnte er niemandem unter die Augen treten, gewiss nicht. Entschlossen griff er zum Wasserkrug.

Der neue Morgen war schon über den Horizont gestiegen, als Medard sich endlich wieder vorzeigbar fühlte. Der rote Striemen auf der Stirn war nur noch als schwache Linie sichtbar, die Kratzer auf den Wangen fielen ebenfalls nicht weiter auf. Mit energischem Einsatz der Wurzelbürste hatte er auch die dunklen Ränder unter seinen Fingernägeln beseitigt. Alles in allem recht präsentabel, dachte er und machte sich auf, nun endlich der Gräfin die Aufwartung zu machen. Doch Angelika wollte ihn immer noch nicht sehen.

»Sie ruht«, sagte Barbara. »Vielleicht schläft sie sogar. Es geht ihr nicht gut.«

»Kann ich denn gar nichts tun?« Nie hatte sich Medard so hilflos gefühlt wie in diesem Augenblick.

»Ihr?« Die Stimme der Zofe klang spitz. »Ihr habt wohl weiß Gott genug getan, möchte ich meinen.«

Medard war zu sehr in Sorge um die Gräfin, als dass er das Mädchen zurechtgewiesen hätte. Er gönnte Angelika die Ruhe, konnte sich gut vorstellen, wie erschöpft sie war. Leise ging er davon.

Aber sooft er es auch in der nächsten Zeit versuchte, die Tür zur Kemenate öffnete sich nicht für ihn. Die Gräfin verfiel mehr und mehr in Schwermut. Anlässe wie das große Abendessen zum Auftakt der Herbstjagd absolvierte sie mit schmalen Lippen, bleichen Wangen und einsilbigen Antworten. Medard versuchte es mit der Musik, den griechischen Sagen, welche sich mit der Jagd beschäftigten, den allegorischen Figuren, mit denen die Pokale auf der Tafel geschmückt waren, Gewürzen, Tuchen und endlich auch mit dem Roman, den er just gelesen hatte und der von der sagenhaften Melusine Erstaunliches zu berichten wusste. Aber nichts wollte helfen. Die Gräfin, die doch noch vor wenigen Tagen lebhaft und mit vielen Argumenten für genau dieses Buch gesprochen hatte, winkte nur ab. Dafür mischte sich nun der Graf von Steinwald ein, der diesmal die Herbstjagd mitmachen wollte. Er hatte das Buch überflogen, wie er sagte. Aber die kurze Beschäftigung reichte ihm völlig. »Das ist aber schon ein bisschen viel, was dem guten Reymund da alles passiert, meint Ihr nicht? Ein Jagdunfall, bei dem er den Ziehvater tötet, dann der Pakt mit einem Dämon, er fackelt ein Kloster ab, und das ist doch noch längst nicht alles. Und wozu das Ganze? Nur um sich dann von der Fee Melusine retten zu lassen. Wer sollte sich denn in seinem Leben das alles widerfahren lassen und nicht irr darüber werden? Nein, bleibt mir davon mit Eurem Thüring von Ringoltingen. Die Schweizer sind gute Soldaten, so heißt es, aber gute Bücher machen sie damit noch lange nicht.«

Medard hatte es schließlich aufgegeben. Wenn Angelika nicht wollte, dann eben nicht. Oder vielleicht konnte sie auch einfach nicht? Sie wäre nicht die erste Frau, die über Nacht wunderlich wird, sagte er sich. Könnte ich es ihr denn verdenken? An mir ist diese Nacht doch auch nicht ohne Spuren vorbeigegangen, und wenn ich mir den Hannes anschaue, dann weiß ich nicht, wie ich das alles wiedergutmachen soll. Vielleicht braucht sie einfach Zeit.

Die hatte er ihr gegönnt, erinnerte sich Medard in seiner Kammer nun wieder. Obwohl er sich so gerne bei ihr aufgehalten hatte, mit ihr musizierte, Schach spielte, sich unterhielt oder einfach nur dasaß, er gab ihr den Raum, den sie wohl brauchte, suchte nicht ihre Nähe, wenn sie sich abweisend zeigte. Aber es gab auch Momente, in denen die alte Angelika durchblitzte, wie beim Christfest, als sie gemeinsam mit Medard Präsente an das Gesinde verteilte. Umso schmerzlicher dann, wenn sie am nächsten Tag wieder kühl wie eine Statue war, keine Herzensregung zeigte, bis ihr schließlich doch die Tränen in die Augen stiegen und sie sich wortlos in ihre Kemenate zurückzog, aus der sie oft tagelang nicht mehr hervorkam.

»Ich hätte es anders anfangen sollen«, sagte Medard in das stille Zimmer hinein, »ganz anders.« Dabei wollte ich sie doch nur schonen, dachte er, ihr Schande ersparen, Schande und Schmerz. Das ist ja nun gründlich danebengegangen. Der Schmerz hat sie nie wieder verlassen, doch immer, wenn ich die Sprache auf jene Nacht bringen wollte, hat sie sich einfach umgedreht und ist gegangen. Einfach fort. Ohne dass ich ihr ein Wort des Trostes hätte sagen können. »Wie kann ein einzelnes Weib nur so stur sein.« Er erschrak über die Wut in seiner Stimme. Zum Glück hatte er noch nicht die Kammer seines Oheims bezogen, vor der Matthes sein Nachtlager hatte. Das fehlte noch, dachte Medard, ich führe Selbstgespräche und will mich dann dafür vor einem Diener rechtfertigen. Auch ich bin nicht unbeschadet aus dieser Nacht gekommen, weiß Gott nicht. Sechzehn Jahre ist es nun her. Ich sollte sie endlich hinter mir lassen. Es ist doch alles in Ordnung, so wie es ist. Oder ist es das nicht? Eigentlich nicht. Ich spüre nur keine Regung, aber das heißt ja nicht, dass es unter der Oberfläche nicht rumort.

Die Kerze war heruntergebrannt. Morgen würde wieder eine Menge zu erledigen sein. Der Landgraf musste benachrichtigt, die Bauern zusammengerufen werden, die Beerdigung stand an und und und. Medard legte das Wams ab und die Bruche, an der die Strümpfe nach alter Sitte festgeknöpfelt waren. Was so ein einzelner Pfeil alles anrichten kann, dachte er und legte die Hand auf die Stelle, an der sein Oheim verwundet worden war. Ein einzelner, abgefälschter Pfeil, und schon läuft nichts mehr gerade im Leben. Mich hat kein Pfeil getroffen, aber da ist trotzdem alles tot, schon so lange. Seit jener Nacht. Und nun soll sich alles ändern? Weil der Oheim seine Witwe verheiratet wissen wollte? Ach, Angelika. Er hat dich immer sein Engelchen genannt. Ob du mir auch zum Engel wirst, der mir ein Wunder wirkt? Denn ein Wunder, das wäre wohl vonnöten.

315

Darunter hilft rein gar nichts mehr. Ich habe es doch versucht, bin zu den alten Kräuterweiblein gegangen, habe unter dem Galgen des Frischgehenkten nach der Alraune gegraben, habe Pulver geschluckt und Tränke. Aber nichts hat geholfen. Und nun soll ich also heiraten. Ausgerechnet Angelika. Der Engel, der sich vor mir fürchtet und davor, was ich in jener Nacht zu tun bereit war. Es war doch für sie. Nur für sie. Glaube ich.

Die kühlen Laken ließen Medard schaudern. Schnell zog er das Daunenbett über sich. Ob sie auch friert, allein in ihrem Schlafgemach? Oder halt, an der Wand geht doch der Kamin von der Küche hoch. In ihrer Kammer ist es auch im Winter warm. Aber diese Kälte, die von innen kommt, die mir das Herz lähmt und einiges mehr, die kann kein Kamin vertreiben. Ob sie die auch fühlt? Schon so lange? Mein armer Engel. Das hat keiner verdient. Du schon gar nicht. Aber was hätte ich denn tun sollen? Und was soll ich nun machen? Das Beste wäre, einfach mit dem Grübeln aufzuhören. Der Schlaf wird mir guttun. Also, Schluss und gute Nacht.

Medard hörte sich selbst spöttisch lachen. »Stimmt ja. Gedanken lassen sich nicht kommandieren oder gar verbieten«, sagte er in die dunkle Kammer hinein. »Das weiß ich doch selbst nur zu gut. Aber es muss doch auch einmal Schluss sein. Wenigstens heute Nacht.« Entschlossen drehte er sich auf die Seite und zog die Decke fester um sich. Noch so manches Mal drehte er sich wieder in dieser Nacht, doch je mehr er den Schlaf suchte, desto weniger fand er ihn.

Mit dem ersten Hahnenschrei stand er endlich auf. Elfriede musste ihm rasch ein Frühstück richten, und dann ließ er sein Pferd satteln. Schon galoppierte er auf den Waldrand zu. Matthes hatte noch gefragt, ob er mitkommen solle, aber Medard hatte dankend abgelehnt.

»Du hast doch hier die Fäden des Haushalts in der Hand. Wie willst du dann von jetzt auf gleich auch noch die Zügel halten beim Ausritt? Nein, guter Matthes. Du wirst genug zu tun haben, alles in Ordnung zu halten. Keine Sorge, ich mache mich nicht davon. Ich habe dem Oheim mein Wort gegeben, das halte ich. Aber jetzt brauche ich erst einmal einen freien Kopf. Vielleicht finde ich ihn ja im Wald.«

Medard hätte es nicht beschwören können, aber ihm war, als habe Matthes nicht wenig erleichtert dreingeschaut. Und wenn schon, sagte er sich, ich kann es doch auch nicht ändern. Schon umfing ihn die grüne Kühle des Waldes. Ehe er es sich versah, hatte er den Weg nach Annabrunn eingeschlagen.

Lange stand er vor dem Gnadenbild von Anna selbdritt, entzündete wie im Traum Kerze um Kerze, bis ein Flammenmeer die Vergoldung des Bildgrundes geheimnisvoll leuchten ließ. Endlich wich seine Versunkenheit, und er sah die Gestalt neben sich.

»Ehrwürdige Mutter.«

»Herr Graf.«

»Ihr wisst es also schon.«

Die alte Nonne lächelte. »Das wundert Euch doch nicht wirklich, nicht wahr?«

Medard zuckte mit den Schultern und schwieg.

»Nun, die Menschen kommen zu uns, wenn sie etwas auf dem Herzen haben. Oder genauer gesagt, sie kommen zum

317

Gnadenbild. Für die kleinen Leute ist es immer eine schwere Sache, wenn die Herrschaft wechselt. Gerade im Fall Eures Oheims. Er war seinen Bauern stets ein guter Herr.«

»Das war er, fürwahr.« Medard wunderte sich, wie bedrückt er klang, und auch der Nonne fiel es wohl auf.

»Fürchtet Ihr, Ihr könntet die Erwartungen enttäuschen? Ein schlechterer Herr sein, als es Euer Oheim war?«

Das auch, wollte Medard schon antworten, das und das andere, weshalb ich genau hier vor dem Gnadenbild stehe. Aber ich habe es nun einmal geschworen, reinen Mund zu halten. Nicht einmal dem Beichtiger habe ich etwas von dieser Nacht erzählt. So soll es bleiben. Bis Angelika mich von dem Eid entbindet, den Schwur löst, den sie doch gar nicht kennt.

»Glaubt mir, Herr Medard.« Die ehrwürdige Mutter hielt inne. »Ich darf Euch doch so nennen, hoffe ich? Seht, ich bin ein törichtes Weib, eine alte Frau, die sich schwer damit tut, sich umzugewöhnen.«

Medard lächelte. Alt? Das seid Ihr gewiss, dachte er. Aber töricht, das wart Ihr nie. Und auch ich will es nicht mehr sein.

»Also gut, Herr Medard. Ich spüre, dass tief in Euch ein Schmerz sitzt, an den Ihr noch nicht rühren könnt. Erst wenn Ihr es vermögt, Euch diesem Schmerz zu stellen und vielleicht sogar Euch von ihm zu lösen, ihn hinter Euch zu lassen, werdet Ihr keine anderen Sorgen mehr vorschieben. Und das ist Eure Furcht. Nichts anderes als vorgeschoben ist sie. Wer hat denn in den letzten Jahren dafür Sorge getragen, dass die Bauern zufrieden waren und das Wild nicht die Ernte verbiss? Erzählt mir doch nicht, das sei die Sorge

Eures Oheims gewesen. Also reißt Euch zusammen und übernehmt das Regiment in Euren Ländereien. Niemand ist ohne Fehler. Aber wer ehrlich an den Menschen handelt, dem vertrauen sie genug, um ihm auch ein paar Fehler nachzusehen.«

Medard lächelte.

»Ich danke Euch, ehrwürdige Mutter. Im Haus zu den Höhen ist niemand, der mir den Kopf wäscht und sagt, reiß dich doch einfach zusammen. Aber genau das habe ich gebraucht. Und wenn ich wieder nicht weiterweiß ...«

»Dann kommt ruhig aufs Neue her. Aber nun überlasse ich Euch Eurer Andacht. Die Bauern sagen übrigens, dass jede Kerze für ein Gebet steht. Das muss auch gebetet werden, sonst wirkt das Ansinnen nicht. Also macht Euch daran, ich sehe, Ihr habt noch eine Menge Amens vor Euch.«

Die Äbtissin ging davon, und Medard blickte ihr eine Weile hinterher. Dann wandte er sich wieder dem Gnadenbild zu und dem prunkvollen Rahmen, in dem es hing. Die Schnitzereien waren fein ausgearbeitet. Nur oben, an der Ecke, da sah es aus, als habe der Rahmenbauer ein Stück vergessen. Medard schaute genauer hin. Nein, das war kein Holz. Dort oben lag eine alte Kastanie, verschrumpelt und verstaubt. Wie die da nur hingekommen sein mochte? Doch das sollte nicht seine Sorge sein. Er hatte zu beten. Rasch zählte er die Kerzenreihen. Wenn das bis zum Angelus erledigt sein sollte, dann musste er sich daranhalten. Hoffentlich hatte der Himmel ein Einsehen und rechnete ihm die Eile nicht an.

20

Täglich ging Flora zum Torwächter. Doch jedes Mal hob der bedauernd die Schultern. »Glaub mir, Mädelchen«, beteuerte er, »ich habe deinen Brief treulich besorgt. Ich habe ihn einem alten Kameraden gegeben, der mehrmals von Dingelstädt nach Kreuzebra geht mit Botschaften und Paketen. Der ist ein verlässlicher Gesell. Er hat mir geschworen, dass ein anderer dafür gesorgt hat, dass der Brief sicher ins Haus zu den Höhen gelangt. Er ist mein Kamerad, er wollte noch nicht einmal etwas für den Dienst nehmen.«

Flora wollte dem alten Martin gerne glauben. Aber warum blieb die Antwort aus? Hatte Herr Medard vergessen, was er ihr versprochen hatte? War es nur leeres Geschwätz gewesen und sie in Wahrheit völlig allein auf der Welt? Nein, sagte sie sich, das kann nicht sein. Er hält sein Wort. Er kann den Brief nicht bekommen haben. Eine andere Erklärung gibt es nicht.

»Was willst du nur immer beim Tor?« Hubertus folgte ihr mittlerweile auf Schritt und Tritt, wenn er nicht gerade auf die Jagd ging.

Flora hatte das Wild immer bedauert, das ihm vor den Schnäpper geriet, aber allmählich hatte sie mehr Mitleid mit sich selbst.

»Man möchte fast meinen, du hast einen Narren gefressen am alten Martin. Glaube mir, der kann nichts, was ich nicht besser könnte.« Hubertus fasste sich an den Hosen-

320

latz, der nach der allerneuesten Mode gepolstert und mit Bändern verziert war. »Wenn du nur wolltest, ich wüsste es dir schon zu beweisen.«

Flora suchte mehr und mehr die Nähe der Burgherrin, denn in Anwesenheit seiner Mutter hielt sich Hubertus mit seinen Anspielungen zurück. Aber die Gräfin hatte es sich angewöhnt, lange Stunden in ihrer Kemenate zu verbringen. Kopfschmerzen, sagte sie, solche, die bunte Kreise vor den Augen tanzen ließen, selbst wenn die Vorhänge das Sonnenlicht aus dem Zimmer hielten. Flora bot Rosenwasser an, Kräutertees und was ihr sonst noch einfiel, blätterte ein um das andere Mal Apollonias Büchlein durch, versuchte es mit kühlenden Umschlägen und warmen Kompressen. Nichts wollte wirken, und je mehr sie versuchte, umso weniger nützte es.

Ihr einziger Freund im Haus saß immer häufiger bei seinem Vater, der ihn unbedingt sprechen wollte und dann doch nicht viel sagte, wie Roderick ihr zwischen Tür und Angel berichtete. Die Augenblicke waren so selten wie kurz, in denen Flora und er ungestört beieinanderstehen konnten. Ob sie wirklich unbeobachtet waren, wollten sie gar nicht erst hoffen. Sobald Flora Hubertus herannahen sah, schickte sie Roderick fort. Sie wollte nicht der Grund sein, dass sich die Brüder immer mehr entzweiten, aber das half auch nichts.

Während Hubertus immer wieder mit plumpen Komplimenten, unfeinen Anspielungen und derben Scherzen aufwartete, blieb auch Pater Romuald nicht untätig. Er schalt, ermahnte, drohte mit dem Zorn der Kirche. Zum Glück kann er mir das Beten nicht verbieten, dachte Flora. Ich hätte nie vermutet, dass das noch einmal mein einziger Trost sein würde, aber es kommt und kommt keine Antwort aus dem Haus zu den Höhen.

Ob es die Gebete waren, die erhört wurden? Eines Tages ließ der Burgherr Flora jedenfalls zu sich rufen. Er saß in der Rosenlaube und wartete geduldig, bis sie sich gesetzt hatte. Auch danach schwieg er lange. Flora sah zum Fenster hinaus auf den Garten, der nun statt der Rosenpracht einen üppigen Rasen trug. Täglich zupfte sie hier Gänseblümchen und Klee, sorgte dafür, dass kein Löwenzahn sein keckes Haupt reckte oder sich gar Moos festsetzte. Von dieser Arbeit hatte der Graf sie auch fortrufen lassen.

»Es geht um meinen Sohn«, sagte er endlich.

Um welchen, wollte Flora schon fragen, ihr habt derer drei. Aber nur einer macht Probleme. Leider denken wir da gewiss beide an einen anderen. Sie schwieg.

»Hubertus ist ein guter Junge, das müsst Ihr mir glauben, Jungfer.«

Unwillkürlich wanderte ihre Hand zu ihrer Wange. Die Spuren waren längst verblasst. Hubertus hatte nie wieder die Hand gegen sie erhoben, aber Flora traute dem Frieden nicht. Wer einmal schlug, schlug auch wieder, so viel hatte sie schon in Annabrunn gelernt gehabt.

»Er hat es nicht leicht. Er ist nun einmal nicht der Erbe, aber trotzdem muss er bereit sein für den Fall. Und diese lächerliche Geschichte damals, die hängt ihm immer noch nach.« Der Graf seufzte. »Vielleicht ist es meine Schuld. Ich hätte ihn nicht so früh fortschicken sollen, aber ich wollte, dass er einen eigenen Ruhm hat und nicht immer nur als der Ersatzsohn gilt. Na, das ist gründlich in die Hosen gegangen.«

Der Burgherr lächelte schief. »Gut, dass er das jetzt nicht gehört hat, nicht wahr?«

Flora nickte.

»Ein Vater will doch immer nur das Beste für seine Söhne. Und Ihr, Jungfer, seid nun einmal das Beste, was ich für meinen Hubertus bekommen kann. Er, seien wir ehrlich, er ist jedoch auch das Beste, was Ihr bekommen könnt. Ihr seid ein Findelkind, niemand weiß, ob Ihr nicht doch einfach nur von einem gewitzten Bauern, der einen weiteren Esser nicht mehr durchbringen konnte, vor das Gnadenbild gelegt worden seid.«

Aber das feine Körbchen, das gute Leinen, wollte Flora rufen, das kann ein Bauer sich doch nie im Leben leisten. Ihre Lippen blieben stumm, erwähnten nicht den verschwundenen Ring oder das fremdländische Flechtwerk des Körbchens. Soll er doch glauben, was er will, dachte sie trotzig. Ich habe nie darum gebeten, dass sie mich mit Hubertus verloben.

»Also gut.« Der Graf setzte sich unwillkürlich gerader hin. »Ihr werdet Hubertus heiraten. Je früher Ihr Euch damit abfindet, umso besser. Er wird sich schon schicken, meine Frau hat ihren Kriegsmann ja auch gezähmt.«

Aber Euer Pferd hat keine Narben, dachte Flora. Ein bitterer Geschmack lag auf ihrer Zunge, doch noch bitterer waren die Worte, die sie nun hinunterschluckte. Ihr denkt an die Bauern, die noch vor dem Tag aufstehen müssen, wenn Ihr jagen wollt, Ihr füttert einen kriegsmüden Soldaten als Torwächter durch. Die alte Marthe habt Ihr auch nicht weggeschickt. Das lernt ein Mann nicht von seiner Frau. Entweder er hat ein Auge für andere, oder er hat es nicht. Und Hubertus hat es nicht.

»Ihr sitzt da und sagt gar nichts. Soll das ein Zeichen sein, dass Ihr Euch in meinen Willen fügt?« Graf Steinwald klang hoffnungsfroh.

Flora sah ihn nur unverwandt an.

»Also nicht. Das habe ich befürchtet. Aber es ändert meinen Entschluss nicht. Mir scheint, Ihr hättet nichts dagegen, wenn ich Euch davonjagte aus meinem Haus. Doch das werde ich nicht tun. Ich habe Herrn Medard versprochen, dass ich für Euch sorgen werde. Konnte ich ahnen, dass mit Euch der Bruderzwist durch die Torpforte schlüpfen würde?«

Er schüttelte den Kopf. »Dass ich das erleben würde, damit habe ich wirklich nicht gerechnet. Meine Söhne sind hoffnungslos verstritten. Der eine kann den anderen nicht sehen, ohne zu sticheln, der andere ballt die Fäuste in ohnmächtiger Wut, wenn er seinen Bruder nur sieht. So kann das nicht weitergehen. Roderick hat mir gesagt, dass er angefangen hat, die Kräuterkunde von Euch zu lernen. Wenn Ihr Euch nur in Euer Los schicken wolltet und endlich Hubertus heiraten würdet, dann könnte ich das wohl erlauben. Irgendetwas muss der Junge ja anfangen mit seinem Leben. Mit dem Bein kann er schlecht zu den Soldaten gehen. Selbst wenn die die Geschichte mit seinem Bruder mittlerweile vergessen haben. Hoffentlich.« Er griff nach dem Becher mit dem Kräutertrunk.

Den habe ich Gertraud gelehrt, dachte Flora. Wie so manches andere. Und vieles hat sie mir beigebracht. Auch dass man den Burgherrn nicht umstimmt, wenn er sich einmal entschlossen hat. Fügen, nicht lügen. Einfach schweigen, wenn es nicht anders geht. Gut, vielleicht wäre es mir in der Welt auch nicht besser ergangen. Sicher nicht. Aber ob Ihr damit gerechnet habt, Herr Medard, als Ihr mich hier nach Steinwald verbrachtet? Ihr kanntet doch Hubertus, hattet selbst Streit mit ihm. Gab es wirklich keinen besseren Ort?

»Versucht es doch einmal, die Sache von meiner Warte aus zu sehen. Ich bin Euch von Herzen gut. Ihr habt bunte Farben in unser graues Steinwald gebracht.« Der Graf deutete auf die Fensterbeete und Blumenkästen, die den Söller zierten. »Nicht nur am Haus. Nein, mit Euch ist etwas gekommen, von dem ich nicht wusste, dass ich es vermisste. Die Küchenmägde singen, die Stallknechte pfeifen, es ist einfach, als hätte die Freude hier ihr Quartier genommen.«

Aber doch nicht mehr, seit Ihr mich an Hubertus binden wollt! Flora presste die Lippen aufeinander. Kein unbedachtes Wort soll ihnen entschlüpfen, nahm sie sich vor. Es ist schon genug Streit in der Luft.

»Nun gut, in den letzten Wochen war es vielleicht nicht so, ich gebe es zu. Aber auch das könnt Ihr ändern, es bedarf doch nur eines einzigen kleinen Wortes von Euch. Ist es denn so schwer? Seid Ihr denn so starrköpfig?«

Ich und starrköpfig? Flora staunte. Ja, wenn ich nur wollte, es könnte gehen, wir Ihr es bestimmt. Aber keiner sagt etwas über die Narben der Tiere, jeder schweigt, wenn er sieht, wie die Katze hinkt. Und wenn des Nachts das Schnarchen aus dem Stall klingt, dann hört Ihr das nicht in Eurem Gemach. Für Euch ist die Sache wirklich einfach.

»Jungfer, die Dankesschuld, die Steinwald an Euch hat, ist groß. Ihr werdet auf immer hier Euren Platz haben, das ist gewiss.« Der Burgherr lächelte. »Und ich will doch nur, dass das auch die Welt sieht. Nicht als Dienstmagd sollt Ihr hier leben, nicht als ein weiterer Esser. Ihr sollt Teil meiner Familie sein. Ihr wohnt doch schon in meinem Herzen. Gebt dem Euren doch endlich einen Ruck.«

»Wenn das so einfach wäre.« Flora seufzte. »Ihr habt mich aufgenommen auf Eurer Burg, habt mir Arbeit und ein Dach über dem Kopf gegeben, mich sogar an Eure Tafel gesetzt. Ich weiß wohl, dass Ihr mich schon über Gebühr bevorzugt.«

Der Graf machte eine abwehrende Handbewegung, aber Flora fuhr fort: »Doch, doch. Was wahr ist, muss auch wahr bleiben. Und die Wahrheit darf auch ausgesprochen werden. Aber es ist nun einmal leider auch wahr, dass ich meinem Herzen so viele Rucke geben kann, wie es nur ertragen mag, es verschlüge doch nichts. Ich kann Hubertus nicht zum Mann nehmen. Denn mein Herz ist nicht frei.«

Nun ist es heraus, dachte sie. Das muss er doch verstehen. Ein Herz, das schon verschenkt ist, kann man nicht einfach so weitergeben.

Aber der Graf war anderer Meinung. »Ihr setzt zu viel auf Herzensdinge. Wo habt Ihr das nur gelernt? Das Herz, das weiß jeder Jägersmann so gut wie jede Köchin, ist doch nur ein Teil des Körpers. Wenn kein Mund da ist, der es nährt, woher nähme das Herz die Kraft zu schlagen? Wo keine Beine sind, wie kann das Herz seinen Weg gehen?«

Es ist ein Herz. Es kann alles, dachte Flora. Vergeben, vergessen, sich verschenken. Nur eines vermag es nicht. Es kann sich nicht verraten.

»Ja, da schweigt Ihr. Das Herz, die Liebe. Ihr jungen Leute nehmt das alles viel zu wichtig. Hat man mich gefragt, ob ich ein freies Herz hatte, als es hieß, heirate Genoveva und mach ein Ende mit der alten Familienfehde? Natürlich nicht. Der Meinigen erging es doch genauso. Es wurde so einiges gemunkelt, das weiß ich. Aber sie hat mir nie Anlass zur Klage gegeben. Auch ich war ihr ein guter Mann, habe ihr Söhne geschenkt und sie in Ehren gehalten, bin mit Gottes Gnade der Franzosenkrankheit entgangen und habe alles getan, dass sie mit aufrechtem Haupt die Kirche betreten kann. Und auch sie hat mir keine Schande gemacht. Es geht genauso gut ohne Liebe. Glaubt mir. Recht gut sogar.« Der Graf sah Flora bittend an.

Habt Ihr Eure Frau etwa geschlagen? Wieder presste Flora die Lippen aufeinander. Noch vor der Hochzeitsnacht? Ihr hättet es nie gewagt, und sei es, weil sie von Stand ist. Aber was bin ich denn? Ein Findelkind. Eine Küchenmagd. Eine vom Gesinde, auch wenn sie am Tisch der Herrschaft speist und mit Jungfer angesprochen wird. Mich schützt nichts und niemand vor seiner Wut. Die kann ich Hubertus nun einmal nicht nehmen. Die ist älter als ich. Und sie hat sehr viel mehr Macht über ihn, als ich es jemals haben werde.

»Lasst mich raten.« Wieder griff der Burgherr zum Becher. Er trank nicht, sondern drehte ihn langsam in der Hand, ließ seine Finger über die Glasur gleiten. »Ihr glaubt, weil Euer Herz vergeben ist, könnt Ihr einem anderen keine gute Frau sein. Glaubt mir, mein Hubertus wird es zufrieden sein, wenn er den Rest bekommt.«

Das ist Eurer nicht würdig, dachte Flora. Eine Hitzewelle schoss ihr durch die Adern.

»Ach, da braucht Ihr doch nicht rot zu werden, Jungfer.

Ich bin ein alter Kriegsmann, ich nenne die Dinge nun mal gerne beim Namen. Auch wenn Ihr im Kloster aufgewachsen seid, so zimperlich braucht Ihr Euch nicht zu geben. Glaubt mir, das Herz wird überschätzt. Und, wer weiß, vielleicht lernt Ihr ihn doch auch zu lieben, den Hubertus?«

Nachdenklich fuhr sich Flora über die Wange, auf der der Handabdruck längst verblasst war. »Ich glaube nicht«, sagte sie endlich.

»Glauben. Dafür ist die Mutter Kirche zuständig, will ich meinen. Glauben ist nicht wissen. Ich weiß, was Ihr wollt. *Wen* Ihr wollt. Hubertus ist es nicht, stimmt es?«

Flora nickte.

»Das ist Euer gutes Recht. Aber welche Möglichkeiten habt Ihr denn? Wenn Ihr Steinwald verlasst, wohin wollt Ihr Euch wenden? Ihr seid nichts. So hart es klingen mag, es ist nun einmal die Wahrheit. Ihr seid niemand, ein Findelkind, zu dem sich keiner bekennen wollte, eine Jungfer mit einem gewissen Talent für den Garten und die Küche. Aber ob Ihr sonst zu etwas taugt, das weiß niemand. Wer soll es denn wagen mit Euch? Wenn Ihr Glück habt, findet Ihr einen braven Bauern, der Euch heiratet und so in Euch eine Magd findet, der er nicht einmal einen Lohn zahlen muss. Er wird Euch jedes Jahr ein Kind machen, und Ihr werdet alt werden lange vor Eurer Zeit. Statt Bücher werdet Ihr Bohnen und Erbsen lesen, statt bunte Blumen zu anmutigen Sträußen zu winden, werdet Ihr Ähren bündeln, der Rücken wird Euch schon am Morgen schmerzen, noch bevor Ihr die Kuh melkt.« Der Graf schüttelte den Kopf. »Das könnt Ihr unmöglich wollen. Und Stadtluft macht frei? Ja, zu was denn? Kein Bürger wird seinen Sohn einer dahergelaufenen Bauernmagd geben. Vielleicht ein Handwerker, der ewig Geselle bleiben will. Ja, das vielleicht noch. Arm werdet Ihr sein, das Haus voll Kinder und einen Mann haben, der als Altgeselle noch daran denken wird, ob er nicht doch die Witwe seines ehemaligen Lehrherrn hätte ehelichen sollen und so sein Glück machen.«

Er ist grausam, dachte Flora. Mit Worten, wie Hubertus es mit seinen Fäusten ist. Wie der Sohn, so der Vater. Auch wenn er es gut mit mir meint, er kann auch nicht aus seiner Haut. »Ich kann einfach nicht«, brachte sie schließlich heraus.

»Narrenpossen!«, polterte der Graf. »Ihr wollt nicht, das ist es doch. Über Eure Verbocktheit kann Steinwald untergehen, was kümmert es Euch? Ihr habt Euer Herz an Roderick gehängt, nicht wahr? Aber das sage ich Euch, daraus wird nichts. Was könnt Ihr ihm denn bieten? Ihr habt nichts, und Ihr werdet es auch zu nichts bringen. Das Einzige, was Ihr bieten könnt, ist Euer Leib. Ein hübscher Leib, ein liebliches Gesicht, ich gebe es zu. Fürwahr. Aber was, wenn Ihr eines Tages nicht mehr ansehnlich seid? Kurz ist die Blüte der Jugend, für Euch Weiber noch kürzer. Ein paar Lenze. Und was dann? Dann habt Ihr immer noch nichts. Dann habt Ihr gar nichts mehr. Schluss damit also. Ihr seid zu arm für meine anderen Söhne. Seid Gott dankbar, dass ich Euch Hubertus gebe.«

Nein, dachte Flora, das bin ich nicht. Ich heiße Florianna Ursula, ich bin nicht die ergebene Magd, die geschehen lässt, was ihr gesagt wird.

»Ich sehe, Ihr wollt keine Vernunft annehmen.«

Er klingt müde, unendlich müde. Flora war überrascht. Ich bin es doch, die gehetzt wird, dachte sie, mich will er stellen ohne Ausweg, mich hat er in der Falle. Warum also ist er müde?

»Eine Weile bin ich noch bereit, Eure Faxen zu ertragen. Aber was ich nicht dulden werde, ist der Streit, den Ihr zwischen meine Söhne getragen habt. Roderick wird Steinwald verlassen. Er wollte doch immer studieren, nun, dann soll er eben. Zu etwas anderem ist er ja doch nicht nütze mit seinem Hinkebein. Ein Hosenscheißer und ein Büchernarr. Feine Söhne, die Steinwald hervorgebracht hat, fürwahr. Er wird so bald wie möglich abreisen. Wohin, das kann mir gleich sein. Vielleicht nach Erfurt. Oder Wittenberg, dort soll doch gerade eine Universität gegründet werden. Vielleicht noch weiter, was macht mir das? Hauptsache, er kommt mir hier auf Steinwald nicht zu Schaden. Da habt Ihr es, Jungfer. Das ist Euer Werk. Seid Ihr nun zufrieden?«

Flora senkte den Kopf. Sie wollte den Grafen nicht mehr anschauen, wollte nicht sehen, wie die gemalten Ranken der Rosenlaube näher rückten, nicht spüren, wie die sie umschlangen, ihre Dornen sich in sie bohrten und endlich ihr Herz verbluten ließen. Es muss einen Ausweg geben, irgendeinen! Ihre Gedanken rasten, aber sie fanden nichts. Herr Medard hat nicht geantwortet, er hat mich aufgegeben, so ist es nun einmal. Da wird keine Hilfe kommen. Ich muss mir selbst helfen. Und sei es, dass ich vom Bergfried springe. Dann ist wenigstens endlich Ruhe. Und wenn ich es nicht richtig schaffe? Wenn ich am Leben bleibe, lahm vielleicht und siech? Alle Heiligen, steht mir bei! Aber wie solltet Ihr? Ich plane die größte Sünde, da werdet Ihr nicht zu meinem Schutz herbeieilen. Herr Medard ist wirklich kein Heiliger. Der könnte mir helfen. Aber er tut es ja nicht. Hat mich vergessen, aufgegeben. Aus den Augen, aus dem Sinn.

Vom Burghof unten kam Lärm. Eine wütende Stimme war zu hören. Der raue Klang verriet Hubertus. »Na warte, Freundchen!«, brüllte er. »Dir werde ich's zeigen.«

Der Graf und Flora eilten ans Fenster. Am Brunnen stand Hubertus und hielt Roderick fest. Mit der Linken drückte er den Kopf seines Bruders in den Eimer, mit dem rechten Arm zog er ihm die Ellbogen hoch, sodass sich Roderick nicht wehren konnte. Schon wurde sein Zappeln schwächer.

Der Graf öffnete das Fenster. »Hubertus!«, schallte seine Stimme über den Hof.

Doch sein Sohn hörte nicht. Mit einem wilden Lachen drückte er den Kopf seines Bruders nur tiefer ins Wasser. Roderick trat wild um sich, konnte aber nichts ausrichten.

Wieder rief der Graf. Hubertus sah auf.

»Lass ihn sofort los. Hörst du? Sofort!«

Flora sah es genau. Die Hand, die den Lockenschopf in den Kübel presste, drückte noch einmal nach. Dann endlich ließ Hubertus los. Polternd fiel der Eimer in den Brunnen. Das wird ein schönes Stück Arbeit, ihn wieder herauszuholen, dachte Flora. Der blöde Kübel ist doch einerlei, schalt sie sich. Wie geht es Roderick?

Der war am Brunnenrand zusammengesunken. Ein wildes Husten schüttelte seinen schlanken Körper, während Hubertus mit geballten Fäusten neben ihm stand und keinerlei Anstalten machte, ihm zu helfen.

»Zu mir. Sofort. Alle beide!« Der Graf wandte sich zu Flora. »Das ist Euer Werk, Jungfer. Ich schlage vor, Ihr geht mir einstweilen aus den Augen. Und glaubt ja nicht, dass dies hier mein Herz für Eure Lage zu erweichen vermag. Mein Ältester ist in Gottes Hand. Hier habe ich zwei Söhne, die muss ich beide retten. Wenn Ihr dabei helfen wollt, dann danke ich Euch. Wenn nicht, dann gnade Euch Gott!«

Flora wusste nicht, wie sie in die Burgkapelle gekommen war. Tränenblind war sie davongestürzt, hatte nicht auf Treppen, Absätze oder den Weg geachtet. Wäre ich doch zu Tode gestürzt, dachte sie, als sie wieder bei Sinnen war. Dann wäre alles vorbei und vielleicht besser so. Alles wäre besser als das hier. So kann es nun wirklich nicht weitergehen. Sie setzte sich vor das Bild der Gottesmutter und zog ihren Rosenkranz hervor.

Es dauerte lange, bis sich ihre rasenden Gedanken beruhigten und sie in die wohltuende Versenkung des Gebets eingetaucht war. Die dicke Kerze am Altar war schon ein gutes Stück heruntergebrannt, als Flora eine Hand auf ihrer Schulter spürte. Sie zuckte hoch, aber es war nicht Pater Romuald, der mit ihr schelten wollte. Roderick setzte sich neben sie auf die Kirchenbank.

»Der Vater schickt mich fort.«

Flora sah ihn mit großen Augen an.

»Es hatte ganz harmlos angefangen. Hubertus kam aus dem Stall und ist zum Brunnen gewankt. Er stank immer noch wie ein altes Weinfass, auch als er sich einen Eimer Wasser über den Kopf gegossen hatte. Dann hat er wieder geschöpft. Und ich habe ihn gefragt, warum er eigentlich so säuft. Ehe ich es mich versah, hatte er mich gepackt. Ich glaubte schon, mein letztes Stündlein hätte geschlagen, als ich mit dem Kopf im Eimer steckte. Zum Glück ist der Vater dazwischen.«

»Zum Glück?« Flora wusste nicht, ob sie lachen oder weinen sollte. »Gott sei es gedankt, das meinst du wohl.«

Er lächelte. »Das auch. Gewiss. Wer möchte schon, dass der eigene Bruder zum Mörder wird. Obwohl, wenn ich tot wäre, was machte es mir dann noch aus?«

»Roderick von Steinwald, du solltest dich schämen. Mach keine Witze über derlei Dinge, sonst versündigst du dich ebenso wie dein feiner Herr Bruder.«

»Ja, wenn ich nicht lachen darf, was bleibt mir denn dann?« Roderick klang empört. »Dann ist es nur noch ein kleiner Schritt, und ich beginne zu hassen. Den Bruder, dass er mich nicht sein lässt, den Vater, dass er mich fortschickt, obwohl ich nichts getan habe, das so eine Strafe verdient. Oder dich. Weil ich dich nicht mitnehmen kann.« Er legte den Arm um ihre Schultern. »Ach, Flora. Wie gerne würde ich dich einfach mit mir nehmen. Aber der Vater erlaubt es nicht. Ich habe ihn gefragt. Ich will dich. Oder keine. Das habe ich ihm gesagt. Doch er wollte nichts davon hören. Du wirst Hubertus heiraten, dafür will der Vater sorgen. Und wenn es das Letzte ist, was ich auf dieser Welt tue, hat er gesagt. Hubertus stand einfach nur da und grinste. Da bin ich auf ihn los, um ihm dieses dumme Feixen ein für alle Mal aus dem Gesicht zu reißen. Aber der Vater ist wieder dazwischengegangen, noch ehe ich einen Finger auf meinen Bruder legen konnte. Das geht zu weit, hat er gedonnert. Dann hat er gelächelt. Unendlich traurig gelächelt hat er. Wenn hier einer Schläge verdient hat, dann Hubertus, so viel ist sicher, hat er gesagt. Und wer sie ihm geben wird, weiß ich auch. Dann hat er nach seinem Leibgurt gegriffen und mich davongeschickt. Vielleicht ist es besser so. Hubertus bekommt die Prügel, die er schon lange verdient hat. Aber das meine ich nicht. Vielleicht ist es besser, dass ich gehe. Denn bleiben kann ich nicht, wenn er dich bekommt. Vielleicht ist es wirklich besser so. Jeder hat doch eine Aufgabe auf dieser Welt. Wenn jemand meinen Bruder Hubertus zu einem guten Menschen machen kann, dann du. Ob dies wohl die Aufgabe ist, die Gott dir gegeben hat?«

21

Endlich war es geglückt. Das erste Zitronenbäumchen auf Steinwald trug winzige gelbe Früchte. Flora lächelte zufrieden. Ausgerechnet hier, im kalten Nordhessen, auf dieser Burg, deren Turm einen mächtigen Schatten warf, war es ihr gelungen.

»Wenigstens das glückt.« In ihre Freude bohrte sich jedoch gleich wieder der Stachel. Sie lassen mich nicht hinaus, dachte sie, Gottes freie Natur ist mir verschlossen, die Pracht seiner Schöpfung ist mir verwehrt. Ich triumphiere, dass ich mir einen winzigen Teil davon hier in die Burg rette, dass mir in der Rosenlaube ein Zitronenbäumchen gedeiht. Da ist doch etwas schief.

Vor der Tür waren Schritte zu hören. Flora sah auf. Natürlich, Hubertus, dachte sie. Wer sonst ist solch ein Trampler vor dem Herrn? Ich frage mich, wie er das Wild überhaupt erwischt im Wald. Oder ist er dort behutsamer? Vielleicht halten die Tiere ihn ja für einen besonders mächtigen Eber, der durch das Unterholz bricht, wie es nun einmal seine Art ist. Flora verzog die Lippen zu einem schmalen Lächeln.

»Mein Bräutchen lächelt. Der Tag ist gerettet!«

Wie satt ich seine plumpen Schmeicheleien habe, dachte sie. Jeder Bauer bekäme das besser hin. Manchmal denke ich wirklich, es wäre besser gewesen, wenn ich eine Stelle auf einem Hof gefunden hätte. Ohne Steinwald wäre mein Leben glücklicher. Aber es wäre auch ohne Roderick. Das ist der Haken.

»Was habt Ihr denn diesmal wachsen lassen?« Hubertus trat an die Fensterbank. »Ein Bäumchen? Haben wir denn davon nicht genug im Wald?« Ehe Flora es sich versah, hatte er eine der wenigen Früchte abgepflückt und in den Mund gesteckt. Doch schon spuckte er die Zitrone wieder aus. »Bah. Und mit so etwas vergeudet Ihr also Eure Zeit, anstatt Euch zur Hochzeit zu bereiten.«

Er hat nicht nur eine Zitrone gepflückt, stellte Flora fest. Den Ast hat er auch noch fast mit abgerissen. Aber das kenne ich ja schon von ihm. Sorgfältig geht der doch nur mit seinen Jagdwaffen um. Wenn überhaupt. Und seinen groben Händen bin ich anverlobt. Unwillkürlich seufzte sie. Dann griff sie nach dem Topf, in dem das Zitronenbäumchen wuchs.

»Ja, wohin wollt Ihr denn so eilig, Jungfer? Ich dachte, wir könnten uns endlich einmal unterhalten, so von Bräutigam zu Braut.«

»Träumt weiter.« Flora hielt den Topf fest und mühte sich gleichzeitig, die Tür zum Austritt zu öffnen. »Ich werde jetzt erst einmal versuchen, den Schaden, den Ihr gerade angerichtet habt, wiedergutzumachen. Seht ruhig her. Dieser Ast, wenn der noch zu retten ist, wird es mich wundern.«

»Ja, und? Einen Ast nennt Ihr das? Ein Ästchen ist es, ein Zweiglein. Um solch ein schlankes Reis soll ich mir Sorgen machen? Was zieht Ihr denn auch so ein empfindliches Zeug. Bohnen, Erbsen und so weiter sind Euch wohl nicht gut genug? Bäume gehören nun einmal in den Wald. Wollt Ihr das nicht endlich begreifen?«

Flora antwortete nicht, sondern ging einfach davon. Im Stall holte sie sich ein paar dicke Strohhalme.

»Was willst du denn damit?«, fragte die alte Marthe neugierig. »Ach, der schöne Baum! Wie schade, dass der Ast gebrochen ist.«

»Das ist er doch nicht von allein«, sagte Flora bitter.

Marthe kicherte. »Lass mich raten, Kindchen. Es war Hubertus. Und als es geschehen ist, hat er überhaupt nicht verstanden, dass es dich schmerzt.«

»Genauso war es.« Flora legte die Halme auf den Küchentisch. Aus der Schublade holte sie einen dünnen Faden. »So. Nun wollen wir einmal sehen.«

Konzentriert drückte sie den Ast zurück an den Stamm, legte eine Manschette aus Stroh darum und band alles mit dem Faden fest.

»Geschickt.« Marthe nickte anerkennend. »Durch das Stroh kann der Faden nicht die Rinde beschädigen. Und die Halme sind dick genug, dass sie auch noch Halt geben. Gut, hier in der Küche geht nicht viel Wind, aber sicher ist sicher.«

Ach, dachte Flora, es kommt immer darauf an, was man als Wind bezeichnen will. Dieses Bäumchen ist ein bisschen in den Sturm geraten statt meiner. Da will ich doch mein Möglichstes tun, damit es nicht umkommt vor lauter Wetter.

Tatsächlich tat die Strohmanschette gute Dienste. Vielleicht war auch der Schaden doch nicht so groß gewesen, wie er Flora zunächst erschienen war. Das Zitronenbäumchen wuchs und gedieh. Es hatte einen Fensterplatz in der Küche ergattert und dankte die Sorge und Mühewaltung mit gelber Fülle. Sogar an dem Ast, den Hubertus gepackt hatte, zeigten sich nach und nach wieder Früchte.

»Die Zeit heilt alle Wunden«, sagte Marthe eines Abends und strich über die Blätter des Bäumchens.

Flora sah sie nur an.

»Ich habe gesagt, dass sie Wunden heilt, nicht, dass sie keine Narben hinterlässt«, verteidigte sich die Alte und lachte.

»Dass du darüber lachen kannst, das verstehe ich einfach nicht«, sagte Flora leise.

»Ach, Kindchen. Ich bin eine alte Frau. Natürlich hätte ich diese Pracht lieber nicht im Gesicht.« Marthe tupfte auf die Narbe. »Aber ich habe die Erfahrung gemacht, dass, wenn etwas passieren soll, es das auch tut. So oder so. Gut, mich hat es im Gesicht getroffen. Aber stell dir nur einmal vor, es hätte meine Hand erwischt oder einen Fuß. Was dann? Wäre mein Leben besser gewesen? Doch sicher nicht. Ich trage das Mal nun schon so lange. Wenn ich da immer noch hadern wollte, nach so langer Zeit ... Nein. Das will ich nicht. Irgendwann kommt für alles der Moment, wo man sich abfinden muss.«

Ob sie etwa von der Hochzeit spricht? Flora wagte es nicht nachzufragen. Sie ist meine einzige Freundin, will mir bisweilen scheinen. Wenn sie mich auch noch zur Heirat mit Hubertus drängt, dann habe ich niemanden mehr auf meiner Seite. Da ist es besser zu wissen, wann man aufhören muss mit fragen.

Der Erfolg mit dem Zitronenbäumchen gab ihr wieder neuen Schwung in ihrem Tun. Auch wenn der Rosenhag nun endgültig Vergangenheit war, die Fensterbeete explodierten schier in Farben, und die Blumenkästen an den Brüstungen hatten den Burgherrn schon laut überlegen lassen, ob er den Namen Steinwald so überhaupt noch führen konnte. Er hatte gelacht, aber es steckte schon ein Körnchen Wahrheit in dem Scherz.

Flora arbeitete unermüdlich, experimentierte im Gärtlein der Burgherrin mit Moosen, die für dunklere Farbtupfer in dem Grün des Rasens sorgten, besprach mit der Gräfin, ob ihr nicht ein kleiner Teich mit einem Wasserspiel eine Freude machen könnte. Alles in allem gefällt es mir ja doch hier, dachte sie. Wenn es nur Hubertus wäre, der sich bald aufmacht in die Fremde, und nicht Roderick! Aber da kann ich lange hoffen. Wenn Wünsche Ranken wären, dann wäre Steinwald doch schon lange überwuchert.

Tatsächlich gab es sogar Tage, an denen sie sich nicht über Hubertus ärgern musste. Gut, sagte sie sich, es sind die, an denen er schon früh zur Jagd reitet und so spät heimkehrt, dass die Familie bereits gespeist hat. Aber immerhin, es gibt Tage, an denen ärgert er mich nicht.

Hubertus hütete sich auch, ihr noch einmal ein Kitz als Beute mitzubringen. Jungtiere, trächtige Hirschkühe, nichts davon bekam Flora mehr zu sehen. Stattdessen präsentierte er ihr Walderdbeeren, saftigen Holunder und andere Beeren, bückte sich nach Pilzen, seltsam geformten Steinen und was immer er hoffte, das ihr gefallen könnte.

Er bemüht sich, er tut es wirklich, stellte Flora eines Tages überrascht fest. Selbst seine plumpen Komplimente erspart er mir. Meistens. Ob er sich vielleicht doch bessern kann? Mir scheint, dass er auch nicht mehr gar so viel säuft. Oder habe ich mich einfach an sein Schnarchen gewöhnt, dass ich es kaum noch höre, wenn es über den Burghof schallt?

Auch der Burgherr und seine Gemahlin hatten es aufgegeben, Flora zu bedrängen, vermieden das Thema Heirat und schienen gerne über alles andere mit ihr plaudern zu wollen. Nur Roderick bekam Flora weiterhin kaum zu sehen, doch diesmal gab es einen Grund, den er selbst gewählt hatte.

»Mein Latein ist doch rostiger, als ich gedacht hatte.« Er saß über eine Fibel gebeugt und schrieb sich Verbformen auf. »Wenn der Herr Vater mich tatsächlich studieren lässt, dann will ich ihm doch keine Schande machen und bei der Lateinprüfung versagen. Das fehlte noch. Da muss ich durch«, hatte er gesagt und hinkte nun täglich hinunter ins Dorf, wo ihm der Pfarrer Stunden gab in der Sprache der Wissenschaft.

»Denk dir nur, überall sprechen sie es, ich könnte in Paris studieren, in Prag, in Erfurt, wo ich nur wollte. Wenn ich endlich diese vermaledeiten Verbformen in meinen Schädel bekomme, steht mir die ganze Welt offen.«

Jeden Morgen nach dem Frühstück verschwand er durch das Burgtor, das für Flora immer noch fester gefügt war als die dickste Burgmauer.

Vielleicht soll es tatsächlich so sein, dachte sie eines Nachts. In Annabrunn war ich glücklich und durfte nicht bleiben, bei Graf zu den Höhen ging es mir gut, und doch musste ich fort. Vielleicht ist mein Platz wirklich hier?

Doch bevor sie sich sicher sein konnte, riss Hubertus der Geduldsfaden. Wieder führte er sich auf, als erlaubte ihm sein Stand alles. Er benahm sich rücksichtslos, trug den Dreck und den Schlamm aus dem Wald über die Treppen durch die ganze Burg, und lange, bevor das Abendessen wieder abgetragen wurde, war er so betrunken, dass er nur noch wie ein fett gefressener Karpfen glotzen konnte.

Die Gräfin seufzte, der Graf schüttelte nachsichtig den Kopf, der Pater sagte nichts. Roderick blieb ein paar Tage im Pfarrhaus, Marthe ließ sich nicht sehen. Flora hatte sich schon lange nicht mehr so alleingelassen gefühlt.

Der nächste Abend brachte das gleiche Spiel. So ging es die ganze Woche, und Flora spürte, wie sich die Wut zu einem Knäuel mit unzählig vielen harten Knoten in ihr zusammenzog. Hubertus ahnte, dass er alles bisher gewonnene verspielte. Doch anstatt sich behutsam zurückzuziehen und seine Jagdbeute in Sicherheit zu wiegen, machte er sich nach einem weiteren Abendessen über die Blumenkästen her. Einzeln riss er die Pflanzen aus der Erde, ließ sie an ihren Stängeln kurz kreisen und warf sie dann mit erstaunlicher Zielgenauigkeit nach den Hunden im Burghof.

Ehe Flora einschreiten konnte, waren schon vier Kästen geplündert und der fünfte halb leer.

Sprachlos stand sie auf dem Söller, hörte Hubertus juchzen und wusste nicht, wohin mit ihrer Wut. Bevor sie etwas sagen konnte, von dem sie sicher war, dass sie es trotz allem nicht bereuen würde, spürte sie eine schmale Hand auf ihrer Schulter.

Die Burgherrin lächelte ihr mitleidig zu. »Lasst mich das machen, Jungfer«, bat sie leise, und Flora nickte.

Schon stand die Gräfin Steinwald bei ihrem Sohn.

»Was soll das werden, Junge?«

Hubertus hielt inne. »Ist doch belustigend«, stammelte er. »Seht nur, wie sie auseinanderspritzen. Die dummen Viecher glauben bei jedem Mal, dass jetzt aber doch der Leckerbissen kommen muss. Dann ist es doch wieder nur Dreck und buntes Gemüse.« Er kicherte.

»Du bist betrunken, Sohn.« Die Stimme der Gräfin klang eisig. »Wieder einmal.«

»Ich bin ein Mann. Ich darf das«, kam die patzige Antwort.

»Davon ist aber nicht viel zu sehen. Die eigenen Jagdhunde quälen, tut das ein Mann, einer, dem die Sporen des Ritters zuständen? Blumen aus den Kästen reißen, ist das eine edle Tat? Mein Junge, das lass dir gesagt sein, so kann das nicht weitergehen.«

Flora sah genau, wie sich das Gesicht des Grafensohns verzerrte.

»Nichts ist mir hier erlaubt«, quengelte er endlich. »Keinen Spaß gönnt Ihr mir, die Magd habt Ihr fortgeschickt, Ihr lasst Flora gewähren, gestattet ihr, mir auf der Nase herumzutanzen, wie es ihr beliebt, der Hexe. Da soll ich nicht eine Kanne auf mein eigenes Wohl trinken, wenn es sonst schon niemand tut?«

Nun mischte sich auch der Graf ein, der herbeigeeilt war. »Geh schlafen, Sohn. Wenn du behandelt werden willst, wie es deinem Stand entspricht, dann handle zuallererst selbst so, dass kein Zweifel entsteht. Aber jetzt keine Widerworte mehr. Ab mit dir.«

Mit schlurfenden Füßen und hängenden Schultern machte sich Hubertus davon in den Stall, als sei dort sein eigentliches Zuhause.

Der Graf bot seiner Frau den Arm und ging mit ihr davon. Flora sah ihnen noch lange nach. Im Dämmerlicht versuchte sie endlich, den von Hubertus angerichteten Schaden in den Blumenkästen einzuschätzen.

»Ganze Arbeit, Kindchen«, ließ sich Marthe vernehmen, die wie ein Schatten aus dem Nichts auf den Austritt gekommen zu sein schien. »Wenn er etwas macht, unser Hubertus, dann so, dass er in kürzester Zeit den größtmöglichen Schaden anrichtet. Immerhin ist es nun schon recht lange gut gegangen. Aber gegen seine wahre Natur kann wohl niemand so recht an. Sich seinen eigenen Schwächen zu stellen, dazu braucht es eben Mut. Aber einen von der Sorte, wie ihn unser Hosenscheißerchen nicht hat.«

»Nenn ihn nicht so«, bat Flora.

Marthe sah sie erstaunt an. »Und warum nicht?«

»Weil es nichts besser macht. Alle reden immer noch vom Hosenscheißer. Dabei ist der Knabe längst zum Manne gereift. Sieh ihn dir an. Er ist kein Kind mehr, aber niemand zeigt ihm, dass sein Tun ernsthafte Folgen haben kann, die ihn mehr treffen, als ohne Nachtisch ins Bett geschickt zu werden. Wer ihn nicht erwachsen werden lässt, ist der nicht selbst schuld, wenn Hubertus sich kindisch aufführt?«

Marthe schwieg nachdenklich. »Weißt du was, Kindchen«, sagte sie nach einer ganzen Weile, »ich glaube, du hast sogar recht. Du hast ihn und uns alle durchschaut. Vielleicht wärest du wirklich die beste Frau für Hubertus und nicht nur er für dich das Beste, was einem armen Findelkind widerfahren kann.«

Bloß nicht, dachte Flora. Heilige Ursula, heilige Anna, heiliger Florian, steht mir bei!

Unruhig lag sie endlich in ihrem Bett und wartete auf den Morgen.

Der leichte Wind trug immer wieder ein Schnarchgeräusch durch das Fenster.

Beim Frühstück machte wieder einmal niemand Anstalten, Hubertus zur Rede zu stellen. Ob er Vorwürfe überhaupt verstanden hätte? Er schien den Rausch immer noch nicht überwunden zu haben. Doch bevor er sich auf etwas Neues besonnen hatte, wie sich Flora am besten von ihm piesacken ließ, meldete der Torwächter einen Gast.

»Der Herr Medard!« Graf und Gräfin strahlten um die Wette. Flora spürte, wie ihr das Herz leichter wurde. Selbst Hubertus schaute freundlich drein, obwohl er sich immer wieder den Kopf hielt, als schmerzte der ihn bei jedem Lächeln.

»Ich bringe Neuigkeiten!« Medard hatte mit der Morgensonne um die Wette gestrahlt. »Und was für welche!«

Die Bürokratie des Landgrafen hatte in ungewohnt kurzer Zeit der Erbfolge zugestimmt. Medard sollte seinen Lehnseid beim nächsten Osterfest leisten, so war es ihm beschieden worden. In Kassel hatte der Bischof gleich die Dispens erteilt. Trotz des Trauerjahrs sollte Medard die Witwe seines Oheims heiraten dürfen.

»Und Ihr seid natürlich alle eingeladen!« Der neue Graf zu den Höhen hatte gestrahlt, als sei er die Sonne in Person. »Ihr, Graf, mit Eurer Gräfin, mit Hubertus und Roderick. Vielleicht ist sogar Euer Ältester ausnahmsweise einmal abkömmlich bei Hofe? Und Flora will ich natürlich auch nicht missen an einem solchen Festtag.«

Der Burgherr hatte ebenso verwundert dreingeschaut wie seine Frau. Aber sollte Flora nicht ohnehin bald ihre Schwiegertochter werden? Dann konnte sie ja gleich damit beginnen, sich in vornehmer Gesellschaft zu bewegen.

»Allerhand«, hatte der Graf noch gesagt. »Donnerwetter, mein Guter, Ihr leistet schnelle Arbeit.«

»Christian«, hatte ihn seine Frau leise ermahnt.

»Ja, was denn. Man wird es doch wohl noch sagen dürfen.« Der Graf verstand nicht so recht, worauf seine Frau hinauswollte.

Aber Medard verstand umso besser. »Es war der letzte Wunsch meines Oheims. Er hat sogar ein Kodizill aufsetzen lassen, neben seinem Testament, um die Sache schnell zu regeln.«

»Na, wenn das so ist ... Gottes Segen, mein Bester!«

Der Herr zu den Höhen hatte nur gelacht. »Wenn ich eine Frau haben kann wie Angelika, da schwebe ich doch ohnehin im siebten Himmel. Da kann mir das Gerede der Leute nun wirklich gleichgültig sein. Wenn Ihr Euch also mit mir freuen wollt, mit uns, Ihr seid herzlich eingeladen.«

So kann kommendes Eheglück eben auch aussehen, dachte Flora. Aber das glaubt doch nicht einmal Graf Steinwald, dass so etwas mit Hubertus auf Dauer möglich ist. Was heißt denn da auf Dauer? So schnell kann ich gar nicht blinzeln, wie sich das Glück für mich in Kummer verwandeln würde. Aber vielleicht kann ich ja die Freude, die unser frischgebackener Graf spürt, in Mitgefühl wandeln für eine, die weniger Glück hat als er. Nur wie?

Erst am Abend ergab sich die Gelegenheit dazu.

»Herr Medard, auf ein Wort.«

Flora hatte all ihren Mut zusammengerafft und den Grafen zu den Höhen beim Verlassen des Speisesaals abgepasst. Und wie durch ein Wunder war diesmal niemand zur Stelle, der das Gespräch belauschen oder gar unterbinden wollte.

Kein Hubertus schnaufte auf der Treppe, kein Herr und keine Herrin traten aus der Burgkapelle. Selbst die alte Marthe war nicht zu sehen, die doch sonst stets zu spüren schien, wo sich auf Steinwald etwas tat, von dem sie besser wusste. Ganz allein stand Flora auf dem weiß gekalkten Flur mit dem Herrn Medard, der sie immerhin nach Steinwald gebracht hatte.

»Was gibt es denn, meine kleine Blumenfee?« Die Augen des Grafen hatten gefunkelt, und Flora konnte die Lachfältchen im Gesicht des Mannes zählen. Doch dafür hatte sie keine Zeit. Wie sollte sie nur ihre Lage schildern?

Am besten ohne Umschweife, sagte sie sich, damit alles heraus ist, bevor jemand kommt.

Ob ich den Brief überhaupt erwähnen soll? Wenn er ihn nicht erhalten hat, hilft es nichts, von ihm zu reden. Und wenn doch, dann hat er es vorgezogen, nichts zu unternehmen. Das wird ihn nicht milde stimmen. Also, davon geschwiegen. Aber sonst sage ich ihm alles.

»Ich soll heiraten«, platzte es also aus ihr heraus.

»Gratuliere.« Der Graf klang, als ob er es ernst meinte. »Wer ist denn der Glückliche? Wen habt Ihr erwählt, Jungfer?«

Flora lachte bitter auf.

»Das klingt nun aber nicht gut. Ihr sagtet, dass Ihr heiraten *sollt*. Also *wollt* Ihr nicht. Das klingt fürwahr nicht gut. Wer ist es?«

»Hubertus.« Flora zischte es fast.

»Und wenn ich Euch richtig verstehe, mögt Ihr ihn nicht. Aber wer kann Euch denn zwingen zu einer Heirat, die Ihr nicht wünscht?«

Ihr habt ja keine Ahnung, wollte Flora schreien. Wenn der Burgherr es so will und der Pater mitspielt, dann kann ich hunderte Male Nein sagen. Irgendwann haben sie mich weich, irgendwann schweige ich einfach. Und von dort ist es dann nur noch eine Frage der Zeit, bis ich um des lieben Friedens willen Ja sage. Als ob ich dann Frieden hätte. Doch nicht mit Hubertus. Aber das alles sagte sie nicht. Stattdessen sah sie Medard unverwandt an.

»Nun schaut mich nicht so an mit Euren grünen Augen, als ob es lichterloh brennte und ich den Brunnen heimtückisch verschlossen hätte. Die Ehe ist nun einmal ein Sakrament, so leicht versündigt sich da doch keiner. Mit Verlaub, so wichtig seid Ihr trotz all Eurer Anmut nun auch nicht, dass man dafür das Seelenheil riskierte.«

»Das eigene wohl nicht. Aber meines«, brachte Flora heraus.

»So schlimm steht es?« Medard schien nun ehrlich betroffen. »Hubertus ist doch ein Jäger, aber keiner mit übermäßiger Geduld. Es ist ihm nicht gegeben, für Stunden still auf dem Anstand zu sitzen und zu warten, bis das Wild kommt. Er ist versessen auf die, die flüchten. Und auf die, die sich wehren. Haltet ihn hin, eine Weile, bleibt freundlich und unverbindlich, und ich sage Euch, er wird das Interesse verlieren.«

»Es war doch nicht seine Idee! Der Herr und die Herrin, sie wollten mir etwas Gutes zulieb tun, weil ich Herrn Rodericks Leben und Bein habe retten können mit Gottes Hilfe. Da sind sie eben auf Hubertus verfallen. Etwas Besseres, sagen sie, bekomme ich als gemeine Küchenmagd doch ohnehin nicht. Sie verstehen nicht, dass ich nicht mit bei-

347

den Händen zugreife, fühlen sich von mir herabgesetzt und in ihrem Dank missachtet.« Flora spürte, wie ihr die Tränen kamen.

»Nun, nun, Jungfer.« Medard kam sich ganz furchtbar tapsig und hilflos vor, wie er da stand und Flora begütigend auf den Rücken klopfte. »Nun, nun. So schnell wird auch auf Steinwald nicht geheiratet.«

»Aber der Termin steht schon fest«, schniefte Flora. »In wenigen Wochen soll es so weit sein. Wenn nicht noch ein Wunder geschieht, stehe ich in zwei Monaten vor dem Traualtar.«

»Für Wunder bin ich nicht zuständig, Jungfer. Das müsst Ihr doch einsehen. Zwei Monate, das ist allerdings mehr als nur wenige Wochen. In wenigen Wochen, nämlich in zweien, steht erst einmal meine eigene Vermählung an.« Medard lachte. »Gott ist mein Zeuge, auf die habe ich lange genug warten müssen. Geduld muss man haben, Jungfer. Geduld. Habt Geduld, und der Herr wird's schon richten. Und nun entschuldigt mich.« Schon hatte Medard Floras Hand von seinem Arm gelöst, sich umgedreht und war davongegangen.

Fassungslos sah Flora ihm nach. »Und Euch habe ich vertraut, habe alle meine Hoffnung auf Euch gesetzt«, zischte sie zwischen den zusammengebissenen Zähnen hervor. »Ein feiner Freund in der Not seid Ihr mir wiederum.«

Aber Medard hörte sie bereits nicht mehr. Schwer atmend lehnte sich Flora an die Wand. Sollte es denn wirklich keinen anderen Ausweg geben als den Sprung vom Bergfried? Was hinderte sie eigentlich daran, ihn nun zu wagen, jetzt, in dieser Stunde? Sie sah sich noch einmal zur Kapelle um, raffte dann den Rock und eilte die Stiege hinab.

348

22

»Natürlich kommst du mit!« Graf Steinwald duldete keine Widerrede. »Das bisschen Latein, mein Gott, das holst du doch spielend nach. Wenn du ein paar Wochen später als geplant aufbrichst, um ein Studiosus zu werden, das soll mir sogar recht sein.«

Ich brauche mich doch wirklich nicht lange zu fragen, von wem Hubertus seine Manieren gelernt hat, dachte Flora. Aber das Wichtigste ist ja wohl, dass Roderick erst einmal bleibt. Und wir alle fahren auf die Burg zu den Höhen. Ich werde Elfriede wiedersehen. Ob sie mittlerweile die feine Küche beherrscht? Nun, das werden wir ja merken. Und ich werde dabei sein. Dank Herrn Medard komme ich eben doch noch zu dem Burgtor hinaus. Gut, dass mir auf dem Weg zum Bergfried Marthe aufgelauert hat. Sie ist ja doch eine Hexe, wenn auch eine gute. Ich weiß nicht, ob ich mir nicht wirklich etwas angetan hätte, wäre sie nicht einfach dagestanden, hätte mit mir über die Blumen geplaudert, über die Schönheit von Gottes Schöpfung und dass kein menschliches Leid so schlimm sein kann, dass es mit einem Blick in die Natur nicht gelindert werden könnte. Ach, Marthe, dich müssten sie mitnehmen, dir gebührt der Ehrenplatz.

Immer noch lächelnd, ging Flora nach dem Abendmahl in ihre Kammer. Wer weiß, dachte sie, vielleicht gibt es ja unterwegs eine Möglichkeit, den Grafen umzustimmen. Gerade wollte sie den Riegel vorschieben, als sie ein dumpfes Klopfen vernahm. Was das wohl sein mochte? Sie drückte die Klinke und wollte die Türe öffnen, aber es gelang ihr nicht. Nicht um Haaresbreite bewegte sich das Holz. Flora lauschte, aber nun war alles still. Kein Klopfen mehr, keine Stimmen, nichts. Nur einen leichten Geruch glaubte sie wahrzunehmen, einen, den sie nur allzu gut kannte. »Hubertus, seid Ihr da draußen?« Wieder lauschte sie. Dieses Schnaufen, war das ihr eigener Atem? Hastig hielt sie die Luft an. Nein, das kam eindeutig von draußen. »Hubertus, was soll das?«

Sie rüttelte an der Klinke, aber die Tür bewegte sich weiterhin kein bisschen.

Flora bekam es mit der Angst zu tun. Doch bevor sie um Hilfe rufen konnte, hörte sie doch eine Stimme. Hubertus! Dieses halbtrunkene Zischeln, wie gut sie es kannte!

»Da bleibst du. Da drin. Bis ich es sage. Bräutchen. Wär ja noch schöner.«

»Hubertus, was soll denn das? Mach die Tür auf, sofort!« Aber der Grafensohn hörte nicht auf sie. Er nuschelte noch ein »Das bleibt so. Morgen früh sehen wir weiter«, dann blieb es endgültig still auf der anderen Seite der Tür.

Flora versuchte noch ein paarmal, aus ihrer Kammer hinauszukommen, aber vergebens. Mit der Kerze in der Hand leuchtete sie die Tür ab, um herauszufinden, was sie da blockierte. Am Fußboden entdeckte sie schließlich den Grund. Hubertus hatte Keile unter das Türblatt geschoben. Da konnte sie lange schieben, die Holzstücke verhinderten, dass sich die Tür öffnen ließ. Einfach und unüberwindlich ohne Werkzeug. Flora suchte ihre Kammer ab, aber da war nichts, mit dem sie die Keile hätte zurückschieben können.

Die Nadel ließ sich nicht richtig fassen, der Kamm war zu breit. Ihr Gartenwerkzeug war unerreichbar für sie in dem kleinen Schuppen an der Burgmauer untergebracht. Das kleine Federmesser vielleicht? Mit dem schärfte sie sonst ihre Schreibkiele. Das ließ sich viel besser halten als die Nadel, aber Floras Kräfte reichten nicht aus. Resigniert sank sie auf ihr Bett.

»Na warte, Hubertus«, schwor sie, »das wirst du noch bereuen.«

Am nächsten Morgen zog der Grafensohn die Keile fort und öffnete die Tür. »Gut geschlafen, mein Bräutchen?«, rief er übermütig und grinste breit. »Ich so gut wie schon lange nicht mehr. Komm, lass uns zum Frühstück gehen.«

Roderick war nirgends zu sehen, und der Graf, dem Flora schilderte, was Hubertus mit ihrer Tür veranstaltet hatte, zuckte nur mit den Schultern.

»Vielleicht ist es sogar besser so. Ich will nicht, dass auch nur der Schatten eines Verdachts auf Euch fällt. Ihr werdet bis zur Abreise Eure Kammer nur in Begleitung verlassen, ob es Hubertus ist, ich oder mein Weib, das ist mir einerlei. Bis wir uns aufmachen zur Burg zu den Höhen, so lange bleibt das so. Und auch noch länger. Ehe ihr nicht meinem Sohn vor dem Altar die Treue geschworen habt, gehe ich kein Risiko ein.«

Flora war sprachlos. Wie im Rausch stand sie auf und ging in ihre Kammer. Hubertus folgte ihr und legte die Keile wieder vor. Eine Küchenmagd durfte ihr etwas zum Mittagessen bringen, aber auch sie hatte strengen Befehl, Flora nicht hinauszulassen.

»Daran muss ich mich halten. Es tut mir leid.«

Flora glaubte ihr gerne, aber das half nichts. Am Nachmittag öffnete sich die Tür. Draußen stand die Burgherrin.

»Seht es den Männern nach«, sagte diese entschuldigend. »Sie wissen es einfach nicht besser.«

Flora schluckte die hitzige Erwiderung, die ihr auf der Zunge brannte, hinunter.

»Ich bin gekommen, weil ich dachte, dass Ihr vielleicht gerne in den Garten gehen möchtet.«

Wortlos folgte Flora ihr. Aber zum ersten Mal in ihrem Leben hatte sie keine Freude an der Arbeit in der Natur. Sie nehmen mir die Freiheit, sie nehmen mir die Freude. Das Schönste, was ich hatte, war doch das Weitertragen der Schöpfung. Aber jetzt? Was habe ich jetzt? Ich hätte doch springen sollen. Flora begann zu weinen. Aber immer noch sagte sie kein Wort.

Lange blieb sie nicht im Garten. Es tat einfach zu weh. Schon bald saß sie wieder in ihrer Kammer, und die Tür schloss sich. Flora lauschte. Tatsächlich, die Keile wurden wieder vorgelegt. Ich glaube, der Graf ist sogar noch stolz darauf, dass er mich nicht ins Burgverlies geworfen hat. Die von Stand denken einfach anders. Ich bin eindeutig keine von ihnen. Wenn ich mir jemals ausgemalt habe, wer wohl meine Eltern sein könnten, jetzt weiß ich es. Es waren ehrliche Leute, die so etwas niemals einem anderen Menschen angetan hätten. In diese Familie soll ich also einheiraten? Ich hätte wirklich springen sollen.

Prüfend glitt ihr Blick zum Fenster. Das bot zwar einen hübschen Ausblick weit über das Land hinaus, aber zum Durchschlüpfen war es eindeutig zu klein. Na wartet, dachte

Flora, die Gelegenheit wird kommen. Und dann. Sie griff nach ihrem Rosenkranz. Verzeih, Herr. Ich sinne doch wieder auf die größte Sünde, die es geben kann. Ach, wolltest du mir doch einen Ausweg zeigen. Ich würde dir täglich auf Knien danken, solange ich lebe.

Die nächsten Tage zogen sich schier endlos hin. Wenigstens bestand der Graf nicht darauf, dass Flora an den Mahlzeiten der Familie teilnahm. Sie bekam etwas in ihre Kammer gebracht, die Magd füllte den Wasserkrug, nahm den Deckeleimer und brachte ihn sauber und leer zurück. Dann ging sie wieder, ohne ein Wort. Das war doch keine Augenblicksentscheidung. Flora war sich sicher. Das hat Hubertus geplant. Ganz bestimmt. Na warte.

Endlich war der Tag der Abreise gekommen. Aber weiterhin bekam Flora Roderick nicht zu Gesicht. Sie saß mit der Gräfin und Hubertus in einer geschlossenen Kutsche, der Graf und sein jüngster Sohn waren bereits vorausgereist. Drei Tage hatte es damals gedauert, bis die treue Donata von der Burg zu den Höhen nach Steinwald geklappert war, und auch diesmal wurde zweimal in Gasthöfen übernachtet. Flora spürte genau, dass jeder ihrer Schritte beobachtet wurde. Es fehlte noch, dass sie mich anbinden, dachte sie, wie ein Stück Vieh, das auf dem Markt vorgeführt werden soll.

Weiterhin sprach sie nur das Allernotwendigste. Hubertus schien das nicht zu bekümmern, er plauderte, plapperte, riss derbe Scherze, bis seine Mutter sich die Anzüglichkeiten verbat. Dann schwieg er beleidigt, bis es wieder Zeit war, Rast zu machen.

Auf der Burg zu den Höhen angelangt, zog Hubertus schon die Keile aus dem Wams, noch bevor die Kutsche richtig zum Halten gekommen war. Doch dann kam es anders, als er sich den Besuch gedacht hatte. Medard und seine Braut begrüßten Hubertus und seine Mutter, wie es sich ziemte, um ihnen gleich darauf ihren Haushofmeister vorzustellen. Matthes verbeugte sich tief und bat sie, ihnen zu folgen, damit er ihnen das Quartier der Familie Steinwald zeigen konnte. Flora stand mit hängenden Schultern daneben.

»Du kommst mit uns«, sagte die Gräfin zu den Höhen, »oh, ich meine, Ihr kommt mit uns, Jungfer. Für Euch haben wir uns etwas anderes gedacht.« Sie reichte ihr den Arm, und Flora hakte sich verwundert bei ihr ein.

Nun war es an Hubertus, mit hängenden Schultern dazustehen. »Aber«, stammelte er, »aber ich, wir, Flora, also, das ...«

Auch die Gräfin Steinwald war erstaunt, aber sie ließ es sich nicht anmerken. »Sohn, wenn die Gräfin zu den Höhen unsere Flora näher kennenlernen will, dann soll uns das freuen.« Sie wandte sich an ihre Gastgeberin. »Ich nehme an, mein Mann und Roderick sind bereits eingetroffen?«

Angelika zu den Höhen nickte. »Sie warten bereits auf Euch. Wir essen hier recht früh. Wäre es Euch recht, wenn wir uns schon bald im Speisesaal treffen könnten? Matthes wird Euch den Weg zeigen.«

Flora konnte nur staunen, mit welcher stillen Autorität die Hausherrin das Regiment übernommen hatte und wie klaglos selbst Hubertus ihren Worten Folge leistete. Hatte die alte Marthe nicht einmal erzählt, dass der Stammbaum derer zu den Höhen sehr viel weiter zurückreichte als der des Hauses Steinwald? Flora meinte, sich an so etwas zu erinnern. Vielleicht war das der Grund, warum Hubertus nicht darauf bestand, Flora weiter unter Aufsicht zu halten. Sie lächelte. Was immer der Grund war, sie genoss es, nicht mehr in der eigenen Kammer festzusitzen.

Schon hatte Angelika zu den Höhen sie zum Haupthaus geführt. »Medard hat mir erzählt, was Ihr für Wunderdinge mit den Gärten von Steinwald vollbracht habt. Da werden Euch unsere Anlagen im Vergleich armselig erscheinen. Aber Ihr kennt sie ja noch, es hat sich nicht viel getan, seit Ihr uns verlassen habt.«

Als wäre das freiwillig geschehen, schoss es Flora durch den Kopf. Hier hat mich niemand eingesperrt. Ich habe zwar schuften müssen, bis ich todmüde war, aber festgesetzt, nein, das hat mich keiner.

»Ich hoffe, so ist es Euch recht?« Die Gräfin hatte eine hübsch bemalte Tür geöffnet, und Flora stand in einem Raum, in dem all ihre bisherigen Schlafstätten bequem Platz gehabt hätten. Ein prunkvolles Himmelbett stand in der Mitte, an der Wand ein wuchtiger Kleiderschrank. Flora entdeckte ein kleines Schreibpult mit Stuhl, zwei Sessel, ein Ankleidetischchen, ebenfalls mit Stuhl, eine Truhe, ein Kohlebecken, dessen Glut wohlige Wärme verbreitete. Warum klingt sie denn auf einmal so nervös?, fragte sich Flora.

»Es ist wunderbar. Eine ganze Wohnung, möchte man meinen.« Sie lachte.

»Eine Wohnung?« Die Gräfin öffnete eine unauffällige Tür in der Holzvertäfelung. »So vielleicht schon.«

Flora staunte. Nicht nur ein kleiner Abort, der wie ein

Schwalbennest an der Burgmauer klebte. Nein, hier war zudem eine richtige Badestube eingerichtet, mit einer Wanne, über der eine kleine Dunstwolke stand.

»Unser Ausguck hat Eure Kutsche rechtzeitig gesehen. Da konnten wir dann gleich das Bad richten, falls Ihr Euch den Reisestaub abwaschen wollt.«

Neugierig sah Flora sich um. Noch ein Kohlebecken, große Handtücher stapelten sich, auf dem Wasser schwammen Rosenblätter.

»Ich hoffe, es macht Euch nichts aus, dass wir uns das Bad teilen werden.«

Sie klingt immer noch nervös. Oder ist es Unsicherheit? Flora war sich nicht sicher.

»Es ist alles ganz wunderbar. Bedenkt doch, es ist gar nicht so lange her, da war ich die niedrigste Eurer Küchenmägde. Und nun das.« Flora musste lachen, und Angelika zu den Höhen stimmte mit ein.

»Ich lasse Euch jetzt«, sagte sie dann. »Macht Euch frisch, Eure Truhe kommt gleich. Meine Zofe Anne wird Euch zur Hand gehen, wenn Ihr das wünscht.«

Die Gräfin ging auf eine weitere verborgene Tür zu, die der zum Bad hin genau gegenüberlag. »Wenn irgendetwas sein sollte, wenn Ihr einen Wunsch habt oder nur eine Frage, zögert nicht.«

Ich habe mehr als nur eine Frage, dachte Flora, als sie in dem warmen Badewasser lag. Ich habe so viele Fragen, dass ich gar nicht wüsste, welche zuerst stellen.

Wie versprochen, war das Gepäck bereits eingetroffen, als sie aus der Wanne stieg. Die Zofe der Gräfin knickste. Flora musste kichern, und auch Anne lachte.

»Das war auch schon einmal andersherum, ich weiß«, sagte sie. »Nichts für ungut, falls ich Euch damals verletzt haben sollte.«

»Da war nichts«, sagte Flora. »Ich erinnere mich an überhaupt nichts, für das eine Entschuldigung nötig wäre. Ganz gewiss.« Anne wirkt richtig erleichtert, dachte sie. Was ist hier nur los?

»Die Herrin lässt fragen, ob Ihr aus Überzeugung Grau tragt oder ob Ihr vielleicht ein Gelübde abgelegt habt.« Ach was, dachte Flora. Das hat doch damals die ehrwürdige Mutter so entschieden. Und dann bin ich eben dabei geblieben. Es ist einfach praktisch, wenn man nicht jeden Fleck gleich sieht. Sie schüttelte den Kopf.

»Wenn dem nicht so ist, schlägt sie vor, dass Ihr einmal eines Ihrer Kleider anprobiert.« Die Zofe breitete gleich drei Gewänder auf dem Bett aus. »Wie wäre es hier mit diesem? Das passt doch hervorragend zu Euren grünen Augen.«

Samt, dachte Flora, das ist doch der reine Samt. So etwas steht mir ja überhaupt nicht zu.

»Oder dieses hier?« Die Zofe hob ein besticktes Seidengewand hoch. »Blumen, weil Ihr die doch so sehr liebt.«

Seide. Flora kam aus dem Staunen nicht mehr heraus.

»Und das Dritte, das wäre dieses hier.«

Brokat, mit goldenen Schnüren verziert. Flora wusste, dass sie sich unmöglich würde entscheiden können.

»Hilf mir«, japste sie. »Das ist ... das ist ...«

Anne lachte. »Ich habe es geahnt. Aber die Herrin wollte unbedingt, dass Ihr eine Auswahl habt. Dann konnte sie selbst sich nicht entscheiden. Ich würde zum

Samt raten. Das Speisezimmer ist ein wenig zugig, wenn Ihr versteht? Und die Farbe passt wirklich wundervoll zu Euren Augen.«

Als Flora an der Seite der Hausherrin den Speisesaal der Familie betrat, warteten die von Steinwald bereits. Hubertus starrte Flora an, als sähe er eine Erscheinung, bei der er nicht sicher sein konnte, ob der Himmel oder dessen Widerpart sie gesandt hatte. Seine Eltern ließen sich ihre Überraschung nicht so sehr anmerken. Und Roderick? Der strahlte einfach nur.

»Das Trauerjahr ist ja noch nicht vorbei«, sagte Medard. »Deshalb halten wir die Hochzeit nur im kleinen Kreis. Die anderen Gäste treffen erst morgen ein, heute Abend sind wir noch unter uns. Ich hoffe, das ist im Sinne aller.«

Wenn das der kleine Kreis ist, na, dann danke ich schön, dachte Flora. Die beiden Gastgeber, wir fünf von Steinwald, der Pater. Ein Hauptmann im Ruhestand und seine Frau. Zwei ältliche Damen, die mir als Tanten der Gräfin vorgestellt wurden. Oder halt, nein, ich wurde ihnen vorgestellt. Jungfer Florianna Ursula, das klingt vielleicht. Aber zu diesem Kleid passt es weiß Gott besser als Flora, unsere ehemalige Küchenmagd. Sie lächelte.

»Nun, ist alles recht so?« Die Burgherrin, die Flora auf den Platz neben sich gebeten hatte, flüsterte ihr zu. »Sie schauen ja ganz schön, die Steinwalds. Selbst schuld, möchte ich meinen.«

Neben der Gräfin saß Flora auf dem Ehrenplatz, wie ihr jetzt erst auffiel, zwischen den beiden Gastgebern. Ob Herr Medard vielleicht nachgeholfen hatte bei der weiteren Sitzordnung? Roderick saß ihr genau gegenüber, während Hubertus zwischen den beiden Tanten seinen Platz bekommen hatte.

»Sie hören nicht mehr so gut.« Nun war es Medard, der flüsterte. »Da kann Hubertus seine Scherze machen, im Zweifelsfall haben sie es einfach überhört.« Er lachte, und auch Flora konnte sich ein schadenfrohes Grinsen nicht verkneifen. Der Pater beugte sich zum Herrn von Steinwald und befragte ihn nach seinen Erfahrungen in den Türkenkriegen. Auch der Hauptmann wusste einiges beizusteuern. Weniger martialisch war das Thema, das seine Frau gefunden hatte. Sie unterhielt sich mit der Frau des Hauptmanns über das Sticken als Zeitvertreib.

Das Stimmengewirr klang schon bald wie ein ganzer Bienenschwarm in Floras müden Ohren. Die Reise war eben doch beschwerlich gewesen, und dann all die Überraschungen! Sie spürte, wie ihr die Lider schwer wurden.

»Ich glaube, wir können uns zurückziehen«, hörte sie ihre Gastgeberin murmeln. »Aber ein letzter Trinkspruch, der soll noch sein. Darf ich bitten, Medard?«

Der klopfte gegen seinen Glaspokal. Schnell wurde es ruhig am Tisch.

»Edle Freunde«, begann der neue Graf zu den Höhen, »zunächst noch einmal Dank, dass Ihr gekommen seid und mit uns die Feierlichkeiten begehen wollt.«

»Hört, hört!« Der Hauptmann wollte schon nach dem Pokal vor ihm greifen, doch seine Frau legte rasch ihre Hand auf die seine.

»Wir freuen uns mit Euch auf den morgigen Tag. Er wird so manche Überraschung bringen, da bin ich mir jetzt schon sicher. Aber ehe wir nun auseinandergehen, möchte ich mein Glas erheben auf einen, den nicht nur ich schmerzlich vermisse an dieser Tafel. Mein Oheim war ein großer Mann. Wie groß, das ahnen nur wenige von uns. Lasst uns mit unserem letzten Schluck in dieser Runde erinnern an einen, dem das Lachen näher war als das Weinen, an einen Mann, der im Frieden mit sich, seinem Gott und der Welt entschlafen ist. Dereinst werden wir uns wiedersehen im Paradiese. Auf meinen Oheim. Und auf einen geruhsamen Schlaf für uns alle.«

Auch in dieser Nacht lag Flora noch lange wach. Einen solchen Trinkspruch hatte sie auf Steinwald nie erlebt. Aber es schien alles seine Richtigkeit gehabt zu haben, selbst der Pater hatte mitgetrunken. Kurz danach hatte die Gräfin sich noch einmal von den Steinwalds verabschiedet, Flora mit sich gezogen und war gegangen. Hubertus hatte noch überrascht »na, was denn, was denn?« trompetet, aber dann lag das Speisezimmer schon hinter ihnen.

Ohne viel Aufhebens hatte sich die Gräfin von Flora verabschiedet, ihr noch eine gute Nacht gewünscht und dann die Tür hinter sich geschlossen. Flora hatte die Ohren gespitzt, aber kein Geräusch vernommen, das nach dem Einschieben von Keilen geklungen hätte. Behutsam war sie zur Tür gegangen. Die hatte sich ohne Widerstand öffnen lassen, quietschte nicht einmal. Flora war noch eine Weile auf der Schwelle geblieben, voll Staunen über das Vertrauen, das sie hier anscheinend genoss. Ich könnte doch einfach die schönen Kleider nehmen und mich davonmachen, dachte sie. Ich kenne sie doch noch, die alten Schleichwege hinaus aus dem Schloss. Soll ich es tun? Morgen früh kann ich schon weit sein und Hubertus in Sicherheit eine lange Nase drehen. Aber was dann? Ich habe keine Zeugnisse, keine Empfehlungen, nichts. Wer soll mir denn glauben, dass ich die Kleider nicht gestohlen habe? Und außerdem, ich hätte sie ja auch gestohlen. Nein, diese Nacht bleibe ich hier in diesem Zimmer. Hat der Herr Medard für morgen nicht Überraschungen versprochen? Das hat er. Auf die bin ich gespannt. Und dann sehe ich weiter.

Die Morgensonne stand schon am Himmel, als es an der Tür klopfte. Flora war bereits wach. Anne kam mit einem Servierbrett herein.

»Die Herrin meinte, dass Ihr vielleicht schon ein kleines Frühstück möchtet, bevor der Tag so richtig beginnt.« Mandelmilch, ein warmer Brei, Früchte, Brot, Honig, Käse, Butter. Flora staunte.

»Das Brett kenne ich doch. Das habe ich doch selbst oft genug gefüllt und dem Kammerdiener gegeben.«

Anne strahlte. »Ja, das hat Elfriede auch gesagt. Sie wollte, dass Ihr auch einmal so ein Frühstück genießen könnt.«

Flora musste lachen. »Was ist denn mit der geschehen? So kenne ich sie nun wirklich nicht.«

»Es hat sich einiges geändert, seit Ihr fortgegangen seid«, sagte Anne leise. »Aber nun muss ich weiter. Genießt das Frühstück.«

Während Flora aß, erinnerte sie sich daran, dass man selten wusste, ob der Graf aufstehen konnte oder die Gräfin ihre Kemenate verlassen würde. So war das Frühstück nicht im Speisezimmer angerichtet worden, sondern jeder der

Herrschaften hatte es serviert bekommen. Wenn es Gäste gab, fanden die sich bald in diese Sitte. Erst zum gemeinsamen Mittagessen pflegte man sich zu treffen, wenn es die Gesundheit oder die Schwermut zuließen.

Flora genoss gerade die letzten Apfelschnitze, als es an der Verbindungstür zum Bad klopfte.

»Ich glaube, die Schwermut hat sich nun endgültig aus diesem Hause verabschiedet.« Die Gräfin lachte. »Es wird Zeit für mich, in die Welt zurückzukehren. Kommt Ihr mit?«

Am Schrank hingen weitere Kleider. Flora hatte sie vor Müdigkeit gestern gar nicht wahrgenommen.

»Was haltet Ihr von diesem hier?« Die Gräfin hielt ihr ein dunkelblaues Leinengewand hin. Flora war hingerissen, und als sie es nach der Morgentoilette angezogen hatte, strahlte die Gräfin.

»Es sitzt wie angegossen«, sagte sie. »Das freut mich. Ich möchte, dass Ihr heute besonders gut ausseht. Fragt nicht«, wehrte sie ab, »es wird eine Überraschung.«

»Noch eine?« Flora konnte sich die Frage nicht verkneifen.

»Die erste von einer ganzen Reihe heute«, versprach die Gräfin. Dann ging sie mit Flora zum Herrn Medard. Bei dem wartete bereits der Advokat.

»Setzt Euch, Jungfer.«

Flora wurde mulmig. Ängstlich sah sie zur Gräfin, aber die lächelte nur beruhigend.

»Kommt«, sagte sie dann und führte ihre ehemalige Küchenmagd zu einer prunkvollen Polsterbank. Dort nahm sie Platz, wartete, bis sich auch Flora gesetzt hatte, und griff dann nach deren Hand. »Ich hoffe sehr, dass Ihr uns nicht verachten werdet«, sagte sie leise.

»Ihr macht mir Angst«, gab Flora zurück.

Medard lachte. »Dafür gibt es keinerlei Grund. Jedenfalls für Euch nicht. Nein, für Euch gewiss nicht.«

Dann lehnte er sich in seinem Sessel zurück und schloss die Augen.

»Florianna Ursula, als ich Euch damals von hier fortriss und Hals über Kopf nach Steinwald brachte, da hattet Ihr viele Fragen und ich nicht den Mut, Euch zu antworten. Aber heute sollt Ihr endlich alles erfahren.«

Flora hielt gespannt den Atem an.

»Es war nicht das erste Mal, dass ich Euch an einen anderen Ort brachte. Nein, das war es nicht. Ich war es, der Euch am Beginn Eures Lebens nach Annabrunn trug. Und das ist nicht alles ... Ich ... ich bin Euer Vater. Und Eure Mutter ist ebenfalls hier.«

Flora wurde es schwarz vor Augen. Sie spürte noch, wie sie zu sinken begann, und das Nächste, was sie wusste, war, dass sie auf der Polsterbank lag, die Füße hochgelagert und drei besorgte Gesichter über ihr.

»Ihr habt vergessen zu atmen«, sagte der Advokat. »Geht es wieder?«

Flora versuchte, sich aufzurichten, aber sofort begann der Raum um sie herum zu kreisen.

»Wartet«, krächzte sie. »Habe ich das eben richtig gehört? Ihr seid der Kastanienmann?«

Medard lachte. »Wohl kaum. Ich glaube, das war eine Gabe von Hannes. Ich hatte Euch ... dir etwas anderes in dein Körbchen mitgegeben. Einen Ring mit einem Wappen.«

363

Floras Gedanken rasten. Einen Ring? Hatte die ehrwürdige Mutter nicht gesagt, dass der verschwunden sei?

»Der Ring ist fort«, sagte sie leise. »In Annabrunn verschollen.«

»Das macht doch nichts.« Der Mann, der sich ihr Vater nannte, lächelte. »Wenn du Ringe willst, kannst du so viele bekommen, wie du nur möchtest.«

Jetzt setzte sich Flora doch auf. Der Raum tanzte noch eine Weile, aber sie unterdrückte die aufsteigende Übelkeit. »Nein«, sagte sie. »Ich will keine Ringe. Ich will Antworten. Das war es, was ich immer von Euch wollte. Seid Ihr endlich bereit dazu?« Sie staunte über sich selbst. Auch der Graf schien beeindruckt. Immerhin begann er nun endlich zu erzählen.

Er sprach davon, dass er sich in die Frau seines Oheims verliebt hatte, und dies in aller Tugend. Aber dann waren die Nachrichten so lange ausgeblieben, Angelika war immer tiefer in Schwermut versunken, und all seine Versuche, sie aufzumuntern, konnten nur wenig ausrichten. Und dann war es auf einmal geschehen. Es war eine magische Nacht gewesen, sie wussten selbst nicht, wie es gekommen war, doch auf einmal hatten sie sich in den Armen gelegen. Die geschwisterlichen Küsse waren anderen Liebkosungen gewichen, und am nächsten Morgen versprachen sie einander, dass es nicht wieder geschehen würde. Daran hatten sie sich gehalten. Und doch war da jene schreckliche Nacht im Herbst gewesen, als er mit Mord im Herzen und einem Weidenkörbchen unter dem Mantel in den Wald gegangen war.

»Ich habe es nicht fertiggebracht, ein unschuldiges Kind umzubringen, nur um meinen Namen von Schande frei zu halten, meinen Namen und den der Frau, die ich von ganzem Herzen liebte, die ich nie aufgehört habe zu lieben. So habe ich dich denn nach Annabrunn gebracht, mit meinem Siegelring als Beweis, dass du von Stand bist.«

Medard hob hilflos die Hände. »Wer beschreibt meine Überraschung, als ich dich dann hier als Küchenmagd wiederfand, ausgerechnet auf Burg zu den Höhen, wo wir dir deine Wiege nicht hatten aufstellen können.«

Ich bin von Stand, hallte es in Floras Kopf. Ich bin von Stand, ich habe Eltern, die heute Nachmittag heiraten werden. Ich bin von Stand.

»Wenn ich dann auch etwas sagen darf?« Der Advokat hatte einen Brief aus der Tasche gezogen. »Der alte Graf zu den Höhen hat mich beauftragt, dieses hier zu verlesen, sollte sich die Gelegenheit ergeben. Nun denn.« Er räusperte sich, brach das Siegel auf und sah sich um.

»Nun lest schon«, drängte ihn Medard, und seine Braut nickte.

»Also gut. ›Mein lieber Medard, meine gute Angelika. Lange habe ich ein Geheimnis vor euch verborgen. Aber nun, da es mit mir zu Ende geht, möchte ich mich davon lösen. Ihr habt geglaubt, ihr müsstet Schande von mir fernhalten. Das ehrt euch. Aber es war ein Fehler.

Sosehr ihr euch bemüht habt, eure Liebe füreinander vor euch selbst zu verbergen, konnte ich, der ich euch beiden von Herzen gut war und bin, sie in jedem eurer Blicke sehen. Glaubt mir, ich gönne sie euch. Ich vergebe euch, wie ich hoffe, dass ihr mir vergebt, sollte ich euch jemals wehgetan haben.

Ich will es kurz machen. Ich weiß, was in jener Herbstnacht Anno 1480 geschehen ist. Hannes, der Jungknecht, den du, Medard, mit in den Wald genommen hast, hat es mir berichtet, vor Jahren schon. Verzeiht ihm, es hätte ihm das Herz gesprengt, wenn er diese Sache weiter auf dem Gewissen gehabt hätte.

Was geschehen ist, ist geschehen. Was man einmal getan hat, kann man nicht mehr ungeschehen machen. Aber was man einmal unterlassen hat, das kann man später vielleicht doch noch tun. Ich bitte euch, Angelika und Medard, sucht zu erfahren, was aus diesem Kind geworden ist. Wenn ihr es findet und es euch vergibt, dann seid ihr frei von aller Schuld.«

Der Advokat ließ den Brief sinken. »Damit habe ich meine Schuldigkeit getan. Alles Weitere geht mich nichts an, möchte ich meinen. Nur eines noch. Euer Trinkspruch gestern. Euer Oheim war ein wirklich großer Mann. Seht zu, dass Ihr ihn Euch zum Vorbild nehmt, wenn ich Euch diesen kühnen Rat geben darf. Gott zum Gruße.«

Schon war er verschwunden. Flora sah die Gräfin an, blickte zu Herrn Medard und wieder zurück. Das ist kein Traum, dachte sie. Ich habe Eltern. Ich bin kein Niemand.

Endlich hielt es die Gräfin nicht mehr aus. »Bitte«, flehte sie. »Sag doch etwas. Irgendetwas. Bitte.«

Flora sah Herrn Medard an. Auch seine Augen baten inständig. Sie holte tief Luft. »Mutter«, sagte sie. »Vater. Es klingt ungewohnt. Aber gut. Ja.« Flora sah, wie sich die Augen des Grafen, ihres Vaters, mit Tränen füllten. »Nicht weinen«, sagte sie. »Heute ist ein Freudentag. Denn meine Eltern heiraten.« Ein Gedanke fuhr ihr durch den Kopf. Ja, dachte sie, das stimmt, es ist wahr. Ganz ohne Sprung vom Bergfried. »Meine Eltern heiraten heute. Und ich muss Hubertus nicht nehmen. Was wohl Roderick dazu sagen wird? Wir werden es erfahren. Und das sage ich jetzt: Wer heute weint, ist selber schuld.«